行船入的愛

繁星點點

The twinkle stars in the sky
belong to us.

紅毛丫頭——著

Sketch by Hongmao Oscar

妳

用不著和奼紫嫣紅相比，
因為對我來說，
維持原來奮發向上的妳，
就足以綻放過人的質感和吸引力。

《自序》

2015 年，很感謝「華維」國際贊助出版『再見紅毛港：行船人的愛』一書，今天，我才有這個機會分享自己的第二本作品。

雖然『繁星點點』是上一本的續集，但單獨欣賞是絕對不成問題的。

我很喜歡在自己編撰的故事中，融入一些理念和想法，或是加入真實的場景、事件與生活領悟，這樣既能加深讀者們的閱讀感受，亦能賦予言情小說呈現更不同於以往的新風貌——尤其是順道紀錄故鄉「紅毛港」所發生的大小事，更希望讀者能從我們遷村的事件中，獲得一定的省思。

若您喜歡我的作品走向，除了以行動支持之外，還有一個利於大眾閱讀的方法可供參考，那就是連結自己縣市所屬的圖書網站，以「圖書推薦」的方式，供館方作為購書參考的依據。

很感謝正在翻閱此書的您，自費出版的我，創作熱情極需您的支持與鼓勵。

歡迎來到紅毛丫頭的寫作世界。

繁星點點

—行船人的愛—

【目錄】
Contents

楔子　困鬥

這一定是夢、是夢、絕對是夢！

不然，她怎會受困在泱漭又詭譎的空間裡頭，遲遲找不到出路？

她就像誤闖此地的來外者，迷失在這片廣漠的杳然之中，無論她用力眨了千萬次的眼皮，眼前仍舊是伸手不見五指的魆黑；無論她鼓起勇氣嘗試走多遠的路，仍舊無法脫離這陣無止盡的空寂；隨著時光荏苒流逝，已成功打亂她滿滿的信念與堅持。

洪星琁赤足走在冰冷的異地，雙腳早已凍得發麻。

究竟過了幾天了？她的惶恐和不安早已破表無數次——在這裡，她完全感受不到一絲絲的生氣，但卻又明顯感覺到……似乎，正有人在遠端窺探她的一舉和一動。一旦她體力耗盡、輸了這場比賽，對方便能輕易地獲得勝利——而她，必須遵照遊戲規則，賠上自己的性命。

好、好冷……

一陣空襲而來的冰寒，彷彿是死神稍來的笑意，教洪星琁頻頻發顫。

在累又冷、孤立又無援的情況下，她的精神和體力早已嚴重耗弱，只好暫時就地歇息一會兒。她蜷縮著身軀，賣力地搓弄早已冰凍無所覺的雙腳，並覺得自己此刻的心境，已經瀕臨發瘋的邊緣。

究竟為何，她非得參加這場生存遊戲不可呢？既然沒有所謂的關卡與對手，她的努力與付出有任何的意義嗎？結局不就是等著累死或者凍死——既然如此，那倒不如一開始就選擇放棄，還比較省事和省力。

沒想到，萌生念頭的同時，她竟察覺空氣立即變得稀薄，致使她每吸一口氣都倍感艱難——現下，她即將面臨缺氧窒息的危機。

「不會的、不會的……」驚覺後，她不得不趕緊振作，拚命安慰自己一向有過人的堅毅，不輕言向命運低頭和妥協，始終都是在困境之下，勉勵自己向上的最佳箴言。

吸吐、吸吐……她認真重覆這看似簡單的每個動作，努力將更多的氧氣送達體內，同時也摁住自己的左胸，以檢測心臟所跳動的力道與頻率。

好一會兒後，終於穩住了呼吸，她總算能安心之際，卻驚覺全身的皮膚已逐漸發紫，寒氣竟在不知不覺中，已成功欺上了身。

「不可以、不可以……」洪星琁可急壞了，趕緊起身跳動，但遺憾的是……不論她如何努力，終究趕不上體溫流失的速度。

沁骨的寒意徹底罷佔她的身軀，失去掌控權的她，只能眼睜睜看著自己就這麼狠狠倒下。

洪星琁無法接受最終吞敗的結果，但已無力掙扎的她，只能選擇閉上雙眼。此刻，總覺得脖子上，似乎正遭人架著一把行刑的冰刀，一旦落下，她便會香消玉殞。

一切的一切都即將結束了嗎？她究竟做錯了什麼，非得認命服輸不可？然後命喪異地，成為一縷孤魂，她不甘心吶……

「別忘了妳要回去的地方。」

及時救命的話音如同電流一般，立即貫穿她的腦波。洪星琁猛然睜開眼睛。

這聲音雖然沒有實際發出的聲頻，也無法辨識是男是女，可是——她真的接收到了！

更不可思議的是，它彷彿帶著驚人的力量，竟讓原先麻痺的身軀緩緩融釋——特別是她逐漸發熱的雙手，像正有人及時替她續燃寶貴的生命之火，在千鈞一髮之際，她竟又從死神的手中奪回關鍵性的纛旗。

恢復知覺與行動的洪星琁，深怕錯失離開這裡的唯一機會，於是連忙爬起身來求救。

「真的很感謝你的幫忙，但我連自己是誰都記不得了，又怎會記得回家的路呢？拜託，求求你，能不能明確地指示我，究竟該怎麼做才好呢？」方才感應聲音的同時，她的兩行清淚竟簌然落下，連自己也無法明瞭是為了什麼。

「孩子，用『心』想想，妳要回去的地方。」

「我要回去的地方、回去的地方……」洪星琁反覆咀嚼這句話，為了不被周遭蠢蠢欲動的邪沌之氣再次干擾，她選擇閉上雙眼，全神貫注。許久，總覺得一股溫厚的力量如醍醐灌頂般，正協助她找回遭封鎖的層層記憶。

腦海中陰鬱的濃霧逐漸散去，她覺得有個答案即將呼之欲出。

而她，要回歸的地方是……

是幻覺嗎？憶起的瞬間，畫面竟同步產生連線，片霎，耳畔已捎來虛渺的細響。

輕輕的、淺淺的、緩緩的，越來越多、越來越靠近、越來越真實……

——是海，她聽見大海熟悉的呼喚。

颯遝而至的旋律，一波接著一波，間接將受染的心靈洗滌一空。此刻，她就像重新回歸母體的胎兒般，正徜徉單純、不受污染的保護之中。

她不曉得自己為何會聯想到大海，同時，又莫名閃現一道頎長的身影。

大量的活水不斷注入，由原先的一小塊，轉瞬間，已匯聚成浩然的汪洋；不僅如此，黯黮的海域上也同步產生變化，逐漸亮起細微的小光點，由一開始寥寥不顯的零散，進而展現麻密不已的瑩瑩之光——此刻璀璨異常的星空，好比不慎打翻碎鑽的絕美畫作。

「好漂亮……」為此，她不禁落下憾動的淚水來，並連帶想起一位對自己萬般重要的人。

「海上低光害與滿天星的盛況真的很漂亮！我尤其難忘當海軍時，軍艦下錨於南沙群島的情形，可惜只能口頭和妳分享，無法提供任何的影像與照片。」

那一夜，他們施施徜於美妙難言的氛圍之下，有涼風、星空和大海……以及，環繞他的氣息之夜。

回想對方一路呵護著她，給予她迎接未來的力量，洪星琁深受蠱惑與觸動，身心在徹底滿足與放鬆之下，遂眼皮逐漸沉重。

「親愛的，妳爽約了，妳說無論多晚都一定會等我回來，但，我已經在家枯等好幾天了，妳怎麼還自顧著在這裡安心睡大覺呢？我真的好想好想妳、好想抱抱妳，別再讓我擔心了，好嗎？」

「小妹呀，上次妳說，有機會的話，要換妳好好給我們一個『驚喜』，但這個驚喜未免也超出我們所能承受的範圍，我們全都舉旗投降、不玩了……求求妳，快點醒來好嗎？妳的房間，我們一直都幫妳保留著，累了的話，隨時歡迎回娘家。」

「媽要是知道我把妳照顧成這樣，肯定會很難過……」

「對不起，都是我的錯，好希望能當面聽見妳的原諒。」

「小媽，嗚……」

他們全在同她說話嗎？但她覺得異常疲憊，能不能先讓她小憩片刻再說。

「星，不可以！」

「無論如何，妳一定要堅持下去！」

「小媽，我不要妳這樣，不要——」

這一刻，洪星琁不斷接收如排山倒海而來的訊息，原先僅是飄渺的呼喚，竟迅速轉為衝破耳膜般的緊急吼叫。惶恐不安的頻率令她頭痛欲裂、幾近崩潰。

她再也忍不住抱頭打滾。

「求求你們不要再叫了，我真的好難受……」極痛苦的掙扎下，頂空竟又射下一道強烈的光源，刺眼、不斷累加的熱度直勾她全身的痛覺，她覺得自己已瀕臨極限的邊緣。

「啊——」下一秒，她的身子由高空墜下，一切快得無法反應。

第一章　夢縈

「小媽。」

一名約莫七、八歲左右的小女孩坐於床沿，她不斷喊著，同時搖晃大人的手臂。為了不吵醒一旁仍熟睡中的小弟，她已盡可能地壓低聲量。但，照目前的情況來看，她呼喊的聲調似乎有必要再加大一些些，因為她口中的小媽——也就是她的親阿姨，不但遲遲沒有回應，認真說來，她是癱在床上一動也不曾動過。

「小媽……」吼，吳喬心的耐心都快磨耗光了，已忍不住再往上調高一個聲階。

奇怪，她都叫十分鐘之久，小阿姨怎麼還是半點反應也沒有呢？認識她這麼久，這種異象她還是頭一次遇見。

吳喬心不得不認真懷疑「案情」其實並不單純，小腦袋不禁閃過層出不窮的新聞事件，原先不以為意的態度，已逐漸進入警戒的狀態。

「小媽、小媽。」她逐漸加重搖晃的力道，且認真細看大人的動靜，即便音量已調整為正常的呼叫，但依然沒有半點成效。

吳喬心這下子可真的慌了：「小媽、小媽、小媽——」最後，她幾乎是失聲大叫了。手臂用力晃動的程度就連床舖都吱吱作響，這種失火式的叫法，換作是隔壁的鄰居恐怕也該醒來了吧！但，她最親愛的小阿姨卻仍然維持不變的動作，顯示——她極有可能已經陷入昏迷的狀態。

如果小阿姨真的發生什麼意外，而爸媽目前又人在國外，就連爺爺奶奶也不住附近，她和幼小的弟弟究竟該怎麼辦才好呢？思及此，她已焦急地趴在大人的身上，縱聲大哭。

「小媽，我不要妳這樣，不要！嘩——」

「！！」洪星琁瞬間驚醒。受驚嚇的程度猶如遭受恐怖攻擊一般，心頭猛力一震——她很肯定一件事，就算自己有幸能撿回一雙健全的手臂，但，日後恐怕心臟與聽力的功能都將產生不可預期的受損。

她不過是睡個熟覺罷了，有必要哭喊得像是她即將斷氣往生那般嗎？意識被喚醒的瞬間，隨即感受這陣淒咽的氛圍，還真讓她有從鬼門關繞回來的錯覺呢！天啊……她究竟是怎麼了？剛跑完一場馬拉松嗎？不然，怎麼會全身癱軟無力，甚至連撐開眼皮的力氣都嚴重喪失了？

看來，她要不是染病上身，不然，就是不得不承認自己確實有點年紀了。

為了表示自己尚有生命跡象，洪星琁努力擠出虛弱的聲音：「喬心，妳再不起來的話，我真的會被妳壓到斷氣……」這營養過剩的傢伙，真的該減肥了。

「小媽，太、太好了！」吳喬心喜出望外，從沒這麼感動能聽見小阿姨美妙的聲音：「幸好妳平安無事，我真的好擔心……」她用力抱了小阿姨一下，這才趕緊移開壓覆的身體。

「不好意思，阿姨不過是覺得有點累，所以睡得比較沉罷了。」洪星琁隨口問：「現在幾點了？」

「正好六點。」

「……」聽到這，洪星琁稍稍清醒的一絲理智，又再度被劈回枕頭山上。

天曉得，她凌晨四點的時候還起來幫小外甥泡牛奶呢！哪曉得喬安喝飽之後，居然精神全都來了，悲慘的她還陪玩了近一個小時。最後，還是因為自己的體力不支而提前離場——身體自行啟動斷電的保護機制，直接昏倒在床。

唉，小外甥明明都兩歲多了，卻仍然無法一覺到天亮，經常半夜醒來要牛奶喝或是找奶嘴，最悲慘就像她昨晚那樣，呼叫大人起床上「夜班」；平常則只需要小睡片刻，便能迅速充飽電力活動一整天……難怪姊姊常哀怨的表示，生到不重眠的孩子真是有苦說不出，建議她生小孩一定要趁早，免得將來沒有體力足以應付。

而她目前之所以會成為兩個孩子的貼身褓姆，全是因為上個月中旬，辭掉中部的工作返回高雄。原本，她打算先租房子再就地找工作，但在姊姊釋出各種「利多」的誘惑下，她決定先聽從這個「省錢」的建言，暫時入住姊夫家。

但也因為這樣，卻讓她經歷「誤上賊船」的慘痛教訓——莫名從待業的寄居者變成兼職的褓姆，接著再從兼職的身分強迫轉為正職。

姊夫因工作的需求，得前往上海一個月左右，原本姊姊還在頭疼得獨自在家帶兩個孩子，正好碰上她回高雄，便決定丟下兩個孩子給她，選擇夫妻倆一塊前往異地打拚兼二度蜜月。

洪星琁暗自一歎。其實，她並不介意姊姊「愛相隨」的表現，只是一口氣丟兩個孩子給單身、未婚的她，手段確實兇殘了點。

目前，她獨自帶著兩個小孩已經苦撐了半個月，在毫無人力可以接手的情況下，她得包山、包海、外加爆肝的賣命工作——這段期間，她不得休假罷工，比任何一個新工作都更具挑戰性。慶幸她接手的七月，正逢外甥女放暑假，還可以免去上下課接送與作業上的指導，可說是不幸中的大幸。

都怪她一時心軟，才會被姊姊的苦情牌說服，待姊夫他們一回國，她除了要先給它昏睡個三天三夜之外，還要以最快的速度搬出去不可。

「小媽，我肚子有點餓了，妳可不可以先起來弄早餐給我吃？」吳喬心央求著，她當然曉得自己的小阿姨這陣子有多麼辛苦，只是要扼殺自己肚皮那塊可愛的小肉肉，她倒還寧可犧牲掉的是小阿姨身上的卡路里。

「……」洪星琁無言以對。外甥女平時上課就算敲鑼打鼓也不見得醒得過來，如今一放假，卻有千奇百怪的早起理由——就因為這樣，她才會嚴重的睡眠不足呀！兩個孩子相差五歲，作息與需求皆不相同，無論哪一方還醒著，她就得撐著體力上工……難怪有先見之明的姊姊會選擇逃出國外，今天換作是她，肯定也會昧著良心這樣做。

「喬心，妳先去外面看故事書，拜託，再讓我小眯一下……」洪星琁徹底把臉埋進枕頭內，說什麼都要為自己爭取賴床的寶貴時間。不然，等喬安寶貝一醒來，她可得忙碌一整天的時間，才有機會再沾床休息了。

多可悲啊……她每天最微不足道的奢求，竟是能和床舖先生多「溫存」一些，哪怕只有二十分鐘的約會，她都願意傾她所有，以身相許。

「好吧，那我待會再來叫妳。」吳喬心於是乖乖離房。

耳根子一清靜，洪星琁的幸福感便油然而生。正當她躲進被窩欲補眠之際，突然有個東西不斷往她身上攀壓，教她不得不趕緊拉下棉被一探。沒想到，竟有一張小臉咫尺顯現。

「阿媽、阿媽……」吳喬安掛著可人的稚臉開心異常。剛才，小阿姨和姊姊交談的聲響已徹底將他喚醒，他有些迫不及待想一塊加入她們的遊戲。由於過度期待與興奮，以致於口水整個吞嚥不及，他不慎將整串滴於親人臉上。

「啊——」洪星琁的睡意再如何堅強，此刻，只怕全身的瞌睡蟲都被震光了。

吳喬安一醒來，這也等於宣告：洪星琁今日的褓姆工作正式啟動。

聽見高分貝的叫聲，吳喬心趕緊進房。瞥見自己的小弟正活力四射於床上跳動，她迅速丟下繪本一塊加入戰局，餓肚子的事早已拋到九霄雲外。

小姊弟倆就這樣在床上玩得不亦樂乎！他們手足情深，一塊將小阿姨壓在身下當活體跳跳馬玩；洪星琁儘管慘遭蹂躪，但此刻，只需扮演活屍的角色仍可繼續癱在床上，呵呵，她很樂意呀……

✧

「爸爸，為什麼夏天的星星看起來會特別多、也特別亮呢？」

開口的是一名約莫十四、十五歲的男孩，國中畢業的他，即將邁入人生的新學程。為了抓住假期的尾巴，他為自己爭取已久的出港體驗，總算獲得父母親的首肯。今天，終於能光明正大，陪同父親前往台南漁港外的海域工作。

雖然名義上他是出來「體驗」這份偉大而辛苦的職業，但實際上，他自己也曉得，不過是單純搭船出來過過癮、吹吹海風罷了。若說這是專屬他們父子倆的「約會」，他覺得還比較貼切一些。

夜晚八、九點，由父親駕駛的小型漁船已航行於大海之中。雖然他們並沒有像正式出港打拚的漁民那樣，到達一定距離遠的海域上作業，但男孩已經感到知足。因為，光是此刻能和父親一塊在大海中觀看滿天的星斗，就已經讓他直呼：值回票價了！

「因為地球公轉的關係，到了夏天的時候，正好轉到銀河的中心與太陽之間，所以角度上正好是銀河系最寬闊、最密，也最亮的時候，因此，夏天就成為觀賞星星最合適的好季節。」父親帶著磁性的嗓音柔聲解說。年約四十歲的他，擁有強健的體魄與健康的古銅色肌膚，全身散發一股中年人獨有的成熟與魅力。

原來是這樣。「爸爸，那你剛才說的『夏季大三角』指的是什麼？」

「『夏季大三角』是由三顆星星所構成的直角三角型，夏天的夜晚，它們會升到天頂的中心位置，因此，就成為夏天觀測星星絕不容錯過的大指標，我們只要認真觀看，就一定能欣賞到它們合力綻放的光采，找到之後，還可以透由它們來各別延伸，並順利找到在附近的其他星座。」

「那這三顆星星的名稱是什麼？它們一塊組成的星座就叫『夏季大三角』嗎？」

「不，他們全來自不同的星座，有天琴座的『織女星』、天鷹座的『牛郎星』，及天鵝座的『天津四』，會給予『夏季大三角』的封號，除了構成的特殊形狀之外，也恰巧在所屬的星座群中，它們正好都是最為明亮的那一顆。」父親邊解說邊朝頂空比劃，好讓兒子了解它們目前的確切位置。

「……」男孩看得眼花瞭亂。在滿天星斗不可勝數的情況下，要初學者從中找到特定的某顆星，難度未免也太高了吧！

「哈哈哈。」父親因此綻笑。從兒子呆然的表情中，他當然曉得是怎麼一回事，所以特地拿出預備的手電筒與相關書籍，先按書籍內的圖片做初步的介紹和解說，接著再仰天比對，如此一來，便能清楚明瞭。「你看，那顆最亮、最明顯的星星就是織女星，它正好落在『夏季大三角』的直角點上，在亮度排行榜中，織女星還擠進第五名的好成績；而隔著銀河相望的牛郎星則排名第十二，天津四則排在第十九。」

「嗯嗯。」男孩極專注聆聽。在多次努力下，果真在閃閃星河中發現夏季大三角，他不免興奮：「哇，爸爸，我好像真的找到它們了！」

「你真棒。」父親和他擊掌慶祝。

「爸爸，那夏天過後，是不是就看不見了？」雖然才初次見面，但在不知不覺中，他已漸漸愛上專屬夏季的閃亮三顆星。

「別擔心，它們並不會消失不見，在秋天的傍晚或是春天的凌晨，還是可以看見它們出現，只不過會移往不同的方位。」他朝兒子笑了笑：「我覺得每個季節都有它專屬的星座與特色代表，隨著地球的轉動，我們才能欣賞到不同風貌的星象。」

「嗯，我決定之後要把四季觀星的主要重點全都學起來。」已產生濃厚興趣的男孩，接著在微光中，翻看父親提供的書籍：「爸爸，這些星座之中，有沒有我們比較不容易看見的？」

「這個問題非常好！」父親於是翻動兒子手中的書本，好讓他看圖便能明白：「在南半球的夜晚幾乎都可以看見『南十字座』，但因為台灣位在北半球的關係，要看見它們就會比較有難度一些。」

「『南十字座』好可愛喲！難怪會取這麼貼切的名稱。」男孩很肯定自己已勞勞記住。

「沒錯，它只有單純的四顆星所組成，外型就像一個小型的十字架，所以簡單好記又討喜，在台灣若想看見它們，唯一的觀測地點只能在恆春的貓鼻頭，不過僅限特定的月份與時段，才能勉強看見它們出現於海平面之上。」父親進一步分享：「『南十字座』也是所有的星座之中，面積最小的代表。」

「有機會的話，我一定要親眼目堵。」男孩接著又繼續埋首於書香之中。「爸爸，我們地球最南和最北的那個軸心點，書上稱它們為『天南極』和『天北極』，我猜北極星所在的位置一定就是『天北極』，那麼天南極肯定就在『南十字座』裡的某顆星星之中，對嗎？」他大膽推論。

「可以算對一半，因為『天南極』不如『天北極』幸運，並沒有正好有顆星星落在上頭。」父親再次翻書說明：「若要概略找到『天南極』的話，可以將『南十字座』裡的『南十字一』與『南十字二』分別往南方來延伸，所得到的那個交叉點，差不多就是答案了。」

「好有趣喔。」男孩不禁問：「爸爸，星座究竟是如何誕生的，天上一共有多少個呢？」

「古人為了辨識天上的繁星，只好發揮過人的能力與記憶，並賦予它們不同的辨別名稱，因此演變成我們現在所熟知的星座。1928 年『國際天文學聯合會』認定的國際通用星座，就足足有八十八個之多。」

「哇！」男孩瞠目結舌。光是要背出這些星座肯定就頗有難度了，更何況每個星座之中，又由無數顆星星所組成，他不得不欽佩起古人的智慧與研究精神。

「爸爸，你會這麼了解星星是哪個老師指導的呢？以前跑遠洋的時候，星星的數量肯定會比現在還要更壯觀好幾十倍，對嗎？」男孩憧憬盡顯：「有機會的話，還真希望能像你年輕時那樣，挑戰在三大洋上工作，順便欣賞有錢也買不到門票的超級夜景。」

父親徹底失笑：「沒有必要為了看星星而加入遠洋吧！小心誤踩家規第一條的話，媽媽真的會翻臉不理人喲。」他接著道：「關於星座的部分，全是我自己看書學來的，因為一塊在海上相處久了，自然就會想要摸索這方面的專業知識，但也沒有你想像的那麼厲害，偶爾還是得對照書籍參考，才能逐一連貫起來。」

「爸爸，我真心覺得你當時選擇投入遠洋，是一份很了不起的工作與決定。」男孩深深明白，自己的年紀有多大，就表示父親脫離遠洋的日子有多遠。

當年，母親發現懷有他時，父親正好踏上遠洋的旅程。這段期間，他們完全分隔兩地、無法有所交集，頂多只能透由簡短的越洋電話傾訴關心。直到他出生半年左右，父親才真正歸港回家——就因為錯失太多寶貴的階段與時光，加上母親生產時又一波三折，令父親得知後，決毅告別遠洋的長時工作。

「謝謝。」父親撫了撫兒子的頭頂，深深一笑。儘管闊別遠洋已久，但千迴百轉的心緒仍舊輕易地遭受牽動——尤其是對妻小的虧欠。

「爸爸，你千萬別再覺得自己哪裡沒做好了。」男孩觀察入微，趕緊道：「雖然你有一半的時間無法陪伴在我們身邊，但我和媽媽感念你在海上的辛苦就來不及了，哪會有所怨言呢？」他立刻起身立正，邊發號邊自答：「向偶像一鞠躬，感謝親愛的爸爸，我最愛您了！」

父親被此舉逗笑，滿是欣慰和感動：「為了你們，再辛苦我都覺得值得。」能夠擁有令人稱羨的美滿家庭，何嘗不是他所渴求的？為了摯愛的妻小與家人而打拚，這是身為一個男人最甜蜜、也最為榮耀的時刻。

「那我可以再撒嬌一次嗎？拜託，最後一次就好。」男孩突然懇求。

「好吧，但下次『真的』不能再通融了。」父親雖如此回答，但卻是笑著張開熱情的雙臂。

「耶！」男孩立即撲向前去，緊緊摟著父親，臉蛋漾著無比的滿足。

「好不公平喲……」一會兒後，男孩竟哀怨開口。

「哪裡不公平？」父親不解。

「這種親密的感覺明明就很棒，為什麼大家都要阻止我呢？」他愈想愈不甘心：「如果長大之後就不能像小時候一樣，繼續摟摟抱抱的話，那媽媽為什麼就可以不用在這個限制之內？她都那麼大了，每次想抱你的時候就可以說抱就抱，完全沒有人會笑她，但我卻只能偷偷摸摸的，還被阿公和阿嬤警告，最多只能抱到國中畢業……」真的太不公平了。

「哈哈哈！」父親聽完，一度笑得無法言語。

雖然，他也希望兒子能有像樣的成熟度，但畢竟他不過是個大孩子罷了，加上又是自己和太太這輩子「唯一」愛的結晶，要狠下心來要求，或是不親密疼愛，其實真的很難。

「好，下次你想再抱的話，私下儘管開口。」父親笑著提醒：「但別忘了上高職之後，答應我要進步的事，絕對不能黃牛。」

「我保證，一定會讓你刮目相看！」接著，男孩又加碼道：「將來，我肯定會是一個更加優秀的好爸爸，因為我絕對不會限制自己的孩子只能抱到幾歲大，一定撐到『抱不動』為止，如果我老婆懷孕不舒服的話，我也一定會幫忙扛起所有的家事，讓她可以好好休息。」

「這樣做就對了。」望著兒子青出於藍的自信，父親的笑容更是久久不息。

「爸爸，目前的風真的好舒服，我們找個位置一塊躺下好嗎？」男孩提議。

「好。」他們父子倆便在小型漁船有限的空間內，共同仰望璀璨熠熠的星空。

「爸爸，你以前跑遠洋的時候，晚上還會做什麼？一直在海上工作、不能靠岸回家，那種感覺是不是很孤單呢？」他深深明白父親在海上生活的不輕鬆與乏味。

「爸爸最喜歡做的事，就是像我們現在這樣。」父親仰著星空道，眸光中似乎別有思緒。

「看星星？為什麼？」男孩不太能理解。

「只要抬頭觀看這片星空，爸爸的心裡就會感到無比的平靜與踏實，就像心裡很灰暗、很苦悶的時候，突然有人幫你點亮一盞名叫『希望』的明燈。」

男孩不斷思索這番話，模樣似懂非懂。

「想想看，雖然我們得暫時和思念的人分開，但我們都共同仰賴這片天空與大海，感覺就好像一直都沒有分開，而且，只要把燦爛的星空幻想成辛苦後的甜果，自然就能信心大增，更加有向前進的動力與決心。」

「我懂了，是不是先苦後甘的道理？」

父親笑著點頭：「但是家人的支持比什麼都還要來得重要。」

男孩睇著爍亮不已的織女星，不斷咀嚼父親傳達的那句話：「爸爸，下次你帶媽媽來好了，換我自己在家。」都怪他只想到自己，應該邀母親一同前來才是。

望著兒子割愛成全的無辜表情，父親再度失笑：「不如下次我們一塊來吧！」

「好耶！媽媽要是看見那麼多星星的話，肯定會比我還要更加興奮與激動。」

「一言為定。」他們父子倆勾著手，齊聲約定。

接著，他們滿溢的期待與笑聲再也止不住，好心情正隨著陣陣激浪翩翩起舞；瞬剎，天際亦劃過一道來不及補捉的流光，似乎正替這趟收獲滿滿的出港日，留下見證與足跡。

他們就這樣天南地北的聊著，直至夜深了，交談的聲響才隨著各別進入夢鄉而休止。

✧

白子帆瞬間清醒。

大動作環顧四周的景象後，再度躺回舒適的床上。

原來是夢……

剛才，他居然夢見自己早已過世多年的父親——方才熟悉的景象、一字一句的對話，一一喚醒塵封已久的深層記憶；每次轉動記憶的門把，一切仍清晰地如同昨日才發生過的事，彷彿，他仍然停留在那個幸福滿溢的流光之中。

「我可以再撒嬌一次嗎？拜託，最後一次就好。」

白子帆心一抽，沒想到這句話竟一語成讖。

整整二十年了。在旁人看來，他的心傷似乎早已淡然無痕，卻始終烙印在至深之處。

他永遠記得，那是專屬他們父子倆極珍貴的回憶日，在他即將成為高職生前，父母親特地獻上的開學禮——是難忘的第一次，亦是最後一次——之後，相差不到一個禮拜的時間，就在父母親結婚十五週年紀念日當天，居然傳來父親在海上意外失事的噩耗，留給他與家人永遠無法抹滅的傷痛……

即便時間早已沖淡一切，但，好父親深植於心的英勇形象，卻始終不曾動搖與忘懷。

白子帆抽離思緒後，發現目前不過才早上六點整，了無睡意的他，已決定起身進入澡間盥洗。

他開啟頂方的蓮蓬頭，讓大量的冰水不斷灑在自己身上。嘩啦啦的涼意，正好能將一早被莫名挑起的紊緒好好洗滌一番。

他換上多年來一層不變的工作服——白襯衫與深色西裝褲。

高挑結實的體魄是人人稱羨的衣架子；擁有深邃立體的五官、看似人工挑染的髮色，完全遺傳自父親優秀的基因——全身上下，大家都驚歎他與父親長得極為相像，唯獨曬不黑的膚色與散發出來的氣息截然不同。

在歷練的包裝下，他超齡的沉穩十分吸引人，但是無形中，也釋出一股拒人於千里之外的孤傲與冷漠，使得多數人總不敢主動親近與攀談。

今天，他正好滿三十四歲。一如往常，提著公事包踏上繁忙無暇的工作之路。

這棟毗鄰高雄港和新光碼頭，地上擁有八十五層樓、地下另有五層的摩天大樓，正醒目地矗立在高雄苓雅區。

八五大樓（85 Sky Tower）於1997年完工，當時還曾是國內最高的建築物代表，亦是臺灣第一棟引進抗風阻尼器的摩天大樓。目前的高度位居國內第二，若以最高使用的樓層來排名，在世界則擠進第二十七名的佳績。其色系以孔雀藍為主，再混搭相近的淺色塊與金邊勾勒，在色彩呈現上，便使人過目不忘，更別說外型如同長型的「高」字鼎立，氣勢猶如護港的金湯一般，是極具「高雄」代表的指標性建築。

八五大樓內除了供應住宿服務之外，第七十四樓亦開放為遊客的觀景層——這裡不僅可俯瞰高雄港、台灣海峽、壽山，以及高雄市景外，能見度好時，甚至可遠眺屏東的北大武山，幾乎是來高雄一遊，必不容錯過的景點之一。

迄今營業已邁向第十四年的「澐海」視覺設計公司，就設立在這座便利性與視野度極佳的摩天大樓內。

「澐海」公司約有七十幾坪大，裝潢主要以蔚藍搭配白色線條，自然簡約的風格和舒適敞亮的空間，讓旗下的員工皆擁有個人獨立的迷你辦公間。除了上述優點外，最令人驚豔的，莫過於公司別具一格的接待室。

接待室主要為案件接洽與訪客招待，或是提供同仁開會的重要場所，其特色是擁有整片視野無阻的落地窗，不僅可遠眺窗外的港景與流動的車潮，亦能欣賞空中行雲的千變萬化；在室內外的色系皆相互呼應下，正是大伙在忙碌之餘，最能釋壓的天然良藥。

下午四點，是澐海公司下午茶的小憩時間，員工們可以放下手邊的工作自由活動三十分鐘——這個人性化的福利，無非是體恤他們長時間使用電腦，容易產生一定的職業傷害，因此鼓勵他們起身活動筋骨。

有三個人準時放下手邊的工作，紛紛自專屬的小辦公室走出。

櫃檯區緊臨出入的大門，為處理行政事項的主要部門，所以辦公機器與設備一應俱全，就連同仁所需的設計書籍與相關圖庫，也全數收納於此。一到了下午茶的時間或是公司「沒大人」時，他們幾位員工就愛聚在這裡喝咖啡、聊是非。

洪美吟不斷緊盯目前仍緊閉無聲的最大辦公室，那正是他們公司負責人的所在之處。

今早，他們準時前來上班時，便瞧見老闆房內的燈火已經通亮，他們也不得不捨去平時愛先打屁開嗓的壞習慣，趕緊進入備戰的工作狀態。不久後，他們便接獲內線指示，老闆要同仁們今日無事勿擾，讓他徹底安靜一整日——包含吃飯和休息時間。

一切都過於安靜詭異。若非還曾瞧見當事人自辦公室內走出，並前去外頭使用公廁的話，不然，他們幾乎要懷疑某人的辦公室內，另藏有祕密通道了。

洪美吟來公司四、五年了，頭一次遇見這樣的靈異現象，於是決定前去偷覷上司的打卡單。她不看則已，一看竟赫然發現——他居然早上七點鐘就前來報到了！整整比規定的上班時間還要早了兩個小時。

「湯尼。」洪美吟趕緊反應：「帆哥關在裡面都已經九個小時了，你確定還不『抱緊』處理嗎？」

連最資淺的黃少奇也同樣附和：「對呀，湯尼哥，進去關心一下啦！免得『白鴿』在鋼琴上昏倒了，我們全都不知道。」

「好，喝完這杯咖啡就立刻出發。」陳湯尼連忙答應。他年約三十五歲，外型端正斯文，臉上總是帶著一股過人的親切。進公司服務已長達十一年之久的他，除了看不出實際年齡、不帶半點架子之外，還有過人的使命與超能力。

「叩叩叩。」陳湯尼上前敲門，卻不見任何回應，只好再接再厲。「叩、叩叩叩、叩叩叩……」

這次，他改以節奏明朗、熱鬧滾滾的廟會式敲法，逼得當事人不得不出聲就範。

「請進。」反感吵雜的白子帆不禁蹙眉。即便不開門，他也曉得來者何人。

陳湯尼先朝身後的兩位同事比了個勝利的手勢，緊接著開門進入。

一走近某人的辦公桌，他隨即抽掉對方手中的文件：「白帥帥大哥，賺錢有數，細命愛顧，你已經超時工作忘了休息了，身為公司的大內總管和你貼身的經紀人一職，我不得不命令你，立即停下手邊的動作，立刻出來走動走動。」陳湯尼彎著九十度的腰，擺出「這邊請」的動作。

白子帆置若罔聞，把對方當作空氣一般，並於架上取出另一疊的資料繼續詳讀。

苦等不到動靜的陳湯尼，差點就化成閃到腰的冰雕：「帆哥……」

「我不是已經提前告知，要你們沒事別進來打擾嗎？」白子帆不滿的語調同表情一樣冰冷。

「所以，我進來當然是『有事』要稟報。」陳湯尼畢恭畢敬道。

「說。」從對方進門到現在，他始終沒抬頭理會。

「但我不敢說。」陳湯尼瞧見對方因欲怒而攥緊手中的文件，連忙改口：「好啦好啦，我只是想問你，你覺得辦公室內，有沒有增設尿壺的必要？」他一臉認真：「這樣可以幫你節省更多寶貴的時間，你就可以忘我的閉關修練。」

白子帆「總算」抬起頭來——光是這點，就足以證明陳湯尼的功力是經過認證的。

「不好笑嗎？」陳湯尼見他冷若依舊，唯一改變的，就是欲將他碎成「湯泥」的寒光。

下一秒，陳湯尼自顧著慌喊：「兄弟們，咱們速速撤退，逆襲失敗了！小心冰山的暗箭——」他就這樣一路東逃西竄，在辦公室內自導自演。

基本上，眼前這般無厘頭「博君一笑」的娛親戲碼，幾乎是澐海公司內，不時上演的特色戲。

約莫十年前，他們彼此間還是「同事」的身分，當時白子帆不過只是一名進新的普通員工。來了一年多的陳湯尼，一眼便對眼前的新人產生莫名的好感，在公司歸為資淺派的他，已迫不及待能一圓升格當師兄的夢想——陳湯尼不僅同理心嚴重泛濫，還主動扛起教導新人的職責來，並不厭其煩用自己的熱臉狂貼對方的冷屁股，精神堪稱無人能及。甚至有同事暗虧他有過人的「靈異」體質，才能和個性天差地遠的白子帆意外處得來。

多虧陳湯尼屢屢朝冰山極地探險的不死精神，除了開創「冰火」相融的趣味奇景之外，亦讓公司的同仁逐漸接納這位奇特又異常努力的新人。始終默默觀察的白文濱，十分肯定陳湯尼的種種優點，便在舉家移民前，私下委託他接下特別的「任務」，順道代替遠方的他們，照顧自己在台的親人。

白子帆接手親大伯給予的設計公司後，考驗與壓力亦接踵而來。他和陳湯尼一路由最鼎盛的時期，熬過差點關門大吉的難關，所幸在一方堅持不懈、另一方不離不棄的相挺之下，方能擁有穩定與嶄新的新局面。

就因為合作多年的兩人已培養出一定的好默契，因此，在台面下其實已和家人沒啥兩樣。

「你打算在桌下躲多久？」白子帆咬牙道。

陳湯尼這才緩緩探出頭來：「我看的出來，你今天的心情不太好。」他一臉關心：「說吧，究竟發生了什麼事？就算我真的幫不上忙，但最起碼還可以做一個傾聽者。」他十分了解對方的個性，加上自己又大對方一歲，因此更想以「大哥」的身分表示一點作為。

「不想和你分享。」白子帆繃著臉，擺明著說。

「忙了一整天了，還是我幫你按個摩。」陳湯尼立刻走近。

「不用麻煩了，我需要的只是安靜。」白子帆回絕後，立刻抽回他方才拿走的文件。

「你要離開了？」陳湯尼發現他已陸續收拾桌上物：「幹嘛這樣？我又沒要趕你走的意思。」他不過是想提醒某人該吃飯休息罷了。

「當然是讓你這位稱職的『褓姆』好交代。」白子帆的口氣充滿暗諷。

幾個月前，他因操勞過度，結果足足感冒了兩、三個禮拜仍未痊癒，拜某「好心人」告密所賜，竟驚動了他在國外的家人，致使爺爺奶奶不顧兩地的時差，定時播打越洋電話前來關切。不僅如此，就連他每天投入多少的工作時速、餐點吃了什麼、今天穿得暖不暖、走路有沒有靠右邊……等等細節全都瞭若指掌，這才讓他驚覺——原來，奸細一直都埋伏在身邊。

「我保證，絕對不會把今天的事『呈報』上去，所以，你大可安心的留下來繼續工作。」陳湯尼趕緊掛保證。

「你還是呈報上去好了，免得之後會威脅我用其他的條件作為交換。」他太了解對方的為人了。

陳湯尼無奈的表示：「我每個禮拜按時交『報告』，其實也是很有壓力的。」

白子帆沉著的神情，難得也有輕易遭挑起的慍火。

哪有人領現任老闆的薪水不夠，還靠「出賣」他來賺取額外的加級獎金呢？

這該死吃裡扒外的叛徒！

陳湯尼哀怨的解釋：「多年來，我每次回報你的近況，你伯父伯母都只是單純的收看，哪曉得那次寫的 mail 會不小心讓兩位老人家發現，才會……」才會讓原先密報的簡單工作，強制改為報表式的詳實記錄，偶爾還得想辦法附上某人的「健康證明」，以示作息與氣色皆為良好。

「真是好一個『多年』。」白子帆只氣自己當初時白感動一場，原來，對方無悔留下來併肩作戰全是另有目的。

陳湯尼替自己叫屈：「別怪我這個收費的『看護』胳臂只會向外彎，我其實也常寫假報告替你做掩護。」接著，他充滿信心安慰：「我已經一連幾個月都回報你表現『優異』了，相信再過一陣子，就能鬆懈你爺爺奶奶緊迫盯人的決心，到時候，我們就能回歸最初的正常生活。」

「最好是這樣。」想起爺爺奶奶當時還不辭勞遠，特地飛回來一趟，他仍是有氣。

白子帆收拾妥當後，邁開步伐邊交代：「待會公司的大小事就不用來電詢問我了，全由你做決定，今天，我只想一個人靜一靜。」

「嗯。」陳湯尼緊跟在後：「心情不好的話，就適度去放空休息吧！整天眉頭深鎖，可是會嚴重影響健康的。」他發現對方這半年來，笑容確實有明顯減少的趨勢，也許，他也該幫忙想個法子，讓好兄弟忙些工作以外的事。

白子帆一搭乘電梯離開，黃少奇立刻投以崇拜的眼神：「湯尼哥，我真的好佩服你呀！你究竟是如何辦到的？怎麼每次一出馬，帆哥就會乖乖的棄械投降？」他都來兩年了，依舊覺得自家老闆頗有威嚴與距離，除了商討工作外，他們幾乎不敢多做閒聊與互動，唯有眼前最資深的「一哥」，完全罩得住對方。

「對呀！難不成他有把柄落在你手上？」洪美吟同樣好奇。

「哈，其實也沒什麼啦，不過就是我們處得比較久罷了……」為此，陳湯尼總是簡單帶過。

「對了！」洪美吟瞬間閃過什麼，立即問：「冰箱那個蛋糕是誰帶來的？那間很有名耶！聽說訂單得排上好幾個月，還不見得能……」

「啊——」陳湯尼大叫，他居然忘了真正的要事：「糟糕！蛋糕可是要幫帆哥慶生用的。」

「快打給他呀！」洪美吟和黃少奇齊聲催促。

陳湯尼趕緊播號，但無論努力多久，始終是一名「最熟悉的陌生女子」代接的。

「您所播的電話暫時無法接聽，請稍後再播，謝謝……」

第二章　改變

洪星琁苦苦熬了一整個月，盼的就是今晚姊姊和姊夫要回國的大好消息。

「小媽，廁所裡的衛生紙用完了，妳可以再幫忙拿一包新的進來嗎？」吳喬心在廁所內呼救。

「好，等我一下。」洪星琁立即擱下收衣服的動作，由陽台進到屋內。

經過客廳時，正好目睹被抽到一張也不剩的濕紙巾全數散於各個角落，就連地上也出現不少瓶瓶罐罐的屍體——單看這一幕，洪星琁的頭皮就一陣發麻。

她不過才離開一會兒，每次都會有不同程度的「驚」喜，等不及要獻給她。

為了迎接即將回國的兩人，她們姨甥倆費了不少心力在打掃整棟房子，好不容易忙完一個段落能稍微喘息時，回房竟目睹被拆解大半的木製嬰兒床，洪星琁簡直被這一幕嚇傻了！更可怕的還在後頭，整間房就這麼幾坪大，她們卻怎麼都找不到小兇手，焦急地幾乎快把整棟透天厝給翻面——最後，總算在床舖底下發現正呼呼大睡的小鬼頭。

嚴重遭受驚嚇的她們，除了得收拾被肢解的殘局之外，還得設法將吳喬安拖離窄小又髒亂的床底，並火速替他清洗一番。

「阿媽、阿媽。」吳喬安看見小阿姨出現，已迫不及待拉著她至某處尋寶。

「安安，你……」洪星琁總算看清楚小外甥此刻的樣貌，所見的皮膚皆擦上一層厚實的乳液，這樣還不打緊，跟著來到「案發現場」後，她更是驚呼：「這、這是媽媽最近才剛買的精華液……」它很貴，但居然讓地板無情試用了大半瓶。

洪星琁不禁狂盜汗。

她可不是在傷腦筋該如何向回國的姊姊交代，而是光想到小外甥獨自攀上梳粧台的至高點，順利「取貨」的驚險畫面，就足以讓她嚇得心跳險些停止！幸好身手向來敏捷的他，並沒有因此而摔落受傷。

吳喬安不斷狂踩地版上的精華液，還興奮地以台語大喊：「有鬼、有鬼。」

洪星琁簡直哭笑不得。不禁蹲下身，近距離矯正孩子頻頻錯誤的發音：「有『水』、有『水』。」

記得，第一次聽見喬安高喊「有鬼」時，是在她台中的舊租處。

當時正逢夜晚，姊夫他們三人又正好外出購物，獨留她和小外甥留在原處。只見剛會開口說話的喬安不斷指著暗處頻喊「有鬼」，令她一陣悚然。因為，她已頗為介意租處的環境越來越複雜與髒亂，小外甥這麼一喊，無疑讓她確信，搬家一事已克不容緩。

直到後來，她才曉得，原來「有鬼」的感應只是虛驚一場——這完全是小外甥發音不標準的烏龍意外，不過能幫忙促成她搬家的動力，倒也算功德一件。

吳喬安仔細盯著小阿姨的嘴型，再次嘗試：「有鬼。」

「……有水。」真不知這可愛的孩子，究竟何時才能矯正成功。

「小媽，可以快一點嗎？」吳喬心再次催促。

「來了。」洪星琁於是抱起吳喬安一塊前往。

「喬心，洗完澡後記得刷牙，我們要準備睡覺了。」目前的時間已是晚上的九點半，等姊姊他們回來，應該也晚了，她還是先讓兩個孩子按時就寢比較重要。

洪星琁接著幫吳喬安重新更換一套睡衣，順道將客廳收拾乾淨。

「阿媽、阿媽，尿、尿。」吳喬安突然伸手拉大人的衣角。

「安安要尿尿嗎？」洪星琁轉身，結果卻噗哧笑場：「安安，那個是『廟』，不是尿。」

吳喬安一臉疑惑，再次睇著手中的繪本，說：「尿。」

「廟，貓咪叫的『喵』。」

「……尿。」

接下來，無論洪星琁指導多少次，結果仍是相同，她索性抱起這個經常鬧笑話的小傢伙。

「阿姨好喜歡聽你說話的純淨嗓音，以及認真學習的投入表情，加油！總有一天，安安在語言上的發展，一定會有超越姊姊的可能。」

「安安，加油。」吳喬安樂得笑喊。

此刻，洪星琁的感觸莫名湧上，因為今年的生日過後，她將會屆滿二十九歲。

雖然已達適婚年齡，但在兩個月前匆匆結束那段三年多的感情後，對婚姻的憧憬早已徹底冷卻。這次，下定決心回到自己的出生地——高雄，她抱持著重新再出發的心境，決定讓過往的不愉快全數歸零。

從小到大，她就十分羨慕他人能擁有一處溫暖的家。只可惜，那樣的境界對她而言，卻像是一個永遠也無法抵達的虛幻國度。

打從她還小時，父親就極少有一家之主的承擔與風範。一路被家人寵上天的結果，父親只耽溺於吃喝玩樂之中。不認分工作的他，常花大把的時間算計能如何不勞而獲，若有一絲的不順遂，便會酗酒裝瘋，要不是伸手要錢，不然就是動手砸毀家物，偶爾還會傷害母親洩憤。

她高職即將畢業那年，她們經歷了一場難忘的家暴事件，在長期忍無可忍的情況下，她們姊妹堅持說服母親卸下傳統的包袱，不再逆來順受、以夫為天——而是勇敢做自己人生的主人——為此，她們還不惜和親戚們撕破臉，堅持透由訴訟的方式，申請離婚獲准，母女三人終於解開綑綁已久的原生枷鎖，得以重獲新生。

為了徹底脫離父親的勢力範圍，她們母子三人特地搬離屏東至其他縣市落角，最後甚至不得不斷絕與親戚間的所有來往，免得父親再有機會打聽到她們的消息，上門逞凶報復。

儘管頻頻處在挫折之下，她仍堅信會有迎向光明的那一天。

她們姊妹很努力幫忙母親重建久違的自信，並鼓勵她多多走向人群。幸好在老天的眷顧下，母親又再次遇見值得託付終身的好男人。

三年前，這場戀情順利開花結果，母親亦追隨另一半至國外展開穩定的新生活——這遲來的幸福讓她們深受動容！並要母親務必放下一切的牽掛，就自私地為自己一次，盡情地放手去飛吧！

同樣擁有好歸宿的姊姊，後來也隨同姊夫定居於高雄。儘管她們姊妹常年處在不同的縣市忙碌，但每隔幾個月，她總會固定南下和姊姊一家人好好團聚。

這次，她提著行李現身家門口，突然表示已辭掉原先的職務，決定南下找工作，雖然教姊姊有些措手不及，即便她始終不願意鬆口透露任何的原因，但姊夫一家人仍以最熱烈的掌聲歡迎。

「安安和姊姊好幸福呀！感謝爸爸幫你們買了一間舒適的二手新家，阿姨這次才能近距離參與這美好的一切。」她用力親了小外甥一記：「多虧了你們兩個寶貝，讓阿姨這陣子在紮實中度過，才沒空回想那些不愉快的回憶。」她超愛嗅著小孩身上的體香，於是不斷磨蹭，惹得吳喬安笑聲連連。

「你們在做什麼？」吳喬心一出現便瞪著吃醋的大眼。

「當然是等大小姐出浴，然後再一塊上樓睡覺呀。」洪星琁趕緊放下小外甥。

「小阿姨是我的。」吳喬心向弟弟宣示主權後，接著賊賊一笑：「安安，你今天沒有嬰兒床可以睡了，所以只能和我們一塊睡大床，現在，我們就來比賽看誰最先跑回小阿姨的房間，就可以搶先睡小阿姨隔壁，開始——」發號完，她已先溜為快。

「啊啊……」有口難言的吳喬安，只好緊追在後。

他們姊弟倆就這樣邊跑邊尖叫，放送一屋子的熱鬧，教後頭綻笑的洪星琁也不得不趕緊跟上。

◇

「寶貝，媽咪交代妳的事，有從小阿姨那裡探聽到消息嗎？」

說話的是正是剛回國不久，洪星琁的姊姊、以及兩個孩子的媽媽——洪佩嫻。她留著一頭及肩的捲髮，儘管在長相上不如妹妹那般出色，但在打扮上可一點也不馬虎。平常無論再如何忙碌、場面再如何混亂，她都會優先替自己打理漂亮，才會認分扮演起好媽媽的角色。

「我有問啊，但小阿姨就是不肯說。」穿著睡衣的吳喬心，正開心和小別一整個月的父母親相聚：「小阿姨為什麼回來這裡找工作，原因真的那麼重要嗎？」

「嗯。」吳學仁代為解釋：「因為小阿姨不僅把用了很多年的門號換掉，就連一些通訊系統也統一重設新的帳號，以她不愛計較的個性，會有這麼大的動作和反應，肯定是發生了什麼大事，我們才想進一步了解和關心。」

「就是說呀……」洪佩嫻十分明瞭妹妹的個性，她越是不肯透露隻字，越表示事情沒想像中的單純，相對的，對她造成的傷害也就越深……但在當事人不肯告知的情況下，他們也很難得知整起事件的始末——這點，倒讓護妹心切的她很是頭疼。

「佩嫻，我覺得『星』若是不肯說的話，妳私下也別再逼問了，起碼她回來高雄的事，一直是我們所樂見的。」吳學仁對於相差十歲的小姨子可說是極為疼愛，幾乎把她當成是自己的親妹妹來看待。打從認識開始，他就很習慣隨同另一半，單以一個「星」字來暱稱她。

洪佩嫻不肯死心：「到時候我再問楠茜看看，或許她那邊挖得到答案。」她接著提醒：「學仁，別忘了打電話問爸媽，看我們不在的這段期間，『對方』是否真如同我們猜想的那樣，會過去打聽星的消息。」

「好，明天睡醒之後就立刻問。」

「誰會去阿公阿嬤家找小阿姨？」吳喬心問。

「當然是小阿姨在台中的男朋友啊！」洪佩嫻分析給女兒聽：「如果小阿姨確實是因為感情的因素而南下的話，對方目前唯一找得到她的方式，自然就是我們之前所住的地方。」說到這，她有些懊惱：「都怪以前久久才見一次面，加上近幾年忙著照顧安安，實在沒空和對方混熟。」不然，就可以直接烤問本人還比較快一些。

吳學仁一笑：「妳又不是第一天才認識妳妹，她向來低調，哪會傻到讓你們熟絡？這不等於是放了一個眼線在自己身邊嗎?而且有了安安之後,妳用盡各種心思在『求救』,星為了能多幫妳一些,後來也都選擇自己一人南下還比較乾脆。」

「媽咪,那妳之後打算怎麼做?繼續用『老方法』嗎?」吳喬心連忙問。

洪佩嫻其實也沒有下一步的想法:「我覺得每次都拿妳和安安來打拖延戰術,時間一久,效果肯定會很有限,畢竟小阿姨搬出去的事,只是早晚的問題。」她太了解妹妹的為人了,不愛打擾別人的她,肯定會再次另覓新的住處。就算目前會暫居高雄,但難保哪天一獲得更好的就業機會,又會再次飛往異地打拚——到時候越飛越遠的話,只怕她們要再經常見面,只會更加困難。

「學仁,從現在開始,你負責物色公司內的所有同事,以及身邊可見的所有單身漢,只要是家境單純、人品還不錯的男性,全都安排給星認識。」洪佩嫻決定好好把握這一次的機會:「我希望對方會固定在高雄工作,若將來有機會進一步發展的話,最起碼我們姊妹不用分隔太遠的距離。」

「沒問題,包在我身上。」吳學仁接著笑說:「可惜,最好的那個被妳挑走了,不然……」

此時,樓梯口突然出現一道身影,教忘情聊天的三人險些嚇破膽。

「姊、姊夫,你們回來啦。」洪星琁正揉著睡眼逐步下樓。

剛才,安安又醒來找奶嘴,幸好吸完奶嘴後又接著倒頭大睡——若非這樣,她也不會發現睡在一旁的大孩子居然不見了!聽見樓下發出的聲響與通亮的燈火,她便決定下樓察看。

洪星琁覷向壁上的時鐘,卻換來一陣不小的驚訝:「現在都半夜一點了,你們三個不去睡覺,卻在這裡拚命聊天?」她實在難以理解,特別是沙發上那位精神奕奕的外甥女。

「熊熊」被小阿姨質問的眼神點到名,吳喬心於是跳起:「我我、我半夜醒來尿尿,正好發現媽咪他們回來，所、所以，就就……」

「對呀。」洪佩嫻趕緊接話：「不好意思，班機突然延誤，才會這麼晚回家，加上喬心太想知道我們這次出國的趣事，才會一個不小心，就忘了時間聊到現在。」她以手肘輕撞另一半：「學仁，不是說要給星一個大驚喜嗎？還不快點去準備禮物。」

「馬上來。」吳學仁即刻起身，偷偷完成後，便來到小姨子面前：「星，還沒拆禮物之前先握個手，讓我好好感謝妳這一個月來的辛勞。」

初醒不久的洪星琁在意識仍有些混沌，於是乖乖伸出手來。哪曉得才碰觸到姊夫的手，居然整隻手臂瞬間掉落，嚇得她失色驚叫。

「啊———」她立刻驚退了一大步。

「哈哈哈！」目睹的三人全都笑歪了。

終於發現自己遭受惡整的洪星琁，不禁插腰瞪著老愛捉弄人的姊夫。

「吳先生，這樣對待任勞任怨一個月的恩人，說得過去嗎？」

「不好意思，剛回國，不小心搞錯節日了。」吳學仁一路抖著笑，這才又重新返回行李箱前，取出正式的禮物來。「送給親愛的小妹，保證打開後，絕對不會彈出另一隻手來。」

「我不信，除非你幫忙打開。」洪星琁仍心有餘悸。

「小媽，我來幫妳好了。」吳喬心孜孜笑著，待拆完層層包裝後，忍不住道：「哇，好漂亮喲！」她趕緊送給當事人。

洪星琁定睛一看，原來是一對極亮眼的星型耳環。

它約莫一公分左右的大小，黃澄澄的光澤呈現半透明狀，且深淺不一，外圍則有豐富的小切面，放於手心中，彷彿掬起了一道溫燦的陽光一般。

「好美喲……」她不斷欣賞，因為造型和色彩全符合她的偏好。

吳學仁笑道：「黃水晶可以招財、增強自信，希望之後能為小妹帶來意想不到的正能量。」

「謝謝姊夫，我超喜歡的。」洪星琁愛不釋手地細賞。

笑望這一幕的洪佩嫻，突然發現什麼：「星，妳好像瘦了！」她迅速上前打量妹妹一大圈。

「這都要歸功你們用心安排的魔鬼訓練。」當全職褓姆的這段期間，她足足瘦了三公斤。

洪佩嫻深感納悶：「奇怪，我平常同樣帶兩個小孩，怎麼就是瘦不下來？」產後回不去的身材，一直是她心裡無法訴說的痛。更別說本次出國的期間，她吃好、睡好，在徹底爽休之下，可是又扛了幾公斤的「戰利品」回來。

唉，身材呀身材，你又何苦一直為難女人呢？

「佩嫻，看來妳錯失了這次的減肥良機，沒關係，下次還有機會。」吳學仁笑著暗示。

「我寧可肥死，也不要累死。」洪佩嫻丟下話後，立刻前去拿皮尺。「糟糕，這次幫妳挑選的幾套洋裝，版子本身就略大一些，妳一口氣瘦那麼多的話，非得修改不可……」她邊丈量邊感慨，她們姊妹倆長得不太相像也就算了，還足足差了七歲之多。妹妹不僅從小就標緻討喜，就連窈窕的身形也一直讓她望塵莫及。

唉，平平出自於同一間工廠，怎麼品質會相差這麼多呢？

「姊，明天再忙吧。」洪星琁此刻已呵欠連連。作息向來正常的她，實在沒有熬夜的習慣與天分。

「喬心，立刻跟我上樓。」她朝外甥女招手。

吳喬心火速道別：「爹地、媽咪晚安，我的禮物明天記得給喲。」她立即牽著親人的手，邊撒嬌說：「阿姨，我好愛妳喲。」這陣子不僅沒有課業壓力，每天還能夠和最愛的小阿姨朝夕相處，她小小的心靈滿足極了，好希望這種感覺能一直延續。

「寶貝，我也愛妳。」洪星琁笑著回答，這嘴巴超甜的傢伙，難怪會讓她從小疼愛到大。

「對了！我的生日快到了，這次可以指定自己想要的禮物嗎？」

「如果用途和價格都合理的話，當然沒問題。」

「太棒了！」吳喬心突然又問：「許願一定能實現嗎？」

洪星琁於是道：「有句話叫『心誠則靈』，只要妳的誠意足夠、願望的難度又不會太高的話，自然會有實現的可能。」

「真的呀！」吳喬心開心高舉彼此交握的手：「我決定今年的生日願望，要拜託老天爺別讓妳太快找到工作。」這樣，她們就能一直維持美好的現狀。

正要踏上最後一階的洪星琁差點絆倒。

「大小姐，我看妳還是早睡早起，才不會胡思亂想。」

「我很認真耶……」

吳學仁夫妻併肩站在樓梯口，一路聽著姨甥倆的對話，直至消失門後。

吳學仁輕拍老婆的肩，完全能體會另一半的感受。

洪佩嫻一直很心疼從小就異常獨立的妹妹，在各方面，未曾讓自己和母親擔心過，幾乎比她這個姊姊還更為早熟與獨當一面。不過唯一的缺點，就是不肯分享多餘的心事，總是習慣靠自己消化一切。十八歲那年，妹妹除了獨自前往中部讀書、假日兼職打工之外，一畢業就順勢留在當地工作。這麼多年來，舉凡生活上的開銷皆靠自己的雙手供應，完全沒喊過一聲苦。

雖然有自己的小家庭後，她們姊妹較無法像從前那樣緊密聯繫，也經常好幾個月才能見上一面，但洪佩嫻的一顆心，始終都掛念著遠端的她。

今年初，洪佩嫻認真同另一半商量買房、搬出一事。除了想解決夫家的空間已不敷使用之外，還有一點私心，就是為了自己的妹妹——他們的新家不僅會是一家四口的自由天地，未來，還會是妹妹最好的「娘家」。

吳學仁曉得太太極欲代替國外的母親扛起照顧的職責，亦可體會她們姊妹每次小聚，總礙於環境而有諸多限制，所以一舉兩得的情況下，他完全力挺另一半的作法。幾個月後，便在親友的介紹下，順利覓得這間還不錯的二手良屋，也適時供應足夠的空間，讓小姨子這回可以安心入住。

「剛才，星不是說『心誠則靈』嗎？妳已經完成就近照顧的第一步，我相信，下一個願望肯定不會太難實現。」吳學仁給予太太信心。

「嗯。」洪佩嫻用力點頭，深信總有一天，妹妹也能同她一樣，找到理想的幸福歸宿。

「結果，你考慮得如何？」陳湯尼捧著一貫的笑意，正等待滿意的答覆。

「你們去吧，這禮拜我已經答應外公外婆，要陪他們出去走走了。」白子帆坐在辦公桌前，有難得一見的閒適。

「既然這樣，那我們改約下個禮拜。」

「下禮拜也有事。」

「下下禮拜呢？」

「一樣有事。」

「下下下禮拜呢？」

「同樣有事。」

「下下下下禮拜呢？」他就不信對方連下半年的行程全都排滿了。

白子帆已懶得回答，索性拿起桌上的雜誌翻閱。

陳湯尼便拉了張椅子坐下，決定纏鬥到底：「不然，你直接跟我說哪個禮拜比較方便好了。」

「你明知道我對這個區塊向來都不感興趣，假日只習慣走自己的路線。」

「沒必要這麼孤僻吧，我們又不會趁機謀財害命……」

隨著七月的結束，他們總算忙完一系列的慶典設計。現在，只待委託單位做最後的文字確認，便可交付後續的相關印刷與大圖輸出。因此，他們才得以撿到今明兩日的悠閒。

為了犒賞員工這陣子沒日沒夜的辛勞，白子帆不但主動示意他們這兩天可以稍作放鬆，甚至還主動提撥一筆金額，欲供應同仁們私下大快朵頤、好好玩樂一番——就因為這樣，陳湯尼才決定順勢揪團出遊。

「如果你不想過夜的話也沒關係，看對哪裡一日遊較感興趣的，我們幾個完全配合。」

「多謝，但我想去的地方已經不存在了，祝你們這禮拜玩得愉快。」說完，白子帆便將整本雜誌立起，表示該話題到此結束，某人無須再多費唇舌。

「……」又來了，哪有老闆多年來始終不肯出席公司的餐聚和員工旅遊，就連休假也一律神隱不見客的，真是傷透了他們幾位幼小的心靈。

陳湯尼可不打算錯過對方，心情難得綻放晴彩的大好機會，於是拉下他的書本道：「我不管，今天，你非得破例答應一件事不可。」

白子帆以聽見笑話般的眸光回覆：「我記得某人說過，這麼多年來確實靠我賺了不少黑心錢，所以，近幾個月幫忙掩護超時工作的事，純粹是發心的『感恩回饋』。」他特地加強最後四個字。

「沒錯！」陳湯尼順勢應和：「所以接下來要你答應的事，保證是加碼再加碼的跳樓大服務。」

「喔？那你倒說來聽聽。」白子帆壓根不信，抽回自己的雜誌之後，又繼續翻閱。

陳湯尼接著將多年來，提過不下近百次的建言再次抬上桌：「你在小港那邊的房子一直空著不住，我真的覺得很可惜，要不要再好好考慮這一次——把它租出去吧！」他大膽開口，接著展現誠意：「如果你願意、也完全信任我的話，保證從實景拍攝、刊登接洽、帶客看房、簽約，甚至是按月的到府收款……我統統都願意一手包辦，你完全不必出馬，只須等著收租金即可，如何？」

白子帆突然定格，並認真思忖他的一番話。

多年來，陳湯尼確實已經向他建議過無數次，但，每次總是遭到他的習慣性回絕。

陳湯尼再道：「如果你肯早一步聽我的話，提前將房子打理好、即時出租的話，這麼多年來，起碼能有六、七位數的進帳。」他真心道：「雖然生活上不缺錢沒有錯，但也沒有必要跟錢過不去，把這筆收入拿來補貼裝潢的成本，或是樂捐、投資、發放年終……都好過把一棟有價值的房子，純粹空著當展示館使用。」

發現前方人維持一貫的沉默是金，陳湯尼略略緊張。不過，今天最起碼有難得一見的大突破，竟沒在第一時間內，就遭當事人亮起出場的紅燈。

陳湯尼鼓起勇氣繼續往下說：「我知道這一、兩年內，那間房子已經完成過半的規劃與布置，我也承認，私下曾看過你大伯分享的實景照，那情境之好，簡直就足以美媲高級飯店的五星級套房。」他老實說：「原本，我還以為你確實想通了，將一切徹底打理完畢後，就會擇日搬入，沒想到都好幾個月過去了，依舊沒半點要搬回去的跡象。」想起那棟夢寐以求的獨立式住宅，他不禁喃喃自語：「是我的話，肯定會捨棄交通便捷的大樓，改住郊區好好享受生活……」

「好。」一會兒後，白子帆突然開口。

「蛤？」陳湯尼一時無法反應，於是問：「好什麼？你真的決定要搬回去了？」

「就照你剛才的建言進行，即時出租。」這次，白子帆破天荒答應。

「真的假的！？」懷疑自己聽錯的陳湯尼，差點攀上辦公桌。

「出租可以，但是——」白子帆提出但書：「你也得答應我一件事才行。」

「沒問題！只要是我能力範圍之內的，就算是無酬幫忙，也願意傾力配合。」陳湯尼雀躍不已。

「我大伯他們私下和你的交易，我無權干涉，但，我希望從現在開始，你別再擅自把我生活上的大小事，全數轉述讓他們知道，有必要的話，也是由我自己主動分享。」白子帆挑眉：「如何？這麼簡單的交換條件，你同意嗎？」

「成交！」陳湯尼立即拍桌。

「很好，我會盡快擬定租賃契約，並連同備份鑰匙一塊交給你，之後，也會按房間的出租率來計算你代勞的酬金。」

心花怒放的陳湯尼，不忘問：「那出租的細節與要求，你有何限制？」

「目前出租的範圍僅開放二樓以下，未打理的三樓，列為禁止出入的區域——這點，務必請你當面告知所有的承租客，剩下的使用規範，我會詳實寫在契約書中，至於承租方是男是女、單身或是小家庭，全由你視情況決定。」基本上，對方的辦事能力他極為放心。

陳湯尼趕緊拱手：「多謝信任！小的一定會做好、做滿，絕不會辜負你的一番期望。」

白子帆點頭，瞥見腕上的時間後，說：「我有事就先離開了，這兩天若沒什麼工作量的話，可以提前一、兩個小時下班沒關係，明天，我會去接洽幾個案子，所以就不進公司了。」

「收到。」陳湯尼火速移至門口，準備開門恭送。

待白子帆步出辦公室，即將跨出大門之際，正在櫃檯區翻找資料的洪美吟突然出聲。

「等、等一下——」她快步至冰箱內取物：「帆哥，這個給你。」

「……這是？」白子帆盯著洪美吟手中的一大袋重物，正猶豫該不該收下。

「正宗的古早味紅茶，保證以灶爐和木炭費心熬煮而成。」洪美吟怯怯說著，並解釋：「上次加班一塊約吃宵夜，不小心聽見湯尼說，你唯一愛喝的含糖飲料就是這個，所以，我就……」

「哇！美吟，妳真不是普通的有心，居然記住了！而且還幫忙找到這類快絕版的老字號店家，效率真是一級棒。」陳湯尼代為接過重物，並轉予當事人。

接下滿滿一大袋的瓶裝禮物，白子帆略感意外：「謝謝妳，那我就真的不客氣了。」他難得放送一抹罕見的笑容，接著在同仁的目送下，揮手離開。

白子帆離開不久，幾位員工紛紛聚往櫃檯區進行「八卦」餐敘。

他們難得能像今明兩天一樣，在辦公室內「公然」享有快樂似神仙的樂活，不徹底揮霍一番、好好加以暢聊的話，未免也太對不起自己的良心。

若非櫃檯區的行政同事正逢坐月子中，不然，肯定會更加熱鬧才是。

洪美吟已等不及問：「湯尼，你說帆哥一直都住在市區的大樓內，在小港的郊區不僅有一棟自己的房子，多年來，還始終空著無人居住、也遲遲不肯出租——這是真的嗎？」

黃少奇同樣直呼不可思議：「這年頭哪有人傻到不肯當包租公的？」他邊說邊幫忙將採買回來的一大袋零食，一一放上桌。

「哇，全都是有機店的暢銷餅乾耶！這些都夠吃一個禮拜了。」洪美吟接著幫忙倒飲料：「不好意思，今天只準備古早味紅茶，改天再請你們喝高檔咖啡。」

黃少奇扯著笑：「不下重本賄賂怎麼行呢？難得湯尼哥要破例分享帆哥的私事。」接著，他立即招呼重要的主講人：「湯尼哥，來，這邊坐。」他指著自己的大腿：「待會看你想吃什麼，全由我這位小帥哥貼身為您服務。」

「喂……」陳湯尼失笑，連忙坐往洪美吟身旁。

都怪他方才過於興奮，才不慎將房子即將出租的大事說溜嘴，加上兩位同事對自家老闆的私人領域過於感興趣，他只好破例滿足他們的渴望與求知慾。

「先說好，今天的爆料話題只能點到為止。」陳湯尼就座，並正式開講：「其實帆哥位在小港的房子已經有一定的屋齡了，但詳情我也是一知半解，唯一能確定的，是那棟房子是他爸媽留給他的珍貴禮物，實質的意義更勝於它的價值。」

黃少奇斷言：「這麼說來，那房子是帆哥以前的老家嘍？」

洪美吟的腦海，不禁浮現舊式透天厝的輪廓：「是因為這原因的關係，帆哥才寧願讓它長期維持目前的現狀，免得出租後遭人破壞嗎？」

「不是，房子並非是帆哥的老家，認真說來，除了他自己之外，就連他的父母親都未曾住過。」陳湯尼先輕啜幾口香甜的古早味紅茶，接著才緩緩解密：「以前，帆哥還住在那間房子內，為了縮短工作與學業進修的路程，才決定搬至目前居住的大樓內，沒想到，這麼一住就是八年，至今仍不打算搬回自己原先的家。」其實，他也很想詢問當事人原因，不過想也知道——對方會回答才有鬼呢！

洪美吟得知後，表情微訝：「那帆哥目前居住的大樓是……？」

「是他親大伯的，也就是我們公司的原創負責人——白文濱老闆所有，因此，帆哥完全可以免費使用。」陳湯尼突然揚起一抹神祕的笑意：「我保證，等你們參觀完帆哥爸媽留給他的房子之後，絕對會……」

「嚇一大跳！」黃少奇代下定論，並以驚恐的表情道：「房子有一定的屋齡又位在郊區，甚至還整整空了八年……」他莫名閃現殭屍片中的森冷畫面：「我的老天鵝啊！這肯定和參觀陰宅的程度不相上下。」

「湯尼，你興致勃勃說，拿到鑰匙之後要帶給我們過去好好參觀，該、該不會是要我們陪同壯膽兼打掃吧？」洪美吟不自覺打了一個冷顫：「先說好，我可沒膽量前往。」

陳湯尼愣住，接著放聲大笑：「哈哈哈！你們都想哪去了？帆哥的房子可是一棟獨立式的高級別墅呢。」

「高級別墅！？」洪美吟和黃少奇皆瞠目喊出。

「沒錯。」陳湯尼點頭一笑：「別墅雖然建造多年了，但大致的狀態仍維持一定的水準之上，據我所知，一直都有專人在幫忙做清潔與維護的工作，而帆哥也會不定時前往探視。」他進一步分享小道消息：「帆哥近幾年幸運靠著房地產的投資，適時出租和轉賣賺了不少錢，也許過程中，激發他佈置與美感擺設上的興趣，這兩年來，突然轉為投入別墅的規劃與裝潢。」

聽到這，黃少奇忍不住打岔：「帆哥能含著金湯匙出生，真令人羨慕！房子和公司全是免費配送的，這樣的人生最起碼可以少奮鬥三十年。」他一臉稱羨：「真希望我也有個富爸媽與出手大方的帥大伯。」

洪美吟卻是好奇：「是因為房子已經過舊了，帆哥才決定舊屋翻新嗎？」

「不是，認真說來，帆哥當初接手別墅時，不過是一棟外觀初完成的空屋罷了！而且，他並非如同少奇口中的那樣，是個含著金湯匙出生的幸運兒。」陳湯尼稍作停頓，正猶豫某些話究竟該不該說。

「不然是怎樣？」黃少奇突然問：「對了，帆哥他爸媽目前是住在鄉下，還是外縣市呢？」

「怎麼了？」洪美吟見陳湯尼面有難色，於是問。

陳湯尼沉吟許久後，決定道：「雖然這件事已經稱不上是什麼機密了，不過，我還是希望你們聽完之後，能保持原先不知情的狀態，千萬不要任意張揚或是對帆哥產生一絲的同情。」畢竟，當事人重視隱私的程度，他們全是有目共睹的。

「嗯嗯。」洪美吟和黃少奇連忙答應，已迫不及待往下聽。

「帆哥的父母親其實早就不在了，他並非出生在什麼貴富人家，而是從小土生土長在偏遠樸實的小漁村內。」陳湯尼娓娓道來：「帆哥的家人早期主要以漁業和養殖業為主，在最顛峰的幾個時期，除了省吃簡用、確實將所得好好儲蓄之外，後期又有文濱老闆指點理財與投資之道，所以，整個家族的經濟狀況堪稱優渥。當時，帆哥完全處於調皮愛玩的單純之中，直到國中畢業那年，出港工作的爸爸突然傳來落海失蹤的噩耗，從此改變這幸福美滿的一切。喪父之後，已讓帆哥大受刺激，沒想到在十九歲那年，又讓他遇上媽媽猝死離開的意外，全程參與急救過程下，對帆哥的打擊更不在話下……」

洪美吟和黃少奇得知後，表情瞬間凝重。

陳湯尼繼續道：「文濱老闆為了紀念帆哥的爸媽，才決定創立這間公司，並努力在經營上紮根，帆哥的伯母則以家務為主，並細心關注他失去雙親後的一舉一動。他們夫妻倆完全扛起監護人的職責，盡心將家中的老老少少照顧到最好，直到帆哥出社會、正式進入公司學習，才逐漸卸下肩上的重擔。」說到這，他不禁想起過往的種種：「剛開始，我們全都不曉得帆哥就是老闆的親姪子，因為各方面的互動，完全看不出端倪，所以，公司的同仁也只把帆哥視為一般的新人來看待。有不少人無法適應帆哥沉默寡言的個性，便開始挑剔、冷落，私下更愛拿他的一舉一動來作為消遣，直到帆哥靠自己的實力交出一張亮眼的成績單來，大家才開始對他刮目相看，逐漸把偏見轉為欣賞和肯定。」望著兩位同事此刻的面容，他笑了笑：「後來帆哥是如何打拚、如何熬過上任後的種種考驗，直至我們目前小規模的穩定發展，相信不用我多說，你們應該全感受得到，他一路走來的不易與堅持。」

黃少奇感到汗顏：「原來，我只看見帆哥光鮮亮麗的一面，卻不知他曾經……」想必能收割這一切，得付出多少為人不知的血淚與辛酸。

「你居然現在才和我們分享帆哥的故事，實在太不夠意思了！」洪美吟嗔怨：「害我一直都很懼怕帆哥的威嚴，早點說的話，我就不用……」

「我有我的為難之處嘛……」陳湯尼笑道：「所以一直努力在你們和帆哥之中，幫忙緩頰或者代為協調。」

洪美吟忍不住發表聽聞後的感受：「扣除後天使然的個性，以及帆哥對設計的要求與成品的挑剔，他其實是一個以身作則、許多鎖事都親力親為的好老闆，起碼他的冷酷並不是自恃甚高的那種傲慢，該給予我們的福利，也未曾壓榨與苛待。」

「完全認同。」黃少奇跟著補充：「而且他偶爾外出回來，還會幫忙採買餐飲，上次知道我不舒服勉強來上班，還叫我提前下班休息，並且也沒多扣我的全勤，有一次朋友聽見我在電話中，叫自己的老闆『帆哥』時，他們多驚訝啊！」

洪美吟接著說：「對呀！帆哥的名片遲遲不肯加註任何的頭銜，還一度被不熟的新廠商誤會成是我們公司的業務，我看他也一臉無所謂的模樣。」

望著同仁的真情流露和肯定，陳湯尼一臉欣慰：「雖然公司的新氣象是帆哥靠自己的努力而創造的，但他始終都認為自己只是代為管理的『幹部』，才會維持一貫的低調。」

「但我很好奇，帆哥當年為何不肯隨同家人一塊移民呢？」黃少奇問。

「文濱老闆表示，帆哥內心最細微的想法雖然藏著不說，但最關心他的伯母卻完全看在眼裡。她清楚明瞭，帆哥多年來接收親友過多的資源與關懷，內心其實充滿排斥與掙扎，為了證明自己已經完全獨立長大，所以，極渴望能有展翅單飛的那一天。」憶起某些事，陳湯尼依然動容：「老闆娘才決定藉由移民的事，順勢讓帆哥一圓闖蕩的夢想。」

「他們移民的大動作，全是為了成就帆哥的獨立！？」洪美吟感到訝然。

「不，應該說確實有移民的打算，同時也做好帆哥極可能爭取留下的心理準備。」

「帆哥目前還有多少親友留在台灣呢？」黃少奇關心。

「大部分都在，移民的成員只有爺爺奶奶、伯父伯母和兩位堂妹。」陳湯尼進階透露：「老闆娘得以安心離開，據說是一對交情頗為要好的夫妻，允諾會悉心照顧帆哥，要他們無須牽掛。」

「那你這次說服帆哥將房子出租的動機是什麼？」洪美吟總算把話題帶回重點。

「當然是賺錢呀！」陳湯尼不假思索。

「賺錢！？」洪美吟和黃少奇皆納悶地瞪大眼。

「我、我是說幫——帆哥賺錢。」陳湯尼連忙拗轉：「我希望帆哥能忙些額外的事，別再把所有的心力全擺在工作之上。」

「但帆哥已經同意將出租的事，全權交由你來處理了，他還能忙些什麼？」黃少奇不懂。

陳湯尼坦言：「帆哥的感情已經空窗好幾年了，我知道他想趁著年輕、無所罣礙時，盡情在事業上衝刺，但我覺得這麼多年下來，他的努力已有一定的好成績，步調應該可以稍微緩一緩才是，所以才想藉由這一次的機會，幫忙物色條件合適的單身房客。」

「這點子倒還不錯。」洪美吟立即明白：「到時候，我們就故意製造問題，硬逼著房東與房客面對面、進一步互動。」

「沒錯。」陳湯尼洋洋一笑：「美吟，妳果然懂我。」

黃少奇理解後，問：「那我們下一步究竟該怎麼做才好？別墅公開出租的話，就不怕引起不必要的騷動嗎？這樣更加不利於我們做品質上控管。」

「所以，當然得低調行事。」陳湯尼已有盤算：「我不會把別墅的條件直接公開，頂多註明靠近哪個區塊，並提供房內實景拍攝的一隅供片面參考，其餘的，皆以文字敘述帶過。」他繼續指導：「我們先從身邊的好朋友開始打聽，看這陣子是否正好有親友要在小港那一帶租屋的，待彼此的條件大致吻合後，再進一步洽談看屋。」

洪美吟予以肯定：「這方法確實不錯，也利於我們前置作業上的打聽與篩選。」

陳湯尼笑說：「好友限定，保證租到賺到。」

黃少奇邊搓下巴邊思索：「我記得……小港那附近有間餐旅大學，要找房子的學生應該不少，我正好有朋友在學校裡面工作，或許可以透由他幫忙打聽看看。」

洪美吟直覺反應：「大學生的身分好像不太適合成熟內斂的帆哥吧？就不怕對方到時候會呼朋引伴，邀請全班同學回去住處開趴嗎？」

想像那個畫面，陳湯尼忍不住笑場：「沒關係，要是出事的話，就扣押少奇這位擔保人的薪水。」

黃少奇笑得一臉無辜：「不如我們先在LINE上開個群組，以便我們之後商討進度。」

「馬上處理。」行動派的洪美吟即刻拿出手機：「那群組的名稱該叫什麼才好？」她邊說邊拿起紅茶飲用。

「設計三人組？還是直接用公司的名稱就好？」陳湯尼隨口說。

黃少奇突然靈機一動：「有了，叫『澐海腥羶色』，怎樣？」

「噗——」洪美吟聽得噴茶。

「……」而幸運中獎的陳湯尼，不僅斯文的臉蛋沾滿茶香，就連淺色的襯衫也「新花」朵朵開。

「啊！歹勢、歹勢……」洪美吟驚亂地跑回私人辦公室拿紙巾。

陳湯尼邊沾舔邊自喃：「說真的，這古早味紅茶還真是不錯喝。」難怪某人會喜歡。

一旁的黃少奇用力朝同事的肩上一拍：「湯尼哥，算你好運！等等下班後，我和朋友正好約在健身房運動，所以你需要的毛巾物品和換洗的相關衣物，我這邊正好可以先借你一用。」他立即挪動步伐：「我馬上去拿。」

此時，洪美吟已返回櫃檯區，並急聲催促：「湯尼，快點把衣服脫下來！我趕緊拿去廁所清洗，免得慢了就洗不掉了。」說著說著，急性子的她已主動伸手幫忙。

「美美美美、美吟——」陳湯尼緊護自己的胸口：「我我、我自己來就行了！」

黃少奇提著運動包回來，撞見這一幕，故意驚喊：「美吟姐，這要是讓妳脫成功的話，我們湯尼哥還嫁得出去嗎？還是讓我來吧！」他拽著當事人往外頭走去，並搞笑安慰：「湯尼哥不怕不怕，有我保護你。」

待一切都搞定之後，三人又重新聚於櫃檯區。

「漬漬漬。」黃少奇不斷咂嘴欣賞：「湯尼哥，沒想到你換上貼身有型的運動上衣，也頗有一番姿色。」他越看越滿意：「我的眼光果然不是蓋的。」

洪美吟不忘潑冷水：「是不錯，但腦袋裡的墨水量卻有待加強。」腥羶色這三個字，簡直是玷汙了他們做設計的品味與水準。

「美吟姐，我就知道妳一定是誤會了！」黃少奇快快解釋：「我是剛好發現，咱們三個人的姓氏都正好和『顏色』有關，才想取名叫『新三色』的。」

「新三色？」陳湯尼意會後，開始逐一點名：「紅、黃、橙。」他最後指著自己：「真的耶！未免也過於湊巧。」

「不止不止。」洪美吟接著發現：「然後帆哥是『白』，坐月子的又婷是『藍』。」

「哇！」下一秒，他們全都拍手叫好。

「難怪我們幾個會那麼合得來，原來，公司早就湊齊色彩『三原色』和『五色祥雲』了。」陳湯尼笑盈盈的說：「這真是一個好兆頭。」

「群組完成了，歡迎兩位。」洪美吟笑著宣布。

紛紛加入後，陳湯尼率先貼圖留言：「預祝新三色的染『白』計劃，順利成功！」

第三章　契機

洪星琁已經許久沒像現在這樣，徹底放鬆和享受了。

今天，她與最要好的朋友——王楠茜，熱情廝混一整天。從早場的電影欣賞、享受美好的餐點、逛各式各樣的商店，最後還至旗津騎單車，並搭船至西子灣走走……幾乎每個行程都滿檔充實。直至皎月當空，她們仍帶著雀躍的心情在港邊流連忘返。

晚上九點，她們一塊返回王楠茜的住家，待機車停妥後，興致盎然的兩人又決定沿著附近的巷道漫步與暢聊。

洪星琁今晚要夜宿在好友家中，就連隔天都還要持續窩在一塊；因為好心情不斷充電下，所以邁起步伐絲毫沒有半點疲倦之態。

「難得喲，睡美容覺的時間快到了，某人的精神還這麼好。」王楠茜戴著膠框眼鏡，留著一頭服貼的短髮，外型上雖然平凡，卻擁有一股惹人親近的鄰家氣息。

王楠茜和洪星琁曾是童年時期的玩伴，後來因為一些因素而斷了聯繫，直到她們高職畢業後，不約而同前往中部的同所學校就讀，在校園中，竟意外認出彼此來——多虧這段重逢之緣，讓她們從此成為莫逆之交。

「我不止精神特別好，待會還打算買些宵夜和啤酒，回妳家聊通宵呢！」洪星琁開著玩笑。

「女俠饒命啊！」王楠茜趕緊求饒：「哥哥今晚在家，本人不方便……」

「妳哥又嫌妳胖了？」洪星琁隨即漾開笑容：「你們兄妹的相處還真不是普通的逗趣。」她簡直羨慕極了。

「他是怕我喝多了，又像上次一樣……」上廁所忘了關門。

「哈哈哈！」洪星琁彎身大笑，驀然想起對方的哥哥事後竟莫名長針眼的事。

王楠茜頻頻望著好友此刻的模樣：「星，我覺得這次再見到妳，感覺又變得更加不一樣了呢！」她一直都很欣賞對方，不單純是外型上的優勢，而是她沉靜過人的懂事與獨立。

「哪有，還不是老樣子。」

「這次，妳把旁分的長瀏海剪短，整體又打了一些層次，看起來好有蛻變後的成熟。」王楠茜稱讚完，已忍不住伸手觸摸對方覆在額前的一排瀏海。

洪星琁見狀，火速將頭撇開。

「怎、怎麼了？」好友大動作的模樣教王楠茜不解，她的手還因而僵立在半空中。

為了不讓好友起疑，洪星琁隨即掛上笑容解釋：「都怪之前的幾位同事，有事沒事就愛伸手觸摸我的新造型，害我不自覺養成反射性閃躲的動作。」她撫著前額，故作後悔：「早知道會引發這樣的效應，當初就不該聽設計師的建言，冒然把瀏海剪成這樣……」

王楠茜不疑有他，直說：「哪會，這樣分明就超級好看！我看妳同事是捨不得妳離開吧！只好用這種方式來表達，要不是妳剪髮的地方在中部，不然，我一定衝去找那位設計師報到。」

「好。」洪星琁義氣相挺：「想去的話我捨身相陪，還可以先幫忙電話預約。」

「還真的勒……」王楠茜不禁自嘲：「我哥都說，我怎麼換造型的效果都一樣呆，建議還是去百元的連鎖店隨便剪一剪就好，才不會浪費錢，又打擊設計師的成就感。」

「妳哥真的很狠耶……」

「不然他的名字反著唸，怎麼會正好是『機車王』的諧音呢？」下一秒，王楠茜的目光突然遭前方的大型看板吸引：「星，快看！」

洪星琁順著好友指示的方向瞥去，眼睛同樣為之一亮。

「哇……」

「走，我們立刻過去參觀。」王楠茜拉著她的手，一塊往廣告牌指示的方向前進。

「好氣派的房子……」洪星琁看得一眨也不眨，因為格局與建材完全符合她的理想。

多年來，她始終都很渴望能擁有一棟屬於自己的大房子。因此，格外喜愛欣賞不同風格的建築與居家擺設，只不過……買房的夢想對她而言，實在過於遙不可及，她頂多只能鼓勵自己再設法多存點錢。

「受妳的影響久了，連我也開始愛上這種深色石材所呈現的氣勢與質感呢！」王楠茜始終沒忘記，房子在好友心中所定位的深層意義——那不僅是一處能遮風蔽雨的堅固場所，還會是儲存愛與能量的最佳堡壘——所以，她很樂於陪伴對方欣賞百看不厭的各式建築。

「不好意思，今天出門的時候過於匆忙，一時忘了把家裡的鑰匙帶出來，下次有機會，一定帶妳進去參觀。」洪星琁朝好友俏皮一笑。

理解後，王楠茜轉瞬失笑：「妳又來了……」每次對方一遇見理想中的格局，便會像現在這樣，佯裝屋主、來場即興演出過過乾癮。

洪星琁說笑完，不禁望著整排的新房子低嘆。

王楠茜當然曉得是怎麼一回事：「幹嘛洩氣呀？妳沒聽過『有夢最美』嗎？」她摟著好友的手臂給予信心和力量：「加油！一定有機會的，要相信自己。」

「謝謝。」洪星琁回以迷人的笑意，並告知：「我已經開始注意新工作，以及房子出租的相關訊息。」

王楠茜感到訝然：「妳還是堅持再額外找房子住嗎？」她不禁幫忙對方的姊姊說話：「我覺得妳大可安心住在妳姊夫家就好，這樣既省錢又可以相互照應，不是很兩全其美嗎？」

洪星琁遲疑的眸光閃著一絲複雜。雖然這陣子和姊夫一家人住一塊的感覺確實很棒，但卻也擔心，再不儘快搬出的話，會開始養成依賴的惰性。「我覺得還是不要打擾他們小家庭會比較妥當，而且我自己一人已經住習慣了，這樣既輕鬆又自在，也比較有私人的空間與作息。」

王楠茜一股氣道：「哪有什麼打擾不打擾的問題？佩嫻姐他們很歡迎的！妳完全不必介意什麼錢的問題，姐夫說，他很樂意為妳負擔這些，如果，妳是因為沒有支付房租和水電而感到過意不去的話，佩嫻姐說，她可以酌收……」一對上好友含笑澈亮的明眸，她竟一時頓塞。

一會兒後，王楠茜開口坦承：「老實說，姐夫他們很希望我能夠說服妳繼續住下去，但我也很了解妳不愛麻煩別人的個性。」她難過地垂首：「星，我一直都很佩服妳過人的獨立和勇氣，哪像我從小就是出了名的膽小，都快三十歲了，還是很習慣依賴爸媽與哥哥。」她真心道：「其實，我很想建議妳乾脆搬來和我一塊住，我家的人全都舉手贊成，但我知道，妳連自家姊姊都不肯打擾了，更何況是我……」

不忍好友因自己的因素而驟然低落，洪星琁趕緊搭摟她的肩安慰：「楠茜，妳的好意我心領了，有妳剛才那句話就已經足夠。」她努力搏對方一笑：「雖然我不可能搬去和妳一塊同住，但我可以考慮搬來小港，和妳成為附近的好鄰居。」

「真的嗎！？」王楠茜連忙睇著她：「妳不介意我們這一帶離工業區過近，不太可能會有適合妳的好職缺出現，到時候，妳可能得多騎遠一點的路程，才能夠抵達市區工作。」

「那有什麼問題，早點出發不就好了，幸運的話，或許還可以搭捷運上下班呢。」

「太好了！」王楠茜振臂歡呼：「等等回去，我馬上跟我哥說這件事，請他務必幫忙留意這一帶適合妳的出租訊息。」當然，她也會私下回報這個消息給佩嫻姐知道。

一想到當事人，王楠茜恍然想起對方交代的要事。

「星，那個，呃……」王楠茜正猶豫該如何啟口：「不曉得，方不方便問妳……」

「想問我感情的事，對嗎？」洪星琁代答。

王楠茜一愣，接著尷尬笑了笑：「我保證，絕對不是妳姊交代的，而是我自己想知道。」說完，她就後悔了，這不是等同於不打自招嗎？「我我、我的意思是說，如果妳不方便分享的話，就不要勉……」

「對，因為想徹底結束那段感情，所以我才回來的。」洪星琁大方承認，接著搖頭一笑：「原以為回來之後，妳就會開始打破沙鍋問到底，沒想到，都一個半月過去了，到現在才發問。」

王楠茜笑得一臉緬靦：「妳又不是不了解我的個性……」既不善於挖他人祕辛，更不願為難最要好的朋友。

接下來，洪星琁平和敘述的語氣，彷彿是在轉說他人的事：「我和他的緣分已經盡了，不愉快的心情在沉澱一個多月之後，已逐步釋懷、跨出泥沼，所以，你們完全不必擔心或是多做猜想，因為我的決定不僅會是一種解脫，更能讓未來的路走得更加開闊。」她突然放送一笑：「以上，報告完畢。」

王楠茜愣怔不已，沒想到內容這樣就結束了。這種乾脆不抱怨、又不直接道出內幕的說法，果真是好友一貫的瀟灑風格，她很欣賞，但相對的，也湧上一陣不小的難過。

「有時候，我還真希望妳能在我面前大哭一場，或是狠狠數落對方的不是……」就因為了解對方，所以王楠茜更加明白，真實發生的細節，肯定會與簡潔的內文成徹底的反比。

好友的成長背景她一路看在眼裡、疼在心裡。明明，她是一個極認真發亮的好女孩，可偏偏卻沒有獨具慧眼的好男人，可以許她一個承諾與穩定的將來；原先，她極為看好的那位仁兄，竟也在他們措手不及之下，黯然收場了。

「楠茜？」洪星琁還以為自己看錯了，好友竟倏然淚下。

「沒事沒事。」王楠茜用力擦拭淚水，並努力擠出笑容：「星，我會力挺妳做的每一個決定，從現在開始，也會適度提供肩膀供妳依靠，歡迎回來。」

距離澐海公司下班，時間僅剩下五分鐘不到。

陳湯尼走進洪美吟的辦公室想問些問題，只見她正忙著收拾桌上物。

「美吟，上次妳口頭分享那間風評還不錯的義大利麵，它位在什麼路上呢？」

洪美吟沒抬頭，僅以微冷的口氣道：「察往路。」

「『察』是哪個察？『往』又是哪個往呢？」陳湯尼熱切的態度毫不受影響。

「我叫你——查、網、路。」洪美吟用力吼完，接著翻個白眼。

「呃……」陳湯尼儘管遭受驚嚇，但仍以一哥的身分關心旗下的兄弟姊妹：「妳今天怪怪的喲，是因為『那個』來不舒服的關係？還是和你們家的朱承憲吵架了？」

洪美吟的怒火瞬間引燃，劈頭便罵：「誰要浪費生命跟那隻『豬』吵架？以後不要在我面前提到他的名字了，哼！」她將手中厚重的書籍往桌上用力一擺，發出「碰」的一大聲。

「我們已經玩完了。」她正式宣告。

「你你、你們……」陳湯尼無敵激動：「——終於分手了！？」

洪美吟怔住：「你似乎『看好』很久了？」

「當然！打從你們開始交往的那天起，我就一直『看好』到現在。」陳湯尼不諱言地脫口。

「蛤？」洪美吟只覺得腳邊一滑：「既然覺得我們不適合，幹嘛不早告訴我？」

「現在分手也不嫌晚呀！」興奮的陳湯尼為了進一步確認，不忘旁敲側擊：「你們應該只是單純的吵一架吧？都交往多年了，憲哥哪捨得放妳自由？而且，他不是一直都把妳擺在第一位嗎？」

「那個爛人他……」洪美吟咬牙，再也忍不住握拳。

此時，外頭突然傳來黃少奇的招呼聲：「妳好，呃，那個，我……」定格呆愣的他，還不慎將手中的文件全數灑落。

陳湯尼和洪美吟聽見後，一塊移至門邊偷覷，只見櫃檯區來了一位聚焦型的人物。

撇開該名女子一身可見的高檔飾品與精緻的妝容不談，光是她身穿半截式的小可愛與超短熱褲，在放送香肩、美腿和大半截水蛇腰的情況下，是「正常人」都很難控制自己不把目光聚在她的頸部以下大啖「冰淇淋」——更別說，她還攜帶來勢「胸胸」的事業兵器。

「哇……」大飽眼福後，洪美吟近身向陳湯尼耳語：「我們這一棟有經紀公司嗎？」對方舉手投足間的自信，都像極了伸展台上的模特兒。

「沒有，搞不好是走錯展場的 show girl。」陳湯尼暗暗享受這陣親暱。

「難得有仙女現身澐海，還不快點去卡位服務。」洪美吟連忙拱他出場：「記得，順道叫少奇回魂。」

「遵命。」陳湯尼不負某人的期望，立刻步至現場。

「小姐妳好，來委託設計嗎？」陳湯尼不見對方回應，於是再次開口：「小姐妳好，有什麼需要我為您服務的地方嗎？」他同時來到黃少奇身旁，並狠狠踩他一腳。

「湯、湯尼哥，我我我的……」黃少奇總算有所知覺。

姚亮謹這總算注意到彬彬有禮的陳湯尼。她欲如法炮製，好好媚惑他一番，怎知，對方居然毫無該有的反應：「你好，我來找人。」她改以哆聲攻勢。

「不知小姐想找誰呢？」不受一絲影響的陳湯尼，依然老神在在。

「你不認識我？」姚亮謹的面上已有明顯的嗔色，甚至懷疑對方是否有所眼疾。

陳湯尼一頭霧水，但仍迎著不變的笑臉：「小姐曾來本公司委任過設計？」他可是毫無印象。

「沒有。」姚亮謹甩過頭，高傲逐漸顯現：「我找子帆。」

「不好意思，帆哥稍早就已經離開公司了，小姐若要洽詢設計，可以由我代勞。」陳湯尼總算細看對方的長相，她的眼妝十分濃密，還配戴時下流行的瞳孔放大片，在過分的裝飾下，雙眼其實大得很不協調，就連神韻也過於銳利，活似一把出鞘的精刀。

「我不信。」姚亮謹放眼掃視偌大的空間，欲尋找某人。

「是真的，帆哥會的，湯尼哥也樣樣行。」一時被迷倒的黃少奇一整個狀況外。

姚亮謹已懶得理會兩名員工，於是邁開步伐，決定靠自己逐間搜尋。

「小、小姐，妳不可以……」陳湯尼連忙勸阻，但對方卻故意充耳不聞。

洪美吟見狀，趕緊現身：「小姐，不好意思，帆哥確實不在辦公室內，而且，現在也已經是我們的下班時……」她突然噤聲。一來是因對方怒視的狠勁過於懾人，二來，是迎面撲來的香氣教她一陣難受。

「我今天就在這裡等他。」姚亮謹不由分說，已大剌剌走往招待室。

「媽呀，這究竟是什麼情形？」他們三人無不以眼神傳遞相同的心聲。

陳湯尼試著走出辦公室外，偷偷撥號給白子帆，但卻無人接聽，只好再次返回櫃檯區靜候。

姚亮謹極滿意招待室內的一切，心喜下，便從名牌包內取出化妝包來，在此忘情補妝。

不久，一陣響鈴打破現場沉默。

姚亮謹盯著來電顯示，極不悅地放下眉筆：「幹嘛？我沒空，你找別人吧。」她欲結束通話，但話筒另一端的人不曉得急切說了什麼，總算讓她稍展眉色：「好，那你晚上八點來接我，但我只給你一個半小時的時間。」說完，她火速掛斷。

緊接著，手機又再度響起，姚亮謹連來電顯示也不願多看，一接通便開始飆罵。

「看，你真的很煩耶！不是都已經跟你說……」她發現來電者並非是同一人時，火速切換嚶嚀之聲：「林董，不好意思捏，人家正好在練台詞……」下一秒，她大動作從沙發上一躍而起：「真、真的呀！好好好，我馬上回家洗澡打扮，包證以最性感的模樣登場。」最後，她還獻上飛吻感謝。

「就不信這次你還逃得掉。」姚亮謹興奮跺腳，火速收妥物品，就這樣一路哼著歌，踱出澐海公司。

「湯尼，你還好嗎？」洪美吟連忙關心。

陳湯尼可摔疼了：「這瘋子究竟是打哪來的？川劇變臉也沒她一半的精采。」方才對方激動一喊、一跳之間，幾乎把他從椅子上震了下來。

黃少奇仍望著美人離去的方向痴迷：「雖然行為有些異常，不過說真的，身材和外型都是極品中的極品，果然是我的菜。」他用力深呼吸：「這香味還真不是普通的誘人……」

洪美吟翻個超級大白眼，嗤之以鼻的說：「噴那麼重的香水，八成是用來防治登革熱的。」她自小就對化學的香味過敏，剛才險些就咳出肺來了。

「美吟姐，妳一定沒用過香水吼。」黃少奇頭頭是道的開講：「它和化妝一樣是基本禮儀，不僅能立即提升個人的魅力，站在我們男士的立場，香水味更是女人味的代表。」他一臉融入：「只要聞到那股淡淡的幽香，我就……」

「就想『聞香上馬』嗎？」洪美吟不禁粗魯直言，毫不客氣地說：「若想提升個人魅力、男女通吃的話，誠心建議廠商考慮出產『鹹酥雞』口味的香水，保證絕對賣到缺貨、效果人人秒撲——」說完，她還學活屍作勢撲向前咬人，嚇得黃少奇趕緊逃往陳湯尼身後。

「哈哈哈！」陳湯尼大笑，鹹酥雞口味的香水，他覺得還滿有梗的。

黃少奇只好靠邊取暖，但話題仍圍繞在方才的美人之上：「湯尼哥，老實說，你也覺得剛才那位小姐正翻了吧！」接著，他低聲問：「她都穿成那樣了，你覺得……若以更性感的打扮來亮相的話，究竟會如何表現？」他不禁陷入馬賽克的幻想之中。

「我管她想穿成怎樣，就算是脫光衣服也不關我的事。」陳湯尼一臉篤定：「我敢跟你保證，她卸了妝之後，肯定比脫光衣服還要更加有看頭。」

「沒這麼誇張吧……」黃少奇不禁替美人叫屈。

洪美吟莫名產生不好的預感，於是問：「湯尼，帆哥晚上有什麼行程？」

「我記得，今晚紙廠的葉老闆有辦壽宴，照理說，帆哥應該有受邀，不過，他向來很討厭額外的交際應酬，所以，我也無法確定，他究竟會不會赴約前往？」陳湯尼邊說邊看時間，並故意驚喊：「哇！都六點半超過了，下班都遲到了。」他順勢邀約：「二位今晚有空嗎？不如坐我的車，咱們一塊去吃好料的壓壓驚。」

聽見時間的黃少奇可慌了：「哎呀，我約網友見面的時間已經趕不及了！」他速速奔回辦公辦揹起自己的所有物：「下次再跟團了，先走一步，拜。」

黃少奇匆忙離去後，現場只剩他們倆，陳湯尼趕緊把握獨處的好時機。

「美吟，心情不好的話，待會儘管吃、儘管喝、儘管倒垃圾，今晚我請客，吃飽後，再開車帶妳去吹風散心，如何？」

「成交！」洪美吟一口答應：「謝謝你，我還真想出去好好透透氣。」

陳湯尼喜形於色：「那還等什麼呢？我們立刻出發。」

⟡

眼前的社區大樓雖然位在繁鬧的區段，但又隱藏在主要道路內，不僅讓住戶享有便捷的交通，亦可免去人潮擁塞的困擾。

這裡非高級住宅區，但公設和管理卻十分講究。

社區內的中庭不僅處處有流水牆和延伸的水道，還用心規劃了園藝造景和草地，更有多處涼亭提供住戶小憩和賞景交流。走進裡面，燈光美、氣氛佳，宛如身處在渡假村般的錯覺。為了確實掌控住宅的品質與安全，凡是訪客，一律得經由管理室登記通報，在住戶透由遠端確認來者身分後，方可入內通行，就連搭乘電梯也得使用專屬磁扣，否則將無法進行操作和使用。

晚上九點，白子帆開啟門把回到十一樓的住處。這裡平時僅他一人居住，但今晚除了他之外，還陪同另一位友人。

鄭修是白子帆從小一塊長大的鄰居兼玩伴。他的年齡小白子帆一歲，輪廓雖不及白子帆那般立體迷人，膚色也略深一些，但五官端正、個性爽愷，整體而言，倒也稱得上陽光有型。

他們哥倆在漁村內已習慣四處跑綳跳，因此都熱愛球類運動與健身，所以精實的體魄十分相似，唯獨白子帆略高了些。

值得一提的，是他們雙方父母的感情極為要好，因此他們倆也延續了上一代的深情厚誼，幾乎情同有血緣的親手足——特別是白子帆喪親之後，以及白家人移民的這八年，鄭修的父母更是盡心盡力、將他納為自己的孩子一般，無私關懷與付出。雖然白子帆仍延用從小到大的習慣稱呼，但實際上，鄭修的父母儼然已成為他的乾爹與乾媽。

「你究竟是如何被那個妖女纏上的？」鄭修自冰箱取來黑麥汁，並遞了一罐給他。

「謝謝。」白子帆接過手，繃緊的神色參雜無奈與不悅：「說來話長，雖然見過幾次面，也曾因為場合的因素而遞過名片，但坦白說，我和她的關係連普通朋友都稱不上。」外傳的謠言，他至始至終都懶得加以澄清和理會，更別說暗下會和該名女產生情素與互動的可能——說明白一些，他甚至連對方的長相都懶得正眼一瞧。

鄭修喝著飲料點頭，很確定該名女子的長相穿著，會是自家兄弟唯恐避之不及的類型。

「多虧你的幫忙，才讓我順利抽身。」白子帆連忙道謝。

「小忙而已，不過建議你還是得找時間和葉伯伯解釋清楚，免得後續會沒完沒了。」鄭修再次想起對方濃妝豔抹和忸怩作態的模樣，連他這位初賞者在「驚」鴻一瞥後，都感到一陣毛骨悚然。

不過倒也得感謝該名女子的提醒，頓時讓他想起今夜十二點過後，便是農曆七月的鬼門開。

「嗯，我曉得後續該怎麼做。」為了脫離不愉快的心情，白子帆決定轉移話題：「最近家裡可好？」

「我妹明天要上中部工作了。」鄭修迅速喝完飲料，接著又開了第二罐：「她沒任何預告，突然跑去戶政改名，最近也不曉得是受誰的影響，變得超級迷信、愛算命的，連我爸媽都看得直搖頭。」

「喔，那如玉現在叫什麼？」白子帆雖然不解，卻道：「過度迷信固然不妥，但算完命後，如玉能勇敢跨出創業的第一步，我倒覺得也算是一種正向的改變與進步。」

「我妹的名字，說出來連你也會覺得好笑，她把自己改成『姿凡』，乍聽之下，還和你的發音極為相似呢！連我媽都搖頭感嘆，說好好一個如花似玉的名字，偏偏要改成姿色平凡。」

「淑珊阿姨的聯想力還真夠豐富。」白子帆總算展露笑容：「如玉不在的話，你的耳根子起碼能減少一半的轟炸。」他意有所指。

鄭修苦笑：「希望如此。」自從妹妹發現，他的薪水與行動強行遭受女友的控管後，竟整個失控大爆發。兩個女人一見面不是開始玩起搶人大作戰，不然就是激辯大吵，現在更是王不見王的局面，教他站在哪一邊都是為難。

「雖然如玉的作法過於直接、欠缺圓融，但我覺得主要的錯並不在她，你也知道，你女朋友過於自我，經常連待人最基本的禮貌都嚴重欠缺，有好幾次見面，幾乎都把我當成是隱形人在看待，她都二十七歲、也畢業多年了，至今仍沒半點工作經驗，而父母也支持她維持安逸的現狀，幾乎從小把她慣養到大，難怪隱忍已久的如玉會選擇率先開炮。」白子帆語重心長道：「這樣的女朋友是否還值得你付出，確實該好好思慮一番。」

鄭修笑得尷尬：「我會再努力和她溝通的，看我妹不在之後，情況能否改善一些。」

白子帆好奇：「淑珊阿姨和七仔叔怎麼看待她們大吵的事件？」

「我爸還不是一樣那句老話，說我三好加一好，死好活該；我媽則是之前會稍微抱怨幾下，但最近卻是明白的表示，不希望我再奉請那尊『皇后娘娘』回來讓她伺候，還勸我乾脆考慮搬去女方家住，看能不能早日得道成仙。」

「哈哈！」白子帆放聲笑，居然連向來好客、愛好熱鬧的淑珊阿姨，也開口表示不歡迎了。

「我……」不經意瞥見時間的鄭修瞬間跳起：「啊！完了完了，現在居然已經九點二十分了。」

「怎麼了？」

「稍早載我妹去朋友家談事情，她說最晚九點初頭一定要過去接她。」鄭修同時發現：「難怪會這麼安靜，原來我不小心把手機放在車上了。」想必某人肯定氣到快升天了。

「我先打電話幫你跟如玉解釋一下，說遲到全是因為我的緣故。」白子帆立即播號。

「那就拜託你了。」鄭修急急忙忙拿起車鑰匙便往外衝，突然間又返回：「忘了說，我的 LINE 即將要更換新的帳號了。」他拿起桌上的紙筆匆匆寫下：「這是即將設立的新 ID，晚點記得加，拜。」

「慢開，改天請你吃飯。」電話接通後，白子帆便專心通話。

結束後，一瞧見鄭修放於桌上的潦草字跡，讓他笑得頻頻搖頭。

某人還是一點進步也沒有，幸好相處久了，他頗有信心能解開這些歪七扭八的字母與數字。

當然，他也略略猜出鄭修更欲換帳號的動機，肯定和女友脫離不了關係——因為如玉懶得適應現代化的通訊軟體，乾脆統一把鄭修的 ID 抄給朋友，以便聯絡。致使鄭修經常收到陌生人的加入與來訊，偶爾，還得從中幫忙轉達與回覆——這點令女友相當吃味與不滿。

所以，肯定想趁如玉北上的良機，要求他徹底斷除一切的騷擾。

◆

晚上九點半左右，洪星琁與王楠茜揮別後，正式收假返回姊夫家。

途中等待紅燈之際，路旁的草叢不斷發出窸窣的聲響，緊接著衝出一隻狗。

洪星琁非旦沒受到驚嚇，還不斷打量眼前的柴犬。牠的頸部雖沒有繫上項圈，但全身的毛色卻相當亮麗且乾淨，健康結實的模樣，一看就曉得並非是流浪犬。

洪星琁開始環顧四周，卻不見附近有狗主人的身影。綠燈亮起，她也準備轉動油門離去。這時，柴犬竟搖著尾巴靠近，甚至還主動跳上她的機車踏板。

「啊！狗狗，不行呀……」洪星琁不忍心強行推牠下車，況且大馬路的車潮川流不息，加上牠對陌生人似乎毫無戒心，不太放心的她，決定先將車子熄火，暫停路邊。

洪星琁蹲下身陪柴犬小玩了一會兒，牠既熱情活潑又異常討喜，讓她忍不住拿出手機拍攝。沒想到，柴犬似乎是受過訓練般，頻頻對著鏡頭擺出各式逗趣的笑臉，惹得她猛按快門紀錄。由於效果出奇的精彩，她隨即挑選其中一張，更換成自己 LINE 上的大頭照。

時間一分一秒的過去，洪星琁依然苦等不到任何的消息。正猶豫該不該直接將牠送去附近的警局時，幸好柴犬正好有所感應。

「汪汪——」牠突然間豎起耳朵，望著某處狂搖尾巴。

洪星琁順勢望去，只見對岸的遠處，有個人正慌亂地沿途叫喊：「太好了！那一定就是你的主人，我立刻送你過去。」為了加速團聚，她決定騎機車護送牠前往。

「汪汪！」越接近主人，柴犬的反應益發激烈，車子尚在行進間，牠已等不及跳車奔向前。

女主人瞥見愛犬直奔而來，激動地迎向前：「肉粽！」下一秒，她緊擁著牠，早已喜極而泣：「笨蛋笨蛋笨蛋，我真的擔心死你了啦！嗚，幸好你平安無事……」

望著眼前團圓的溫馨畫面，洪星琁也為之動容。

「汪汪！」肉粽不忘提醒主人，恩人就在不遠處。

女主人發現後，迅速整妥情緒，隨即將手中的鍊子套於愛犬頸上：「小姐，真的真的真的——非常感謝妳！」她邊抹去眼淚邊彎身道謝。

「不用那麼客氣，只是正好路過、隨手幫個小忙罷了。」頭戴安全帽和口罩的洪星琁，好奇問：「牠是怎麼丟走的呢？」

「我來朋友家談工作的事，正等著家人前來接送，沒想到他卻遲到了！就決定趁空檔到附近遛狗，原本想讓狗狗在最愛的草地上盡情地打滾，哪曉得才剛解開繩索不久，草叢卻突然出現一隻野貓，牠就開始拔腿狂追了。」目睹愛犬穿越馬路的一刻，她真的快嚇瘋了：「我剛在這附近找了好久，一直都沒有消息，好怕再也……」她不禁哽咽。

洪星琁連忙安慰：「已經沒事了，下次小心點就好了。」她順手瞥了一下時間，發現時候已晚，深怕喬心已在家中等候多時，於是說：「不好意思，我趕著回家，就先離開了。」

「打擾了，路上小心。」望著恩人發動機車即將離去，女主人又趕緊奔向前：「等一下！我叫姿凡，如果妳有 LINE 而且不介意加我為好友的話，找一天，務必讓我請妳吃頓飯。」她迅速從皮包內取出早已寫妥的便條紙，並撕下一頁交給她。

望著抄有 ID 的紙條，洪星琁笑道：「妳都習慣先抄起來備用嗎？」瞧對方笑著點頭，她又說：「加為好友絕對沒有問題，但用不著破費請客，這真的沒什麼。」

「哪會破費？就算請吃高檔料理也毫不為過，妳可是一次救了兩條命呢！我媽要是知道……」女主人皮包內的手機在此刻響起，她正猶豫該不該接聽。

「快接電話吧！我也該離開了，後會有期。」

「嗯，再次謝謝妳，下次見。」

鄭姿凡與愛犬目送對方遠離後，突然間驚叫：「啊！我這笨蛋……」她居然忘了留下對方的聯絡方式，也忘了告知那是哥哥的帳號，倘若對方沒在 LINE 上出現，那麼，她們豈不是從此斷了音訊嗎？

鄭姿凡鬱悶極了，只好把氣出在狂響的來電上：「死『真羞』，你早不打、晚不打，偏偏在這麼重要的時刻給我打來亂——」真是氣死她也。「你立刻往公園旁的大馬路過來，我們目前在這。」

不久後，一台深色的轎車由遠處疾駛而來，鄭姿凡朝它揮了揮手。待車子回轉、停妥之後，她便進入副駕駛座。

已經做好會被罵破耳膜的鄭修，卻發現妹妹竟是一反常態的安靜，趕緊說：「鄭如玉，妳是中樂透？還是中暑了？我檢查看看。」他伸手探向妹妹的前額，引來一陣熱情的揮打：「對嘛！這樣才是正常該有的反應。」他接著轉身撫了撫後座的愛犬：「肉粽，不好意思，讓你久等了。」

「立、刻、給、我、開、車。」鄭姿凡冷瞪。

「遵命，馬上滾。」鄭修笑著配合，邊開邊說：「妳不罵人我還真是不太習慣，果然改了名字之後，氣質就是不太一樣。」

「要不是看在子帆哥幫忙求情的面子上，你早就看不見明天的太陽了！」鄭姿凡將頭狠狠轉往車窗，藉此掩飾此刻的驚魂未定。倘若讓家人曉得方才所發生的意外，她極有可能會喪失爭取已久、帶著愛犬一塊上中部的機會。

「好，別生氣了，都是我不好，大不了改天再請吃大餐賠罪。」

吃大餐！？鄭姿凡恍然想起重要之事，火速面朝哥哥：「哥，從現在開始，你的 LINE 若是出現新的好友，一定要記得告訴我。」她一臉認真：「這位新朋友對我而言，真的真的非常重要！就算我去了台中之後，對方才出現，你也一定要以最快的速度回報，知道嗎？」

「好，那對方叫什麼？」鄭修隨口問，面對這樣的情形他早已見怪不怪。

「不知道。」她老實說。

「……」鄭修無言，看來這起無名屍的案子會比先前的更為棘手。

鄭姿凡賣力解說：「這位新朋友是女的，雖然我不知道她叫啥、住哪、長得如何？但你一定要幫忙取得她的基本資料與聯絡方式。」她深深後悔，自己為何不早點跟得上時代。「記住，一定要主動跟她說你是『姿凡』的哥哥，然後再把我和肉粽的照片貼給她核對，她若不放心把自己的聯絡方式交給你的話，就把我的手機號碼傳送給她，請她務必和我聯絡。」

鄭修不禁暗地搖頭。妹妹對新朋友明明就一無所知，卻能立即將對方歸類成「很重要」的朋友；倘若能拿出五分之一的熱情來包容他的女友，這樣世界豈不是老早就太平了嗎？

「鄭小姐，妳目前究竟在玩什麼新遊戲？我怎麼都看不懂。」都有管道把他的 ID 給對方了，哪有無法取得聯繫的道理。「別對陌生人毫無戒心，不然，小心會被詐騙集團給盯上。」

鄭姿凡做賊心虛：「你、你不要管那麼多啦！總之，照我交代的去做就對了。」她不忘抱怨：「還不是都你害的，來得不是時候……」

「……」鄭修再次無言。難道方才手機內那二十多通的未接來電，其實是要告訴他：不用太快趕來、偶爾遲到並沒有關係嗎？妹妹存在的宗旨，分明就是讓他這位哥哥早生華髮。

原本，女友強力要求他今晚就得嶄除舊帳號，他還有些為難與掙扎——現在，已完全能認同這樣的作法。女友甚至連藉口都幫忙想好了，只要佯裝原始的帳號遭人盜用而無法登入，反正妹妹又完全不懂，加上隔天一早就要離開高雄，就算得知後，也不得不接受他另闢新帳號的結果……嘿嘿嘿，他黑暗已久的生活，總算即將看見新的曙光。

「喂，你到底有沒有在我說話啊？」鄭姿凡發現哥哥已經痴笑了好一會兒：「只要你幫忙把最後一位好友的事情解決漂亮，我保證，之後絕對不會再麻煩你了。」

鄭修口是心非的說：「好，妳都這麼有誠意了，我一定使命必達。」

「等你的好消息。」鄭姿凡的心情逐漸飛揚，開始和哥哥有說有笑，兄妹倆一路伴隨著輕快的音樂，返回明鳳街的家。

第四章 交集

洪星琁回到家將一切打理好，早已超過晚上的十一點。

她坐在書桌前記錄這幾天的支出明細，頓時想起狗主人的事，於是火速衝下樓。但，已無法挽救紙條攪成一團碎紙漿的事實。

洪星琁頗感遺憾。都怪她急著將累積幾天的衣物丟下洗衣機清洗，才會發生這起憾事。

她將剛洗好的衣物一一放入洗衣籃內，再帶回自己房外的陽台晾掛。

完成後，又重新返回書桌前，正想拿起手機瀏覽狗兒的照片，卻意外發現一位新好友的來訊。

「真佩服自己可以找到你，剛才多謝幫忙。」

洪星琁直盯著這段文字與來者的顯示，雖然對方僅以風景照取代，但「子帆」這個大名總令她感到熟悉……啊！她想起來了，這不就是那位狗主人嗎？

洪星琁驚喜交錯。她完全沒提供任何加入的資料，那麼，對方究竟是如何辦到的？

她火速按下交友確認，正打算敲打文字詢問，緊接著便收到下一串訊息。

「本週六中午有空嗎？兌現今晚的承諾，請吃感恩飯。」

洪星琁立即回覆：「舉手之勞而已，但下次千萬要小心，不然我很難再及時幫上忙。」原本她並不希望對方破費，但面對失而復得的友誼難免雀躍。「星期六吃飯沒問題。」

收到訊息的白子帆，莞爾一笑。

他特地在睡前抽空解出鄭修鬼畫符的文字，試著搜尋後，一看見跳出的照片和顯示的大名，不由得佩服自己的解讀功力。原本，他還打算向好兄弟抱怨，用不著這樣考驗默契，只要設定完成，再透由系統發送邀請即可。

「今晚的慘劇，保證不會再有下次，你這張大頭照把肉粽拍得極為可愛，明天是農曆初一，照慣例，牠得暫時改名叫菜粽。」

肉粽、菜粽！？洪星琁笑不可抑。這樣的命名還真是喜感具足，難怪狗兒會異常活潑與討喜。

白子帆接著上傳用餐的詳細資訊：「朋友最近強力推薦的店家，我們正好一塊去嘗鮮。」

洪星琁正仔細瀏覽地圖和相關網頁，很意外對方真的下重本回饋。

「我先睡了，這幾天工作上的雜事特別多，暫時不在上面多做互動，一切見面後再聊。」

「收到，快去休息吧！晚安。」

「晚安。」白子帆立即下線。

結束後，洪星琁又收到王楠茜捎來的訊息。

「星，找房子的事，我哥已經開始著手了，他頗有信心，要我們等他的好消息。」王楠茜發現訊息立刻被秒讀，驚嚇全表現在發送的貼圖之上：「這麼晚了，妳居然還在線上？」

洪星琁失笑，完全能想見好友此刻的表情：「特地守株待兔，以感謝你們這對好兄妹。」

「自己人有什麼好謝的，要不是我們兩個真的混太熟了，不然，我家的機車王老早就追妳了。」

望著好友更新後的大頭照，王楠茜不禁問：「這可愛的狗照片打哪來的？」

「我拍的，回程時正好幫助牠，狗主人很熱心，還特地邀請我週六見面吃飯。」

「讚！恭喜妳在高雄又認識一位新朋友。」王楠茜接著反應：「New life 的大名妳打算用多久？能不能跪求更換成美麗的中文？」

「好，找到新的落角處後，立即更改。」洪星琁開玩笑後，頓時想起某件事，於是請教：「這個系統該如何隔空加別人為好友？」

「『搖一搖』呀。」王楠茜截圖上傳。「按下它，就可以自動搜尋附近的使用戶與店家。」

洪星琁送出震驚的貼圖。因為，她確實不曉得還有這項功能。不過，應該說她通常沒啥研究精神，許多軟體通常僅摸索最基本的皮毛而已，剩下的能學多少，一切全靠緣分。

「怎麼，有人隔空加妳？如果覺得很困擾的話，可以這樣設定。」王楠茜繼續截圖教學。

「感謝楠茜大神，又讓我上了寶貴的一課。」

「不客氣，學費請憑良心給。」

洪星琁送出灑錢的貼圖，正打算繼續閒聊，頓時瞥見時候已晚，急忙踩煞車。

「妳明天還得早起上早班，這樣會睡眠不足的，快去補眠吧！」

「嗯，確實該躺平了，那晚安嘍。」

「晚安。」

洪星琁隨後將手機關閉，接著轉往廁所盥洗。回房後，正好聽見逐漸加大的淅淅聲，走至陽台一探，原來是緩解炎夏的鋒面已準時抵達。

興致頗佳的她，決定先在此享受淋漓暢快的雨夜。

算算，回到高雄這個出生地已經一個半月了，她很肯定自己已充電完畢，該學習方才線上聊天的兩位朋友，逐步往工作的正軌邁進。

往後未知的道路無論順利與否，洪星琁深信，只要秉持一貫誠摯向上的心，就一定能吸引到美好的人事物一一降臨——她一定能在繁華的港都蛻變出更不一樣的自己。

✧

「不是要分享一個超級大八卦嗎？怎麼飯都吃完了，話題還沒開始？」洪美吟率先抗議，因為最近下班後，某人約他們窩在一塊吃飯的次數，已頻繁到有些過分的地步。

「太早說，怕影響消化嘛。」陳湯尼呵呵笑。

「時間就是金錢，快點。」洪美吟只好催促。

「立刻上菜。」陳湯尼立即切入正題：「還記得幾天前，跑來我們公司的那位川劇姐嗎？」

「湯尼哥，你知道對方的底細和來意了？」黃少奇的雙眼瞬間炯亮。

「嗯，那個女的叫姚亮謹，今年二十五歲，是入行幾年的『麻豆』。」陳湯尼細細道來：「有位建商的楊老闆，始終都很欣賞帆哥的形象與魅力，他們公司最近剛完成一個新大樓的建案，想鎖定像帆哥這一類年輕有為的客群作為主打，所以楊老闆極力說服帆哥考慮代言一事，但想也知道，帆哥肯定是興致缺缺、直接一口回絕。但由於彼此熟識又有合作上的往來，帆哥倒是提供不少建言，楊老闆認真聽完後，決定遵照帆哥所分析的走向重新規劃，聽說慎重的程度，不僅男女模特兒經過幾番篩選，還把最終的決定權交由帆哥定奪。前陣子廣告和網路短劇同步推出，立刻引發熱烈的迴響，房子的詢問度不僅居高不下，就連銷售量也節節攀升，楊老闆在大喜之下，好像還有意加碼第二波的續集拍攝。」

「我懂了！所以川劇姐就是那位幸運搭上線的模特兒。」洪美吟理解後，問：「但我怎麼沒印象我們有接獲這個案子的相關設計？」

陳湯尼猜想：「也許是帆哥自己私下完成了。」

洪美吟直白的說：「以帆哥的眼光，我還是不相信他會挑中那個姓姚的瘋婆子。」

黃少奇打趣的說：「美吟姐，現在那麼講求隱私與個資，妳以為檔案上會附註病歷嗎？」

陳湯尼漾笑，接著肯定：「她拍攝出來的效果我看過了，確實頗令人驚豔。」

洪美吟暗諷：「那種人一看就很會逢場作戲，不朝戲劇圈發展，實在是演藝界的一大損失。」

黃少奇迫不及待問：「湯尼哥，那姚小姐來我們公司找帆哥，究竟打算幹嘛？」

「重點來了。」陳湯尼笑得一臉神祕。

洪美吟和黃少奇無不專注湊近。

「銷售持續開紅盤，樂得楊老闆大開慶功宴，那天姚小姐和帆哥都受邀出席，楊老闆為了感謝帆哥，很努力把他推薦給在座的老闆與嘉賓，聽說帆哥的名片還因此搶到一張不剩，之後也確實有不少利潤還不差的設計案主動找上門來。那天姚小姐已注意到帆哥這號超吸睛的人物，加上從楊老闆口中得知，他就是慧眼挑中自己的幕後功臣，當下肯定早已芳心暗許，恰巧散場時，帆哥即時拉了姚小姐一把，讓她免去跌一跤的可能，在大伙都喝了點酒的情況下，有人開始刻意炒熱現場氣氛，打算將兩人送作堆。」

「咳咳咳……」洪美吟莫名遭自己的口水誤嗆。

「美吟姐，我知道妳想說『人鬼殊途』。」黃少奇一手代為順背，另一手不忘指示：「湯尼哥，繼續繼續。」

「那天結束後，姚小姐開始密切打聽帆哥的相關背景與行程，聽說經常來個不期而遇，不過帆哥總是沒把注意力擺在她身上，也經常案子洽談完後就立即閃人。姚小姐大概是因為屢屢失敗的緣故，有些氣不過，乾脆直搗黃龍，跑來我們公司逮人。那天紙廠葉老闆在飯店舉行的壽宴，不曉得又是誰密報消息給她，姚小姐不請自來，聽說穿得比跳國標舞的選手還要更為火辣！並厚著臉皮介紹自己是帆哥今晚帶來的女伴，愛熱鬧的葉老闆一聽，火速安排他們同坐在一塊。」

洪美吟簡直聽傻了：「我確定她真的有病！而且癌細胞已經嚴重擴散到全身的毛孔。」她用力拍桌：「那天要是知道她會跑去現場作亂的話，說什麼都要請補狗大隊前來一趟，好強行帶她前往就醫。」

「哈哈哈！」陳湯尼和黃少奇皆笑得前合後仰。

「結果呢？還不快點往下說。」洪美吟可擔心了。

「姚小姐一開始還很靦腆的坐在帆哥旁邊，但為了不讓彼此的零互動引發懷疑，她開始像花蝴蝶般，四處舉杯交際吹捧，把在座的老闆們都逗得龍心大悅。葉老闆直誇姚小姐的個性完全和帆哥互補，肯定極有幫夫運，他十分看好這對俊男美女的組合。不便打壞場子的帆哥，只好趁機去一趟洗手間求救，不久，他最好的朋友便趕來現場。這位鄭姓友人也算是葉老闆熟識的晚輩之一，他在道賀和寒喧的過程中，故意扯了個謊，主要是告知家裡臨時出了點狀況，不得不麻煩帆哥陪同協助。私下取得離場同意後，鄭姓友人緊接著把焦點落在姚小姐身上，直誇近期曾看過她所拍攝的廣告和影片，沒想到本人竟比電視上更為上相與漂亮，未來肯定是指日可待的明日之星。於是現場越來越多人要求和姚小姐一塊合影留念，帆哥他們就趁這陣簇擁下，順利離開。」

洪美吟總算鬆口氣：「之後呢？『男伴』都跑了，姚小姐還繼續留著唱單簧嗎？」

「姚小姐確實企圖追上，但還來不及離開宴場，就衝進一位急忙找人的胖小開，他一看見姚小姐就像看見什麼心肝寶貝似的，直說他們約好了要一塊逛精品店，卻遲遲找不到她的人，幸好家人告知她前來參加此活動，他才免於過多的擔心。姚小姐為了不讓他抖出更多不該說的內幕，只好草草找個理由唐塞，並盡速帶著胖小開離開。」

洪美吟無法理解：「姚小姐難道真的看不出帆哥的『意思』？」

「看來是沒有。」陳湯尼不禁替自家兄弟哀悼：「聽說姚小姐已經可怕到……入侵帆哥的住處和LINE了，幸好該大樓的進出是出了名的嚴格，不然，我還真怕某人半夜會穿著性感睡衣，直接站在門口按電鈴呢！」

洪美吟差點噴茶：「看來這個月的普渡，有必要請帆哥誠心多拜一些了。」難怪他近幾日進公司的時間明顯減少，原來是忙著躲冤親債主。

「帆哥真是豔福不淺呀！」黃少奇差點笑趴：「乾脆建議他播打1999市民專線，請求協助。」

洪美吟一臉鄙夷：「你還有臉笑？那天不是說她是你的菜嗎？還不快點挾去配飯。」

陳湯尼的LINE在此刻不停作響，他稍微瞥了一下，順勢告知：「最近我同學積極和我聯絡，說他的好麻吉正在幫妹妹找房子，希望我能放寬標準、盡可能的破例幫忙，所以這幾天，我應該就會先帶那對兄妹過去看房子。」

洪美吟點頭：「日期敲定後，記得通知我們一塊過去。」她望著時間，接著表示：「該解散了，待會我還要去別的地方取貨。」她拿起包包起身：「先去上一下洗手間。」

洪美吟如廁完後，只見陳湯尼已站於中途等候：「少奇呢？」因為雨季的關係，他們可是一塊搭乘陳湯尼的便車過來的。

陳湯尼解釋：「少奇說很喜歡這裡的浪漫氛圍，加上明天又週休放假，所以想再待久一點。」

洪美吟覷向原餐桌的位置，確實瞧見當事人不斷向她點頭揮手：「既然這樣，那我們就先走吧。」

陳湯尼邊走邊問：「美吟，妳要上哪取貨？雨勢越來越大了，妳騎機車載貨肯定不太方便，不如我直接開車送妳過去。」

「可以嗎？」洪美吟難掩感激：「我要去一趟『香夏』麵包店。」

「鄉下！？」陳湯尼一愣，隨即又掛上笑臉：「想必這間麵包店雖然規模不大，但肯定已經飄香許久，為了傳承的美食跑再遠，相信都是值得的。」

「真的！它已經傳到第三代了，主打的豆漿蛋糕相當知名，每次去現場沒有一次搶得到，這次學聰明了，乾脆提前預訂。」洪美吟洋溢著笑：「我特地多訂了幾條，正好可以和你分享。」

「哇！聽得我口水都快流下來了，我們快出發吧！」

待兩位同事確實遠離後，黃少奇總算可以打道回府了。今夜免費飽餐一頓，方才又賺到千元的計程車費，又吃又有得拿的情況下，他早已笑得合不攏嘴。

◇

「小媽，結果妳朋友回覆了嗎？」

昨晚得知小阿姨今日將赴約的事，愛當跟屁蟲的吳喬心，哪有錯過的道理？為了儘早得知能否跟團的好消息，昨晚，她還特地夜宿在小阿姨的房間內。

「那位熱情的狗主人肯定是說：很歡迎我一塊去，對嗎？」吳喬心一睡醒就迫不及待問。

望著既期待又興奮的外甥女，洪星琁不禁對著手機發愁。

昨夜，她緊急告知狗主人，外甥女欲前往之事，沒想到……訊息始終都處於未讀的狀態。原以為對方是因為這陣子工作異常忙碌的緣故，所以早早就入睡了。但，早上進入系統一看，上頭竟然顯示子帆已經離開聊天室。

「怎麼了？」洪佩嫻正好帶著吳喬安上樓，瞧見妹妹的愁容不禁問。了解後，她立刻以大姊的身分安慰：「或許對方的手機正好出了點問題，才會突然顯示登出的狀態，雖然她未讀訊息，但起碼在這之前，並沒有告知行程要取消或是延期的事——所以，妳當然可以如期赴約。」

洪佩嫻接著走近女兒，並偷偷塞了某個東西給她：「小阿姨會這麼擔心，一定是怕妳臨時參加，以致於請客的狗主人會不小心超出預算，既然這樣，那飯錢我們自己出不就得了。」呵呵。

「耶，媽咪萬歲！」吳喬心用力抱著可愛的小弟歡呼，中午總算可以一塊出門了。

洪星琁笑著搖頭：「錢收起來吧，喬心的餐費由我來處理就好。」今天姊夫加班不在，避免兩個孩子在家吵翻天，姊姊肯定也很希望她能幫忙帶走其中一個。

「那大寶貝就麻煩妳了。」洪佩嫻眉開眼笑：「問題解決了，那我們快點下樓吃早餐吧！」

他們兩大兩小在廚房用餐完畢，便投入例行性的打掃工作。忙完一個段落後，流了一身汗的洪星琁便前去沖澡更衣。

她換上自己喜愛的五分袖牛仔洋裝，並以同色系的髮束綁了一個簡單的馬尾，整體而言，舒適中帶著雅致，很符合她給人的清新與活力。

坐在客廳的洪佩嫻，不斷打量妹妹一身的裝扮，總覺得應該可以更加出色才對。

「我幫妳上個淡妝吧，順便試試朋友近期給我的試用品。」洪佩嫻拉著妹妹坐在椅子上。

「只是和朋友吃頓飯而已，沒必要這麼正式吧！而且出發的時間已經接近了。」洪星琁立即起身。

「既然是和新朋友『正式』見面、又是對方請客，當然要慎重出席呀！況且妳們用餐的地點還不是一般的小店家。」技癢難耐的洪佩嫻，立刻請女兒幫忙取來化妝箱：「稍微打扮一下，或許半路會有人想搭訕也說不定。」她再次將妹妹拉回原位

「搭訕？」洪星琁忽而笑場：「姊，妳覺得對方會是來推銷羊奶的？還是兒童教材呢？」

洪佩嫻愣住，隨即放聲大笑。關於這點，確實是她們家庭主婦帶著孩子出門的極大困擾。

「媽咪，東西來了。」打扮得像小花童般的吳喬心，立刻將物品送達。

「謝啦，寶貝，安安就麻煩妳幫忙注意了。」洪佩嫻立即著手：「委屈一下，就當作是幫我做個免費的活廣告，如果妳朋友覺得我的技術還不錯的話，跟她說我有在兼職化妝、弄造型，凡是妳推薦的一律八折優惠，並且贈送一次的免費衣服修改。」

洪星琁有些哭笑不得。在姊姊伶俐的口齒下，也只好乖乖配合。

此時，家中的電話突然響起，人在樓上的吳喬心便幫忙接聽。一會兒後，她在樓梯口高喊：「媽咪，孫奶奶問妳，衣服改好了嗎？她待會要順路經過我們家。」

「好了好了，請她放心過來拿。」洪佩嫻回應完，又認真回歸妝點上，還不忘向妹妹透露：「孫阿姨雖然已經五十好幾了，但身材和皮膚還是保養得宜，整個曲線幾乎跟年輕人一樣，是標準的背影

殺手！每次修改她的衣服，我都汗顏無比，而且聽說她還生了三個兒子，每個都栽培到……」

洪星琁邊聽邊抿嘴笑。縫紉和化妝技術向來是姊姊的強項，加上她經常免費幫婆婆媽媽們修改衣服，在大家口耳相傳下，人緣倒也拓展得還算不錯，認識的長輩亦逐年增多，這點很值得她學習。

洪佩嫻原先只預計上個簡單的裸妝，但妹妹的好臉蛋與膚質，讓她不知不覺中，越畫越講究，就連造型也不打算馬虎帶過。

「姊，我快遲到了，妳好了嗎？」眼看時間一分一秒地流逝，洪星琁早已坐立難安。

「好了好了。」洪佩嫻已夾妥最後的髮飾：「我特地為妳準備另一件洋裝，就放在我的床鋪上，妳一進門就能看見了，快去吧！」她極滿意自己巧手下的傑作，只可惜當事人連鏡子也不願卻顧，就匆匆忙忙奔上樓。

洪佩嫻不忘趁空檔呼叫女兒：「喬心，準備出門嘍，順便帶安安下來。」

吳喬心趕緊跑下樓自首：「媽咪，剛才我一直在照鏡子，所以……」弟弟就任由他回歸山林，盡情探險與開墾。「他剛才在房間裡面搗蛋，現在好像跑去廁所玩水了。」

洪佩嫻啞然失笑：「好，我再處理就好，待會出門記得聽小阿姨的話。」

洪佩嫻一上樓，果真在廁所內找到兒子的蹤影，他已坐在小浴盆內洗澡兼玩水。望著滿地的泡泡，洪佩嫻連忙刷洗。過程中，隱約聽見妹妹急促奔下樓的腳步聲，她不禁扯開嗓門提醒：「星，安全第一，別忘了車庫的……」

二十分鐘後，洪佩嫻帶著兒子下樓，果真如她所料，車庫的一隅還晾掛著妹妹和女兒的雨衣。最近天氣多變化，午後總會突然來場大雷雨，真希望兩人不會幸運淋上。

洪佩嫺開門走出屋外觀看天氣，要不是家中唯一的汽車一早就被先生開走，不然，應該可以提供妹妹赴約使用才對。

「佩嫺。」一台休旅車正好迎面駛來，有位中年婦人正按下副座的車窗探頭揮手。

「阿姨，妳來啦，稍等我一下，我立刻上樓幫妳拿衣服。」

「真是麻煩妳了。」孫阿姨立即下車等候。

幾分鐘後，洪佩嫺再次出現，卻一臉抱歉：「阿姨，真不好意思，一時之間，竟然找不到妳的衣服，不如妳留個地址給我，等我找到之後，就抽空幫您送過去。」

「佩、佩嫺，不用麻煩了……」孫阿姨連忙阻止她進門拿紙筆：「我經常路過你們這一帶，下次再過來拿就好。」她一臉感激，並向駕駛座的兒子介紹：「就是這位洪小姐，她經常免費幫忙我們修改衣服，上次你們全都誇獎的喜宴妝和手工包，全都出自於她的巧手。」

「洪小姐，真的很感謝妳對家母的照顧，有機會，歡迎你們前來家裡作客。」駕駛有禮表示。

「不、不會啦！倒是讓你們白跑一趟有些過意不去。」

一臉和藹的孫阿姨說：「衣服找不找得到完全不打緊，我先生都念我別再修補了，他可以再幫忙多訂幾套，但那件純手工裁製的洋裝是我們結婚十五週年時，他特地送上的，自從那年開始，我們各方面都越來越如意與順遂，所以我覺得它別具意義，才會一直保存到現在。」

洪佩嫺理解後，更為歉然。待孫阿姨母子一離開，她立即返回房內細尋。

過程中，她在床緣下踩中某個柔滑的觸感，彎身將它抽出後，簡直驚呆了！因為，這正是她特地為妹妹量身準備的赴約洋裝。

「怎麼會掉在這裡呢？」難道，妹妹不喜歡這一件的款式？不可能呀，她出手的衣物妹妹向來都愛不釋手，頂多規勸她少敗點家。

「媽咪。」吳喬安突然出現，並遞了一個東西給母親。

洪佩嫻又是一陣驚愣：「安安，這是孫奶奶衣服上的胸花，你在哪裡找到的？衣服呢？」天啊，感覺這朵胸花是硬被人扯下來的。

吳喬安不語，只是不斷傻笑。

坐於窗邊的白子帆正翻閱手中的雜誌，休假中的他，彷彿換了一個人似的。褪下自制化的工作服，他難得一身休閒的裝束。明明只是某品牌的運動衣物，但熨貼在他結實有型的身上，卻宛如串展台上的流行勁裝。卸下職場上一貫的冷肅，此刻，他風神淡靜，更顯得文質斑斑——這樣的畫面，倒也意外成為餐廳內的另類美景。

已經超過約定的十二點鐘，白子帆正猶豫該不該播通電話給頻繁遲到的鄭修。正好一碰手機，它便自動響起。

「子帆，忘了跟你說一件事。」李淑珊百忙之中來電：「不好意思，上次打掃完後，忘了檢查全部的門窗，結果一連幾天下雨，你爸媽那間房不小心潑了點雨水進來，有許多東西都濺濕了，不過你不用擔心，大致上我都已經處理完畢，就連一些舊衣物也都順道清洗乾淨。」

「淑珊阿姨，只是小事而已，沒關係的。」白子帆連忙向乾媽表示：「常年讓妳免費打掃兼維護，我已經很過意不去了，早跟我說這件事的話，我就親自過去一趟，省得讓妳費心又費力，至於那些舊衣物，其實也用不著辛苦清洗，我可以直接將它整批處理掉。」

「幹嘛跟我客氣，這樣我會不高興的，我這年紀加減勞動筋骨，對身體可是有好無壞。」李淑珊嘆道：「最近腦袋被搞得有些不靈光，原本想找機會和你好好談談別墅的事，沒想到一忙就全忘了，你也知道我想說些什麼，可以的話，還是希望你能收回這樣的決定。」

「阿姨不好意思，沒事先和妳商量就冒然拍定出租的事。」

「這事雖然稱不上支持，但還是尊重你的決定，如果你還是堅持繼續住你大伯家的話，等房子正式出租後，跟我說一聲，我會以義務管家的名義，不定時幫你監督後續的所有狀況。」

白子帆溫暖在心，決定以另一種方式表達謝意：「阿姨，還可以再幫我一個忙嗎？」

「儘管說。」李淑珊樂於承擔。

「今年還沒送妳和七仔叔出國去玩，不曉得有沒有特別想去哪個地方？」

李淑珊笑道：「你已經送我們遊遍許多國了，今年就省下來讓我當買菜金吧！我還可以順道幫你補補身體。」

白子帆聽懂暗示，連忙說：「抱歉，好一段時間沒回去和你們聊聊、一塊吃頓飯了。」

「知道就好，七夕那天一定要記得回來吃油飯……啊，我又忘了一件事了！上次朋友結束擺地攤的工作，免費送我一大袋的現貨，結果，我放在別墅都一個禮拜了，上次過去洗衣服還不斷提醒自己，一定要記得帶走，結果……」她還是忘了。

白子帆會心一笑：「感覺得出來，阿姨這陣子正為著某事操勞，放寬心吧！記得對自己好一點，別事事全往身上攬。至於那一袋的現貨，無論妳想放多久，我絕對歡迎，如果不好載送或有急用的話，我倒是可以幫忙專送到家。」

「不用麻煩啦，你忙你的就好，有需要的話，我也可以請鄭修幫忙。」

白子帆忍不住問：「阿姨，鄭修出門了嗎？」他已經遲到近二十分鐘了。

「剛才人還在客廳看電視，突然間就匆忙出門，連電視都忘了關……怎麼？你們中午有約？」

「嗯。」若非他早上正好在北區辦事，完全不順路，不然早就開車過去接他。「知道他出門了就好，我再多等一會兒沒關係。」他發現窗外飄然的雨勢，已逐漸增大：「阿姨，這幾天的氣候不太穩定，妳和七仔叔明天跟團去東部玩，一定要記得攜帶雨具和保暖的衣物。」

「嗯，你也是，工作別忙壞了，那我就不打擾了，拜拜。」

「阿姨再見。」白子帆一結束通話，雨勢瞬間傾盆而下。

只見路上的行人紛紛快閃躲逃，路邊的機車騎士更是分秒必爭地更換雨衣。

洪星琁就差這幾分鐘便可安然抵達，可天不從人願，她們姨甥倆已淋了不少雨。她趕緊請外甥女先下車至騎樓躲避，再自行去附近尋找停車位。即便幸運地卡到車位，但，在大雨無情的眷顧下，已是一身的狼狽。

一和外甥女會合，洪星琁立刻脫下溼淋淋的外套，已嚴重遲到的她，一心只想速速抵達目的地。

「有訂位，我們在二樓。」她拉著吳喬心進餐廳後，就打算直奔樓梯口。

「小姐，等、等等，我們可以先幫妳……」服務生瞧見她們一股勁地衝入場內，嚇得連忙緊追在後：「小姐，求求妳，停一停呀——」

吳喬心發現,愈來愈多服務生加入追趕她們的行列,這總算發現異樣:「小媽,等等,妳、妳的……」

原先靜謐的二樓,只聞窗外簌簌的雨聲和滿室環繞的輕音樂,突然穿插這陣沓亂的騷動,要在座的用餐者不「全體」注意,實在頗有難度。他們早已等著迎接答案和驚喜。

當主角現身的一刻,現場簡直像極了災難片場——不僅驚聲四起,還處處聽見翻倒物品和碰撞的聲響,更有人嚴重遭飲品嗆傷,咳得只差沒緊急送醫。

洪星琁此刻已看不出原先的打扮,不僅梳整好的頭髮散亂不堪,就連臉上不防水的彩妝也全數溶出——睫毛膏和眼線尤其嚴重!已暈染了原先動人的明眸,並順著雙頰一條又一條地直淌而下。「驚喜還不止如此,她身上那套復古的暗紅色洋裝亦十分搶鏡,不僅年代久遠、布料和款式十分罕見,仔細觀察的話,還會發現上頭有黑色筆亂塗鴉,以及剪刀亂剪等特殊奇效。

正逢禁忌的鬼月,女鬼突襲上岸的驚悚畫面,已刷破開幕至今的「尖叫」口碑。

某位機靈的服務生一上樓便率先奔向前,並拽著洪星琁直奔女廁。

「啊……」驚見鏡中面掛閃靈妝的自己,洪星琁同樣嚇得不輕。

「別擔心,很快就會沒事了。」一旁協助的女服務生異常鎮定。除了分別替她們姨甥送上保暖用的大毛巾之外,還免費供應自己的髮梳和卸妝用品。

「不好意思,佔用妳的時間,還增加妳們的服務項目……」洪星琁覺得自己的雙頰已徹底燒透。

「不會啦,妳又不是故意的,而且妳的尷尬我完全能體會。」服務生邊幫忙卸妝,邊自爆糗事:「大約一年前,我特地畫了美美的彩妝前去面試,結束後,獨自在附近閒逛,哪曉得突然來了一場令人措手不及的大雨,我只好躲進一顆大榕樹下,過程中,總覺得撐傘路過的行人都投來異樣的眼光,直到一位慌張的大姐急忙向我跑來，我才知道自己的彩妝不但花了，就連白襯衫也變得透明，悲慘的是，就連裙子都不小心遭一旁的樹枝勾起，春光早已嚴重外洩！而且頭髮也無辜遭殃，居然沾染上熱騰騰的鳥大便……」她越說越害臊：「要不是那位大姐在第一時間內，傾全力相助，不然只怕傻傻的我，已經在網路上迅速爆紅。」

洪星琁釋然一笑：「聽起來，我的情況好像還沒妳那麼糟。」逐漸還回原貌的她，鬱悶的心情也因對方的分享而消除大半：「郁欣，真的很感謝妳！」她已牢記對方名牌上的大名。

「哪裡，同樣是霪雨淪落人，相逢本來就該伸手相助。」服務生再道：「偷偷告訴妳，那位幫我的大姐就是我們的店經理，她人超好的，還介紹我來這裡工作。」聽見外頭同事的催促聲，她連忙加快腳步：「今天訂位的客人特別多，我先去忙了，妳們快點把一身的濕衣服換掉吧！免得著涼了，如果需要採買衣物的話，斜對面正好有間量販店，裡面應有盡有，妳們需要的用品可以一次買齊。」

服務生一離開，洪星琁即刻向外甥女交代：「喬心，妳快去十五號桌找子帆阿姨，除了先代我向她道歉之外，還要麻煩妳帶她過來一趟，我極需她的幫忙。」

「好。」身負重任的吳喬心立即前往。

眼看即將抵達指定的桌號，吳喬心正一臉歡喜，卻緊接著換上一陣不小的錯愕——因為映入眼簾的，根本不是什麼親切的阿姨，反倒是一位身材高大、略有氣勢的陌生「叔叔」。

吳喬心在原地拚命揉眼，一度誤以為是自己眼花而錯看。

白子帆再也無法專心閱讀。一來，鄭修已經遲到半個小時仍聯繫不上，二來，有位小女孩頻頻在他附近徘徊，欲言又止的模樣，連他都察覺到了。

「妹妹，有需要叔叔幫忙的地方嗎？」白子帆已闔上書本，並朝她招手。

吳喬心猛吞口水，硬著頭皮靠近：「叔叔，不好意思，請問一下，你是子帆『阿姨』的朋友嗎？我們今天約好了中午十二點，一塊在『這裡』用餐。」她重覆瞟著桌號，很確認號碼無誤。

「子帆阿姨？」白子帆眉心一蹙，接著又緩緩鬆放：「妹妹，這裡只有『叔叔』，並沒有妳要找的阿姨，是妳記錯桌號了？還是不小心跑錯地方了呢？」方才那陣騷動，他雖未目睹當事人，但極能肯定，這名小女孩是隨同而來的沒有錯。

「我我……」一時之間，吳喬心不知該如何解釋。

白子帆的手機頓時響起，一瞧見來電，他火速接聽：「鄭修，你到了嗎？我……」

「帆，你先聽我說，有個不情之請務必要請你幫忙。」鄭修急忙表示：「今天早上，我們公司有位同事出班後突然感到身體不適，於是又折了回來，好不容易臨時挪出代班的人，哪曉得才送沒多久，就接到家裡的緊急來電，說老婆已提前出現產兆，剛才已緊急送往醫院——我今天雖然休假，但也不得不出來緊急救援，可是還沒上工出發，就已經拉了兩次肚子……」噢，說著說著，他又有感覺了。

眼看著今天的配送即將出包，他不禁脫喊：「拜託，你快點來我們物流中心呀……」

「等等。」白子帆急忙切入：「我們今天中午，不是約好了要一塊用餐嗎？」

「蛤？有這件事嗎？」鄭修直說：「先別管吃飯了，你先幫我化解今天的危機，改天看要吃什麼，統統都算我的……媽呀！又來了——」他慘叫一聲，顧不得通話中，已狂奔進廁所。

「喂喂……」幾近有六、七秒的時間，拿著手機的白子帆是處於恍神愣頓的情況下。回神後，他火速收拾物品：「妹妹，妳叫什麼名字？」

「我、我叫吳喬心。」吳喬心怯怯說著。

「喬心，不好意思，今天這場誤會，叔叔也需要一點時間才有辦法釐清，很抱歉！中午可能無法留下來陪妳們用餐了。」白子帆面帶虧欠，並自皮包內取出兩樣東西來：「麻煩妳把這個交給媽媽，待會祝妳們用餐愉快，下次有機會的話，叔叔一定賠罪補請。」

「好。」吳喬心乖乖收下，目送對方離開後，即刻將物品轉交予小阿姨。

第五章　巧遇

洪星琁與吳喬心折騰了一大圈，簡直累癱了。

兩人一進客廳，便直接倒臥沙發上。

今天除了雨具之外，洪星琁就連手機和錢包也統統都遺忘在家。要不是對方臨走前，大方交予外甥女那筆四千元的救命金，不然，只怕她們今日的災難會再多添一樁。

洪星琁的機車在這場大雨中掛點了！即便她們歸心似箭，也不得不緩緩進度，暫時停留在附近找維修的店家兼用餐。

這趟心得對洪星琁而言，可謂是「人」「財」兩失。因為扣除她們裡外皆全新的衣物之外，包含雨具的採買、贈送給服務生的小禮物、餐費，以及修車費……林林總總加一加，四千塊竟所剩無幾——看來，對方早有未卜先知的神力。

洪佩嫻才剛走下樓，就瞧見各橫躺一處的兩人，不禁「噗哧」出聲。不過是吃頓飯嘛，怎麼模樣倒像是剛完賽回來的路跑選手。「回來啦，還愉快嗎？」

洪星琁無「顏」以對，只蔫然地說：「莫再提，莫再問，莫再講。」

「幹嘛這樣。」洪佩嫻笑問：「難不成對方臨時放妳們鴿子？還是突然反悔不肯請客？」她走近後發現，妹妹和女兒早已換裝完畢，就連原先編妥的髮型也全數拆解披散。「妳們中途果然遇上大雨了，還好嗎？」

洪佩嫻見無人回應，決定先朝女兒下手：「寶貝，妳髮尾還沒吹乾，小心感冒呀！先上樓吧，媽咪先幫妳……」一碰觸女兒的身體，她立即發現異狀。

「媽咪，我頭好暈……」吳喬心聲音發虛，接著連打好幾個噴嚏。

「糟糕，妳發燒了。」

聞言，洪星琁火速從沙發上彈起。

「都是我不好。」洪星琁感到自責與內疚。昨晚她們一塊入睡時，她就已經發現喬心出現很輕微的感冒症狀，今天出門不僅讓她陪同淋雨，還一路奔波到現在，病情才會突然間惡化。她瞥了瞥時間：「三點了，小兒科已經開始看診，我這就帶她去看醫生。」

「星，妳也累了，讓我來吧！」洪佩嫻連忙阻止：「妳幫忙在家注意安安的情況就好，他才剛睡不久。」她頓時又想起老公交代的事：「還有，妳姊夫今天有個宅配會送過來，照理說，應該在中午過後就該送達，不過我一直沒等到，也麻煩妳幫忙留意一下。」

「好，那我幫妳們叫計程車。」

姊姊她們出門後，洪星琁已無心小憩。她先將兩人這趟更換下來的衣物全數丟進洗衣機內，接著將自己仍半濕的長髮吹乾。完成後，決定先返回自己的房間內。此刻，她正睇著某個物品呆愣——除了那筆現金之外，對方還留下自己的名片乙張。

澐海視覺設計　白子帆

原來，對方從事的是設計類的工作，而且還正巧和狗主人同名。雖不明白彼此究竟為何會陰錯陽差產生交集，但回想外甥女所轉述的種種，想必對方應該是個還不錯的人。

洪星琁進一步欣賞，發現名片不僅有罕見的厚度，還以精緻的雷射雕刻呈現似雲似海的立體效果；整面礦藍中，搭配燙印一隅的 logo，還真讓人有披雲中觀月，抑或於湛海中遠眺燈塔的錯覺。

洪星琁思索後，決定禮貌性傳個簡訊給對方。

「叮咚。」

家中的電鈴響起，為了不吵醒向來淺眠的小外甥，洪星琁火速拿起對講機。理解後，即刻按下開門鍵。

一下樓，只見送貨員已捧著貨品在車庫內等候。

「不好意思，這個區域的配送臨時出了點狀況，若有延遲送達的情形，還請見諒。」送貨員身穿秩服並面掛口罩，還刻意壓低聲音與鴨舌帽。

「沒關係，辛苦你們了。」洪星琁接過紙箱，立刻於單子上簽收。「好了，謝謝。」

送貨員接過單子，同樣表示感謝，就在轉身之際，洪星琁忽而將目光落在對方身上。只見他身形高眺寬闊，在冒雨配送下，肩頭、背部和髮稍早已濡濕了好一片。

「不好意思。」洪星琁不禁脫口：「能不能請你稍等一下，我拿個東西馬上出來。」說完，她已迅速跑進屋內。再次出現時，手中已多出兩樣物品：「這個給你，雨天送貨辛苦了。」

「……」送貨員直盯著眼前的東西，一時之間，不知該如何回應。

洪星琁試著說明此舉的用意：「今天，我也是這場雨的受災戶，很幸運能得到陌生朋友的援助，所以也想仿效相同的作法，試著傳遞這陣溫暖和感謝。」她直接將物品交予對方：「這個用不著歸還，儘管拿去用吧！或許哪天，你也能及時幫助下一位陌生的朋友，讓這陣『友善的循環』繼續傳遞下去。」

送貨員訝然望著手中的折疊傘和一條全新的毛巾，沒想到臨時代班還能獲贈額外的小禮物。

一路送貨到現在，他總是馬不停蹄地道歉和趕著進度，未曾正眼瞧過任何一位收件人。此刻，總算抬起頭來——只見眼前熱心的女子穿著連身的休閒洋裝，長髮乾淨垂放，整體的比例纖細且修長，端正的五官雖不帶額外的妝感，卻毫不遜色，反倒如同宿雨下的麗景一般，釋出令人舒心的暢意與驚豔。

「阿媽、阿媽。」吳喬安突然出現，瞧見車庫另有陌生人時，圓滾滾的雙目已好奇直盯。

洪星琁發現後，轉身抱起推門而出的小外甥。方才她急著下樓收件，肯定忘了關妥樓梯口的安全門：「安安來的正好，我們一塊向辛苦送貨的叔叔說聲：謝謝。」

「吳吳，謝謝。」樂於親近人的吳喬安，一臉天真的配合。

「是『叔叔』。」洪星琁試著放慢速度，以矯正小外甥沒捲舌的發音：「安安先唸『書』，然後再改成二聲的『叔』。」

「書。」吳喬安很快地取得第一勝，得到小阿姨的肯定後，已預備好嘴型往第二關挑戰。

「……吳。」他最終還是失敗了，嘟嘴定格的表情既無辜又異常逗趣。

洪星琁頓了一下：「好吧，我們先放叔叔走，待會再來加強訓練。」

高眺的送貨員雖看不清表情，但眼神卻明顯在笑：「謝謝，那我就真的收下了。」

「謝謝你，再見。」洪星琁和小外甥一塊揮手道別，直至車庫門被送貨員帶上，才返回屋內。

一回到車上，白子帆隨即脫掉帽子和口罩，送完這一站，便完成鄭修分配給他的小區段。

他還不急與鄭修會合，反倒先在臨時借來的廂型車上稍做喘息。他邊以毛巾擦拭濕髮，邊欣賞洪星琁簽收完成的單據。

上頭娟秀的字跡已在不知不覺中，讓他的脣線明顯上揚。

以前，還住在紅毛港老家時，他們當地是以「姓氏」來劃分五個血緣區，而他們那一里正好是「姓洪」的聚集地，所以左右鄰居大多都是「洪」姓的子民，因此對方的姓氏讓他倍感親切。

白子帆拿起一旁的手機操作，同時也發現一通陌生的簡訊。

「白先生，中午讓你久候，真不好意思，既然我們互不相識，實在沒理由收下你的好意，況且這還是一筆不小的金額，麻煩你提供匯款的相關資料，以便轉帳歸還。很感謝你臨時提供的這筆現金，無意間竟幫了我們一個大忙，有機會，再當面向您致謝。」

白子帆的笑意不斷增深，沒想到今天和人妻會特別有緣。

當時他在餐廳其實也無暇多想，索性將皮包內的現金全數交給小女孩。

而這起令人啼笑皆非的失誤，全源於過多的巧合同時碰撞在一塊。

鄭修抄寫的 ID 正解為 sears1114，然而他輸入搜尋的卻是 stars1114——希爾斯與星星僅一個字母之差，恰巧對方又放置同品種的狗照片，顯示的大名與狀態消息，又完全符合鄭修即將重獲新氣象的心聲，就連彼此短暫的互動都還能夠巧妙搭應——若非他最近被某人搞得身心俱疲，實在無心在系統上多做停留，不然，若加以互動閒聊的話，肯定就能及時發現問題。

不過也很巧合的是，這三、四天下來，鄭修同樣處在一場水深火熱中煎熬，以致於連找他抱怨、發現他離開好友名單的能力全都喪失了。如玉近期採緊迫盯人的方式，執意非等到某位新朋友出現才肯罷休，致使鄭修毫無機會照女友的計劃進行——此舉又讓兩個失和的女人再度正面交鋒，延燒的情況，幾乎已嚴重影響鄭修的工作與睡眠；看不下去的淑珊阿姨，也不得不使出公權力介入，並裁定如玉最終的等待期限為昨晚十點，且務必於今早和合作的友人一同開車北上。

結論就是：鄭修完全沒有更換新帳號，只須剔除多餘的好友，便可還回自己私人的交友空間。

白子帆的手機頓時響起，瞧見管理室來電，他便按下接聽。

「李先生嗎，怎麼了？」

「白先生，是這樣的，姚小姐剛才又來大鬧管理室了，她一直賴著不肯走，就是不願意相信你人不在家，或是始終不肯見她……」管理員回想對方潑辣又不怕丟臉的程度，還真讓人不敢領教。

白子帆沉吟半晌：「我曉得了，不好意思，這陣子造成你們不少的困擾。」

「不會啦，千萬別這麼說，維護住戶的品質和安全，本來就是我們分內的事，倒是你自己出門在外千萬要小心，如果對方再持續糾纏的話，看是要面對面一次解決，還是乾脆由我們這邊報警處理。」

白子帆下巴的線條不斷抽緊，心中已有所打算。

晚上九點，餐桌前就呈現眼前的一幕。

「哈哈哈哈……」吳學仁下班後，一得知小姨子今日赴約的完整始末，就成了這副模樣。他一會兒趴笑，一會兒噴飯搥桌，即便使出全身的內力定笑，但不出幾分鐘，又是一番咧嘴發噱。

「……」洪星琁無言，早已風化許久。

要不是為了姊姊的將來著想，擔心近四十歲的姊夫會一時激動過頭，突然岔氣喘不過來，不然，她哪有閒情逸致欣賞這場中年人發癲「中猴」的激情演出。

更何況，她還是遭受取笑的悲慘當事人呢！姊夫甚至還暗虧說，「搖一搖」的功能若是強大到單靠冥想，便可隔空肉搜對方的話，人人都可以搓牌當賭神了。除此之外，還誇獎她一向吃不胖的曼妙身姿，倘若換成姊姊的話，不去皮削骨一番，根本別指望能塞進孫阿姨的「塑身衣」內。

忙完一個段落的洪佩嫻正好下樓，瞧見先生還沒用餐完畢，連她這個太太也看不下去了：「天啊，都一個多小時了，也該笑夠了吧！」她拉了張椅子入座，並下達最後通牒：「給你最後十分鐘，再不吃的話，我們就強行收拾。」

姊姊一坐定，洪星琁立即關心：「小朋友呢？現在的狀況如何？」

「他們很快就入睡了，不過喬心好像睡得不太安穩，晚上還得留意她體溫上的變化。」

「待會把她抱來和我一塊睡，由我來注意她的病況，順道讓他們小姊弟稍微隔離些。」洪星琁接著問：「你們明天確定會回公婆家嗎？」

「嗯，因為早就說好要一塊去親戚家作客，不過，還是會視喬心的情況而定。」

一路聽著姊妹倆對話的吳學仁，總算逐漸把飯扒完：「別擔心，安安像頭牛一樣，不會被喬心傳染的，而且喬心的抵抗力一向不差，若只是單純的感冒發燒，讓她好好睡一覺，相信明天就能痊癒大半。」他頗有興致將話題一轉：「星，妳確定不跟對方好好『解釋』清楚嗎？」

洪星琁不禁翻白眼：「不用。」

反正，她又不是頭一次被誤會成是「吳太太」。

白先生收到她的簡訊之後，傍晚又重新透由LINE傳來一段文字，內容除了簡述錯誤的經過之外，亦表明那筆金額無須歸還，並且誇獎她把「女兒」教得很好，令他印象深刻。還說有機會的話，願意邀請他們「小家庭」一塊用餐賠不是。

吳學仁半故意的說：「不然最起碼換張照片澄清一下，證明妳其實長得還不差，絕對不是中午他所看見的那樣。」他的笑穴又再次點開，特別是連想小姨子誤穿孫阿姨的衣服，上頭甚至還有小兒子的精心「創作」，他就笑得快不能自己。

「再吵，我就放你們夫妻的合照上去。」洪星琁不禁慶幸，自己仍未更新圖像與芳名，便可繼續躲在「吳太太」的名下維持些許的神祕。

吳學仁哈哈大笑：「饒了妳姊吧！她也是一番好意，哪曉得會弄巧成拙。」

家中的電話正好響起，給了洪佩嫻遁逃的機會，她趕緊起身：「我去接聽。」不久後，她再次返回餐桌，並取來無線電話交給妹妹：「星，是楠茜打來的。」

「喔，好，謝謝。」洪星琁伸手接下。

「星，恭喜妳！」王楠茜一開口便是一陣興奮與道賀。

「恭喜什麼？」洪星琁笑了笑：「妳中樂透啦？」

王楠茜欣然道來：「今天和我哥抽空看完小港某一處的房子之後，我立刻用自己的名義跟對方簽約，所以，現在手中已經有多出的空房，足夠借妳『使用』了。」

「啥!?」洪星琁訝然站起，擔心是自己聽錯了，還一度換耳接聽：「妳的意思是……?」

王楠茜一字一句清楚道來：「我說，我已經幫妳找到房子了，就連簽約付款的動作也一併搞定，妳只要擇日搬入即可。」

「楠、楠茜，妳妳……」洪星琁一時說不出話。

「星，在妳還沒找到工作、有穩定收入以前，租房子的費用就暫時由我這個『二房東』先幫忙頂著。」王楠茜難得展現堅定與魄力：「我希望妳不要跟我見外錢的事，更不要拒絕我的一番好意，畢竟我的生活樣樣不缺，和妳一路到大，支出每一筆開銷都得精打細算相比，我覺得自己何其幸運——既然我已接近而立之年，年紀又比妳大上一歲，也該要有所作為與承擔，所以，妳就當作是我實驗的首位對象，讓我好好滿足那種『照顧人』的快樂與成就吧!」

洪星琁的感動已溢於言表:「有妳這句話就夠了，真的用不著幫我代墊任何的費用。」能擁有這樣知心付出的好友，她亦感到知足與富有。

「就知道妳一定會這麼說，我不管!我和我哥已經私下打賭了，妳一定要幫我取得這一次的勝利。」王楠茜心意已定，為了不讓好友一直在這個點上爭持，她選擇轉移話題:「想不想知道，為何我會如此衝動完成這件事?」

「因為……機會難得?物超所值?」洪星琁確實好奇。

「沒錯!而且整個過程也十分湊巧順利。」王楠茜細細道來:「聽說出租的訊息並沒有正式公開，要不是我哥的麻吉同事一路牽線與施壓，不然，我相信我們根本就無法破例搶得第一個名額。」

「照妳這麼說，應該很快就會額滿了吧?」

「不一定，聽說屋主根本就不缺錢，所以審核十分嚴格，入住的房客是寧缺勿濫呢！而且負責的陳先生還表示，他會盡可能只限單身的女性租客，免得日後衍生不必要的糾葛與麻煩。」

「嗯嗯。」洪星琁突然問：「那妳幫我租的是套房？還是雅房呢？」

「蛤？」王楠茜完全不懂：「這兩種的差別在哪？」

洪星琁失笑：「套房是房間內有獨立的廁所，雅房則是必須和他人共用衛浴設備。」

王楠茜立即道：「保證是『頂級』的套房，絕對不用跟別人搶廁所。」

「那真是太好了！」洪星琁難掩感激：「聽妳這麼說，連我都開始期待未來的新環境了呢！」

「那裡確實是一個美好的開始，相信妳之後會越來越順遂。」為了送上第二波的驚喜，剩餘的細節王楠茜一律保密：「我看，明天就請我哥送鑰匙過去，順道載妳……啊啊，差點忘了，他明天好像正好有事要外出，還是等我下班後再陪妳一塊過去？不過，最近為了消化普渡的人潮，我們非得加班不可，只怕去的時候天候都已經黑……」她瞬間驚叫：「啊！我這笨蛋，哪有農曆七月邀妳看房子和搬家的？」她最近果真忙壞了。

洪星琁不禁笑出聲：「楠茜，妳忘了我一貫的信念嗎？」

「對吼，差點忘了妳的綽號叫『洪大膽』。」好友向來秉持著心善則無所懼的態度，並強調「人」才是真正值得防備與畏怯的。「如果妳真的不介意的話，等等我跟我哥商量一下，看結果怎樣再線上回覆妳。」

「好，那就再次拜託了，謝謝。」

「嗯，等我消息，待會見。」

結束通話後，洪星琁雀躍地放下話筒，一抬頭，卻見姊姊和姊夫早已愣怔瞅著她。

✧

「星，不好意思，大寶貝又得麻煩妳了。」洪佩嫻坐上副駕駛座道。

稍早，王楠茜的哥哥送來鑰匙並詳加解說，過程中，不慎被女兒聽見，致使無法接受的她，一度激動失控。慶幸在一陣僵持與溝通之下，總算逐漸恢復平靜。

「確定不等我們有空之後，再陪妳們一塊過去嗎？」不放心的吳學仁再次問。

「不用麻煩了。」洪星琁充滿自信：「楠茜的哥哥說，只要照他畫的地圖前往，就絕對不會有迷路的可能，雖然那一帶偏郊區，但地點附近仍有不少住家，白天完全不必擔心會有什麼危險性。」

「對呀！而且阿姨說我們自己過去的話，才會有拆禮物的快感和探險上的刺激。」吳喬心笑咪咪地附和。

吳學仁輕笑出聲。剛才女兒還哭得死去活來的，沒想到在小姨子專業的誘哄下，已轉換截然不同的心情。「好吧，既然兩位美女不需要保鑣護送，那我只好密切和妳們保持聯絡了。」

吳學仁上前幫忙女兒戴上口罩與安全帽，父愛盡顯：「喬心，下次千萬別再黃牛了，記得要和我們一塊回去探視爺爺和奶奶，知道嗎？」

「嗯。」吳喬心主動獻上大擁抱：「謝謝爸比答應讓我陪阿姨一塊去，我會乖乖聽話，回來之後也會乖乖休息。」

「很棒！那我們就晚上見嘍。」吳學仁聽見久候的吳喬安已開始失控暴動，連忙上車。

「再見。」他們相互揮別後，便搭乘各自的交通工具前往目的地。

✧

洪星琁和吳喬心的喜氣旺色，很快地遭受密雲的干擾。

越偏往郊區，只見氣候越難以捉摸，果不其然，雨滴已紛紛落下。

已做足準備的洪星琁立即停車，並迅速拿出車廂內的雨衣協助外甥女更換。當兩人都著裝完畢、即將二度出發之際，真沒想到，第二波的考驗竟同步報到。

大雨瞬間傾瀉，而她們的機車又再度因雨而「罷工」。

「怎、怎麼可能呢？」洪星琁無法接受機車二次陣亡的消息。

明明，她昨日已花費一筆金額維修，明明，她們只差不到十分鐘的路程便可安然抵達。

洪星琁試了一次又一次，隨著結果定讞，已坦然接受某個事實——身處在郊區又正逢星期日，已無須指望能找得到維修的店家了——既然如此，倒不如快快找躲雨的地點還比較實在。

洪星琁發現不遠處正好有個荒廢的公車站，取出車廂內的手提包後，便道：「喬心，快！我們先過去那邊躲雨。」

她們大手牽小手，小跑步抵達臨時的避難處。雖然還稱得上幸運，但該處的遮避範圍過於窄小破舊，加上雨勢來得又急又猛，避雨的效果已幾近於零。

雨水無情地潑灑進來，洪星琁只能拚命用自己的身體幫忙抵擋大半的雨水，並緊緊將吳喬心護於內側。

她真讓後悔為何沒鐵下心來，堅持讓外甥女隨同父母前往，不然，喬心起碼可以躲過這一次的災難。她雖然已退燒大半，但整體的體力和精神尚未恢復，若是再次淋雨感冒的話，只怕會引發更嚴重的後果。

洪星琁如此憂心不是沒有原因的，不過短短的五分鐘，她已明顯感受到陣陣的溼漉已向內沁延。想必不出多久的時間，她們又會如同昨日那樣，全身慘遭雨水的攻陷。

好慘呀……不管有沒有雨衣可穿，連兩日的結果竟是相同。

相同的遇水則發——機車是「發」不動；而她們則是又再次的「發」難。

洪星琁不斷禱求雨勢能盡快緩減，同時，亦希望能及時攔得一部路過的計程車。

幾乎是同一時間，背對馬路的洪星琁正好轉頭探看，只見一台白色的休旅車即將一瞬而過，但駕駛似乎是發現了她們，於是又選擇重新迴轉、再一次回到她們面前。

「快上車——」駕駛搖下一小縫的車窗，在這陣淅瀝之中，以有力的聲音傳達。

「太好了！喬心，我們快點上車。」洪星琁上前開啟後座門，示意外甥女盡快入內。

「謝謝、謝謝……」關妥車門後，洪星琁連聲道謝，接著忙不迭地協助外甥女卸除安全帽、雨衣和身上半溼的風衣外套。

待她們一一褪除濕黏的負荷之後，沒想到，駕駛後彎的手臂上，早已遞上兩條乾爽的大毛巾，正等候她們發現和取用。

洪星琁感動極了：「謝謝……」一接過毛巾，她便一一裹往外甥女身上。

駕駛先是按下臨停的警示燈，表情沉穩而淡然，不甚在意濕亂成一團的後座，待會還得讓他費心處理，反倒頗有興致透由後照鏡觀察一大一小的互動——只見後座的大人至始至終都垂首忙碌，一心一意只把重心擺在孩子身上，完全不顧自己浸透一身的情況，其實更為嚴重。

「妳們要去哪？我順道送妳們過去。」駕駛總算開口，並貼心調整車內的溫度。

似曾相識的聲音教吳喬心豎起耳朵，她即刻集中精神，緊睇自己正前方的駕駛。

經好心駕駛的提醒，洪星琁這才意會到，車子始終都停留在原地。她連忙自外套內取出楠茜哥哥給予的紙條。儘管上頭的地圖已明顯濡暈，但慶幸地址的部分尚能輕易辨識。

「我們要去這裡，有勞了。」洪星琁欲將紙條遞向前，卻瞥見外甥女正解下身上的毛巾，企圖起身活動，她正打算開口阻止，下一秒，卻聽見外甥女熱情高喊。

「子帆叔叔——」

第六章　歡迎光臨

這場雨中「驚魂記」對洪星琁而言，可說是名副其實的驚嚇連連。

首先，車內這對大人小孩在「相」互確「認」下，已證實——駕駛座這位身材高挑、輪廓帥氣的好心人，便是洪星琁昨日無緣碰面的白先生「本人」——無誤。

瞬刹，洪星琁真希望能選擇棄車逃逸，獨自在外頭冷靜冷靜。

由於雨勢的威力有增無減，為了行車安全，白子帆決定暫時熄火，並將車子停靠在安全的路邊，一切視情況再出發。在看完地址、得知她們欲前往的用意之後，他早已忍俊不禁——尤其是看清楚某人的樣貌時，笑意益發明粲。

「還真巧，我也是那裡的新房客，不僅順路送妳們過去，還能充當臨時的導覽員。」他說。

洪星琁得知後驚訝無比，吳喬心則是亢奮到一個不行。

「哇！哪有這麼剛好的事。」吳喬心立刻暫頭恭賀：「小媽，恭喜妳！之後有子帆叔叔可以作伴了。」話音一落，她瞬間由後座彈跳至副駕駛座。

「……」洪星琁很肯定一件事，這場大雨對外甥女的病情不僅無損健康，甚至還有某種程度的治愈功效。

正消化對方是她的新室友同時，她也不斷在心中腹誹：楠茜不是說那裡只限單純的女性承租嗎？怎麼立刻跑出一位頗具爭議的男性？而且以對方的口吻來判斷，他熟悉的程度，似乎比她更像首位入住的房客。

「叔叔搬去多久了？為什麼會搬家呢？怎麼會剛好找到相同的地點？」吳喬心一連發問。

白子帆半告解心聲：「我之前住的地方有惡鄰居騷擾，才慎重考慮搬家的事，恰巧我和屋主是交情還不錯的舊識，所以就順利取得入住的名額。」其實他今天之所以會前往別墅，全是因為陳湯尼已回報完成第一筆的交易，他才決定趁出租前的假日，做最後的總檢查與拍照存證，順道還可以幫忙淑珊阿姨載送那批遭遺忘的現貨；如今巧遇某人，加上自己確實已萌生強烈的搬家念頭，便決定順勢偽裝成為自己名下的新房客。

「原來是這樣。」吳喬心又問：「叔叔，星期五的晚上小媽有傳LINE給你，說隔天要帶我一塊去吃飯，想問問你的意見，但你怎麼都沒有看、也沒有回呢？」

後座的洪星琁暗自在心中拍手。讓外甥女隨同而來，真是好處多多──因為她想知道的，喬心皆順巧發問。

「是嗎？」白子帆笑道：「因為有『駭客』入侵，加上我正好更換新手機，才決定順勢設立全新的帳號。」他不免好奇：「妳怎麼會一直叫她小媽呢？」

吳喬心笑哈哈的解釋：「因為上個月爸比要出國工作，小阿姨正好從台中搬回來，所以就幫忙照顧我和弟弟，好讓媽咪能陪爸比一塊去，那個月我們一塊出門，小阿姨都被誤會成是我媽咪，所以，我和弟弟乾脆就幫忙取了這麼一個綽號。」

「妳弟弟？」白子帆瞬間閃過洪星琁昨日抱於懷中的可愛男孩。「原來如此，所以她是妳的親阿姨嘍？」

「嗯。」吳喬心點頭如搗蒜：「不過我阿姨還沒結婚，目前也沒有男朋友，所以叔叔昨天在LINE上叫她『吳太太』時，我爸比真的快笑翻了！媽咪還說從現在開始，我和弟弟不可以再叫小阿姨『小媽』了，不然，就要減少我們一塊出門的機會。」

白子帆以笑容肯定：「妳阿姨還真厲害！這麼年輕就能獨當一面成為兩個孩子的褓姆。」

「對呀！而且我出生那年，小阿姨就會開車上高速了呢！但我媽咪到現在都還不會，媽咪還一直勸小阿姨乾脆別找工作了，直接去考褓姆執照就好，反正用品設備家裡統統都有，她就有現成的資源可以『在家』工作。」

「感覺得出來，你們一家人的感情十分要好，應該很捨不得小阿姨搬出去住吧？」

「對呀！真希望叔叔和阿姨能住在我們家隔壁。」

「咳咳……」在後座飾演最佳隱形人的洪星琁故意作咳，很希望屬於她的話題能就此打住。

白子帆明白一笑。很滿意透由方才簡易的對談，迅速掌握新室友的條件與狀況。「妹妹，妳好會說話，目前幾歲、就讀幾年級呢？弟弟應該還很小吧？」他依她的意思改聊其他。

「謝謝叔叔，這個暑假結束，我就升二年級了，開學後不久，就會滿八歲。」吳喬心接著切換成當姊姊的模式：「叔叔，我弟弟叫安安，他真的很可愛喲，而且破壞力超……」她突然間停頓。

「怎麼了？」白子帆於是問。

吳喬心頓時想起更為重要之事，於是霹哩趴啦地解釋：「都忘了說，我們昨天會嚴重遲到真的不是故意的！這全是媽咪的錯，她如果不堅持幫小阿姨化妝、弄造型的話，小阿姨也不會為了趕時間而穿錯衣服，就連雨衣和錢包也統統都忘了帶出門。」她幫忙哀嘆：「要不是因為這樣，小阿姨哪會淋雨毀容，還在這麼大的餐廳裡出糗……」

白子帆不解挑眉：「穿錯衣服？毀容？」

「對呀！小阿姨臉上的妝完全沒有防水功能，所以黑黑的睫毛膏全都流下來了，模樣變得好可怕呀！而且她誤穿孫奶奶的衣服也就算了，安安還在上面亂剪和亂畫呢……」吳喬心不禁反問：「這些事，叔叔都不知道？」

白子帆失笑：「其實我當時的角度正好被某個盆景遮住，加上我很認真地看書，所以……」昨日錯失的精采片段，現在全補齊了。

「啊、啊啊、啊啊啊……」洪星琁不斷在心中吶喊狂奔。

倘若外甥女仍在後座的話，她最起碼還可以適時摀住她的大嘴巴……嗚嗚嗚，她都已經含冤死過一次了，有必要為了「清白」再度開棺鞭屍嗎？

洪星琁後悔極了。她千不該、萬不該，就是連兩日皆讓外甥女陪同見證。以後要一塊出門，她真有必要得好好過濾兒童不宜的場合。

白子帆正極力忍笑。特別是偷覷她正摀著雙耳猛搖頭、表情滿滿的趣味反應時。

成功幫小阿姨「平反」的吳喬心，心情有說不上來的舒暢與踏實：「叔叔，你車上怎麼會正好放了兩條大毛巾呢？」她不斷嗅著上頭的潔淨與舒香：「真的很感謝你的提供，我現在溫暖極了。」

「咳咳。」此刻，輪到白子帆刻意清清喉嚨，待引起某人的注意之後，他才開口：「因為昨天下雨，我臨時幫忙朋友代班，有位善良的女客戶發現我被雨淋濕了，所以好心進屋內拿了一份小禮物給我，她希望我收下之後，有機會也能幫助下一位需要援助的陌生朋友，為了完成她的期許，昨天傍晚，我便買了幾條大毛巾回家清洗、烘乾，早上出門時再順道放上車。」他正勾著一抹動人的暖笑：「真的很意外，沒想到會這麼快就派上用場了。」

洪星琁怔怔抬起頭來。總覺得對方口述的情節居然有說不上來的——熟悉！？

這是為什麼？

白子帆笑著點名：「洪小姐，不曉得妳是否收到了這陣暖意與回饋？」以及二次見面的驚喜。

冷不防的答案迎面射來，教毫無防備的洪星琁狠狠嚇上好一跳：「你你你，難道就就、就是……」

她瞬間將送貨員的背影和此刻的他，相互重疊與連結。

白子帆頷笑，表示幸會。

「哇！叔叔好厲害喲，怎麼知道我阿姨姓『洪』呢？」吳喬心只畫出這個重點。

「我亂猜的，妳沒看見她現在整張臉都不小心燒『紅』了嗎？」白子帆故意說笑。

吳喬心隨即轉頭，果真瞧見小阿姨此刻滿面通紅的異樣。

「小媽，妳還好嗎？」她火速返回後座關心。

「沒、沒事，我只是覺得車內好像有點悶熱……」洪星琁不斷以雙手搧風，好協助面頰散熱。

吳喬心緊緊睇著長髮和身體皆過半溼的小阿姨，一臉不解：「但是兩條毛巾都在我身上，叔叔剛才也把暖氣關掉了，加上外面的雨又下個不停，我都覺得這樣的溫度剛剛好了，妳怎麼會……」她不禁伸手觸摸親人的額溫，滿是擔心：「不會是換妳淋雨發燒了吧？」

「沒有，我只是……」洪星琁不自覺瞟向駕駛座的他。

「喬心，我有記錯妳的名字嗎？」白子帆於是丟出話題解圍。

「沒錯！哇，沒想到叔叔居然記住了！」吳喬心的注意力果然火速被轉移。

「妳剛才能喊出我的名字，我也感到很意外。」白子帆老實說。

吳喬心笑開懷地說：「其實我們家的人都記住你了呢！大家都說叔叔的名片真是獨特又漂亮。」

她接著主動告知自己名字的正確寫法，完成後，又雞婆介紹：「叔叔，我阿姨她叫洪星琁，『洪』是洪水的洪，『星』是流星的星，『琁』是、是……」一時之間，她不曉得該如何形容這個特殊字，只好以眼神求助親人，只不過當事人卻寧可裝傻欣賞外頭的風景，也不願意主動接話。

白子帆噙著笑，幫忙代答：「『琁』通另一個玉字旁的『璇』，是僅次於玉的美石，亦是北斗七星中的第二顆星名。」

洪星琁訝然的目光，正好透由車內的後照鏡與白子帆相覷。

「對對對。」完全不懂的吳喬心，只剩崇拜與拍手叫好的功能：「不過我爸媽幾乎不會叫小阿姨的名字，通常都只叫她……」

洪星琁連忙出聲：「你們看，雨勢瞬間變小了，我們快點出發吧。」

✧

「歡迎光臨。」

白子帆按下鐵捲門的開關，接著將休旅車駛進別墅。

洪星琁和吳喬心下車後，早已目定口呆。

就算對坪數再如何沒概念，但光用肉眼來判斷也能曉得——他們目前所在的寬度就算同時並排四、五台車也不成問題。這裡明淨寬敞，加上上頭又有堅固的遮避，除了停車功能外，亦可舉辦各式各樣的戶外活動，完全可以免除日曬與考量氣候的因素。

這裡一入內即是車庫，而車庫的正前方便是主建築，不過兩者之間，尚離了四、五公尺的距離——這是一處令人驚豔的露天中庭，目前正與屋外同步播映淋零的雨景；倘若天氣好轉，露天的舞台定會晞曜於光亮動人的金璨之中。

中庭的右側有一道壁面式的小型流瀑，所以隨處可聞舒暢身心的琤瑽音效。流瀑的下方是一座小池塘，池內正種滿綠意盎然的水生植物。浮葉上的水珠不斷因雨流增，一如跳動般的音符與指揮手，正撩撥瀲瀲的水面激起熱情不已的迎賓演奏。

欣賞完生氣盎然的中庭後，洪星琁接著將注意力移至矗立眼前的主角。

這棟約莫四樓高的建築，其四隅在無阻的情況下，內部的通風和採光已毋庸置疑。而建築的色彩多以耐久恆固的精典黑為主要詮釋，再搭配不同石材的紋理與天然光澤，一股低調的氣派已妙簡臻至。

她發現一樓除了刻意採挑高式的設計之外，亦發現大門的樓梯左右各有一處精造的平台——這無非是一長排的觀景座，方便屋內的人一走出，便可坐看中庭不同時節的景色，且二樓凸出的設計刻意巧妙障翳，即便雨勢略大，也毫不影響於該處聊天、觀雨的愜心和雅致。

「那是雨埕，主要是用來懷舊的，材質很適合夏天乘坐，而我們的正上方是一座空中花園，入口就在左前方的鐵梯，不過目前尚未栽種盆景與多做規劃，頂多只能趁著黃昏入夜時，搬張躺椅到上頭吹風、看星星。」白子帆正站於她們身後解說，他已從後車廂取來某個物品，並直接將它披掛於洪星琁身上。

洪星琁的心思還訝於他的解說之上，緊接著是這陣無預警的踏暖。

「小心著涼。」白子帆臨時供應自己的襯衫外套。雖然尺寸偏大，但能包覆的範圍亦相對增加。洪星琁覺得溫暖極了，特別是下車後的溫差，以及中庭迎面拂來的暢涼。她翕動雙脣，欲開口道謝，但外甥女已搶先一步。

「謝謝叔叔的外套！」活力滿滿的吳喬心，已不見一絲病樣：「叔叔以前就已經來過了嗎？」

「嗯，和屋主從小就一塊長大，所以這房子還在打地基的時候，我就已經造訪了。」

「原來是這樣……啊！雨又下大了。」吳喬心驚呼，她才正想邁步跑向前。

白子帆望著手中僅有的一把折疊傘，決定分兩次進行：「喬心，叔叔先帶妳過去。」

「好。」他們一塊抵達前方的建築，走上一小段階梯後，白子帆以鑰匙開啟大門，一旁吳喬心早已迫不及待要入內參觀。

在原地等候的洪星琁，一度望著眼前的一切出神。

若非楠茜已事先透露這裡確切的屋齡，不然，她絕對會誤會這是一棟頗新的豪宅。

「這間別墅在民國八十五年時，外觀就大抵完成了，每一處的設計都是屋主一家人絞盡心思、不斷反覆討論才完成的。」白子帆已悄然到來：「至於為何會那麼大，全是因為屋主的外婆提前幫女婿設想未來搬家的可能，所以早把當時收取的一大筆聘金拿來購置土地，直到女兒結婚屆滿十週年時，才將它當成錫婚的禮物贈送給當事人。」他雖然淡述著，思緒卻也流過不少的回憶與片段：「不難想像，突然收到這份大禮的一家人，驚喜的程度會是如何？」

洪星琁不自覺地點頭。因為那種震撼，一如她此刻目睹的心境一般。

「屋主的外婆，肯定很疼愛自己的寶貝女兒和優秀的女婿吧？」她睇著他猜想。

「是，不過在訂婚之前，外婆其實曾極力阻止與拆散，因此才會開口索取一大筆的聘金，企圖嚇跑對方。」白子帆配合她眼中的好奇，娓娓道來：「外婆當年要求甚高，對於男方的種種條件只感到反感和排斥，所以，私下曾瞞著女兒前往男方的住處潑冷水，目的就是希望對方能有自知之明、懂得知難而退。為了徹底拆散他們，外婆還決定安排女兒出國深造，如此大動作、不容抗拒的強硬，反倒激起女兒想放手一搏的決心。她大膽謊稱自己和對方早已發生親密關係，懇求母親成全，並正視她長期遭受壓抑的心聲和感受。不過早習慣操控一切的外婆，哪容得下不同的意見與聲浪，她不顧先生和兒子的力挺，硬是將女兒痛打一頓，以嚴懲她的違逆與不潔身自愛……那天晚上，發生了很多事，總算讓男方徹底正視這段感情，不再退怯。隔天，男方和自己的母親無預警上門提親，並順勢合演了一場戲，逼得女方的父母不得不當場答應。但外婆也不是省油的燈，除了基本的禮聘之外，還要求高於行情四、五倍的聘金。不過男方早有備而來，當下便欣然答應。順利完婚後，外婆也許是抵擋不了熱情的親家，也許是被女兒幸福的模樣所感動，才逐漸敞開心房，真心接納這位盡責愛家的好女婿。極愛面子的外婆，不善於表達內心對於兩人的虧欠，於是便將收取來的聘金拿去購置這塊土地，但又擔心會被拒收，因此還暗藏了十年之久，最後，才以兩人結婚十週年的名義，強迫他們收下。」

在詩情霎霎的氛圍下，聆聽屬於這塊土地的真實故事，洪星琁格外感到唯美與動容。

「很感謝你的分享，原來它背後深藏的情感，遠比它的外觀還要更加堅固與華麗。」

白子帆雙眼含笑，難得再道：「屋主的外公、外婆至今仍不曉得，當年有些事，全是故意串通好來欺瞞他們的，雖然以非正派的手段來敲定婚約並不恰當，但若不這麼做，確實難以成就一段好的姻緣與幸福的小家庭。」

「嗯。」洪星琁會心而笑，眸光再次流轉於眼前的景物：「既然你認識屋主，又這麼了解他，那麼，曉得他多年來閒置不住，最後又突然出租的真實原因嗎？」能將如此別具意義的自宅割愛讓出，究竟要有多大的捨心？

洪星琁轉而睇著他，逐漸對神祕的屋主產生好奇：「我猜，屋主一家人應該老早就不在台灣了吧？才會將出租的事宜全權交由他人來代理。」發現他始終不語，她又主動問：「你同樣是透由一位陳先生完成簽約的嗎？上一次和屋主見面，是多久之前呢？」

「我……」白子帆正猶豫該如何開口，正巧一道聲音介入。

「小媽、叔叔，你們快點進來呀！這裡面真的好大、好漂亮啊……不但有旋轉樓梯和超大的客廳，我還發現後面藏有一小片的開心農場呢！」吳喬心探頭催促，接著又興奮跑了進去。

「先去進吧，日後有機會我們再慢慢聊，待會還得想辦法處理妳們一身濕的問題。」白子帆的目光始終關注在她身上，除了掛慮她可能受涼之外，亦頻頻欣賞她緊緊裹著自己外套不放的模樣。

「嗯。」一陣濕冷襲來，確實教洪星琁直打哆嗦。

白子帆揚起手中的傘，兩人的頂空，頓時罩著相同的星空花布。

洪星琁總算發現，這正是自己昨日贈予對方的那把傘——翕然，有股奇妙的感覺竄出。

她忽而綻笑，不諱言地分享：「昨天送你的那兩樣東西，其實全是用你供應的那筆金額採買的。」

當時折疊傘正好購買第二把有超值優惠，她才決定買來備用。「沒想到，東西居然能巧妙地回傳到『贊助商』手裡，如今，就連我這個原始『買家』也一塊受惠，真是不可思議。」若非姊姊執意要帶孩子出門就醫，不然，只怕他們也無緣碰面才是。

白子帆揚著笑：「這也應證妳昨日所說的那句，是一種『友善的循環』。」果然幫助他人，也能間接幫助自己。「走吧，我們邊走邊聊。」

小小的一段路，已讓初識的情誼逐步萌發。他們沿途有說有笑，傘下的世界絲似乎毫不受外在的氣候干擾，反倒如層層滰中醞放的光芒，已展露暖心的虹彩與霽朗。

✧

白子帆領著她們來到二樓的小型客廳稍坐，並取來吹風機與毛巾供她們進一步使用，接著便獨自上樓。

他剛從故鄉搬來時，有許多的電器用品皆重新添購，加上大伯家應有盡有，因此有許多的大型物他幾乎都採原地保留的方式。多年下來，加上淑珊阿姨刻意地維護和保存，致使無人居住的別墅仍保有一定的住宅機能。

雖然目前有現成的洗衣機可供洗滌與脫水，但也該要有暫時更換的衣物才行。

白子帆正猶豫該不該出門代為採買，卻在抵達三樓的同時，問題皆迎刃而解。

他首先瞧見於一隅陰乾的整排衣物，恍然想起淑珊阿姨昨日告知的事。

白子帆面帶喜色，上前翻找合適的尺寸與款式，選定後，一一將它取下。無意間，他又瞥見放置一處的大袋塑膠物，很肯定這就是淑珊阿姨遺忘於此的貨品。他蹲下身，略略解開內容物一探，裡面竟是滿滿的女用雜物，而且說巧不巧，正好就有單一尺寸的運動彈力貼身衣物。

白子帆火速將手中滿滿的物品，交由樓下的兩人更換。

二十分鐘後，吳喬心與洪星琁徹底換裝完畢，並一塊自房內走出。

此時，沙發上的白子帆正拿著手機與人交談，一瞧見她們，便很快地結束通話。

「我煮了一壺茶，想暖身的可以先過來品嚐。」他已起身招呼。

吳喬心不斷欣賞身穿男童裝的自己，模樣十分滿意：「子帆叔叔，這些衣服是從哪裡變出來的？這裡難道還有住其他人嗎？」衣服的尺寸雖然大上一、兩號，局部也有明顯的斑黃，但毫不影響穿著上的舒適，畢竟能擁有久違的乾爽，可是天上掉下來的恩惠。

「等等，先別動。」洪星琁幫忙外甥女將過長的褲管反折，完成後，緩緩起身。此刻，她也已換上格紋綁帶的過膝洋裝，並搭配素色的貼暖外套。

「不錯，衣服都很合適。」白子帆滿意地直點頭：「這是屋主的母親和他小時候的衣物，屋主一直將它們保存在樓上的房間，前陣子窗戶忘了關，一部分的舊衣遭受雨水的潑灑而濡濕，屋主的乾媽特地將它們重新洗清一番，哪曉得能正好派上用場。」

聞言，洪星琁同時閃過楠茜告知的注意事項：三樓以上列為禁止出入的區域。

原來，該樓層正是放置屋主一家人的重要私物。

白子帆睇著她：「洪小姐，我已經聯絡朋友前去處理妳的機車了，完成後，他會專程送回來這裡，不過，最快也得等到傍晚左右，如果妳們趕著回家的話，我可以先送妳們回去。」

洪星琁又驚又喜，完全沒料想對方竟主動幫上這個大忙：「太好了！我們完全不趕時間，再晚都可以等，白先生，真的真的非常感謝你！」她特地彎身道謝。

「很感謝你臨時提供的這筆現金，無意間竟幫了我們一個大忙，有機會，再當面向您致謝。」

「不用這麼客氣，我只是代為聯絡罷了。」白子帆的臉上堆滿笑意：「只能說妳十分幸運，因為天候的因素，我那位朋友不得不取消這個禮拜的重機之旅，所以在家已無聊到有些發慌，正想開車出門繞繞，沒想到就接到我的求救電話。」

「這樣會不會影響他的行程呢？」洪星琁連忙問。

「不會，他說這兩天的雨量下得他都快要發霉了，有臨時任務正好可以活動一下筋骨。」

「謝謝兩位叔叔的幫忙！」吳喬心跟著跳出來感謝，接著說：「子帆叔叔，你可以直接叫我阿姨一個『星』字就行了。」方才聽見那聲「洪小姐」的稱呼，竟讓她感到渾身的不對勁。

白子帆頗富興味地蹲下身，與她平視：「喬心，妳確定我也可以使用相同的稱呼嗎？」他正指桑問槐。

「當然呀！我們身邊的所有人，全都是這樣叫的。」吳喬心覺得並無不妥，於是瞥頭問：「對不對，小媽？」

洪星琁不由得一愣。因為不知何時，已有兩道目光正等候她的回應與許可。

「……可、可以。」基本上遞給她的批准單上，僅有同意欄可以勾選。

白子帆莞爾起身：「既然這樣，妳也別叫我白先生了，直接稱呼名字就行了。」

「好。」洪星琁靦腆答應。

「走吧。」白子帆拿起車鑰匙，並示意她們一塊出門。

「我們要去哪？」她們姨甥倆幾乎異口同出。
只見白子帆笑著宣布：「補請妳們吃飯。」

第七章 回饋

今天是八月九日星期二，亦是一年一度的七夕情人節。

澐海公司內，除了已排定休假的黃少奇之外，白子帆和洪美吟皆忙於工作，只剩陳湯尼一人心不在焉。他不是頻頻觀看手機，不然就是緊盯著新聞網頁不放。

受颱風逼近的影響，風雨欲來的詭譎已層層籠罩，不過才下午四點，外頭已是一片晦暗。

原本，大家還抱持著能否一早就接獲停班放假的消息，偏偏颱風的行徑詭異、走向遲遲不定，致使大家仍得帶著滿滿的不確定性，按時就班。

再也耐不住浮躁的陳湯尼，已起身離座。

「叩叩。」他來到某人的辦公室敲門：「美吟，在忙嗎？方便進去聊聊嗎？」

洪美吟因這聲干擾而中斷手邊的工作：「你忙完了？」為了防止颱風假擾亂後續排定的進度，一整天下來，她可是連中午的休息時間都不敢鬆懈呢。

陳湯尼自顧著問：「剛看妳在帆哥的辦公室待了好久，是發生了什麼事嗎？」

「喔，原來你是要問這個。」洪美吟稍稍活動僵硬的肩頸：「我向帆哥報告目前的設計進度，正好又婷打電話進來，所以，我們就順道討論了一下。」

「又婷怎麼了？不是這禮拜坐完月子就會回來嗎？」

「可能沒辦法了。」洪美吟先喝一口水：「她說婆婆這陣子幫忙坐月子，也許是過於勞累或是太有壓力了，以致於身體突然欠安，無法勝任照顧新生兒的工作，一時之間，又婷也找不到合適的褓姆，只好暫時在家自行照料。」

明白後，陳湯尼問：「帆哥怎麼說？」

「雖然事發突然，但帆哥還是希望能讓又婷安心在家帶小孩，找人的事再由他來想辦法。」

「聽妳這麼說，又婷連自己何時能歸隊也無法確定，我們要找到短期代班的人員，應該頗有難度才是。」

「是呀，所以我覺得帆哥應該會建議又婷，乾脆請半年的育嬰假，這樣他還比較好處理。」

「早知道會演變成這樣，我們就不該硬撐著等又婷回來，應該早點徵人才對。」陳湯尼突然瞥見某個物品，於是問：「美吟，它是做什麼用的？很漂亮耶！」他指著她包包上垂吊的新飾品。它以鮮亮的五色線編織成四葉的立體花型，底部還有一串串晶透的珠子，乍看之下，十分喜氣奪目。

洪美吟火速提來包包開始解說兼獻寶：「上禮拜天和朋友一塊向『正成宮』求來的，聽說它不僅可以增加正能量，還有保平安的功效，重點是一開始就必須選定單一區塊來誠心祈求，聽說心念越強大，效果就越好呢！」

「蛤，鄭成功？」陳湯尼放聲大笑：「該不會還得『觀落陰』吧。」

一聽見關鍵字，洪美吟突然變得激動：「你也知道『觀若音』？」

彼此間的距離無預警拉近，教陳湯尼一陣害臊：「是、是挺有名的……」

「太好了！我朋友果然沒騙我。」洪美吟興奮拍桌。

自從和交往三年多的男友分手後，她才曉得，原來自己曾遭男方劈腿多次卻渾然不覺，而對方不忠的理由，竟是嫌棄她的女人味嚴重不足！以致於讓她大受打擊、信心嚴重下滑，連帶引發諸事不順。好友發現後，於是偷偷分享自身轉運的好方法，並帶著她密訪一間毫不起眼的居家宮廟，讓宮主「觀若音」女士好好發功一番。

原本，她還有些半信半疑，如今聽完同事的好評之後，已決定破例當個虔誠的信徒。

「美吟，結果妳求的是什麼？方便透露嗎？」陳湯尼好奇滿滿：「不如改天也帶我去試試。」

洪美吟神秘一笑：「祕密，等靈驗之後再告訴你。」

「哎喲，我們都這麼熟了，妳就說嘛……」

正當兩人都忘情於聊天之中，門口那道頎長的身影不曉得早已觀看多久。

「咳。」白子帆刻意出聲。

「啊——」洪美吟與陳湯尼幾乎嚇得驚聲四竄，還不慎碰撞在一塊。

「我我我我、我們兩個，絕、絕對沒有……」陳湯尼愈想解釋彼此間的清白，愈是口齒不清。

「沒有混水摸魚？」白子帆維持一貫的冷肅，但眼中卻有一閃而逝的促狹，因為陳湯尼多年來的心思，他怎會不懂。「走。」他比往櫃檯區的方向，一副準備嚴懲的氣勢。

慘受驚嚇的兩人，一時忘了察覺目前其實已是下午茶的休憩時間，只乖乖地配合跟著向外走。

「下班了，剛才已緊急發布停班停課的消息，所以提前放颱風假了。」白子帆突然宣布。

「蛤？」只見呆愣的兩人完全來不及消化和反應。

白子帆問：「美吟，目前雖然還沒開始下雨，不過風速卻有逐漸增強的情形，妳騎機車應該會有危險性，要不要我直接開車送妳回去？」

「不用！」

如此斬釘截鐵的回答，出自陳湯尼。正當引來現場質問的目光後，他才慌張解釋：「我我、我的意思是說，帆、帆哥你又不順路，乾乾、乾脆……」把護送的福利轉讓給我。

白子帆暗中一笑，面上依舊無波。

「好，我確實有急事要趕往別的地方，那美吟就交給你了。」他揮別後，已快步離去。

「湯尼，不好意思，又得麻煩你了。」洪美吟滿懷感激。

陳湯尼看得臉色微醺：「千萬別這麼說，一點也不麻煩。」

他們合力關妥內部的所有電源，才鎖門離開。

在電梯內，洪美吟忍不住八卦：「你發現了嗎？帆哥這幾天似乎變得不太一樣。」剛才居然還故意開他們玩笑，真是見鬼了。

陳湯尼一笑：「有嗎？他不是一年四季都在飾演黑白無常嗎？」基本上某人捉摸不定的行逕與心緒，他早已見怪不怪。

洪美吟被這聲貼切的形容，逗得哈哈大笑：「不曉得無常將軍的官邸，還有哪個不怕死的即將入住？」她順勢詢問別墅出租的最新消息與動態。

「沒了。」

「什麼意思？」洪美吟大大不解。

「今天一早，帆哥已經把鑰匙和合約全收了回去。」陳湯尼老實以告。

洪美吟吃驚不已：「蝦毀？不是才剛完成第一筆交易嗎？」

「是呀，或許帆哥私下還會和那位王小姐做解約的動作也說不定。」陳湯尼細道：「上個禮拜天，他突然打給我，除了告知星期一不進公司之外，還要我立即取消出租與刊登的相關事宜，若正巧有新租客在恰談簽約的話，要我自己想辦法找理由推掉，因為他目前已另有用途和打算。」基本上，他也不算白忙一場，最起碼代勞的第一筆酬金已迅速入袋，剩下的某人決定怎麼做，他應該也無權過問與干涉。

「難不成，正好有人想整棟承租？」洪美吟猜想。

「或許吧。」陳湯尼無心將話題全圍繞在「反覆無常」之上，轉而道：「美吟，剛看新聞說，這颱風越晚威力也就越強，要不要趁現在風雨還不大的時候，一塊去賣場採購？」他目前最想做的，就是全心為自己幸福的將來而打拚。

「好哇，趁機補貨一下。」洪美吟贊同。

順利照著排定的計畫進行，陳湯尼既亢奮又緊張：「那妳喜歡吃純手工的曲奇餅乾嗎？我同學她老婆的手藝可好了！不論是蛋糕、天然烘烤的水果乾，還是真材實料的果醬，這些全難不倒她。」

「哇！」洪美吟的雙瞳瞬間如通電般灼亮。

陳湯尼瞧見佳人的反應，很肯定自己壓對了寶：「就知道妳一定會喜歡，所以早就幫忙訂了幾份，他們店那裡還有販賣一些飲品和簡餐，不如，我們晚上就在那裡一塊用餐，順道取貨。」

「這……」洪美吟頓時陷入猶豫，教陳湯尼的一顆心差點超速狂飆。

為了這場「生死之戰」，他早已失眠策劃了好幾天，不僅懇請同學夫妻配合他的告白清場，還特地拜託黃少奇務必選在今日排休，好代他發落整個流程與細節。

思量一會兒後，洪美吟決定照關宮主的指示進行：「好。」她不僅同意，還示出難得的善意：「但每次都讓你請客和接送，怪不好意思的，今晚的餐費就由我來表示吧！」

✧

得知輕颱已增強為中颱，並確實發布停班停課的消息後，洪星琁更是不斷地加緊速度，將清洗、備妥的食材一一烹煮。

一早吃完早餐後，她便獨自來到別墅投入搬家整頓的工作。

她的新室友已於昨夜正式入住，而她則預計再晚個幾天，才會一塊跟進。

搬家的事原比想像中的還要順利許多。一來，她這次南下定居，有許多衣物用品宅配下來時，一直維持著封箱不動的狀態，而姊夫已協助將這些重物運送至她的新房內，剩下的，她完全可以靠自己分批處理和擺放。二來，姊姊這幾天異常令她刮目相看，非但沒有祭出苦情牌來打拖延戰術，反倒讓她毫無後顧之憂，能致心於搬遷的大事上。三來，她的套房既大且乾淨，還附有全新的傢俱與裝潢，完全利於她省下多餘的清潔時間。

幾個小時前，她特地趁風雨尚未來襲前，前往附近的超市進行防颱備糧的準備工作，並將原先空蕩蕩的冰箱和廚房補得滿滿滿。

她之所以會完成這個善舉，全是顧及新室友目前僅一人獨居，加上颱風的威力不容小覷，她總有些放心不下；其次則是覺得自己有必要趁此機會，好好回饋一番。

那天她們初訪別墅，新室友竟帶著她們前往三多路品嚐知名的「紅毛港海鮮餐廳」。抵達時，她原本想拒絕這番好意，但室友早已透過內線點餐完畢，加上現場的鮮食過於誘人，她們對美食的本能反應，早已狠狠與大腦背道而馳。

飽餐一頓後，室友還熱心當起嚮導，協助她熟悉住宅附近的主要市場與生活商圈。下午五點，她的機車也順利被人以貨車送回別墅，她正擔心皮包內的現金不知能否支付這筆可觀的開銷，哪曉得，對方不過酌收幾百元的道路救援費，便瀟灑離開。

她當時也沒空多想，便聽信新室友的話，只是單純更換火星塞與清理內部的陳年油垢。直到騎車離開後，才真心覺得，這絕對不是自己所熟悉的那台爛車——原有的性能幾乎遭人全面大改造，不僅變得順暢有力，就連噪音和排氣也都大幅降低。若非確實是她的車款與熟悉的號碼無誤，不然，她幾乎會誤認為是遭人偷換車了。

後來無論她如何逼問，室友在 LINE 上總是維持一貫的口供，加上她又沒有任何維修者的聯繫管道，而室友亦不肯收下她欲歸還的四千塊現金，在無計可施之下，她只好改變作戰策略，決定改以別種形式「支付」。

傍晚五點左右，白子帆的休旅車已駛進車庫。

此時中庭的風嘯逐漸颼戾，雨勢也同步報到，對照眼前堅固發光的建築體，已產生剛柔明暗、動靜冷暖的強烈對比。

他下車瞧見室友停放一旁的機車，又瞥見她事先點亮的燈火，一路由車庫至中庭，再延伸至一樓的大門。跟著一盞盞再平凡不過的小光源行走，對他而言，都像極了迎接遊子賦歸的溫暖信號。

白子帆凝睇這一幕許久，才邁步跨進屋內。

進門後，他刻意不更換拖鞋，並沿著聲音與光源前進。來到廚房，只見輕煙裊裊，香氣四溢，頓時像為整棟房子注入睽違已久的生氣。

多少年了？踏入家門迎接他的，總是最高品質的闃寂與漆黑。望著此刻滿室通亮的燈火，以及瓦斯爐前翻炒的身影與沸動的聲響，某種深層的記憶，彷彿也隨著抽風機的高速運轉，同步啟動。

「哇，好香啊！這什麼味道？媽，我可以先吃飯嗎？」

「不行，你還沒洗手，而且得先寫功課。」

「可是，我肚子真的餓了……」

「你忘了，今天是什麼重要的日子？」

「啊，爸爸今天要回港！我這就去寫功課，等他回來再一塊吃。」

「哈，陽陽真棒……」

洪星琁將長髮束成馬尾，邊翻炒鍋中料理，邊探看燉煮中的湯品，完全專注於爐火上的熱食；白子帆半聲不響，只是站著欣賞，直至清脆的鈴響至手機傳來，才中斷這幅賞心動人的畫面。

洪星琁停下動作並轉身接聽，同時發現歸來的室友已站於一隅朝她揮手。

「喂？喂？」無論她回應多少次，始終沒聽見對方的聲音。

「怎麼了？」白子帆柔聲問。

「不曉得，既沒有聲音，也沒有來電顯示，或許是對方打錯了。」瞧見通話秒數仍持續進行，洪星琁索性按下結束鍵。一放下手機，她立刻又返回瓦斯爐前：「再等等，最後一盤菜就快好了。」

白子帆放下公事包，望著一桌美味可口的佳餚，顯得很意外：「今天怎麼忙到這麼晚還沒回去？煮這麼多道菜，是因為妳姊他們待會要過來一塊吃嗎？」

「我姊他們早上就回公婆家拜拜了，喬心不久前打給我，說今晚他們會直接在爺爺奶奶家中過夜。」洪星琁放上最後一道料理，整張臉已被熱氣蒸得潤紅。

「湯讓我來吧。」白子帆搶在她之前就位，並問：「妳在湯裡加了月桂葉，對嗎？」

「你怎會知道？」洪星琁可驚訝了。

「我聞到它特殊的香氣，而且還知道它煮久了會轉苦，所以味道出來之後，就可以把葉片撈起來了。」白子帆已將養生的湯品擺上桌。

「對，還好有你提醒。」洪星琁趕緊取來湯勺將葉片撈出。

「結果妳要我幫什麼忙？剛回來的時候風雨已經明顯增大，加上這附近也比較空曠，如果妳要回去的話，我開車送妳。」

洪星琁因此探向窗外，發現全心投入下，加上室內的隔音甚好，沒想到外頭已是風風雨雨。

「不用麻煩了。」她主動去盛飯：「照這樣的情況就算開車也很危險，如果回不去的話，我可以提前享受在這裡過夜的初體驗。」她遞了一碗飯給他：「在 LINE 上要請你幫的忙，就是想辦法解決這頓晚餐。」

白子帆接下這應節的麻油雞飯，驚喜中交織著感動。下午一收到她傳來的文字，他也沒多問，便允諾會提前下班予以協助，沒想到決定離開的時間點，也正好發佈停班停課的消息。

「讓妳辛苦忙這一餐，我很過意不去。」

「那天白吃你的海鮮大餐，我才過意不去呢！」洪星琁接著表示：「你也太厲害了吧！不過才短短兩天的時間，廚房內的用品設備居然已經完整備齊。」若非這樣，她哪有辦桌回饋的表現機會。

白子帆笑道：「這些全是從上一個住處搬來的，有請一位好朋友協助，有時候外食吃膩了，偶爾也想自己下廚。」他發現她又匆匆回到流理台前，忙出聲阻止：「先吃飯休息吧！那些東西待會再交給我來清理。」

洪星琁因此停下動作，同時發現自己流了不少汗，決定禮貌性回房梳整門面一番：「你先吃吧，我先上樓洗把臉，等等立刻下來。」

當她再次回到廚房，發現室友完全沒舉筷用餐時，不由得一陣緊張：「是菜色不合胃口嗎？還、還是……不如你告訴我，特別喜歡吃什麼，下次我再……」

白子帆趕緊道：「別誤會，我完全不挑食的，只是想等招待的主人回來，再一塊開動。」

洪星琁釋然一笑，立刻拿起碗筷招呼：「快吃吧。」

「我發現妳真的採買了不少東西，不曉得妳那台機車是如何辦到的？」他提出合理的懷疑。

正伸手挾菜的洪星琁頓時定住。既然被發現了，她只好坦言：「我擔心風雨會突然報到，加上腳踏墊能放置的空間確實有限，所以乾脆搭計程車往返，比較不用顧慮太多。」

白子帆暖心一笑：「妳目前待業中，錢得省著用，看今天一共花費多少？全由我來支付。」

「好。」洪星琁不假思索便道：「但你得先告訴我，我們那天的午餐一共吃了多少？以及那筆完整的修車費，如何？」她提出交換條件。

瞬間，白子帆似乎只能原地愣笑，完全找不到發話的立足點。

洪星琁接著取出口袋內的物品，將它遞向前：「收下這個吧，別再偷偷放回我的房間了，你一個人在外工作租房子也很辛苦，從現在開始，我們一塊朝省錢的方法邁進。」

白子帆睇著四千塊錢，不做任何動作。一會兒後，他突然提議：「我想拿這筆金額和妳完成一個再簡單不過的交易，有興趣嗎？」

洪星琁多少感到好奇，室友究竟想玩什麼遊戲：「你說。」

「我們公司有位女同事臨時請育嬰假，所以，目前急缺短期代班的行政人員，雖然她詳細的請假天數仍無法明確回報，也許一個月，也許半年，但我保證，只要妳一句話，完全無須面試，就連薪資和福利也比照正職人員發放，為了進一步保障妳的權益，在這位同事確實歸隊以前，我還會設法幫妳覓得一份合適的好工作，讓妳完全可以免除收入上的斷層，以及重新找工作的困擾。」他誠心邀請：「星小姐，妳願意幫我們這個大忙嗎？之後還可以順道搭我的便車上下班，省下交通上的開銷。」

洪星琁還以為自己聽錯了，室友提出的交易和請求，完完全全對她有利：「但我該俱備怎樣的條件，才能真正幫上忙呢？」她比較擔心的反倒是這個。

「妳之前的工作，是屬於那方面的性質呢？」他藉機了解。

「之前在中部的大型婚紗店工作，但負責的區塊比較特殊，只要各個部門哪裡缺人手，我就會隨處支援，所以門市、客服、攝影和出件部門皆可能接觸，基本的應對和簡易的文書處理，應該都沒問題。」

「非常好，只要諳基本的電腦操作、打字的速度不會過慢，其他的再到公司學習就沒問題了。」

「真的嗎？」洪星琁欣喜問：「那你呢？在公司是負責怎樣的區塊？」

「我目前是業務性質，所以常東奔西跑，因為已經服務了十年，加上公司後來採小規模的方式經營，因此要觸及與負責的領域會比較廣泛一些，說穿了，和妳先前的工作屬性有些相似，所以妳若也喜歡多方嘗試的話，我們公司很樂於安排妳學習。」

「好哇……」她確實喜歡體驗不同部門的工作。

白子帆笑問：「所以，妳這樣算是答應嘍？」

「你都開口了，哪有不幫忙的道理呢？」洪星琁迅速表示：「感謝『帆師兄』提供現成的就業機會和專車接送，日後有勞關照了。」她隆重起身一鞠躬。

白子帆因這聲稱呼和眼前的舉動而暢笑：「應該的，妳肯一口答應，我們感謝就來不及了，在此，我就先代表公司的幾位同仁，向妳表示一聲歡迎。」他接著問：「這個禮拜能順利上班嗎？」

「可以，但能否讓我延到星期五才報到呢？我想趁這一、兩天的時間，趕緊把搬家的工作告一個段落。」

「成交。」說完，白子帆立即將眼前的現金回推給她：「交易完成，這是妳應得的獎勵。」

「……」望著再次回歸她手中的金額，洪星琁不曉得究竟該不該收下。

「收下吧，如果妳下次還想開伙的話，拜託務必讓我搭個伙。」他暗指她的手藝美味極了：「待會若欠缺哪些盥洗用品，儘管開口，我那邊幾乎都有備存。」

「謝謝，搭伙的部分絕對沒問題。」洪星琁於是拿起桌上的現金，笑著表示：「不如，就把它拿來當作我們的廚房基金，下次有新室友來報到的話，還可以一塊吃頓飯好好認識。」

「妳還真有大愛。」白子帆笑著肯定，接著道：「別聊了，快點趁熱吃吧！」

「嗯，還真的有點餓了。」洪星琁立即舉起碗筷一塊享用。

外頭的風雨呼呼作響，卻毫不影響屋內逐漸熱絡的互動。

他們邊吃邊聊，最後分工將剩餘的飯菜、餐碗收拾好，才各自回房休息。

第八章　七夕之夜

這幾乎是洪星琁長這麼大以來，遇過最浪漫、最有「氣氛」的七夕情人節了。

狂風驟雨的颱風夜，真沒想到她居然會遇上——停電！！

幸好飯後不久，她就因滿身的黏膩而提前洗淨，倘若延至此刻，恐怕就是深陷在浴室之中，光著身子呼叫不得了。

她逐漸悟出某種心得。她目前所在的位置與手機放置的地方，幾乎呈現對角遠的距離，而她的房間幾近有十五、六坪大，整個格局擺設她又不甚熟悉，加上地上也擺放不少待整的雜物，若想摸黑尋「機」的話，一路上可說是充滿冒險與刺激——「機不可失」的真諦，在這一刻，她已徹底妙悟。

洪星琁緩緩下床，並試著跨步向前。

黑漫漫中，可謂步步驚心。明知睜眼也等同於閉眼的效果，但她還是忍不住瞠大雙目，以便替自己多募得一丁點的安全感。只不過有位名叫「方向感」的隊友，卻在她亟需援助的重要時刻，竟投奔敵方，任她一人遭受「慌張」的大軍團團包圍，幾乎嚇得無法動彈。

……算了，還是乖乖摸回原位，還比較安全妥當。

洪星琁決定以靜為動，也許過不久，電力就會自動回復也說不定。

暗黑中的等待，時間顯得異常漫長。

不知過了多久，她突然瞧見隱隱泛現的微光，逐漸由遠而近，直至普亮——房間的出入口頓時出現一輪明亮的光暈，猶如一道絢麗的餘暉突然迫降；和暖的曛光搭配清晰的剪影，像是即將播映的熱門電影，又似一幅生動吸睛的知名扉畫。

洪星琁瞧得目不轉睛，一度忘了身處的情境。

「星，是我，方便進去嗎？」白子帆已站在門外連敲了好幾聲。

「可、可以，門沒上鎖。」洪星琁總算回神。

門一開，燭光頓時暖曜一室，瞬間驅走黑暗的壓迫。

白子帆的俊容在火光的勾勒下，更顯得沉穩無儔。褪下工作服的他，換上灰色貼身的無袖上衣，以及黑色的休閒長褲，難得展露平時不易欣賞的結實體魄與居家樣貌。

洪星琁瞧見漾滿澄光的他，猶如發光的神祇一般，一股前所未有的安定不斷在心中蔓衍。

「還好嗎？」白子帆手拿一只透明杯充當臨時燭台，身後迤邐的頎影異常碩大，溫潤的嗓音如同這盞照明的燭火，曼暖且俱撫慰功效。

「我沒事。」洪星琁欣喜不已。

「剛才敲門都不見妳的回應，還以為妳已經睡著了。」白子帆瞥了瞥她的床舖一眼，接著解釋：「雖然臨時在房內找到先前購買的小蠟燭，但一時之間卻找不到打火機，只好先去廚房借火，這麼晚才進來，真不好意思，應該在第一時間內，先過來找妳才對。」

「你一個人去廚房真的太危險了，下次還是讓我陪同吧。」洪星琁說笑完，立刻小跑步至門邊的置物櫃取回小別的手機。

白子帆失笑。總算明白她為何遲遲沒走出房外了。

「下次絕對檢討改進，走吧，我們一塊去外面的客廳小坐。」

✧

他們一塊來到房外的小型客廳。

這裡主要由三張亮色的皮沙發構成ㄇ字形，正中央則鋪有地墊與一張透明桌，整個格局擺設簡單中又保有一股時尚感，搭配目前刻意點亮四周的暖暖燭火，還真有一股過節的爛漫與溫馨。

洪星琁掀開窗簾，近貼在窗前探看外頭的景色，但始終是黝黑一片。

白子帆已泡好一壺香郁的花茶，現場頓時肆布著定心的香氣。

他們各別挑選一張沙發，彼此比鄰而坐。

「謝謝。」洪星琁接下他遞來的馬克杯，不禁慶幸，自己並沒有堅持返回姊姊家，不然若是遇上停電，恐怕就得獨享一個人的黑夜了。「這裡會有淹水的可能嗎？」她不禁問。

畢竟大雨、颱風和停電全讓她巧遇上了。

白子帆看穿她的心思，笑道：「放心，這裡靠近大坪頂，因此地勢偏高，加上附近又有大型的排水溝，頂多只有停電上的困擾。」

洪星琁安心一笑。輕啜幾口花茶後，頗有興致問：「你那麼熟悉這一帶的環境與地勢，和屋主的關係究竟是……？」她總算找到合適的時機點了解。

「我們年齡相仿，從小一塊在漁村內長大，是好鄰居亦是好同學，加上彼此父母間的關係十分密切，所以稱得上是情同手足的知己。」白子帆早有備而來：「屋主一家人獲贈外婆的土地之後，便聽從家人的建言，提前做好蓋房子的準備與規劃，以因應未來可能高漲的房勢。當時我常聽見他們一塊討論設計上的細節，加上房子動工後，也常隨他們前來這裡觀看進度，才會對別墅的一切如此熟悉。而屋主的家人移民加拿大八年了，但屋主本人卻因工作上的考量，決定不一塊隨同。前陣子有位朋友建議他不妨將這裡出租，以補貼一些收入，他覺得可行之下，便放心交給那位朋友代為處理。後來知道我有另覓租處的打算，十分歡迎我直接入住，這樣不僅可以省下房租上的開銷，還可以代他就近服務與看管。」報告完畢後，他還不忘補上這句：「屋主雖然給人一股距離感，不過認真相處的話，會覺得他其實為人還不錯，有機會再介紹你們認識。」

洪星琁以笑容答謝：「感覺得出來，屋主是個大忙人，應該難得一見。」她突然冒昧一問：「你呢？為何獨自一人在外租房子，而不是和自己的父母或兄弟姊妹一塊同住？」

「我是獨生子，因此沒有兄弟姊妹，爸媽很早就過世了，為了配合政策上的因素，所以不得不搬離原先的老家，而先前住的地方，則是大伯名下的房子。」

洪星琁聽完，豈止驚訝兩字：「不好意思，我不是有意要……」她垂下臉，深感自責。難怪室友給人一股奇特的成熟與獨立感，難怪屋主會大方歡迎他免費入住，難怪假日他還得兼差送貨，難怪……瞧見她複雜多變的思忖神情，白子帆不自覺笑出聲：「妳還好嗎？」

「對不起，剛才的話就當我從來沒問過。」她絕非有意要挖室友身世上的瘡疤。

白子帆反倒問：「有興趣聽我分享自身的故事嗎？」他非但沒顯露半絲異樣，還盈滿興致。

「……你確定？」她一臉不可置信。

「颱風夜，室友限定，保證僅此一回，絕不加場。」他挑眉問：「如何？」

「好。」洪星琁因他的表情和反應而綻笑，決定飾演颱風夜的首席聽眾。

白子帆侃侃道來：「我從小就生長在人人稱羨的家庭之中，因為擁有一對非常恩愛的父母，可說是在充滿愛的滋養下茁壯。爸爸在我心中像是綻放熱力的太陽，又像守護磐石的巨人，我幾乎把他視為偶像來崇拜。他在海上發生意外時，我即將就讀高職，很遺憾當天海象轉差，即便之後出動海上救援，但遺體依然未能尋獲。一夕之間，我瞬間從天堂跌入人人都同情的慘霧之中，人生從此變了天色。老天突然收回屬於我的幸福，我不僅無法接受，更加無法明白，為何意外會發生在形象良好的父親身上，這公平嗎？所以，我一直禱求老天爺能盡快回心轉意，讓爸爸早日回來團圓……只可惜，奇蹟非但沒有出現，在我即將升大三那年，我媽突然在清晨的雷雨之中，於港口猝死離開。我全程參與送醫急救的過程，更加無法承受這樣的打擊，所以一度走不出傷痛，有整整一年的時間深陷在怨懟中渡過。我幾乎不敢回想、也不記得，那段日子究竟是如何熬過的？總覺那是一場極可怕又醒不來的惡夢，好希望濃霧能儘快散去，讓我看見久違的光明。」

「後來呢？」洪星琁聽得揪心。

「後來，我花了很長的一段時間，才逐漸學會『轉念』。」他發自內心道：「其實，我並非一無所有，除了父母留下許多珍貴的資源與回憶之外，身邊還有許多親友持續陪伴和鼓勵，他們和我一樣，皆深受失去親人的劇痛與折磨，但為了顧及我，又不得不以最堅強的一面呈現。我很感謝他們所做的一切，一路供應源源不絕的愛與關懷，不曾放棄以正向的力量幫助我一步步抽離、渡過難關。有一天醒來，我突然頓悟許多道理，比起同樣喪親的孩童，我其實已是最富有、最為幸運的那一位，若再持續萎靡不振的話，除了辜負父母親的期望之外，對家人而言，也會是另一種層面的威脅與二次傷害。

為了履行對媽媽的承諾，我才真正重新整頓、再出發。」

剎那，洪星琁彷彿看見室友歷經考驗後的蛻變，正綻放一抹灑脫與迷人的自信。

「你所謂的『轉念』，能否再進一步解釋與分析呢？」她竟莫名盼著這個答案。

「關於命運的考驗，我選擇勇敢『接受』和坦然『面對』。」他難得向外人道出這些：「我相信，父母親這輩子該完成的『學分』已經提前修滿，所以，他們可以趁早解脫這一世的業果，剩下的『功課』是屬於我和家人的部分，我得靠自己學著承擔，從中領悟並進一步突破。」他睇著她，語重心長道：「與其執著在不能改變或已經發生的事物上，倒不如把握在危機中『翻轉』的可能，試著化阻力為助力，替自己在一場又一場的挑戰中，贏得勝利的可能——唯有活出光采，方能點亮人生。」

洪星琁只覺得某種深藏的感受，不斷被呼喚與挑醒。

室友說的一點也沒錯，若能從每一次的考驗中，透由歷練不斷累積智慧與能量，幫助自己一次又一次爬出泥沼，這才是年齡增長最為可貴之處，亦是他人無法掠奪的本事與資產；無論是她的原生家庭，或是上一段感情所帶來的挫折，她都毋須代替他人扛起過錯，任由無情的挫敗，恣意在她身上燙印一道道揮之不去的醜陋傷痕——她再也不願意。

這一刻，她只想當自己人生中，名副其實的主人。

「感謝帆師兄的無私分享，我真的受益良多。」她覺得自己深受激勵。

「那方便回饋聽完之後，實質上的改變與幫助嗎？」他一臉期待。

「我決定成為師兄『心靈講座』的頭號粉絲，有勞你日後定期開講。」

白子帆笑不可抑，並藉機道：「都忘了問妳，在LINE上把我誤會成哪位朋友？還有，照片中那隻柴犬和妳的關係是……？」

「我曾幫助照片中走失的柴犬，所以，誤以為你就是那位熱心要邀請我吃飯的狗主人。」洪星琁僅簡單帶過：「那你呢？朋友是幫了什麼大忙，不然怎會請吃高檔料理答謝？」

白子帆喟嘆：「妳還是別知道會比較妥當，因為丟臉的程度，完全不亞於妳在餐廳內的情形。」

「真的假的！？」洪星琁立刻坐正身體：「我準備好了，你可以開講了。」

白子帆失笑，不斷搖頭：「這些毫無營養可言，不說也罷。」

已被高高挑起的好奇，哪有輕易放下的道理呢？光想像一表人才的室友，也會有「丟臉」的窘境，她就覺得吊足胃口。

洪星琁決定押注：「改天再請吃一頓更豐盛的餐點，如何？」見室友不為所動，她又破例加碼：「再加一個祕密作為交換，下次換我分享自身的小故事。」

白子帆揚著笑：「好，不過我的耳朵很挑剔，只聽限定版的。」

「成交。」她火速答應。

白子帆這才將姚亮謹的事，一五一十道來。

聽完，洪星琁除了感到爆笑與新奇之外，也不得不佩服室友過人的魅力：「以對方鍥而不捨的精神，你不怕之後還是極有可能會再找上門來嗎？」這裡可沒有大樓的管理員代為擋前鋒。

「我想應該不會了，畢竟那天我已經明白拒絕。」白子帆不忘提醒：「我的鬼故事到此結束，期待妳下回的私密分享。」

「不用等了，現在就立即回饋。」洪星琁向來講求效率，於是道：「我今天從早忙到晚，幾乎連午餐和休息的時間全都省略了，平常一過晚上十一點，身體的電力就會像灰姑娘的魔法一樣，徹底消失不見，所以……」她摟來一旁的抱枕：「不好意思，時間快到了，我只好先睡了，師兄請隨意獨享，晚安。」語畢，她已倒臥沙發上。

面對室友的「詐騙」，白子帆早已笑得不能自己：「算妳狠。」他索性配合她的作息，拿出手機播放音樂，並跟著橫躺於各自的沙發上，稍作休息。

洪星琁雖閉目養神，卻諦聽這耳熟能詳的鋼琴演奏。

只聞急促的節奏錚鏦鋪展，猶如急欲傾洩的千語萬言，曲調接著轉為柔承，如情話綿綿於耳畔低喃；主旋律不斷重覆，時而輕緩，時而悠揚，時而如雲雨激暢……只可惜，意猶未盡之際，扣人心弦的曲境竟如一陣流雨般，旋即消逝，徒留心中抓不住的遺憾與愁悵。

「這首歌的曲名是……？」洪星琁忍不住發問。

「夢中的婚禮。」白子帆同樣假寐欣賞：「由法國知名的鋼琴演奏家『理查克萊德門』所詮釋，創作則另有他人，雖然這首歌自 1987 年誕生至今，早已許多年了，但曲境優美，幾乎是學琴者必學的經典曲之一。」

洪星琁肯定自己已牢記在心：「怎麼覺得一下子就播送完畢了？」

「是呀，因為整首歌大約才兩分四十三秒。」

「你是在什麼樣的情況下，接觸這首歌的？」她突然一陣好奇。

「好像是國小三年級的時候。」白子帆邊道邊回憶：「某天晚上一時無聊，決定陪鄰居步行至不遠處的親戚家代送東西，當時門一開，屋內正好傳來這首動聽的旋律，我竟聽得渾然忘我，幾乎忘了離開，所以，鄰居索性拉我進屋內近距離欣賞。有位大姊姊固定在某幾天的晚上，會在專屬的房間練琴，聽說我喜歡她剛才的演奏，她也意外高興，便破例答應，下回我可以在她練琴的時段自由進入。我就這樣維持好幾個月的時間，成為她專屬的嘉賓，有時候她都彈膩想換曲了，我還聽不厭、也不肯回家呢！」於是，小小的房間內就形成這股特殊現象——歌曲沒有所謂的開始，亦沒有真正的結束，只有持續不間斷的現在進行式。

洪星琁跟著他一塊綻笑，這確實是音樂的迷人之處。

除了動聽、療癒之外，還擁有個人私釀的記憶與味道。

「是我的錯覺嗎？」她正思索該如何表示：「總覺得曲境和曲名有感受上的差異，雖然欣賞完後，確實有婚禮上的憧憬和蜜意，但卻又無法掩飾一股顯然的哀傷，這是為什麼呢？」

「妳的直覺沒有錯，它確實是礙於現實層面的無奈與遺憾，所以才稱之為『夢中』的『婚禮』。」白子帆緩緩睜開眼：「剛開始的時候，我也充滿同樣的疑惑，但詢問那位大姐姐卻也要不到明確的答案，直到長大後，上網查詢相關的分享文，才恍然明白它所要詮釋的意境。」

「原來是這樣。」夢中才得以完成的婚禮。「我們還可以再聽一遍嗎？」

「當然沒問題。」白子帆起身設定，完成後，再度躺回沙發上，和她一塊欣賞這首由中板G小調所詮釋的 Dream wedding。

今天確實馬不停蹄忙了一整天，如今一番鬆懈後，加上音樂動人的催促，洪星琁已難敵蠱惑，遂眼皮一沉，逐漸徜徉夢鄉之美。

「爸爸，媽媽今天燉的那鍋湯，你也會煮嗎？」

「當然，怎麼了？」

「我問媽媽在湯裡加了什麼？但她就是不肯說……」

「所以，陽陽很喜歡那個味道嘍？」

「嗯，你看我喝了好幾碗，肚子都快撐爆了。」

「哈哈哈，其實，媽媽只是在蔬菜湯裡，偷偷放了幾片月桂葉……」

洪星琁再次醒來，已是翌日的早晨。

她正坐於床沿，望著手機上顯示的時間怔愣。

目前是早上八點，她竟已於自己的新套房內，飽睡一夜。

而她的床舖原先只有一張單純的加大床墊，此除之外，便空無一物。決定過夜的當下，她還打算找幾件衣物湊合著當枕被使用——如今枕頭、床罩和被單皆齊全了，難怪她能在陌生的環境下，享有如此忘我的好眠。

望著一整系列瓷藍色的精梳綿組，洪星琁很肯定這是室友贊助下的助眠物。

昨夜，她居然就這樣伴著音樂「安心」入睡，分明連歌曲的一半都未能欣賞完畢，便已重度昏迷於沙發上。這一睡竟整整九小時，睡得她直呼過癮，同時也產生如酒後清醒般地驚嚇與尷尬。

洪星琁連忙下床盥洗，完後，決定悄悄下樓準備早餐。

一下旋轉樓梯，抵達開放式的廚房，她卻驚詫地說不出話。

「早安。」白子帆精神奕奕，穿著一身短袖與全白的他，正站於流理台前清理殘渣。

洪星琁怔見這一幕，腦中莫名閃現「大飽眼福」四個字——一來指的是悅目娛心的室友；二來，是指滿桌令人垂涎三尺的營養餐點。有：熱騰騰的稀飯、土豆麵筋、鹹蛋炒小黃瓜、香煎鮭魚、鮮炒綜合菇，以及水果拼盤——這儼然讓她誤以為是來到了渡假山莊。

「來得正好，趕緊趁熱吃吧。」白子帆頓時化身為最佳服務生，一一遞上碗盤和餐具。

「不好意思，辛苦你了。」她一語雙關。

「昨晚睡得可好？」他頗富興味問，笑容猶如一道篩落的暖陽。

洪星琁訕訕一笑：「很好。」但就是睡太熟了點：「電是何時恢復的呢？」其實，她想問的是，自己究竟是如何被人「送」回房間的。

「好像是清晨的時候。」白子帆一派自然：「別罰站了，快坐吧。」

洪星琁入座後便表示：「謝謝你的床包組，等等我立刻歸還。」

「不急，反正我那裡還有幾套足以備用，妳暫時留著吧。」他暗示著說：「颱風預計中午左右會出海離開，但氣流引進的風雨仍有一定的威脅性，建議妳還是別冒然外出才好。」

洪星琁明白後點頭。剛下樓時，一路觀看窗外的景色，颼颼的威力確實仍驚人，若風雨維持不變一整天的話，她要返回姊夫家確實有難度，極可能得考慮是否要在此多停留一天。

「別煩惱了，視情況再決定吧。」語畢，白子帆跟著入座。

「嗯。」剛才站著「視」吃一輪後，洪星琁發現自己確實餓了，已等不及動手。

「沒想到南瓜刨成籤取代地瓜煮成粥，色澤反倒更為鮮亮漂亮，而鹹蛋炒小黃瓜完全沒有違合感，口感更是絕妙好吃！就連鮭魚也香嫩不油膩……」她驚豔不已，不吝誇捧：「你真的太厲害了！手藝一看就在我姊夫之上，既然你和屋主是舊識，不如考慮把整棟租下來當居家餐廳經營，保證只要打響名氣，就能吸引大批的『女鐵粉』前來朝聖，到時候生意要是太好的話，我就兼職幫忙你數錢和指揮現場交通。」

對於她的建言，白子帆不禁笑著搖頭：「只是家常菜罷了，哪能真的開店營業。」他進一步道：「我爸和我爺爺都是標準的討海人，他們常年在海上工作，所以得具備一定程度的廚藝，因此我們家的男人幾乎全比女人還要會作菜，在耳濡目染下，我自然也傳承了基本的料理功夫。」

洪星琁感到意外：「你們家的女人好幸福呀！」

「這全是我爺爺的功勞。」他笑著回應。

待兩人都享用七、八分飽後，白子帆問：「想來杯熱咖啡嗎？」

「不用麻煩了，我已經很撐了，後續的清洗就全交給我吧。」

「先休息吧，待會再一塊分擔就好了。」他突然問：「我聽屋主說過，在我之前已有一位王小姐完成簽約，不曉得妳和她的關係是……？」

果然還是被發現了，洪星琁於是暗吐舌頭：「其實今天能有機會入住，全要歸功這位好朋友的幫忙，從頭到尾，都是她代為出錢與出力，為了不讓我得知她代墊的總金額，不僅是契約內容，就連那位陳先生的聯絡方式也一併保密到家，直說要等到我收入穩定之後，才肯一手交錢、一手交貨。」她忽而拜託：「你方便私下動用關係，幫我偷問屋主嗎？我真的很想知道朋友實際押付的完整數字。」這樣便能防止楠茜日後刻意謊報或少收她的錢。

「好。」白子帆口頭答應：「不過牽扯到金額與隱私的部分，我不敢保證一定要得到答案。」

「沒關係，如果不太方便的話，我也可以從朋友的哥哥那裡著手。」還有一件事讓她擱在心上，深感困擾與不安：「你確定……我沒按合約上的房間入住，真的沒關係嗎？」她再次問。

午來別墅當天，參觀完一、二樓所有的房間之後，她尤其喜愛二樓最後方的那間套房。一來可以眺看整座蓊鬱的翠林，二來，陽台上還多了一道賞景的長廊——站在女性的角度來看，既可獨享美景，又不必擔心遭窺視的可能，甚至還能在陽台上安心晾曬自己的私密衣物，簡直是上選中的上選——不過，光從空間大小和視野裝潢來評斷，便曉得它的租價肯定不菲，要她灑大錢來享受此等的上房，她確實替新台幣感到心疼。完全沒透露內心喜好的她，哪曉得當晚回家後，竟收到室友傳送而來的恭賀文字，表示她可以破例入住面向林景的那間套房，只因他向屋主謊稱彼此正好熟識，而破例獲贈免費「升等」的特大獎。

白子帆盛滿笑容：「放心，保證絕對不會額外加收費用，但得保密就是了。」

「真的太感謝你了！改天有機會，一定要好好招待你們兩個。」洪星琁放於桌上的手機頓時響起，她發現依然是沒有來電顯示的奇怪電話，正面帶猶豫，最後仍決定接聽：「喂？」果然，對方又是維持一貫的靜默，叫她不得不主動結束通話。

白子帆趁機告知：「昨晚妳熟睡不久，手機便不斷作響，原本我並不打算理會，但擔心會不會是妳姊他們打來的緊急電話，只好冒昧接聽，沒想到對方同樣不肯出聲、也不打算掛斷。」

洪星琁明白後，眉心逐漸蹙攏。她自己也無法理解究竟對方是誰？而意欲為何？畢竟她的新門號才申辦不久，能掌握此號碼的人十分有限。

「妳接到這類的騷擾電話多久了？」他關心問。

「前天開始。」她老實以告：「但我真的不曉得對方是誰？」

「嗯，小心為妙，或許妳和我一樣流年不利，不幸遇上瘋狂的仰慕者。」他故意逗她一笑。

想起室友的手機曾被人狂播到電力耗盡，甚至屢遭跟縱，洪星琁再也忍不住笑場：「放心，我的行情應該無法和你相比才是，而且在高雄的朋友也寥寥可數。」她難掩好奇，問：「姚小姐可曾蒞臨你們公司？」

「來過一、兩次，不過我正好都不在辦公室。」

「開始上班後，我已經等不及要目睹她本人的風采了！」她真心期待。

「……」白子帆的俊容頓時出現三條線，接著「咚」一聲，人已趴於餐桌上。

洪星琁見室友一動也不動，已笑得無法自己：「跟你開個玩笑嘛，幹嘛這麼認真。」她決定趁他裝死之際，趕緊去清洗碗盤。

完成後，她重新回到餐桌上，正悠閒地滑著手機，直到時間一分一秒地過去，已開始坐立難安。

「你、你——真的睡著啦！？」她確實聽見平穩規律的呼吸聲：「別鬧了啦，快起來呀……」

天啊，她可沒有本事扛對方回房啊！

第九章 貼近

休完颱風假後，洪美吟便被告知，將由她帶領新上任的行政人員熟悉環境與作業——也就是說，往後的一整個禮拜，她完全無須碰任何的設計工作，只須清閒地「專心」帶新人即可。

除此之外，在新同事尚未報到以前，他們幾位還先被自家老闆上了「一課」。

「美吟，傳真過去的資料已經收到回覆，對方在 mail 中表示，案子有勞我們如期完成了。」洪星琁手捧一疊剛印妥的文件，問：「我該將那封電子郵件轉發給哪位設計同仁呢？」

「我看看。」洪美吟湊近電腦一瞧，該案原是屬於她負責的區塊，如今卻可以擅自決定要發包處理，抑或陷害他人：「發給湯尼好了，全公司就屬他最強了。」她乾脆親自操作，邊指示：「星琁，妳手上的文件直接放在帆哥的桌上即可，他外出辦事，順道去印刷廠校對色樣，應該中午前就會回來了。」

「好。」洪星琁一轉身，竟撞見一張笑臉，即便反應夠快地緊急踩煞車，但，手中的文件仍是被嚇散一地。「不、不好意思，我不曉得你正好在後方。」

「沒關係，是我忘了先出聲，這些交給我來撿就好。」陳湯尼連忙彎身拾起散落的紙本。

「陳、湯、尼——」洪美吟雙手插腰，跳出來主持公道：「你不快點處理手中的案件，卻跑來櫃檯區嚇新人，怎樣？是活膩了嗎？還是覺得手中的案件還不夠多？」

「親……」陳湯尼欲開口，卻火速招來厲光阻止，於是改口：「美吟，我只是好心來關心新同事的學習狀況，同時也擔心妳帶新人的壓力可能會太大。」他將文件拾妥後，笑問：「還有需要我協助的地方嗎?不管是叫飲料還是幫忙倒垃圾,請妳們儘管開口。」

洪美吟再度翻起白眼,並擺出「又來了」的表情。

顯示某人雞婆的情形已是今天的第N次了。

「我明白了,妳們不需要幫忙,好的,我馬上滾。」陳湯尼邊退著走,邊揮手:「待會見,辛苦兩位大美女了,加油!等等就可以吃飯休息了。」

洪星琁頻頻忍笑,待陳湯尼離開後,便將文件送達室友桌上。

公司的總機在此刻響起,洪美吟於是接聽:「澐海公司您好,是,我就是,請問您哪位?」接著,她彷彿聽見什麼晴天霹靂的消息,突然驚愕高喊:「現在?!妳確定?但是我我我……」傾聽對方說明原委後,她才勉為其難地答應:「好吧,但下不為例,我立刻下去。」

洪美吟再度返回辦公室時,懷中已多了一個未足週歲的小女娃。

小女娃的雙瞳黑又圓,紅脣小巧如薄片,並有著標準的蘋果臉。她穿著細肩帶的連身裙裝,露出一節又一節的鮮嫩手臂與大腿,頭上還梳綁著兩陀辮子包,全身上下的吸睛魅力幾乎無人能擋。目前,她正骨碌碌打量眼前陌生的人事物。

除了洪星琁表示要去一趟廁所之外,其他兩位男士皆好奇圍觀。

陳湯尼連忙誇獎:「哇!這麼『古椎』的小美女大駕光臨,真是我們的榮幸。」

「對呀,簡直萌翻了。」一向對小孩不感興趣的黃少奇也難得認同。

「很可愛吧!她是我們鄰居的小孩,名叫小湯圓。」洪美吟彷彿也跟著沾光:「她媽媽今天要帶婆婆去大醫院看報告,原本是想託付給我媽幫忙的,沒想到我媽出門後一直沒回來,就連播電話也聯絡不上，情急之下，只好帶過來請我暫時代為照應。」

「美吟姐，妳確定搞得定她嗎？」黃少奇以合理的立場質疑。

「拜託，她很乖的好不好，我們社區的人要帶她回家玩，統統來者不拒。」洪美吟信心滿滿。

小湯圓頻頻眨著單純又無辜的水眸，在三人輪番的逗弄下，突然間嘶嘴。

「她好像要變臉了耶。」黃少奇率先發現。

「不會啦，她……」下一秒，陽光般的小天使果真轉變為陰時陣雨的小惡魔，嚇得洪美吟急忙安撫：「小湯圓，乖乖，不怕不怕，妳最棒、最可愛了，我是美吟阿姨，妳忘了嗎？先暫時在這裡陪阿姨工作，待會就可以回家睡午覺了。」無效，小孩仍舊哭泣：「哎喲，別這樣嘛！阿姨面子會掛不住的，而且我第一次發現，原來妳哭的時候，小嘴巴居然也能撐得這麼大呀，真是嚇死我了……」哭聲同樣有增無減，她只好再接再厲：「媽媽不讓妳跟，主要也是擔心醫院的細菌會太多，加上現在又是腸病毒的高鋒期，才會……」

一提及敏銳的媽媽兩字，小湯圓頓為激動：「媽媽、媽媽，哇啊——」

洪美吟只覺得自己的耳朵快聾了，不禁帶著情緒說話：「妳覺得哭可以解決問題嗎？就算把眼淚哭乾，媽媽也不會提前來接妳，阿姨勸妳還是省點力氣，乖乖地等到中午吧！」

「哇啊哇啊哇啊，媽媽……」小湯圓對母親的思念，全化為高分貝的滾滾熱淚。

洪美吟實在被惹毛了，遂一股勁地怒吼：「再哭的話，我立刻打電話叫警察杯杯過來——」

「美、美吟，我看妳還是先閉嘴好了。」陳湯尼快看不下去了。

「啊！小、小湯圓，她她……」黃少奇目睹小孩因激動過頭，竟發生換氣不及、徹底哭不出聲音的駭人景象：「天啊！這樣會不會有窒息的危險呀？」他們三人無不被這一幕嚇得屁滾尿流。

「小湯圓，對不起！」洪美吟立即道歉，並解釋：「我們大人都說警察是人民的『褓姆』，加上阿姨又還沒結婚生子，當然要請警察杯杯過來幫忙呀！絕對不是要把妳丟給警察處理，我們保護妳就來不及了，哪可能……」瞧見懷中的孩子哭得臉紅脖子粗的慘樣，加上討喜的臉蛋盡是可怕的淚水與鼻水，徹底無助的她，亦幾近崩潰的邊緣：「妳若想哭的話，不如阿姨陪妳一塊哭好了……」嗚，她為何得處理這個燙手山芋不可。

「少奇，快上呀！」陳湯尼推他一把：「解決眼前的『妞』，保證以後沒有你搞不定的『妹』。」

黃少奇差點仆地：「不行啦，你又不是不知道，未滿十八的，我一概不碰。」

「陳、湯、尼——」洪美吟發瘋似地求救：「還不快點過來接力。」

陳湯尼重重一嘆，為了女友，他也只好慷慨就義。

「不好意思，剛帶一位搞錯樓層的老夫妻下樓，所以回來晚了，孩子讓我來吧！」洪星琁即時出現，抱過小湯圓後，同時瞥見同事手臂上的用品袋：「美吟，妳知道小湯圓是多久前喝牛奶的嗎？她是否有吸奶嘴的習慣？」

「有！」洪美吟如夢初醒，差點忘了小湯圓除了媽媽之外，次愛的就是奶嘴：「小湯圓的媽媽說，她要是時間到還沒回來的話，就麻煩我十二點左右，沖泡 240ml 的牛奶餵她喝。」她總算在袋中尋寶成功，迅速將奶嘴遞向前，並順道報告提袋內的所有物：「除了奶粉奶瓶之外，這裡還有尿布、濕紙巾、一份小餅乾、布做的故事書，以及一件薄外套。」

「好，妳先幫忙抽幾張濕紙巾給我。」

陳湯尼等三人既感動又欣慰，直直盯著招待室內的一大一小。

經過半小時的奮戰，吃完小餅乾的小湯圓，此刻已坐於洪星琁的腿上聆聽故事。雖然眼中還蓄留無辜的淚水，偶爾仍隱隱啜泣，但比起方才差點哭倒八五大樓的淒吼威力，已有明顯的改善。

確實安撫妥當後，加上小湯圓也同意前往，洪星琁這才抱著她重返櫃檯區。

「小湯圓，換阿姨抱好不好？」洪美吟試著分擔。

吸著奶嘴的小湯圓狂搖頭，還試著撥開洪美吟的手。

「沒關係，讓我來就好。」洪星琁幫忙拭去她再次溢出的淚水：「其實以小湯圓的年紀，能有如此般的表現，已經稱得上相當優秀了。」原本，她還很擔心會不會哭到見著媽媽的那一刻。

「星琁，真不好意思，早知道當下我就果斷拒絕。」洪美吟後悔極了。

「千萬別這麼說，幸好妳肯伸手援手，不然小湯圓的媽媽要兼顧一大一小，肯定會忙不過來的，所以，妳今天真是做了一件不小的善行。」洪星琁予以肯定：「對方會找上妳們母女幫忙，更加表示妳們平時的為人既可靠又值得信任。」

洪美吟臉色微紅，怯聲道：「哪有，我根本就是在幫倒忙而已……」

「一回生、二回熟嘛！幹嘛給自己那麼大的壓力。」陳湯尼安慰完後，已忍不住伸手逗弄小孩：「怎麼覺得小湯圓的四肢有些冰涼，她穿這麼少，我們需不需要調整冷氣的溫度，還是考慮幫她加件外套？」

「完全不用喔，這是自然現象。」洪星琁趁機宣導：「小小孩目前有許多功能尚未發育完全，所以才無法穩定自己身上的體溫，事實上，他們新陳代謝的速度比我們大人還要快上許多，若誤穿過多的衣物，反而會導致他們散熱不易，更容易煩燥哭鬧，一但流汗悶住，就會引發肌膚上的不適，最重要的，要是體內與外在的溫度若差異過大，還可能致使免疫力的下降呢！」

「這麼嚴重呀！？」洪美吟與陳湯尼幾乎齊聲脫口。

黃少奇道：「所以，老一輩常說新生兒沒有『六月天』，這是錯誤的觀念嘍？」

洪星琁點頭：「沒錯，應該和我們大人一樣，皆維持在『舒適』的溫度下才對。」

「那究竟該怎麼做，才能知道他們冷或不冷呢？」洪美吟與陳湯尼又異口同出。

「問得很好，只要直接觸摸他們的身體就有答案了。」洪星琁示意兩人伸手試試。

洪美吟立即探撫小湯圓的背部，不僅訝異體溫維持溫熱之外，甚至還有微微沁汗的情形。「哇，星琁，妳好厲害喲！本身是相關科系畢業的嗎？」

洪星琁笑著搖頭：「這方面的經驗，全都得歸功我姊生了兩個小孩，所以我就跟著邊學邊幫忙帶，偶爾遇見問題，也會看育兒相關的書籍，或是上網找答案。」她話鋒突然一轉：「不曉得默契極佳的兩位，已經交往多久了呢？」

洪美吟與陳湯尼的手，頓時一塊僵在半空中。

黃少奇在一旁竊笑：「姐姐果然有練過，一看就懂。」

「沒辦法，他們互看彼此的眼神實在過於明顯。」洪星琁接著轉向當事人：「美吟，恭喜妳！湯尼不僅長得斯文，就連幽默的好脾氣也屬難得一見，妳一定要好好珍惜喲。」她試著將小湯圓抱向前：

「要不要考慮趁機練習一下？保證到時候絕不會手忙腳亂。」

洪美吟的耳根子都燒紅了：「其實，我們交往不過才幾天的時間……」

「但我已經喜歡她好幾年了！」陳湯尼大膽在眾人面前示愛：「要不是被某個爛人捷足先登的話，或許我們的小孩都和小湯圓一樣大了呢！」他真後悔當初為何沒拿出魄力來橫刀奪愛，不然心上人也不用慘遭前男友多次的矇騙與背叛。「幸好那隻豬不懂得珍惜，老天果然對我們這種痴心漢比較厚愛。」他無預警摟住女友。

「你幹嘛呀……」羞赧不已的洪美吟死命掙扎：「再公然吃豆腐的話，我要打家暴專線嘍！」

「哈哈哈！」洪星琁和黃少奇直直笑場，直到小湯圓發出抗議的叫聲，眾人才又重新將注意力轉回她身上。

「小湯圓應該肚子餓了，我先帶她去泡牛奶，順道去廁所更換尿布。」洪星琁單手抱小孩，另一手則提著用品袋步出辦公室。

五分鐘後，白子帆正好搭乘電梯返回。

「帆哥。」坐在櫃檯區的黃少奇發現後立馬跳起，緊接著換後方鬥嘴的兩人：「帆、帆哥。」

「嗯。」白子帆淡掃他們三人一眼，雖然掛著一貫的表情，但感覺得出來，他的心情似乎還不錯。他先將手中的兩袋重物放於用餐區上，接著將公事包提回自己的辦公室內。完成後，才站於櫃檯區前翻看行事曆。「我幫忙帶了午餐和飲料回來，可以準備吃飯休息了。」

背對著辦公室大門的白子帆，在一番搜尋後，竟不見某人的身影，不禁一臉納悶：「我們的新同事呢？」他可是一早就交代給他們幾位，才安心外出的。

「星琁，她、她……」洪美吟吞吐著，不知該如何解釋。

陳湯尼正想跳出來代為說明，突然間，卻愣愣地直盯入口處。只見悄悄進門的新同事正高舉著小湯圓，企圖將她放於某人身後，好嚇他一跳：「不要……」他不自覺脫口。

白子帆於是轉身，卻近距離迎上一張嫩白無瑕的稚臉。

小湯圓不斷揮舞著被高舉的短小四肢，已經發餓的她，努力吸吮奶嘴的同時，不斷發出「啾啾」的搞笑音效。原本，她已經熟悉內部的環境與人物，突然驚見一位身材高大、威嚴性十足的陌生人，瞬間像斷了電的娃娃一般，整個呆若木雞。

「哎呀，還是被叔叔發現了。」洪星琁索性讓小湯圓落降在室友懷中：「小湯圓，這位是熱心助人的子帆叔叔，我們今天有緣見面，全是他的功勞喔。」接著，她朝他燦爛一笑：「她是今天的神祕嘉賓，小湯圓是也。」

白子帆雖搞不清狀況，卻流露滿滿的笑意。因為，他已許久未抱過此等幼小的孩童了。「不錯，這傢伙的外型與一身的觸感，真是恰如其名。」接著，他故意道：「妳姊私藏的老三？」

洪星琁笑出聲：「哪可能，『心安』二人組就夠她瘋狂了。」

「妳沒跟她說，三個孩子恰恰好，而且孩子還會越生越可愛。」

「好，等等就用 LINE 幫你轉達。」

陳湯尼等三人便隔著櫃檯區的平台，欣賞「一家三口」和樂融融的幸福互動。他們不時以眼神交會，正高度質疑新同事與自家老闆的關係。

親戚？朋友？鄰居？同學？乾兄妹？還是——情侶！？

正當他們專注「看圖」解密之際，卻突然發生插曲。

小湯圓原先還乖乖任人摟抱，突然間，看準了時機掙脫白子帆的健臂，並藉由他的胸膛蹬躍撲出，將看戲的三人全嚇得失色尖叫。

「小湯圓，不要——」他們三人無不振臂衝向前，就怕分秒之差，孩子會不慎落地得分。

「哈哈哈哈！」白子帆率先大笑，緊接著換洪星琁。

洪星琁笑喘連連：「我的肚子好痛……」她怎樣都沒料到，小湯圓竟如此懼怕室友，甚至不惜以自己的方式抽身遁逃。幸好反應夠快的她即時接下，才沒釀起不必要的意外發生。

已經安全抵達彼懷的小湯圓，仍是嚇得直發抖。她死命將臉埋進大人懷中，卻明顯感受到有人正在搓弄她的腰際，抬頭一看：「啊啊——」又是那位可怕的叔叔！她早已不顧掉落的奶嘴，拚了命地尋找逃生出口。

「這逗趣的小妞究竟是打哪來的？」白子帆邊笑邊協助室友，抓住快失控爬出頭頂的孩子。

洪星琁早已笑得發軟，無力回答。

洪美吟趕緊跳出來自首，神色明顯緊張：「帆哥，小湯圓是我隔壁鄰居家的小孩，因為媽媽得帶著行動緩慢的婆婆前去大醫院看報告，加上臨時有許多突發狀況，所以一時之間找不到人協助，只好暫時託付給我。」她的心跳不斷加速：「我已經聯絡上我媽了，這就請她過來接小湯圓回去。」

白子帆雖背對著洪美吟，卻立刻伸手制止：「不用麻煩了，天氣這麼熱，妳媽又以機車接送，實在辛苦又危險，既然小湯圓適應良好，就暫時讓她待在這裡等候媽媽回程吧。」

洪星琁擔心小湯圓會再度失控，便決定帶離現場：「我先帶她回我的辦公室安撫，等她喝完牛奶之後再出來。」臨走前，她不忘交代：「美吟，掉落的奶嘴再麻煩妳拿去清洗與消毒。」

「好。」洪美吟目送新同事關上小辦公室的門，隨即開口：「帆哥，真的很感謝你的體諒，在此代小湯圓的媽媽向你說聲：謝謝。」

「不用那麼客氣，況且我也沒幫上什麼忙，下次若有同樣的情形，歡迎小湯圓再過來湊熱鬧。」白子帆接著表示：「你們三個先吃飯吧！小湯圓看樣子是不敢再讓我抱了，待會要麻煩你們幾個輪流接手，好讓新同事有吃飯和休息的時間。」

「好。」洪美吟點頭後，立刻帶著奶嘴前往茶水間清洗。

陳湯尼提醒：「帆哥，別忘了楊老闆那裡改為下午四點，但他臨時要去一趟工地，所以就不陪同你和新客戶洽談了。」

「好，到時候我會把新同事一塊帶走，先知會你們一聲。」

⟡

「好累喲……」黃少奇頻頻打著呵欠，接著拖著疲倦的身體緩緩步出。

小湯圓一直待到一點半才離開，致使他們中午都不敢鬆懈與休息。幸好自家老闆和新同事不久前也一塊出門了，他們起碼還能趁下午茶的休息時間稍作喘息。

黃少奇邊泡咖啡邊問：「你們兩個怎麼還能精神百倍呀？」愛情的力量真偉大。

「待會你就知道了。」陳湯尼立即問：「美吟，問得如何？」

「保證絕對精采可期。」洪美吟揚起得意之笑，知道他們倆在下班前皆有一定的進度得完成，於是不囉嗦，直接道重點：「星琁自己親口說，今天是搭帆哥的車一塊過來的，而且兩人認識不過才一個禮拜的時間。」拜小湯圓所賜，一路緊黏著新同事不放，不得已之下，她們只好一塊下樓送小湯圓離開，這才讓她有獨處與挖祕辛的時間。

「那他們的關係是……？」兩位男士皆好奇不已。

「說了保證會嚇死你們。」洪美吟等著看他們的反應：「他們目前是同住一個屋簷下的室友。」

「這什麼意思？」陳湯尼不解。

「帆哥搬回別墅了。」洪美吟丟下震撼的一句。

「真的假的！？」陳湯尼的震驚非同小可。

「喔，有人該扣薪水了。」黃少奇挖苦意味濃厚：「湯尼哥，別過於自責，我們都知道你最近『比較忙』。」愛情萬萬歲。

陳湯尼笑得異常尷尬。因為消息向來靈通的他，確實有失往常的水準。「星琁有說他們是如何認識、她又是怎麼搬進別墅的嗎？」

「她只簡單說，因為有多位貴人相助，才能夠幸運入住。」洪美吟不禁嘟嘴：「不過問起他們認識的細節，星琁只是不斷發笑，表示不便透露。」

黃少奇問：「依他們兩人的互動，你們相信不過才認識一個禮拜嗎？」他可是清楚聽見一個稱對方為師兄，另一個則單以一個「星」字來暱稱她。

陳湯尼認同：「對呀，我也不信。」畢竟某人極少對外人表現出健談與熱絡的一面。

「但星琁應該不會刻意欺瞞我們才對。」洪美吟突然畫出重點：「你們發現了嗎？帆哥好像也認識星琁的姊姊和家人，有沒有可能是因為這層關係的緣故，才會和星琁迅速熟絡？」

「這倒是有可能，因為他無預警收回出租的承諾，又介紹星琁來幫忙代班，或許真的是想幫熟人多關照一些。」陳湯尼來回搓著下巴：「我是比較好奇，帆哥也跟著搬回去的動機是什麼？」

「我覺得這樣也說不太通。」黃少奇提出疑點：「如果彼此間有共通的朋友，那帆哥為何要我們暫時向星琁保密：他就是公司的負責人、別墅歸他所有，以及湯尼哥就是那位代理出租的陳先生？」

洪美吟恍然拍桌：「對呀！」是熟人的話，這些不是祕密的事實，哪有辦法隱瞞呢？

陳湯尼沉吟，只覺得案情似乎越來越不單純。

黃少奇笑虧：「星琁口中的一個禮拜，該不會指的是和帆哥交往的時間吧？」

「不可能。」洪美吟迅速脫口：「星琁說她南下高雄的時間不過才短短的幾個月，一切還在求穩定之中，在這之前，感情的部分暫時不談。」

「哇！」陳湯尼不由得刮目相看：「親愛的，沒想到這麼短的時間之內，妳居然連新同事沒有男朋友的私事也挖到了。」

洪美吟一臉自豪：「那當然，別忘了我平時的為人既可靠又值得信任呢。」如此熟悉的台詞，已令兩位男士捧腹大笑。

黃少奇賊問：「你們覺得帆哥對星琁有意思嗎？星琁還沒來報到以前，帆哥還親自打理一間不用的小辦公室，說要給星琁午休時使用呢。」

陳湯尼不答反問：「少奇，如果帆哥的條件套用在你身上的話，你會如何追求心儀的女子？」

黃少奇不假思索：「當然是把自己最顯赫、最優渥的一面全拿出來炫耀與加分呀！」

「很好。」陳湯尼突然搭上他的肩：「那你幫忙解釋一下，帆哥目前裝窮、裝傻、裝孝維，究竟是為了什麼？」

「呃……」黃少奇一時頓口，只好老話一句：「讓我們繼續看下去。」

洪美吟笑著看好：「不論他們兩人目前的關係如何，我覺得帆哥最近真的變得很不一樣，感覺得出來，他能放鬆和星琁相處，彼此在個性與話題上也十分相投，如果他們沒有親戚上的關係、也不相互排斥的話，我們或許可以從中促成。」

陳湯尼偷偷摯起女友的手：「對呀！獨樂樂，不如眾樂樂。」

「喂，不是說好上班時間不得搞曖昧的嗎？」洪美吟立刻拍打男友的手，接著指正：「你剛才的發音明顯錯誤，而且也用錯情境了，這句話的原意是：一個人享受『音樂』，還不如和他人共享更為『快樂』，主要是暗指君王若能與百姓同甘共苦，國家自然能喜樂強盛。」

「哇！偶像偶像。」陳湯尼予以熱烈的掌聲。

望著一拍即合的兩人，黃少奇的疲累早已掃除大半：「我覺得美吟姐說得一點也沒錯，帆哥和星琁確實很登對，星琁雖然不刻意精心打扮，但整體給人的感覺確實還算出色動人。」

洪美吟不禁射來一道不友善的目光：「為何星琁比我年長幾歲，但你卻只叫我美吟『姐』？」

「拜託，這可是對妳能力上的一種肯定耶！湯尼哥都說妳的美早已徹底內化，唯有務實與懂得欣賞之人，才能看見那股真誠、不做作的『自然美』。」為了往後的日子，黃少奇連忙抱大腿：「這點我個人完全認同。」

「狗腿，誰不曉得你喜歡的類型是偏好粉味的那一種。」洪美吟嗔他一眼。

「對呀，少奇尤愛這一類偏辣的時尚靚女。」陳湯尼笑著秀出手機內的照片。

看清楚畫面中人是年度「94狂」的姚亮謹時，黃少奇差點被辣度嗆傷：「饒了我吧！這種女神等級的我實在高攀不起。」

「還女神勒……」陳湯尼直覺想吐。

洪美吟直言：「我看女神——經病還差不多。」

「哈哈哈！不曉得姚小姐最近還有沒有繼續騷擾……」陳湯尼的話瞬間梗住，只因當事人竟如鬼魅一般，已現身大門前。

◇

「一整天下來，還習慣嗎？」

晚上七點，白子帆與洪星琁在外用餐完畢，順道採買一些用品，此刻已於返家的途中。

洪星琁此刻的心情格外愉悅與放鬆：「很好，同事之間都極好相處，而且美吟教得很詳盡，也十分有耐心，原本我還頗為緊張，但湯尼頻頻出來搞笑串場，讓我不想笑也不行。」

白子帆跟著綻笑：「他是我們公司的活寶，也是目前最為資深的總幹部。」

洪星琁再次問：「你們公司的老闆真的一直都在國外嗎？」很難以想像，居然能有一群員工在不被監督的情況下，還能各盡其職，讓整個運作完整進行。

「嗯，所以妳上班用不著給自己太大的壓力。」

「既然湯尼比你資深，又大上你一歲，為何他也稱呼你一聲『帆哥』呢？」

白子帆自嘲：「可能覺得我看起來比較老成吧！但也只有同事在場時，湯尼才會跟著叫相同的稱呼，應該是想拉近彼此間的距離，和同仁們盡速打成一片。」

「湯尼真是個有趣的奇葩，我還第一次遇見像他這樣資深的老鳥，竟毫無半點架子，而且還異常風趣、樂於助人，完全顛覆職場上，資深者給人的既定印象。」洪星琁的笑意逐漸粲然：「要不是你也在裡面工作，加上公司確實也營運了好幾年，不然，我還真怕自己是遇上了詐騙集團呢！」

白子帆笑出聲：「我改天和他們研究看看，究竟能騙妳什麼？」

「我窮得很，唯一能被騙的就只有感情。」她說笑完後，再一次表示：「真的很感謝你，讓我有進公司服務的機會，進而認識湯尼他們幾位。」

「我們是魚幫水、水幫魚，大家彼此彼此。」他此刻的脣線不斷飛揚。

「美吟和湯尼的事，你知道嗎？」她好奇問。

「當然，只是很意外他始終都沒有放棄，而且居然還成功了。」白子帆爆料：「湯尼這傢伙平時在公司一副閒來無事的模樣，事實上，經常把工作帶回家，趕稿至深夜，就連放假也常窩在電腦前超前下一個進度，隔日照樣精神奕奕前來上班。」他笑望著她：「他以為這麼做神不知、鬼不覺，事實上，他長期放長線釣『美人魚』的技倆，我只是懶得拆穿罷了。」

洪星琁已啞然失笑：「我覺得湯尼的眼光果然和他的人一樣特別，連我也會喜歡美吟這一類型的女孩。」她真心道：「雖然不過才第一天相處，但我感覺得出來，美吟除了率真、有正義感之外，就連工作上的表現也十分優異，肯定是你們不可或缺的好人才。」

白子帆予以肯定：「嗯，美吟確實很樂於學習，可能從小的家境不算太好，所以格外獨立進取，還在讀書的時候就常四處打工，加上她為人單純、沒什麼心機可言，所以重內涵的湯尼會喜歡上她，一點也不令人意外。」

「我發現美吟似乎很怕你，這是為什麼？」她忍不住問。

「可能是我經常跑外面不在辦公室的緣故，一回來又得處理不少雜事，所以根本沒閒情逸致和他們多做額外的聊天與互動，加上人在國外的老闆和我又有些微的親戚關係，所以容易給人一定的距離感與壓迫。」趁著停紅燈之際，他突然問：「妳呢？會覺得我很冷漠、有些難以相處嗎？」

「會，但我指的是單從外表與工作上的表現來評斷，私下和你接觸後，加上又了解你的成長經過，可以想見冷漠對你而言，是一種身不由己的偽裝，也許非得這麼做，才能沉靜擊破一波又一波的考驗，進而淬煉出脫胎換骨的自己。」她睇著他，真誠道：「其實你一點也不難相處，只是需要比別人多花一點的時間融入與了解，才能抽絲剝繭、進而窺見最原始的那個你。」

「喔，那妳覺得原來的那個我，該是怎樣的一個人呢？」他頗有興致了解。

「我覺得你的心裡還藏著一個好動、愛玩的小男孩，只是礙於現實層面的限制，不得不暫時將他封鎖起來，但只要能遇見頻率相投的人，就能輕易地取出鑰匙，解放你的心房。」閃過某個畫面，她禁不住笑場：「雖然小湯圓十分怕你，但喬心就喜歡你到一個不行——從這裡就能發現，對的時間點遇見對的人，是不可或缺的重要關鍵，這樣才有機會譜出令人滿意的善緣。」接著，她又補充：「你其實是一個細膩隨和，同時又充滿魅力的人，加油！努力做自己就對了，總有一天，一定能遇見真正懂你的那個人。」

聞言，白子帆笑如春風：「很感謝妳的分析與讚美，我覺得很受用。」他觀察後，道：「感覺得出來，妳的成長背景應該也有難言之隱吧？所以，獨立的程度也有別於同齡的女性，不過妳不用擔心，我不會刻意去探究妳的隱私，等妳哪天願意和我分享，我絕對樂於傾聽。」

洪星琁回以一笑：「謝謝。」在思索片刻後，她突然問：「你會很介意別人對你的看法與評價嗎？特別是有所誤解時。」

「會，但通常只介意『我在乎的人』，其餘者，完全無所謂。」他趁車庫鐵捲門開啟的空檔，睇著她：「我覺得沒有必要活在他人的言論下過活，重點是清楚自己在做什麼、明白哪些人是真正值得我們付出的，這樣就夠了。」他試著問：「妳有這方面的困擾？」

「嗯。」洪星琁坦言：「曾經有一段時間一直深陷其中，不過現在已經好多了。」她釋懷一笑：「聽完你的話，我更要朝著相同的境界邁進。」

「加油。」白子帆鼓勵完後，接著將車子駛進車庫。停妥熄火完畢，他解開安全帶：「明天休假，妳應該會回妳姊家吧？」

「嗯，我們約好了要一塊出門逛逛。」她下車後，也跟著來到後車廂。「我來幫你。」

「謝謝，妳幫忙拿較輕巧的物品即可，剩下的全交給我。」他已搬起頗有分量的培養土。

「買這些東西，是打算用在上面的空中花園嗎？」她邊行動邊問。

「嗯，決定聽妳的話，未來考慮在這裡經營民宿或餐廳。」

洪星琁笑問：「明天該不會決定在上面忙一整天吧？」

「應該會投入一些時間，下午再考慮要不要回去探視外公和外婆他們。」

他們分工將全數的物品堆放於通往空中花園的樓梯口，白子帆正揮去身上的塵土：「謝謝，我明天再自己抽空搬上去就好。」

望著眼前的器具用品，她頗感興趣問：「我們後面那塊開心農場，之後我也可以拿來種菜嗎？」

原本該處種了一些辣椒、蔥蒜和九層塔，只可惜颱風過後，幾乎全泡水發爛了。

「可以，如果有興趣的話，歡迎加入栽種的行列。」

洪星琁又問：「農場旁邊有個手動式的『汲水器』，那是方便用來打水灌溉的嗎？但這裡怎麼會有地下水？」

「當然沒有。」白子帆笑了笑：「汲水器下方特製了一個不小的儲水槽，裡面裝的幾乎都是天然的雨水，屋主的家人主要以懷舊的功能，再結合環保與實用性，以防日後遇上季節性的限水。」

「這個巧思真的很棒耶！」她順勢道：「我小時候很喜歡玩汲水器，那你呢？」

「我也是，覺得它充滿了童趣與回憶。」他笑著分享：「以前老家就住學校的圍牆邊，牆內就設了一個汲水器，每次運動玩去沖洗時，總覺得特別過癮，偶爾自己一人使用時，除了要趕緊打水之外，還得以最快的速度跑到前面取水，這樣辛苦來來回回好幾次，還真是好笑又滑稽。」

「哈哈，我們果然都有相同的經驗。」她不免好奇：「你們以前究竟是住哪呢？」

「紅毛港。」

下一秒，洪星琁驚喜大喊：「啊！我知道，而且我小的時候還去過不少次呢！」

「真的嗎？」白子帆顯得很意外，接著半開玩笑：「或許我們還見過面也說不定。」

「聽你這麼說，我逐漸有印象了。」洪星琁故意配合他的笑話演出：「師兄當年頭上貼著臭頭藥膏，不僅流著鼻水，還包著尿布，沒想到二、三十年後，居然是一表人才。」她咂嘴驚歎後，突然伸出手：「快點，當時欠的錢，現在總該還一還了吧！」

白子帆付之一笑，跟著入戲：「這位小姐，其實妳認錯人了，照妳形容的樣子來看，欠錢不還的人應該是陳湯尼才對。」語畢，他們皆笑得不可開交。

「我很好奇，妳對紅毛港的印象如何？」他問。

「我媽本身是高雄林園人，小時候若一塊回外公外婆家，偶爾會帶我們姊妹一塊去紅毛港探視一些親戚朋友，不過我當時還很小，記得住的印象並不多，只曉得有一次，我姊被載去大林蒲買東西，我一個人無聊，乾脆趁大人聊得正開心的時候，自己偷偷溜跑出去玩，那一次被找回來後，可被修理慘了！幸好叔叔和阿姨們全幫忙求情，我媽才棍下留人。就因為這樣，再回紅毛港後，大人全不放心的緊盯我的一舉一動，完全不讓我有擅自行動的機會。雖然無奈，但也只能看著當地盡情亂跑的大小孩童們，乾瞪眼羨慕。」她不自覺一嘆：「後來，媽媽在紅毛港的朋友陸續搬離，我們就再也沒回去過了。」僅管兒時的記憶已徹底模糊，但腦海卻深深鏤下「紅毛港」這個耐人尋味的舊地名。

白子帆於是提議：「有興趣嗎？改天可以一塊回去走走。」

「好哇！」她頓時展現自己也難以解釋的興奮之情：「我超懷念當時的純僕氛圍，完全充滿難以言喻的人情與古早味。」

白子帆突然心血來潮：「猜猜看，還沒進公司以前，我是從事哪一類型的工作？」

「肯定是漁業。」洪星琁不假思索，便道：「因為紅毛港主要以捕漁為生。」

白子帆投以驚歎的目光：「星師姐，越來越厲害了呢！居然一猜就中。」

「真的假的！？」洪星琁瞠目驚呼。

她不過是單純的開個玩笑罷了，哪能真的想像，眼前標準辦公室穿著、一臉時尚文青的他，居然曾與出海博鬥的「漁民」劃上等號——這畫面實在太有突衝性了。

「你騙人！」她壓根不信。

「改天再出示相關的證明與照片。」瞧見她滯然又質疑的表情，他早已止不住笑意。

「為何想會從事漁業呢？是非自願的嗎？當時做了多久？在海上的生活會不會很掙扎又難以調適？又是在怎樣的機緣下，轉換成現在的跑道？」洪星琁一連發問，已迫不及待促膝長談的那一天。

白子帆故意吊她胃口：「這可是鮮少曝光的超級『獨家』，想知道的話，得先拿出同等級的內幕做為交換，我再考慮考慮。」他才沒忘記颱風夜那晚的「教訓」呢。

「師兄看起來應該不是小氣之人，不如你先分享，我再視內容的『精彩』程度，斟酌看要回饋你幾菜幾湯？」她給了一記格外迷人的笑靨：「如何？」

白子帆視而不見，還假裝打起哈欠：「突然覺得好累喔，先回房休息了。」說完，他大步一跨，一眨眼的時間，已迅速閃進屋內。

仍站於中庭的洪星琁不由得傻眼，頓時覺得長手長腳的人還真有先天上的優勢。

她正想小跑步追上，偏偏手機在此刻響起。取出手機一看，發現又是無來電顯示的號碼。

已不堪其擾的她，決定予以口頭上的警告。

「是我。」這次很意外，對方居然先開口說話。

明白來者何人後，洪星琁幾乎是面色刷白地僵在原地。

第十章　果決

白子帆正納悶，為何室友遲遲沒回到屋內，只好返回原地一探。

掃視偌大的中庭與車庫，卻不見她的蹤影，他已決定開門走出戶外。欲伸手按下大門按鈕時，卻即刻停下動作——因為，門外正清楚傳來一男一女的對話。

「星，『好久』不見，妳瘦了，但依然漂亮，剪瀏海的新造型也十分好看。」

一名年約三十初頭的男子，長相斯文中帶著幾分新潮。他身高適中，體型略瘦，此刻，目光正緊緊鎖在她臉上。

「……」洪星琁不語，面對突來的狀況有些措手不及，決定以不變應萬變。

「怎麼不說話？」黃耀祖故意道：「難道不喜歡我特地為妳獻上的——驚喜？」他諦視她，想覓得一絲滿意的反應。

洪星琁繃著臉，有難得一見的冷漠與防備：「以電話騷擾人的方式很有趣嗎？不覺得這麼做，只會顯示你的行為有多麼幼稚。」

「幼稚？」黃耀祖反諷一笑：「會嗎？所以，妳不告而別的方式就比較成熟？」他的語氣充滿輕佻：「我不過是想補齊妳失聯後的通話數罷了。」

洪星琁單刀直入問：「是誰透露消息讓你知道的？」

「這很重要嗎？」黃耀祖正噙著滿意的訕笑：「其實，我還知道……」他刻意故布疑陣。

「你還知道什麼？」洪星琁因這句話而亂了鎮定。

黃耀祖揚著得意之笑：「妳那麼緊張幹嘛？難道怕我知道些什麼？」

她深吸一口氣：「請回答我剛才的問題，不然我馬上走人。」

黃耀祖佯裝恐懼：「又想走人，我好怕。」瞧她確實移動步伐，他火速道：「我老實說就是了，目前只知道妳的手機號碼和這裡的地址，以及妳可能出現的時間。」他突然一掃眼前氣派的獨棟豪宅，面有疑惑：「妳現在真的住這？」

洪星琁壓根不想回答，直截問：「這趟下來的用意是什麼？」

「當然是來找失蹤兩個多月的『女朋友』。」他刻意加強最後三個字。

「不好意思，你好像找錯地方了，我記得你交往一個多月的女朋友——欣怡，好像不住這。」洪星琁非但沒漾起一絲漣漪，反倒將了他一軍。

原先理直氣壯的黃耀祖，臉色瞬間大變：「誰、誰跟妳說的？」他的眼神不禁閃爍飄移。

「是誰透露消息讓我知道的，這很重要嗎？」她以他的話回敬，狠狠扭轉他自以為是的優勢。

「……」黃耀祖頓時啞口無言。

望著曾經熟悉又親密的戀人，此刻卻掛滿戒備的神情，彼此間的氣氛像極了對峙中的敵人，黃耀祖感慨萬千，這才回歸原本說話的態度。

「星，我這次來，是想聊聊關於『我們』的事，與欣怡無關。」他的口氣瞬間放軟。

「恭喜，你們很登對，大家都極為看好。」她顧左右而言他。

黃耀祖壓抑著微微上揚的火氣，一吐無奈：「妳明知我喜歡妳更勝欣怡，妳也知道，欣怡是會計介紹來的親戚，她的個性活潑又大方，是個人見人愛的社會新鮮人，我只是站在同事的立場，努力把所學的經驗一一教給她，加上……」黃耀祖對上她清澈有神、彷彿能看穿心思的明眸，突然間語塞。

洪星琁貼心代答：「我知道你們是同一組的工作伙伴，有責任在最短的時間之內，教出一番成績來，為了指導她運用心理戰術應對每一位客人，所以『密切』的互動在所難免，這也是團隊精神的一種表現，對嗎？」

「對！就是妳說的那樣，比起其他同事，妳果然更為理智成熟，難怪大家都誇妳……」

「我早就『離開』了。」洪星琁故意打斷他的話：「你們現在完全不必在乎他人評論的眼光，只要好好同心協力，就能共創感情事業皆雙贏的好成績。」接著，她道出重點：「所以，你目前只需把全部的心力擺放在『現任』女友的身上，不用特地向一個已經是『過去式』的人多做解釋，這樣真的毫無意義可言。」

黃耀祖揚著聲音強調：「如果不是因為妳的離開，目前在一起的還是『我們』。」他突然湧上一陣酸澀：「妳消失之後，我一直很努力地找妳，想把一些誤會解釋開來，我還多次開車南下前往妳姊位在北高雄的夫家，為的就是希望能再見上妳一面……」但，他們小家庭似乎早已搬往它處，而兩位老人家也明顯受人指點，並不願意透露半點口風給「陌生人」。

在最後一絲可尋的線索也徹底截斷下，他也只好放棄，選擇黯然離開。

洪星琁刻意別開目光，不願瞧見他此刻的模樣：「如果你覺得我們之間確實有所『誤會』，當面釐清能對你有所幫助的話，好吧！現在就一次把話全攤開來說清楚、講明白。」她破例給予機會，如果對方願意坦承一切，或許，他們還能有繼續當朋友的可能。

望著她心軟、釋出善意的模樣，黃耀祖難掩興奮，立刻跨進一步。

「星，我承認那天是我的不對，但我真的不是有意要讓妳在眾人面前出糗、難堪，妳也知道，那陣子我們經常為了許多事而鬧得很不愉快，我才會藉酒宣洩，事後讓妳一人獨自回家，我真的很抱歉！隔天中午醒來，我才逐漸想起一些片段，很想打電話給妳，但又怕妳會因為生氣而不肯接我電話，才想暫時先讓彼此冷靜冷靜，免得一見面就只剩下爭吵的可能。隔天上班沒看見妳，我知道妳肯定還在氣頭上，所以臨時請了幾天假，但好幾天過去，我發給妳的訊息始終未讀、也遲遲等不到妳來上班，才趕緊打給妳，沒想到……電話居然停用了！就連所有的通訊管道也瞬間切斷消失，嚇得我即刻衝去租處找妳，但妳不僅已經解約搬離，就連工作也都閃電請辭……」他痛心的一度停頓：「真的很難過，為了這一點小事，妳居然會做得如此絕情。」

隨著他的陳述與心情告解，洪星琁彷彿又被帶回無情與不堪的那一天。她以為兩個半月的時間，足以弭平記憶的傷口，沒想到……再次被挑起時，仍是血淋淋的一片。

她仰望天空，試著將不受控制的液體逐回原位：「說完了嗎？我等等還有事情要外出。」

黃耀祖再次走近，並拿出最大誠意：「星，這段時間我真的想了很多，畢竟我們一起走過三年多的時間，向來就重感情的妳，一定也還沒放下，對嗎？既然在彼此的內心深處都還保留著對方的位置與記憶，何不再給自己一次修復的機會？」他認真道：「只要妳肯回來，我一定會說服我媽她們接受妳，保證不會再讓過去的事件又重新發生，就連欣怡的事，我也會一併處理妥當，目前實際知道我們交往的就只有少數，所以，妳不用擔心後續的閒言閒語，畢竟我們才是大家一開始就公認最合適、也最為看好的那一對。」

洪星琁一瞬不瞬睇著他，突然一陣扎心。經過一番掙扎後，最後還是決定開口：「欣怡在你心目中，究竟定位成什麼樣的角色？」

「交往後的心得，我覺得我們某方面的相處比較像兄妹。」他老實以告：「一開始是因為朝夕合作，加上她甜美活潑，所以容易激起我們天生的好感和保護欲，我才會一時判斷錯誤，誤以為是男女之情。真正在一起後，我發現她的依賴心很強、過於黏人，工作和放假都分不開的結果，竟讓我產生喘不過氣的壓力。」他深深睇著她，不諱言地表示：「應該是以前的妳給足了我私人的空間和領域，才會讓我有適應上的明顯落差。」

洪星琁故意瞥開臉：「你們是在我離開之後，才正式交往的嗎？這在之前，私下都沒有……？」不知怎麼，對於他即將親口說出的答案，她既緊張又害怕，好希望盼到的不是殘忍的誆騙與失望。

黃耀祖斬釘截鐵道：「對！在這之前，只是工作上單純談得來的好伙伴，私下並沒有踰距、搞曖昧。」他含情表示：「星，我喜歡的人始終是妳。」

洪星琁只覺得心寒如冬凌，但表面上仍掩飾地不著痕跡。沉默片刻後，她緩緩開口：「雖然你和欣怡才交往不久，但我覺得分手一事，可能沒你想像中的那麼簡單，畢竟她年紀還小，抗壓性和戀愛的經驗較不足，若知道你和她在一起並非是真心的喜歡，甚至還想和前任的女友復合，對她的打擊未也免也太大、太過殘酷！我覺得你有必要先做好良善的評估再來行事，免得惹出更多的風波與麻煩，進而影響彼此間的交情與工作。」

面對她善意的提醒，黃耀祖解讀成——復合有望；或許，只要他再加把勁挽回、好好處理現任女友的問題，就算暫時沉寂兩個多月的殘燼，也終有復燃的可能。

「我答應妳會好好處理欣怡的問題，讓妳回來之後，毫無後顧之憂。」他連忙掛保證：「只要我好好哄欣怡幾句，再多花一點時間分析道理給她聽，她自然就能明白、退出了。畢竟一開始，她就已經知道我們交往了幾年，我也曾經坦白告訴她，內心依然惦記著妳，她私下也承認自己的某些做法對妳有所抱歉，所以我若事後提出分手，反而讓她有個臺階可下，知道我們復合之後，她內心的歉疚肯定也會好過一些。」接著，他祭出一張優勢牌：「這幾天，我已經先幫妳和經理談過了，只要妳願意回來，薪水、年資各方面都會比照原先的辦理，而且，妳不用再辛苦找房子了，直接搬來和我一塊住，我們共同朝結……」

「很抱歉！」洪星琁終於抬起頭來，不得不打斷他的擺劃，免得他越錯越離譜：「你不用白忙一場了，因為我已經擁有全新的生活，工作各方面也逐漸趨向穩定，所以——不可能、也沒必要再回到過去。」她睇著他，一字一句清楚道：「耀祖，我已經成功突破你所認知的單弱，我們之間的事對我來說，早在兩個多月前就已經徹底結束，你好好回歸屬於自己的幸福吧！欣怡才是真正符合你們家人期待的好女孩，請不要輕易錯過。」

「妳……」黃耀祖訝然張口，面對她的冷若和果決，竟感到一陣前所未有的陌生。

洪星琁繼續道：「過去發生的種種，你比誰都還要清楚明白，若是真心為了我好，請站在我的立場幫忙設想。」她難得懇求：「今天見面的事，我們一塊當作不知道，免得事後你的家人又對我產生不必要的誤解，可以的話，我們最好斷絕任何再見面與聯絡的可能，我衷心地祝福你。」

「星，妳先聽我說……」他伸手欲握，卻被她迅速躲開。

「請自重。」洪星琁再次拉開安全距離。

「我知道妳剛才說的全是假話！妳怪我不夠成熟穩重，沒有適時站出來保護妳、幫忙妳說話——但我保證，之後一定會有所作為，絕不會再一次讓妳失望。」他舉手發誓，亟欲打動心軟的她：「妳知道嗎？當了解妳成長經歷的那一刻，我就覺得自己有這個責任，該給妳一個穩定又舒適的『家』，我不希望妳好好的一個女孩子常孤立無援，只能靠自己的雙手堅強地打拚——這些看在我眼裡，真的很是心疼！所以，我一直把妳設定成未來的結婚對象、努力朝這方面前進，極有信心能給妳一個幸福美滿的將來。」他試著朝她走近幾步：「雖然在高雄，妳們姊妹可以經常見面、就近照應，但妳姊本身有自己的小家庭得忙碌操持，哪還有餘力來兼顧妳呢？況且，要在一個城市深耕打拚、掙出一丁點的好成績，可是得投入好幾年的功夫和努力——這點，妳肯定比任何人都還要有深刻的領悟，不是嗎？妳在高雄重新找工作，光是收入上的差異，就是一筆不小的損失，對於要固定支付房租和保險的妳，影響真的非常大！若妳願意跟我回去的話，不僅可以接回原先的軌道，往後我也會堅持跟我媽說，我賺的錢全數交由妳來代管，我們一塊朝獨立的小家庭邁進，買一間屬於自己的……」

「不要再說了，我早就回不去了！」洪星琁掩不住激動：「這些話已經太晚、太遲、沒有用了！請你死了這條心吧……」她的視線瞬間翳上厚重的水霧，說好不哭的淚，即將背離。

挽回不成的黃耀祖，已徹底惱羞成怒：「我都已經低聲下氣表示成這樣了，妳到底還想怎樣！？」他難得說服自己拋開自尊，全依她過去想要的模式進行，沒想到竟慘遭無情的賤踏。

「不用你怎麼樣，只希望你能離開。」她哽咽道。

聽到這，黃耀祖已毫無理智可言：「妳真以為我非要妳不可嗎？講難聽一點，和欣怡這種家庭正常的女孩子交往，都比和妳在一起還要有面子好幾百倍！我不過是同情妳的處境罷了，妳千萬別往自己的臉上貼金，誤以為自己是多麼地優秀與高貴，我呸！」

洪星琁佇立不語，任由他一股腦兒宣洩，但熱淚已羼著心碎的鮮血急淌而下。

黃耀祖憤而指控：「明明是妳對我們的感情不負責任在先、選擇一走了之，卻把後續的爛攤子全數丟給我一人處理——這樣對嗎？妳一定不知道，有幾位朋友把我當成是負心漢般地冷落和批評，這些我都一一忍下了，但妳永遠不會明瞭那種被誤解、被丟下的感覺，有多麼的糟糕與難受！！」他帶著嘶吼的喘息，咬牙道：「幸好那段期間，欣怡不斷鼓勵我、陪伴我療傷，我才逐漸走出低潮，回歸一丁點的自信。」接著，他惡意補下這一刀：「如果妳肯多花一點心思哄我媽開心、多順她的意，欣怡也不會有介入的機會和可能，所以，我們之間的第三者是妳親手獻上的，三年多來的感情也是妳親手摧毀的，妳才是……」

「夠了！」她死命地摀住耳朵。

「妳不想聽，我就更想說，別以先逃走的人就最委屈、最值得同情，妳這種作法，只會讓我媽更加看不起妳！更驗證她過去所說的，妳只是一個……」

洪星琁頭也不回，立即取出鑰匙轉動別墅大門。

「又想逃？這次哪那麼簡單。」黃耀祖上前奪下她的鑰匙和側肩包。

「你想做什麼？快把東西還給我！」洪星琁大驚，特別是對上他狠戾的神情時。

「就算我不愛妳了，也不會讓妳一個人在這裡消遙好過！」黃耀祖用力拽住她：「跟我走。」

「放、放手……」洪星琁正想呼救，白子帆已火速開門衝出。

「放開她——」

聽見聲音的剎那，黃耀祖只覺得一股強大的力氣介入，緊接著是一陣天旋地轉。當他過回神、有所知覺時，早已踉蹌摔地，狼狽翻滾了好幾圈。

白子帆先是拾起地上屬於她的所有物，接著立刻關心：「星，還好嗎？」

「我、我我……沒、沒沒事。」洪星琁無法克制不停顫動的聲音，並刻意壓著頭皮接下他好意遞來的東西，但仍是讓眼尖的白子帆捕抓到她身上的抓痕與瑩瑩淚光。

白子帆忿然作色，並攥緊拳頭，寒光已掃向幾步外的肇事者。

「嘶，好痛……」黃耀祖跌坐在地，正想查看手臂上的傷勢。突然間，感受一具挑壯的身影正籠罩前方，並大步大步朝他逼近；雖然不見逆光下的面容，但他完全感受得到——對方含怒欲發的可怕氣勢！不禁慌亂地彈起身來，速速退了好幾步。

「有、有話好說……」黃耀祖見情勢不對，於是拔腿就跑。

「不要！」洪星琁第一時間上前阻止。原先僅是拉住白子帆的健臂，但她的力道實在不足以撼動他半絲向前的決心——為了杜絕後續可能引發的糾葛與麻煩，她決定以肉身相阻。

「星，快點讓開，不然妳會受傷的。」儘管怒火中燒，但面對她，他仍保持該有的理智。

此刻，洪星琁幾乎是用盡全力緊抵白子帆的胸膛，以防他再衝向前。

「不要，求求你……」她死命勸說：「不要浪費力氣在這種人身上，不值得，真的！」

「不給他一點教訓，難保他下次還會再找上門來。」白子帆壓根吞不下。

洪星琁發現他又再次向前，只好奮力攀摟住他：「不會的！我保證有辦法讓他徹底離開，從此不會再來糾纏。」她抬起頭來，近距離央求：「看在我的面子上，就原諒他一次，不要和他計較了，好嗎？」

白子帆盯著她不斷落下的水淚，同時感受她緊密貼合的暖意，原先銳利的眼神逐漸轉為柔和，同時也斂起身上的戾氣。

「好吧。」他不自覺抹去她的淚：「看要怎麼做，全聽妳的。」

「謝謝……」洪星琁只能不斷致謝，特別是發現他身上的肌肉確實不再膨脹糾緊時，總算能真正安心鬆懈。沒想到下一刻，身子竟無力發軟，在滑落之際，幸好一雙健臂及時圈摟住她。

好一會兒後，他們併肩來到黃耀祖面前。

白子帆冷著臉，厲聲警告：「今天的事，暫時不予你計較，希望你不要再犯同樣的錯誤、更不要再來騷擾，敢再動她一根寒毛的話，我絕不輕易放過你！」接著，他無預警摯起她的手：「星以後不會再孤立無援，她有我。」

簡短有力的宣示，已徹底教黃耀祖震懾。

他總算看清楚對方的體格和樣貌，特別是那異常穩重的成熟度，以及毫不掩飾極欲呵護她的情意；對照自己方才不當的言行舉止，兩人的層次已高下立判——這也難怪她會在這麼短的時間之內，覓得合適的好對象，甚至與對方發展迅速，完全出乎他的意料之外。

「他、他是……？」黃耀祖忍痛問，希望由她親口說出答案。

洪星琁連忙勾住白子帆的手臂：「他是我的新同事，也是現任的男朋友，我們正以結婚為前提，穩定交往中，目前已是同居的關係，你所見的這棟房子就是他名下所有。」接著，她努力撐起笑容：「既然我們各自發展一段還不錯的戀情，不如給予彼此最真誠的祝福，倘若未來有傳出任何的喜訊，都歡迎對方毫不吝嗇分享自身的喜悅。」

徹底呆然的黃耀祖，完全枯蠟在原地。耳畔瞬間響起颱風夜那晚，自她手機傳來彬彬有禮的嗓音，原來正是……

「不好意思，星已經睡著了，要留電話請她明天回播嗎？還是……喂、喂？」

剎那間，他只覺得自己的一顆心正由高處摔落，再也拼不回去。

曾經蜜意般的濃情徹底逝去了！短短幾個月的變化，已將原先堅守相纏的兩條紅線，實實在在化分成漸行漸遠、不再糾纏的兩段人生。

✧

洪星琁任由窗外的光影流映一身，始終低頭無語。

直至白子帆將車子停妥，柔聲提醒她下車，她才如夢初醒。

她跟在他身後，猶如失魂一般，彷彿暫時切斷了與外界的一切連結。此刻，左上方出現一道極刺眼的白光直篩雙瞳，教她不得不瞇眼回神。她總算意識到正前方是一面鐵欄杆，而他們得由欄杆右側唯一開啟的單扇門進入。

翕然，光源由行進間的刺亮，迅速轉為令人怯步的黯黮。

若大的視覺變化，總算讓洪星琁抬頭探看周遭的環境。

一番對焦與理解之後，她像接收禮物般的孩子，既驚詫又澎湃——一如跌蕩在外的遊子，乍現故里般地激昂與動容——這股發自內心的深層觸動，竟教她莫名紅了眼眶。

他們正一塊步行在一條約莫十二米寬的堤岸上。堤岸的左手邊是整面泥色的擋風牆，其足足有兩層樓之高；而右側則是堤岸的邊緣，以一長排及胸的黃色鐵欄杆圍護。

這條挑高的長堤岸，下方被層層疊沓的粽型消波塊徹底圍繞一大圈。如此龐大的陣容，似驍勇善戰的軍隊正無畏迎接大海的戰帖，誓死悍衛般的霸氣與壯然；而對岸則是完全對映的相同建築，兩岸之間的寬距不足一公里——這正是大海流經港內的必經之道。

白子帆走至堤岸的一隅，這一小段並沒有設立欄杆，僅分布一塊塊間隔的矮柱警示；洪星琁隨同他的帶領一塊坐下，並自然將雙腳垂放岸下。底下，正是由層層的消波塊所砌成的斜面，徹底攔阻大海的欺近。

目前的角度，除了能清楚觀賞汨汨奔流的大海進入港內之外，亦能欣賞穿梭其中的小型漁船與舢舨；外層最貼近大海的平矮消坡塊上，更有零星的幾位釣客正在享受夜釣的情趣。

白子帆貼心遞上一盒預備好的面紙，並抽了一張給她：「不夠用的話，車上還有。」

「謝謝。」洪星琁接下使用，眼淚確實不抵大海的誘惑，直直落下。

「幸好妳還肯聽我的話出門，來這裡盡情哭一場的話，保證效果會出奇的好。」

「不好意思，剛才讓你看了一場笑話，還讓你配合我的意思演出。」她的傷心淚其實已經暫告一個段落，此刻淚流的情緒，多半來自於室友細膩的付出與關懷。

「這種小忙我很樂意幫的，儘管找我沒有關係，只是不能幫妳出一口怨氣，我有些介意。」他突然遞了一個冰涼的東西給她：「有興趣嗎？」

洪星琁接下後，發現竟是水果口味的啤酒，十分意外。方才，她全然沒注意到，他究竟是哪時候下車採買的。「你怎麼知道我最愛喝這個品牌的啤酒，很適合消暑解悶。」她立刻開啟嚐了一大口，鬱悶的感覺頓時化為陣陣的暢涼。

「喜歡就好，我還真怕妳會抱怨酒精的濃度太低呢！」白子帆說笑完，也跟著一塊暢飲。

洪星琁喝了整整一瓶後，突然愣愣望著他：「我們兩個都喝了，待會要怎麼回去？」

白子帆打趣指著雙腳：「坐十一號公車嘍。」他一副無所謂的模樣：「反正明天又不用上班，大不了走到中途，一塊被撿屍進警局過夜。」他突然提議：「不如趁現在意識還算清醒時，先在身上留下陳湯尼的電話，他的手機二十四小時開放 call in，免費的救援服務，不用白不用。」

洪星琁破涕一笑，很感謝他臨時提供的笑話一則。

「不好意思，你們剛才的對話，我在門後全聽見了。」他主動道。

洪星琁搖頭，表示不介意。幸好室友一直暗中關注，方能及時給予援助。

「他是我前任的男朋友，名叫黃耀祖，大我三歲，我確實如他所指控的那樣，採不告而別的方式離開。」原以為他們這輩子再也見不到面了，沒想到，老天仍執意他們得當面解決未完的殘緣。這樣也好。此刻，她竟有剜除沉痼般地快感——儘管徹痛難耐，卻同時有難以言喻的暢達。

「他是因為一時惱怒，才會失控動粗嗎？」他關心的同時也夾帶著某種揣測。

洪星琁沉默了好半晌，決定再開第二瓶的啤酒，喝了幾口後隨即放下，並同時道來。

「我們是同間公司的同事，他原先在別間婚紗店擔任攝影師，後來被公司的會計挖角來改當門市，就因為這樣，我們才會認識、進而交往。」她難得將埋藏的心事訴出：「剛開始在一起時，相處的感覺確實很融洽，我也認為他是一個很有上進心、勇於突破的好青年。直到第二年後，開始和他的家人有密切的往來，相處的裂痕便逐漸產生。」她不禁散發濃濃地感慨：「我才深深體會到，原來，並不是單純的兩個人合得來，就能夠廝守在一塊……」

黃耀祖的妹妹——黃子玲，為了與先生出遊渡假能夠玩得盡興，決定將六個月大的寶貝兒子，交給有經驗又喜歡小孩的洪星琁代為照顧。

洪星琁不太能理解，為何婚後的子玲經常出現家中，加上此事，她就更為好奇。畢竟子玲的公婆明明就住在不遠處，她卻毫不考慮交由他們暫代，反倒是拜託她請假幫忙。經黃耀祖私下解說後，她才曉得，原來子玲打從交往開始，就不太願意融入自己的夫家，所以早做好協定，小倆口婚後一定要獨自買房搬出——她還特地選購在娘家附近，以便自己隨時能返家探視。

洪星琁接下褓姆的擔子後，萬萬沒想到，竟會為自己種下感情生變的種子。

接手的第一天，恰逢施打六個月的預防針。在注射完不久，小孩便產生發燒的自然現象。她努力給予足夠的水量，並控制溫度與穿著，以緩解幼兒在高溫下的不適。中午，黃媽媽正好來租處探視寶貝外孫，得知情況後，劈頭便罵！除了立即阻止孩子在浴室泡澡之外，還立即更換成長袖的衣物，說要以熱治熱，才能有效幫助排汗與退燒。當得知洪星琁未曾給予退燒藥服用時，黃媽媽的反彈更是強烈！更控訴她的做法是打算害死小孩，幸好自己及時趕到，才能挽救一條寶貝的小生命。

儘管洪星琁努力解說發燒的原理，並告知適度的發燒反而有助於免疫力的提升，更保證絕不會將孩子的腦袋給燒壞，只需要多加留意後續的狀況即可。

但黃媽媽卻始終都聽不進去，反倒從此對她產生一定的嫌隙。

「後來怎麼解決呢？」白子帆予以肯定：「今天發現妳帶小湯圓真的很有一套，難怪別人第一時間會想找妳幫忙，妳的作法和許多的觀念都相當不錯！若只是一味地遵循傳統式的作法，不肯隨著醫療的進步而更新資訊，確實會大大地殘害幼童的健康與發展。」

「後來，伯母還是強迫餵食了退燒藥，即便已經退燒，她仍堅持要再多吃幾次的藥，好讓熱度徹底消退。」她無奈地表示：「接下來幾天，她就像看管犯人一樣，死命盯著我照顧的方式，無論我怎麼做，她全都有意見。我很努力與她溝通、試著導正一些錯誤的迷思，卻不斷惹來她的嫌怨與劈罵。」她情緒低落地垂下眉目：「每次看見小孩被包得密不通風，我就有說不上來的難過。」

「既然這樣，伯母何不乾脆自己帶，妳犧牲假期，還被嫌得一無是處，何必呢？」

「耀祖的爸爸很早就過逝了，所以伯母的重心完全擺放在一對兒女身上。她以溺愛的方式企圖彌補他們欠缺的父愛，凡是自己做得來的家事，一概不讓孩子碰！因此把自己的身體操勞得很虛弱，才無法勝任帶孫子的工作。」洪星琁的神情已明顯黯淡：「這個事件後，我確實感受到，子玲對我的態度產生了微妙的變化，除了不再有良好的互動之外，也刻意不讓我親近小孩，好似深怕我會再次下毒手一般。」

白子帆隨口問：「小孩目前多大了？」

「兩歲半了，但住院的經驗也已經累積了六、七次之多。」說到這，她更加洩氣：「我很努力導正她們帶孩子的方式，也勸她們不要濫用藥物，或者一遇發燒，就急忙辦理住院，但這麼做，反倒嚴重惹火她們母女倆。後來，連耀祖也強烈要求我別再插手管小孩的大小事，免得搞到整個親戚全用異樣的眼光來看待他。」為了澆息這陣風波，他們甚至達成：她最好少去男方家的共識。

「我大概明白妳的處境了，後來呢？情況又是如何變糟的？」

「伯母對我產生排斥之後，開始好奇我的身世，有事沒事，就愛打聽一些細節，得知一切後，聽說一連好幾天都得靠服用安眠藥才有辦法入睡……」

黃媽媽開始狂熱地投入「問卜求解」的行列。經常自己揣測問題，再擲筊看結果，更加「篤定」一些事情的來龍去脈——尤其是洪星琁接近他們黃家的「動機」。

黃媽媽硬是取得洪星琁的生辰八字，並要求她配合各類型態的改運方式。為此，他們之間已產生大大小小的爭執，每次，黃耀祖總希望她能配合行事，反正母親的出發點完全是為了他們的將來好，應該以「感恩」的角度來看待，而不是堅持自身的感受。

有一陣子正逢結婚旺季，洪星琁下班都晚了，一時忘了繳交當月的房租。在男友家接獲老屋主的來電提醒時，她決定即刻出門提款。為了避免夜間提領的危險，黃耀祖好意拿自己的現金借她一用——很不巧的，正好被黃媽媽撞見。隔日，黃媽媽不斷播打電話給上班中的兒子，頻頻詢問女方是否已經歸還金額？得到否定的答案後，從此，嚴格規定兒子每個月的薪水必須交出多數作為家用，並由她來控管大部分的金錢流向。

「聽起來，『孝順』是對方很大的特點之一。」白子帆不自覺一笑：「我想，伯母應該是認為妳是覬覦他們黃家的家產，所以一直等著捉妳的尾巴，對嗎？」

洪星琁重重點頭：「我明明很努力靠自己的雙手打拚，每次出遊的花費也會幫忙分擔，但伯母始終是『選擇性』地相信某些片面，對於我的付出總解讀成：是為了釣大魚而刻意演出的假象。」當一個人發自內心討厭妳時，多做只會多錯。

「黃先生或許也明白，若是幫忙妳的立場說話，極可能會惹得媽媽更加不悅，並且更認定妳是一個破壞家庭和諧、要來和她搶兒子的壞女人，所以黃先生為了『解決』問題、進而幫忙妳『加分』，只好試著改變妳，對嗎？」

「是，所以我才開始害怕，若真有結婚的那一天，我會完全喪失獨立的自主權，有了小孩之後，更加無法依照自己想要的模式來教養。」她開始反問自己，這真的是她未來想要的穩定生活嗎？

白子帆不免好奇：「為何在一起都三年多了，妳依然維持在外租房子的模式？」

「是我自己堅持的。」她解釋：「雖然他提過不少次，要我直接搬去和他同住，但礙於許多層面的考量，我仍決定保有彼此放鬆的空間。」

「那個叫欣怡的女生，是壓壞你們的最後一根稻草嗎？」他切入重點。

「不完全是，今天就算沒有欣怡出現，我們的問題終究還是存在。」逐漸進入故事的主軸，洪星琁不由得胸口一悶：「欣怡算是伯母用來拆散我們的『主力』，我介意的，是欣怡尚未進入公司以前，耀祖和她其實早就認識了，但他卻故意不跟我明說，我也繼續假裝不知此事……」

黃媽媽乍見年輕、家境好，人又單純的張欣怡，便一見投緣。經常邀她前來家裡作客，設法促成她與兒子見面聊天的機會。黃媽媽甚至謊稱欣怡是會計的遠房親戚，好靠攏彼此間的關係，讓他們更加有話題可聊。幾次相處後，已私下確認欣怡對自己的兒子極有好感，便拜託會計介紹她進公司服務，並暗中分配給兒子作為助理搭檔；為了回饋會計當初時的挖角與看好，黃耀祖理所當然、盡心投入指導關照的責任與義務，兩人的互動也就變得更為緊密。

「之後，伯母開始刻意替我們安排放假的行程，要不是找理由要耀祖單獨載她出門，不然就是拜託我哪天排假，協助她採買和忙些家裡的拜拜，偶爾也會請我載她去大大小小的宮廟求平安或者還願，擺明刻意拆散我們的相處時間。」她不是傻子，就想暗中觀看伯母下一步的行動。

「子玲既然經常在家，伯母都不請女兒幫忙嗎？」他不解。

洪星琁苦笑：「伯母很會幫忙找藉口，要不是說子玲正好有事，不然就是說她要忙著照顧小孩，不太方便，而我將來『可能』成為他們家的媳婦，正好可以提前學習。」

白子帆為此失笑：「她的女兒可以不用融入夫家，卻要求別人家的女兒『趁早』學習如何當人家的媳婦——這是哪門子的邏輯，她都不覺得很可笑嗎？」他大膽下定論：「依伯母自私的觀念與作法，肯定教兒子的是一套，教女兒的又是衝突的另外一套，對嗎？」

「沒錯。」洪星琁不由得佩服室友入微的觀察：「伯母確實是用兩套矛盾的標準來教育自己的子女，若我以子玲的模式，套用在他們黃家身上，肯定會掀起一場可怕的戰爭來。」光是買房搬出的事，伯母就極有可能會鬧自殺，更別說要掌管財務、不動產全數登記在女方名下。

「伯母會看上欣怡，應該是她涉世未深，加上思想單純，所以比較好『調教』吧！」他望著她：「其實妳的優點相當多，只可惜伯母選擇鬼遮眼，不肯加以正視和欣賞。」

洪星琁垂下臉來：「我真的不怪欣怡，她確實是一個討喜的好女孩，對於他們過從甚密的風聲，我也常睜一隻眼、閉一隻眼。」她開始切入重點：「真正把我們逼到盡頭的，是參加某個客人的喜宴。那陣子，我們大大小小的磨擦不斷，相處絕大部分的時間只剩下爭執和冷戰，感情早已徹底走了樣，只是彼此不曉得該如何處理？只好一直擱著、擺著。喜宴上，耀祖拚了命地找人喝酒，完全不聽我的勸阻，還刻意藉酒裝瘋，對我大聲咆哮，我努力忍到喜宴結束，想儘快離開，沒想到路都已經走不穩的他，卻仍堅持要自己開車上路。我們僵持了許久，直到所有的宴客全走光了，我只好搶下他的車鑰匙，然後……」她深呼吸，試著平復這陣難受：「他一氣之下，用力奪回，過程中還狠推了我一把，便帶著濃濃的醉意蹣跚離開，不放心我們的一位男性友人正好返回，為了預防耀祖真的開車上路，他連忙追上。」

洪星琁忽而撥開額前的瀏海，那兒有一道約莫兩公分長的傷疤：「我跌倒的時候，不慎被草地暗藏的尖物割傷，因此流了不少血，還是一旁撿拾喜宴回收物的阿婆發現，才火速幫忙送往醫院。」

白子帆眉頭深擰，手中的空罐在不自覺中，已揉成廢鋁：「難道他完全不知道妳的情況？不然隔天清醒後，為何沒趕在第一時間內前往探視、表達至深的歉意，居然還等到妳徹底失聯後，才頓悟事情的嚴重性，甚至怪妳小題大作，不告而別的方式有些『絕情』——這究竟是什麼情形！？」

「從剛才的對話來看，我覺得他確實還不曉得當晚的情形，畢竟我受傷的事極少人知道。在我失聯之後，有心人若加以封鎖、好好添醋一番，便會如他所認知的那樣，是我主動背棄這段感情。」她接著將當晚的情況道來：「耀祖被人送回家後，伯母聽說我們爭吵的事，加上我沒有陪同回去，於是打電話來詢問細節，得知我受傷的消息後，她除了趕緊聯絡子玲陪同往前之外，還拜託欣怡暫時來家裡代為看管。伯母一見到我，就苦苦哀求千萬不要驗傷提告、將事情鬧大！除了表示願意負起全數的醫療責任之外，只要我肯高抬貴手、放過他們黃家的命脈，她還願意多付十萬塊的精神賠償。」

「她要妳拿錢走人？」他聽出話中的語意。

「嗯，接下來伯母擺明著說，神明早指示我們命中相剋，為了不讓雙方遭受厄運的詛咒，她只好做出拆散姻緣的天罪，既然我們也確實合不來了，倒不如替自己積點善德，早日成全耀祖和欣怡。」

白子帆重重搖頭：「只能說，早點離開那群怪力亂神、是非全嚴重扭曲的瘋子，是對的選擇。」

他柔聲問：「依妳的個性，肯定連基本的醫療費都沒拿吧？」

洪星琁點頭，勉強擠出笑容：「你一定會覺得我的做法很愚蠢吧？就算決定離開，最起碼也要拿回自己應得的基本賠償，但我覺得緣分真的盡了！已經厭惡和他們再有所牽纏，只想以最快的速度劃下句點。」

白子帆確實無法認同，卻道：「我感受得到妳想斷除的決心，後來呢？」

洪星琁道出事件的尾聲：「送耀祖回家的那位朋友，略略將他在喜宴上所見的情況偷偷LINE給會計大姐，大姐隨即來電關心，並執意要立刻和我見面聊聊。」為此，她充滿無限感激：「會計大姐明白一切後，待黃媽媽一離開，她即刻開車前來，原本隔天小家庭要展開出遊的行程，卻因為我的事而緊急喊暫停。他們夫妻完全遵照我想要的方式進行，我才能以最快的速度完成一切手續，並且在他們祕密的照護下，將大致的狀況都養好、穩定，才敢打電話告訴我姊，說我即將『放假』回高雄。」

「妳們雙方都和會計熟識，有沒有可能新的聯絡方式是從她那裡洩露的？」

「不可能。」洪星琁一臉篤定：「大姐為人可靠，和我的成長背景有些相似，所以私下對我總是如家人般地疼愛，會和耀祖交往，也是她幫忙促成的，但隨著我們發生層出不窮的事件後，她才徹底看清楚黃媽媽的為人，所以她一直深感自責，但礙於他們兩家人有一定的交情在，她不便正面批評或拆穿伯母的謊言，只好努力將所知的消息全都告訴我。」她不免洩氣：「剛才我真正難過的，是耀祖始終不肯說出實情，在伯母刻意的促成下，他和欣怡兩家人其實有過幾次的聚餐活動，就連照片我都看過。」沒想到她不愛查勤、不亂碰對方的手機，徹底尊重個人的獨立和隱私，卻成了利於對方掩飾犯行的最佳工具。

「妳還真不是普通的沉得住氣，既然都已經知道了，何不早點攤牌呢？」

洪星琁苦笑：「可能很想知道，他究竟會如何面對與抉擇吧？」

「黃先生既然還掛念著妳，為何會迅速與欣怡展開交往？」

「伯母深怕我受傷的事會產生不必要的變數，為了不讓她的苦心前功盡棄，於是拜託欣怡合演一場戲，她便能趁機施壓；耀祖誤以為那晚他喝酒誤事，不慎和欣怡發生關係，所以陷入分手與負責的兩難之中。」她扯開一個沒有笑意的笑容：「這樣也好，他不敢主動前來找我的那幾天，正好給足了我醞釀離開的機會。」

「伯母真是本土劇看太多了，不簡單！」白子帆有感而發道：「我突然同情起黃先生的處境來，明知自己母親的作法不對，卻又礙於她辛苦拉拔自己長大、不忍心傷她，只好壓抑自己，一味配合，沒想到卻重重傷害了妳，同時也賠上自己三年多的感情；而伯母愛孩子的方式完全用錯方式，這一類親情式的勒索與操控，在傳統家庭十分常見，未來只怕得犧牲更多的代價，來品嚐自己種下的苦果。」

洪星琁的眸光流過不少思緒：「我其實很努力勸自己，既然選擇了『放下』，就不要去憎恨伯母，畢竟換個角度來想，她也是一個辛苦持家的好母親，所以我最後能做的，就是徹底把她的兒子歸還給她，從此互不相欠。」

白子帆睇著她，心中五味雜陳：「再次面對他，妳肯定很難受吧？」

洪星琁不哭反笑，只簡單說：「痛一痛就過去了，我很清楚彼此只是對方生命中的過客。」

「這個事件對妳產生的影響是什麼？」他關心問。

洪星琁眺望眼前的海景，沉吟一會兒後，才道：「我覺得自己將來得耗費很大的心力，才可能重建愛下一個人的自信和勇氣。」她突然笑望著他：「很感謝你帶我來這裡舒解鬱悶，『海闊天空』的心境，我已深刻領悟。」

望著她將所有的不愉快，全數沖向滾滾的大海，他滿是欣慰。

「妳受傷的事，妳姊他們完全不知情？」

洪星琁搖頭：「與其多一個人難過、替我抱不平，讓整起事件變得更加複雜、難以收拾，倒不如負面的情緒全終結在我這裡。」

「妳其實沒必要這樣委屈自己，或許，對方就是看中了妳不愛惹事生非的弱點，才會如此得寸進尺。」白子帆的表情頓時嚴肅，並道：「我覺得我們之後的喜訊，妳還是別讓姓黃的傢伙知道會比較妥當，免得他哪天又情緒失控，派人來砸場鬧事，到時候，我可能無法顧及妳的面子，絕對會狠狠揍他一頓。」他的手不禁發出折動關節的喀喀聲響。

為此，洪星琁差點笑噴：「放心，有你精湛又過人的演技，他不會再來了。」

白子帆也跟著暢笑，並提議：「有興趣在港口附近走走嗎？」

「好哇。」洪星琁正打算動作，突然瞥見自己的右手邊有某個東西在擺動。定睛一看，竟是大蟑螂的觸鬚，牠正沿著垂面逐漸爬上岸，教她徹底驚嚇！她趕緊收手，試著往左側移動，卻又赫然發現——左手邊亦停了一隻覓食中的大蟑螂。

「啊……」左右同時遭受夾攻之下，她頓失重心，眼看就要跌落一層樓高的堤岸。

「小心——」白子帆及時伸手攬住她，使勁一拉後，兩人便一塊倒臥岸緣。

洪星琁一回神，便急忙起身探看他的情況，因為方才已明顯感受到，室友不慎擦撞上後方的矮泥柱。

「還好嗎？是撞到哪了？」她拚命在他身上找尋異狀，發現他一動也不動時，可真的嚇壞了。

「帆師兄，聽得到我說話嗎？」她輕晃著他，卻不見任何反應，已果決拿出手機準備求救。

「我沒事。」白子帆連忙出聲。

「太好了……」聽見溫暖的嗓音，洪星琁分外激動：「有撞到頭嗎？」

白子帆緩緩坐起，以笑容向她報平安：「只是撞上左側背而已，保證沒有任何的危險性。」

「我看看。」洪星琁拿起手機探照他的傷勢，發現白襯衫不僅磨破了，上頭還暈染著朵朵的斑紅。

「你流血了！我們立刻叫車去一趟急診室好嗎？」她自責含淚。

「不用麻煩了，應該不嚴重，回去自行上藥即可。」白子帆努力安慰後方人：「幸好妳沒有真的跌下去，不然後果恐怕不堪設想。」

洪星琁主動掀起他的白襯衫，想暫時以面紙止血：「我倒還寧可是自己跌下去……」

「妳確定？下面又暗又雜亂的，究竟會撞到哪、摔得如何？真的很難說喔，況且底下還有不少蟑螂和老鼠……嘶──」他因傷口刺痛而低叫出聲，連帶著繃緊身體。

洪星琁焦急蹙眉：「是我太不小心了，我們立刻叫計程車回家處理。」

「別擔心，我們的司機應該就快到了。」白子帆隨後取出手機，並開啟某個系統瀏覽。

「你朋友？」洪星琁睇著螢幕問：「……這功能是？」

「上次約吃飯的烏龍事件發生後，我們共同下載了這個軟體，只要開啟定位功能，就能清楚看見彼此目前的所在位置，不過只有特定的情況才會使用，平時則一律關閉。」他朝她一笑：「有興趣的話，改天再教妳如何下載與操作。」

不久後，入口處出現熟悉的身影，白子帆於是站起出聲：「鄭修，這裡。」

騎著折疊腳踏車的鄭修揮手回應，並來到兩人跟前，主動道：「星琁妳好，初見次面，我叫鄭修，今天要充當你們的臨時司機，很高興認識妳。」

「你好，不好意思，要麻煩你載我們一程了。」她發現對方是個親切的陽光型男。

白子帆進一步介紹：「鄭修、屋主和我，都是從小一塊長大的好朋友，鄭修的媽媽同時也是我和屋主的乾媽，她常年代替屋主維護別墅的機能和潔整，可說是我們幕後的大功臣，有機會再介紹你們認識。」

「真的呀，那我真該當面感謝她，讓我搬了一次最輕鬆的家。」她真誠表示。

鄭修雙手一拍：「太好了，我正愁該如何開口呢！」他順勢展現誠意：「星琁，我媽聽說妳是首位入住的房客，然後和子帆又相互認識，她覺得這個緣分實在是過於巧妙，加上她辛苦多年的心力總算有了『代價』，因此興奮地想認識妳，所以請我務必代為傳話，邀請妳下週六前來家裡作客，雖然有些冒昧與突然，但很希望妳不要拒絕家母的一番好意。」

白子帆當場失笑，這果然是乾媽向來的處事風格。

「我……」洪星琁不曉該拒絕或者答應，只好偷覷一旁的他。

白子帆於是將車鑰匙交給鄭修，並示意他先去發動車子。

離開前，鄭修笑著暗示：「待會見，希望上車後，能聽到令人滿意的答覆。」

待對方確實騎遠後，洪星琁連忙問：「我該答應嗎？」

「嗯，不然以我乾媽熱情又積極的態度，肯定會三不五時前來門口按電鈴，直到妳當場答應為止。」

白子帆接著小聲爆料：「其實七夕那天，我原本答應要回去吃她煮的痲油雞飯，結果卻臨時放她鴿子。」

意會後，洪星琁立即赧然：「不好意思，都怪我那天害你失約。」

「不要緊的，我早已編個理由唐塞。」他忽而表示：「其實，我已經一段時間沒回去陪乾媽他們吃頓飯了，如果妳肯答應陪同的話，有客人在，她要叨唸也會比較節制一些，所以妳就當作是幫我個大忙，迫例答應一位陌生長輩的邀約，這樣鄭修回去也會比較好交代。」

室友都這麼說了，洪星琁也只好點頭：「好。」

白子帆笑如彎月：「那就先代替乾媽感謝妳了。」

第十一章 醞釀

正式上班後的第一個週休假期，洪星琁同姊姊一家人來到知名的大型賣場閒逛。他們一路逛至場外的商店街，最後決定小組分散，待會再一塊會合吃午餐。

洪星琁獨自帶著小外甥走進男飾店，認真挑選要賠給室友的白襯衫。

她一路往內部參觀，餘光卻瞥見一旁突然來了個人。由於距離煞是貼近，她便主動挪開一步，但沒想到……無論她移到哪，那人卻始終刻意緊黏著她不放，擺明是針對她而來。

洪星琁抬頭覷向來人，卻換來一陣不小的驚詫——因為，對方既不是什麼怪叔叔，更不是來推銷商品的店員，反倒是令人驚豔的時尚美人。這也難怪她會有如此般的反應，除了難得近距離欣賞如明星般的美女之外，從對方鑠然的眼神中，她也明顯感受到一股來勢洶洶的敵意。

洪星琁無法理會這股不友善從何而來，因為，她壓根不認識對方。

「小姐妳好，請問妳……？」洪星琁禮貌性詢問，就怕對方尋錯對象。不僅是她的目光一度膠著，就連幼小的吳喬安也因眼前的阿姨打扮得過於鮮亮，一眨也不眨，直直盯著她。

姚亮謹正銳眼打量她。對於眼前人脂粉未施與一身平價的裝扮，不免一番鄙夷。認真說來，對方不過就是五官勉強稱得上清秀，加上修長的身形略勝一籌罷了，剩下的……漬！幾乎沒有一項夠格與她匹敵。

「我來請教妳一些問題，請妳老實回答。」姚亮謹開門見山道：「聽說子帆和妳已經交往一陣子了，為了妳，還特地在郊區買了一間獨棟的房子，所以近期才會搬離原來的住處——這些，全都是真的嗎！？」她死瞅著對方，灼亮的雙瞳猶如問訊時的逼供燈火。

「……」洪星琁瞬間意會對方的身分。原來，正是大名鼎鼎、公司無人不曉、室友急欲甩開的瘋狂口香糖——姚小姐本尊。

她萬萬沒想到，自己能有這個「榮幸」近距離一睹她的「風采」，並且還是在這種情況之下——莫名從看戲叫好的觀眾，無端遭捲入事件的舞台，甚至還是在未被告知、未給劇本的情況下，獨挑女主角的大梁——這場「正宮」和「小三」正面迎擊的高潮戲段，連她都覺得過於精彩可期。

洪星琁即刻恢復冷靜，決定隨機應變：「我和子帆的事，一向都很低調，沒想到還是被人發現了，不曉得『姚小姐』是如何打聽到的？」

「妳認識我？」姚亮謹挑眉。

「當然，關於妳的事，子帆都有老實告知。」

姚亮謹毫不客氣道：「從我掌握子帆的行蹤開始，能打聽的細節一個都沒放過，突然跟我說他有一個穩定交往的女朋友，我哪會輕易相信？別以為他突然搬家、隨便編個謊言打發，就能輕易把我唬嚨過去。」她揚起下巴，傲睨著說：「妳是哪裡來的臨時演員？子帆又給了妳多少好處？如果妳肯老實說出的話，我願意支付妳三倍的金額作為補償，到時候，妳就可以拿這筆錢好好地改造自己，或許，很快就會有其他異性會勉強看上。」

洪星琁不自覺笑出聲來：「我怎麼會是臨時演員呢？過去，妳之所以沒打聽到我，全是因為我長年在中部工作，但，並不表示我不存在。」她故意道：「子帆一直希望我能夠回到南部陪伴他，特別是姚小姐出現之後，我一來對子帆深感虧欠，二來也被他示出的善意所感動，才決定辭掉工作，好好和他享受久別的兩人世界。」她笑著感謝：「若非姚小姐幫忙推了一把，不然，我們現在恐怕還得天天透由視訊，一解兩地的相思呢！」

姚亮謹仔細觀察她面上的反應，想找出一些破綻：「既然這樣，妳『男朋友』今天休假，怎麼不見他陪同前來？」她一副等著看對方出糗的模樣。

洪星琁不疾不徐解釋：「如果姚小姐昨晚『正好』跟縱我們的話，就會曉得他為了保護我，不慎受了點傷，所以我請他務必在家好好休息，免得牽扯到傷口。」

「我不信。」她可不是省油的燈。

洪星琁於是從側揹包內取出手機，並秀了幾張照片：「這是早上幫他上藥時，順道拍攝的，系統上面所顯示的日期是不可能造假的。」她笑得別有用意：「如果我們的關係不夠『親密』的話，又怎能有機會近距離拍到這些？」

姚亮謹狠盯著螢幕瞧。只見心上人裸著誘人又結實的上半身，還比出俏皮的勝利手勢，而他的背上確實有一片色澤鮮紅的傷口——她的面色不禁當場垮下。

洪星琁收妥手機，接著顧盼眼前的商品：「姚小姐來的正好，我覺得這裡的款式與顏色，穿在子帆身上都十分迷人帥氣，但我一直拿不定主意該買哪幾件，不如姚小姐幫忙指點一下，相信以妳對子帆『高度』的了解，和對穿著的要求與高品味，肯定能讓他展現更有別於以往的手采。」

「哼！」姚亮謹甩開臉，精緻的臉龐已明顯抽搐。

「阿媽、阿媽，抱。」難得安靜的吳喬安總算出聲。

洪星琁於是抱起小外甥：「姚小姐，妳死了這條心吧！子帆那天已經當面向妳表明他的立場，加上他很講求個人的隱私，姚小姐若想替自己加分的話，就千萬別再踩『跟縱』的地雷，免得惹得他更加反感、不高興。」她擅自替室友下猛藥：「我們之所以會買房同居，全是因為有結婚的打算，很希望能得到姚小姐的祝福。」

「阿媽、阿媽。」吳喬安忍不住打斷，他指著姚亮謹的臉，以台語說：「有鬼、有鬼。」

「你──」姚亮謹七竅生煙，已氣得掄起拳頭。

「等等，他不是這個意思……」洪星琁急欲解釋。

「別高興得太早，總有一天，我一定送上讓妳永生難忘的大禮。」撂話完，她隨即跺腳離開。

望著「沖沖」離去的背影，洪星琁不禁搖頭。她輕捏小外甥的面頰，說：「安安，那位阿姨嘴巴上油油亮亮的東西是珠光唇蜜，不是我們喝的水啦。」這真是一場美麗的誤會。

洪星琁在服飾店結完帳後，牽著小外甥步出店面，正好瞧見熟悉人迎面而來。

「小媽、安安。」吳喬心火速拿起手中的戰利品：「你們看，楠茜阿姨送我的桌遊。」

「有跟阿姨說謝謝嗎？」洪星琁笑問。

「當然有。」吳喬心好奇探看小阿姨提袋內的商品：「這些全是要買給子帆叔叔的衣服嗎？這三種顏色穿在他身上都很好看耶！我來幫妳。」她迅速接過手，一想起照片中的傷況，又再次表示：「我還可以再打電話給叔叔嗎？他現在一定還很痛。」

洪星琁笑著交出自己的手機：「記得，買衣服要還他的事，千萬不能說溜嘴。」幸好早上幫忙上藥時，她臨時提議拍照紀錄。原本是打算回饋給喬心這個小粉絲關心，卻沒想到，竟也意外用於室友的「痴心鐵粉」上。

王楠茜笑著走來：「時間到了，該回去集合了。」她望著吳喬心講電話的模樣，也跟著關心：「妳室友的情況還好嗎？」

「還可以，不過得勤換人工皮就是了。」室友受傷的事，她並未透露完整的細節，當下僅以「不慎幫忙她而受傷」簡單帶過，並拜託室友務必和她的說法一致。

王楠茜貼心說：「既然你室友不方便自己換藥，不如吃完飯後，妳早點回去吧！」

「嗯。」她確實有這個打算，特別是曉得他會乖乖在家休息、決定不外出之後。

洪星琁接著上前搭摟好友的肩：「親愛的老闆娘，我已經聽妳的話順利找到工作了，現在可以正式還錢了嗎？」好友代墊的詳細金額，她至今仍不得而知。

王楠茜搖頭：「不行，等妳領到第一份完整的薪水再說。」瞧見吳喬安開始不安分地亂跑，她見機快閃：「我先去追安安。」

「星。」此時，吳學仁夫妻正好於不遠處的美食街口揮手：「吃飯嘍。」

⟡

「伯母。」張欣怡一下班，就急忙趕來男友家探視。

「欣怡，妳總算來了。」蔡月華朝屋外探了探：「快進來吧。」

一關上大門，蔡月華急忙問：「耀祖究竟怎麼了？突然請了幾天假，剛才又喝醉酒被朋友送了回來。」如此熟悉的情節似乎不久前才發生過，讓她掩不住憂心：「你們吵架了，還是……？」

張欣怡也無法理解：「並沒有，不過他最近變得有些神祕，還希望我暫時放他幾天假。」

「怎麼會這樣呢？」

「伯母，我先進去看他的情況。」

「快去快去。」

張欣怡一進入房間，便聞到滿室的酒臭味。她走近床鋪，只見男友正安靜地醉躺上頭。

「耀祖，還好嗎？」她坐於床沿輕喚。

黃耀祖隨即翻了個身，並伸手環抱她：「難道我的條件還不夠好嗎？」他沒頭沒尾道。

「怎麼會呢？」張欣怡像哄小孩一般：「你忘了自己目前是公司最當紅的門市嗎？有多少人羨慕你接案和催片的功力，就連經理也常拿你優異的成績要其他同仁多多看齊。」她不禁撫著他帥氣的臉龐：「有時候看你和女客人有說有笑的，連我都會忍不住吃醋呢！你無疑是人人都喜愛的萬人迷，除非是酸葡萄心態的人，不然，哪有人會真正討厭你。」

「既然如此，為何我已經拋開一切，展現難得的低姿態了，『她』還是狠下心來拒絕呢？」他像受了傷的大男孩般，正渴求答案：「我不曉得究竟跟她提過多少次，她始終不肯答應，如今不僅有了新歡，甚至還火速和對方展開同居——這究竟是為什麼呢？」他不自覺握緊她的手。

「耀祖，輕、輕一點，這樣我很痛。」

黃耀祖立即鬆手，並改為平躺的姿勢。他雖以手臂掩住眉目，但模樣仍看得出掙扎與痛苦：「就因為對方的條件比我好，給了她一間夢想中的『家』嗎？」

「你在說誰？」張欣怡一頭霧水，卻清楚瞧見他手臂上的傷痕。

黃耀祖自顧著說：「她的改變之大，真的讓我感到好陌生。」下一秒，他突然大動作起身，並抓著她的雙臂問：「難道，她真的如同媽所說的那樣，只是一個愛慕虛榮、用盡心機做表面功夫的女人？」

張欣怡倒抽一口氣，瞬間明白那個「她」，原來是自己深感威脅、始終活在男友心中的勁敵。

她努力壓抑泛濫的酸楚，並將他輕推回床上平躺：「不要胡思亂想，你的優秀大家有目共睹，如果對方真的是那種膚淺、只重金錢的女人，她也配不上你。」她幫忙取來棉被：「如果我們能從一個事件中，徹底認清一個人的真面目，這也是很寶貴的教訓與收獲，你只要記得，我比她更愛你、更加適合你，這樣就好了。」

「對，幸好還有妳。」黃耀祖喃喃道，在她的輕哄下，緩緩閉上眼。

「好好睡一覺吧，希望明天過後，又能看見那個充滿自信的你，晚安。」

「嗯。」黃耀祖懵懵回應，接著沉沉睡去。

張欣怡無聲離開床鋪，並火速取來男友放於一旁的手機。

她熟練地解開螢幕鎖，並仔細瀏覽近期可疑的相關紀錄。鎖定某個號碼後，接著將它輸入自己的通訊名單中。完成後，將該門號自男友的手機內徹底刪除。

星期一普遍是上班族最為渙散的工作日。

但中午一到，澐海公司內，卻充滿歡聚的熱鬧與氣氛。

即便熱騰騰的便當擺放在眼前，他們卻不為所動，好似光沉浸在聊天之中，就足以飽餐一頓。

洪美吟搶先報：「上個星期五，你們前腳一離開，姚小姐後腳馬上進公司，她劈頭就狂問：子帆為什麼突然搬家？你們把他藏哪去了？還不快點告訴我……」

接著輪到陳湯尼：「她那股不饒人的氣焰，搞得像是來汽車旅館抓姦似的，我們幾個差點就下跪道歉了呢！」

黃少奇用力點頭：「真的！我嚇得內褲都濕了，晚上睡覺還作了個惡夢。」

「結果呢？她最後是怎麼離開的？」洪星琁被他們幾個精采的開場，逗得笑喘不已。

陳湯尼和黃少奇不約而同指向某人。

洪美吟翹著尾巴說：「我就編個謊言欺騙姚小姐，說帆哥已經有穩定交往的女朋友了，他之所以會突然搬家，全是為了和女友共築愛巢，然後就成功把她氣跑了。」

「錯，還少了一句重點。」黃少奇幫忙補充：「美吟姐居然還毒舌問她：今天吃藥了嗎？要不要考慮換個精神科醫師，不然病情好像越來越嚴重了呢！」

「哈哈哈！」洪星琁又是一陣不小的笑意：「難怪她會跑來質問我，原來兇手就是美吟。」

「什麼意思？」他們三人齊聲問。

一旁陪坐的白子帆總算開口：「上個星期六，姚小姐居然找上我們新同事。」

「真的假的！？」他們三人差點跳起來：「這太誇張了吧！」

「嗯。」洪星琁於是將當日的情形，重點式的說出。

洪美吟一臉罪過：「星琁，真不好意思，竟然誤打誤撞把妳拖下水。」

「沒關係，妳也是一番好意，我只是很佩服姚小姐肉搜的效率。」洪星琁頗有信心道：「我相信這次她會徹底放棄了。」

「星琁，幸好妳夠機警，才順利把姚小姐唬了過去。」陳湯尼鬆一口氣：「不然我還真怕美美家哪天會遭人潑漆呢！」

黃少奇嘖嘖稱奇：「姚小姐她們家，難不成是開徵信社的？」

洪星琁不免擔心：「親身領教後，我發現她確實病得不輕，這樣真的有辦法正常工作嗎？若是私生活嚴重影響形象的話，會不會……」

「所以，第二波的廣告我早就建議換角了。」白子帆道。

「幸好她只是廣告在網路上竄紅，實際上真正認識她的人並不多。」陳湯尼進而分享小道消息：「聽說姚小姐最近脫序的情形越來越嚴重了，搞得連自家經紀公司都哀喊吃不消！原先排定接洽的案子全數緊急喊暫停，所以，後續的問題肯定夠她忙的了。」

「這麼嚴重呀……」姚小姐的情況令洪星琁頗感同情，不自覺瞥了室友一眼：「真好奇他們前世究竟是造了什麼『因』，才會導致今世糾纏的業果？」

「還能有什麼因？」陳湯尼代答：「除了卡到『陰』之外，我想應該沒有其他答案了。」

「哈哈哈！」現場除了白子帆之外，幾乎全笑得東倒西歪，笑點頗低的洪星琁尤其嚴重。

白子帆冷不防敲了一下笑趴的室友：「還笑，都不怕她後續的不順遂，會全怪罪到妳頭上嗎？」

他接著宣布：「我已經聯絡好廠商，之後會將辦公室的大門改為刷卡式，以防閒雜人等任意出入。」

「確實有必要。」陳湯尼贊同。

「星琁，妳之後最好盡可能別落單，小心為妙。」洪美吟好心提醒。

「嗯，妳也是。」洪星琁點頭感謝。

「大家快吃飯休息吧！再聊下去恐怕就影響胃口了。」陳湯尼以代理負責人的身分發號。

看見豐盛的菜色，黃少奇已忍不住動筷：「突然覺得好餓喔。」

正要動手的洪星琁猛然想起一件事，於是以眼神示意一旁的他。

白子帆理解換藥的時間已到，於是站起身：「你們先吃吧。」

陳湯尼三人就這樣目睹他們兩人離席。待辦公室的門一關，黃少奇立刻問：「他們在幹嘛呀？」

陳湯尼扯開一個超級大笑容：「小孩子別問那麼多，乖乖吃飯就對了。」

「對，吃飯皇帝大。」洪美吟笑著附和。

「我覺得你們兩個有事瞞著我。」黃少奇直覺道。

「你想太多了。」洪美吟頓時聽見自己辦公室內的手機鈴響，連忙小跑步前往：「喂，又婷嗎？嗯，我們正要吃飯，帆哥今天在，不過目前在忙，怎麼了？」她邊聽邊走回餐桌，下一秒，卻高分貝大喊：「這、這麼快！？」

✧

十多年來，李淑珊已不曾如此雀躍了。

盼了一個禮拜，今天，心中的貴客總算即將蒞臨家中。

一早，李淑珊便在老公的陪同下，前去市場採買豐盛又鮮新的食材。夫妻倆已摩拳擦掌，打算好好大秀拿手的廚藝招待嘉賓。

洪星琁星期五一下班，便直接返回姊姊家過夜。白子帆早上特地開車前往女方家接送，順道入內與其家人寒暄幾句。

中午十一點，熟悉的白色休旅車準時出現，鄭修見客人抵達，即刻上前迎接：「歡迎光臨。」他貼心代開車門。

「鄭修叔叔好。」首位下車的是吳喬心。

「你好。」緊接著是洪星琁，而她手裡還抱著吳喬安：「不好意思，他們硬要跟來，我只好……」她尷尬地指著兩位外甥。

鄭修爽朗一笑：「沒關係，人多才熱鬧嘛！妳肯答應前來，還幫忙帶了兩位小客人，我們高興就來不及了，統統請進。」

鄭修招呼他們入座後，便走往廚房的方向，以台語大聲廣播：「爸媽，客人來囉。」

不久，一名六十歲左右的男子興奮衝出，鄭修連忙介紹：「星琁，這位是我爸，他叫鄭成七，大家都習慣叫他『七仔』。」

洪星琁連忙起身：「七仔叔您好，初次見面，很高興認識你。」她此刻的心情其實有那麼一丁點複雜。因為室友已提前交代，不得攜帶帶任何的伴手禮前來，否則兩位長輩一律退還處理；而她確實遵守了，但，卻「多帶」了兩個前來白吃白喝的小鬼頭。

「好好好。」鄭成七一聽見「七仔叔」的稱呼，早已笑得合不攏嘴。更別說仔細欣賞她一番後，更是激動地扯開嗓門：「淑珊，快點！客人來了——」

「來了、來了。」

洪星旋瞧見一位婦人匆忙出現，儘管汗流浹背，卻以最熱情的笑臉出場。她連忙道：「淑珊阿姨您好，久迎妳的大名，很感謝妳平時用心的維護與打掃，以及今日的邀約，辛苦了！」

李淑珊面對客人得體又亮眼的表現，滿意全寫在臉上：「妳叫星琁對不對？」

「是。」洪星旋靦腆一笑。

下一秒，李淑珊已摯起她的手：「好孩子，阿姨等妳『好久』了，沒想到妳本人還比我『兒子』形容得更為漂亮！」她話中有話。

「哪、哪裡……」面對如此熱情的長輩，洪星旋只能不停地傻笑。為了幫自己解圍，她連忙呼叫外甥們：「喬心、安安，還不快點過來叫鄭修叔叔的爸爸和媽媽。」

「阿公、阿嬤好。」吳喬心姊弟早有備而來。

鄭成七夫婦被突來的稱呼灌得樂不可支。

「哇，原來今天還來了兩位小客人呀，讚讚讚！」鄭成七立刻彎下身來：「弟弟，你叫什麼名字，今年幾歲？」

「安安懶睡。」吳喬安立刻回答。

「啥？」鄭成七有聽沒有懂。

「我弟弟他叫安安，今年『兩歲』。」吳喬心貼心翻譯。

「哈哈哈，怎麼這麼可愛啊！」李淑珊開懷大笑：「媽媽真厲害，生了一男一女，正好湊成一個『好』字。」她抱起完全不怕生的吳喬安，表情更為激動：「原來當爺爺奶奶的感覺是這麼好，真希望能快點抱孫子。」

「就是說呀。」鄭成七撫著吳喬心的頭頂，完全認同。

洪星旋連忙介紹：「淑珊阿姨、七仔叔，他們是我姊姊的小孩，一個叫喬心，一個叫安安，不好意思，沒事先告知就帶了過來。」

「這麼客氣幹嘛，只要是客人我們全都歡迎，下次儘管帶來家裡玩。」鄭成七接著對吳喬心說：「阿公昨天正好向剛進港的漁船買了很多新鮮的第一手海產，保證絕對沒有亂泡藥水，待會多帶一些回去給爸爸媽媽煮。」

「多謝阿公和阿嬤。」吳喬心以台語答謝。

「這孩子教得真好，我喜歡。」李淑珊於是吆喝：「兒子快點，去冰箱拿我煮的仙草蜜盛給兩個寶貝喝。」

「遵命。」鄭修笑著上前。

白子帆傾向她，含著笑說：「看吧，就跟妳說，妳的顧慮完全是多餘的。」

洪星琁望著眼前一拍即合的良好互動，頗為感動：「難怪他們吵著要跟來，你完全不阻止，原來如此。」如同室友所說的那樣，乾爹和乾媽極為好客與隨和，在他們「最要好的朋友」離開人世之後，他們深刻領悟到人生如寄，名利確實沒啥好爭的，唯有把握當下、珍惜擁有，才最為重要。

忙完一個段落的鄭修笑著走來：「小孩就放心交給他們玩了，星琁，走，我帶妳上樓參觀。」

多虧鄭修提供不少童年私藏的絕版玩具。在大伙飽餐之後，吳喬心姊弟才能在一旁玩得盡興，而他們幾位大人也得以聚在客廳好好暢聊一番。

李淑珊率先關心：「星琁，聽說妳只幫忙到昨天，又沒人趕妳走，怎麼不乾脆做到月底呢？」

洪星琁笑了笑：「我能幫的忙，肯定不如原先的藍小姐，既然她已經做好準備、表示隨時可以回來報到，乾脆就讓她及早歸隊，好利於公司的運作。」雖然說得灑脫，但她其實很捨不得公司的友善氛圍與幾位好同事。

鄭修問：「有特別想找哪一類型的工作嗎？我們可以幫忙注意。」

「目前其實沒有特別受限，只要工作內容適合自己，若又有不錯的薪水福利，就算是外縣市或是國外的駐點職缺，全都可以納入考慮。」

鄭成七脫口：「這樣正好，我有位朋友在大陸工作，聽說他們公司目前正好缺……啊——」他突然慘叫一聲，只因左右腳不約而同，皆遭旁人狠踩著。

「七仔叔，你怎麼了？」洪星琁欲起身關心。

「沒事、沒事。」李淑珊趕緊請客人回坐：「他吃飽後，都習慣突然大喊，好幫助消化。」她瞥了頗有默契的兒子一眼，示意兩人可以同時收腳。

為了不讓狀況外的另一半多嘴壞事，李淑珊於是取來一份報紙丟給他：「你——從現在開始，給我安靜、不准出聲，好好研究上頭的數字，晚一點，會有人打電話來向你『請示』。」

白子帆總算開口：「新工作的部分，我已經幫忙接洽了，或許這幾天就會傳來好消息。」

「不好意思，又得麻煩你了……」對於室友不忘當初時的承諾，洪星琁十分感動。

昨晚一下班，室友便交給她一個信封袋。她返回姊姊家後打開來看，這才發現是提前發放的工作薪資。若以實拿的金額換算成代班的工作天數，公司給予她的日薪，堪稱相當優渥——優渥到，一度讓她誤以為是計算錯誤，還特地打電話向室友詢問。

李淑珊跳出來表示：「能認識就是有緣，所以朋友之間本來就該互相幫助，在自己的能力範圍之內，哪有什麼麻煩不麻煩的？妳就別跟子帆客氣了，等他的好消息就對了！」接著，她跟乾兒子說：「星琁的新工作確定之後，記得知會我一聲，免得我一直替她擔心。」

「喔，老媽，才第一天見面就關心成這樣，都不怕有人知道後，會嚴重吃醋嗎？」鄭修暗指在台中工作的妹妹。

「吃醋？」李淑珊瞬間提高音量：「拜託，你女朋友每次來家裡作客，我們哪一次不是用相同的規格款待？你自己摸著良心說，她曾經幫忙洗碗收拾嗎？每次見面還要我們主動請安問候，真不曉得她的父母是怎麼教的？居然連做人最基本的禮貌都不要求，就算家境再好、學歷再高，有什麼屁用？書還不是全讀到背部去了！」她越說越上火：「你今天真該帶她家裡，好好跟星琁觀摩學習，人家頭一天來的表現，就足以抵掉她一整年來的成績，拜託她快點搭時光機回到二十一世紀，別只會活在古代模擬皇后娘娘的內心戲。」

「……」鄭修臉都黑了。沒事挖洞給自己跳幹啥呢？今天過後，他很肯定耳根子再也無法清靜。

「活該。」被下達封口令的鄭成七，忍不住丟出這句話。瞧見老婆大人射來警告的目光，他趕緊拉上嘴巴，繼續鑽研他的「功課」。

李淑珊火山爆發的怨言，已引來吳喬心的注意。

「七仔阿公，你在做什麼？」吳喬心湊近一看，只見報紙上密布著奇怪的數字，就連卡通圖形也多以數字構成，令她好奇不已。

「呃……」鄭成七不知該如何解釋，加上此刻也不容他解釋，只好以眼神求助。

一旁的鄭修代答：「是這樣的，阿公從小對數字就有敏銳的天分，但以前環境不好，所以欠缺長輩的栽培，長大精通理財後，打算出書教大家儘早學會投資，目前還在研究該怎麼教？才能讓別人一學就懂，由於過程中必須全神貫注，所以才不便開口。」

鄭成七猛點頭。不得不佩服兒子的機智反應，果真有遺傳他優秀的基因。

「哇！」吳喬心一臉崇拜：「我聽學校的老師說，要完成一本書的出版得花費很多的時間和精神，所以阿公真的很不簡單！」她進一步追問：「阿公是受什麼人的影響？有想好書名和筆名了嗎？」

鄭修隨口說：「阿公很想向暢銷作家『九把刀』看齊，所以，決定取一個比他更為厲害的數字筆名——叫『十把米』，書名則暫定為『投機不早』。」他細心解釋：「別小看這個書名，它可是大有學問，主要是傳達，若不趁早開竅、把握良機投資的話，就可能錯過幫自己累積財富的大好機會。」

鄭成七比讚稱許。只不過……投機不早？十把米？這話聽起來怎麼好像有那麼點耳熟？

「哈哈哈！」一旁的白子帆和洪星琁早笑到一個不行。

此時，欠缺玩伴的吳喬安也丟下玩具跑來湊熱鬧，於是鄭修便提議：「天氣這麼熱，你們想吃冰消暑嗎？大坪頂有一間獲獎的冰店，不如我們開兩台車一塊去品嚐。」說完，果然引發孩子們的熱烈迴響。

「說走就走。」鄭修立即拿起車鑰匙。

為了幫忙製造獨處的機會，李淑珊趕緊暗示老公，一人帶一個孩子上車：「小朋友，吃完冰後，我們再請鄭修叔叔載你們去附近的『植物園』走走，你們說好不好？」

「好！」吳喬心姊弟倆就這樣興高采烈地跟著上車。

洪星琔笑著搖頭，不禁問：「他們以要是常吵著要來，那該怎麼辦？」

「很好啊，一通電話，到府接送。」說完，白子帆突然表示：「晚上妳儘管回妳姊家過夜沒有關係，上藥的部分，我再請鄭修代為處理。」

「這樣好嗎？」她昨晚沒幫上忙，已有些過意不去。

「放心，這幾天的晚上我們正好一塊有活動，而且傷口復原良好，已經不用頻繁地更換。」他代為開啟副駕駛座的車門：「上車吧，孩子們等不及要去吃冰了。」

第十二章　黃槿花之眷

「星，晚上八點有空嗎？想和妳洽談新工作的事。」

發現系統跳出的預覽話框，洪星琁連忙按下「顯示」來收看全文。

她十分訝於所見的一切。因為不久前，她和外甥生們才被室友送回家，沒想到，兩人晚上又即將再次見面。

為了感謝室友的積極安排，以及配合新僱主方便的時間，她立即回覆會準時赴約。

洪佩嫻得知妹妹今晚將參加一場如面試般的重要約會，為了盡上「一臂之力」，她立即表示要包辦一身的赴約裝束，並會請先生開車護送，好讓她安然抵達現場。

洪星琁實在有些受不了姊姊的老毛病又再次發作，加上有了上一次的慘痛教訓後，她已有所陰影，因此並不打算理會和妥協。但在全家人輪番上陣的說服兼「表決」下，四對一的結果，她這個「少數」顯然是非答應不可。

洪星琁要求務必以「簡約大方」為主軸，否則，她倒還寧可以自己習慣的模式自在赴約。

洪佩嫻忙拍胸脯答應。在妹妹提前洗好澡、用完餐後，她便開始著手。

成果揭曉的一刻，他們全目不轉睛地欣賞，就連洪星琁初見鏡中的自己，也被意外的好效果怔得好半晌。

她臉部的妝感異常薄透貼合，令五官更為立體靈秀，穿上白色系的涼鞋與杏色的雪紡洋裝後，整體的氣色又因此襯得更為和悅透亮；她柔順的長髮梳整完畢後，自然垂曳一側，頸上則佩戴唯一的珍珠飾品——光是這樣重點式的烘托，已將出眾的氣質臻至完美。

洪星琁和姊夫道別後，便提前進入眼前的店家。她向櫃檯人員告知室友給予的資訊，接著隨服務人員進入獨立式的小角落。

「洪小姐妳好，白先生剛要我們代為轉達，他有事耽延會晚點才到，請妳先點杯飲料稍作休息。」女服務生接著將菜單遞向前：「白先生還交代一份資料先讓妳過目，等等我隨同飲料一塊幫您送來。」

「好的。」洪星琁立即配合：「請給我一杯少冰微糖的水果茶，謝謝。」

「沒問題，請稍候。」

待服務生一離開，洪星琁立即拿出手機查看，發現並沒有漏接室友的來電與訊息，便放心欣賞店內的擺設。

這間隱藏於巷內、外型不算亮眼的居家餐館，真沒想到內部竟比想像中還要大上許多。其裝潢擺設呈現古色古香的懷舊感，頗讓人有回家般地閒適與自得。

五分鐘後，服務生除了送上飲品之外，亦將該文件交給她。

洪星琁再次致謝，隨即觀看這份書型的資料夾。

原以為裡面會是某間公司的相關介紹，沒想到打開後，卻立即瞧見一個牛皮紙信封。她由封口向內一探，發現裡頭裝著三個小捲紙，便一次倒出，逐一攤開。

洪星琁不禁一愣，接著盈盈綻笑。

我　屋主　舊識

這什麼意思？

難不成室友怕她久候無聊，還特地安排打發時間的猜謎遊戲？思及此，她立即將目光移回資料夾上，正興致盎然找尋下一個可能的文字提示。她發現袋口夾內放置了一份文件，由於反面置入，加上正好與資料夾的白底相融，若不仔細瞧，第一時間確實容易忽略。

洪星琁於是將它抽出，發現它並非是自己猜想的工作契約，反倒是一份不相關的租賃契約。暗想應該是室友忙中錯放的結果，她決定非禮勿視，欲將它放回原位，但無意間瞥見上頭熟悉的大名時，差點就打翻桌上的飲品。

她近距離反覆看了又看，瞧了又瞧，很肯定自己沒眼花——這正是楠茜當初時所簽下的租屋契約，而別墅的出租人，就是……

洪星琁秒懂三張紙條的暗示為何。

無論順序如何拼湊，要傳達的主旨就只有一個——我就是屋主，屋主就是我。

「還真巧，我也是那裡的新房客，不僅順路送妳們過去，還能充當臨時的導覽員。」

「我之前住的地方有惡鄰居騷擾，才慎重決定搬家的事，恰巧我和屋主是交情還不錯的舊識，所以就順利取得入住的名額。」

「這間別墅在民國八十五年時，外觀就大抵完成了，每一處的設計都是屋主一家人絞盡心思、不斷反覆討論才完成的。」

「我們年齡相仿，從小一塊在漁村內長大，是好鄰居亦是好同學，加上彼此父母的關係密切，所以稱得上是情同手足的知己。」

「屋主雖然給人一股距離感，不過認真相處的話，會覺得他其實為人還不錯，有機會再介紹你們認識。」

「只要妳一句話，完全無須面試，就連薪資和福利也比照正職人員發放。」

「我聽屋主說過，在我之前已有一位王小姐完成簽約，不曉得妳和她的關係是……？」

原來如此，一切早有跡可尋。

洪星琁的思緒還處於滉漾之中，同一位服務生又再次出現。

「洪小姐妳好，打擾了，白先生說如果妳已經看完這份資料，要麻煩妳將帶來的東西收拾一下，他人已經到了，正在外面的車上等候，準備接妳離開。」

「好、好的。」洪星琁慌亂收拾，同時亦找尋桌上的帳單。

服務生忙笑著阻止：「不用付錢了，白先生剛才已經進來結過帳。」

✧

即將面對重新更換身分的「室友」，洪星琁的心情好似又回到彼此在車上正式見面的那一天。

她完全猜不透室友突然公布的用意。儘管今夜風和月朗，但此刻，她彷彿也慘遭「突襲」的消息淋得一身無措。

洪星琁步出店家，果真瞧見不遠處的白色休旅車。

原以為車上可能載有新僱主，她便主動走往後座，但還沒碰上門把，車窗已迅速放下。

「星，坐前座就可以了。」白子帆於駕駛座道。

洪星琁定睛一看，發現車內確實沒有其他人在，便返回副座。

「我們要離開了嗎？不是約好在店內談……」一對上他的眼，她莫名一陣發燙。

白子帆認真欣賞她有別於以往的打扮，表情滿是稱讚：「不錯，相信一定能順利取得錄用的好機會。」

「穿這樣真的合適嗎？我該不該更換正式一點的面試服裝？」她不自在地問。

「這樣很好呀，既優雅又充滿渡假氣息，十分賞心悅目。」白子帆以手勢提醒她繫上安全帶：「妳不用緊張，不過是單純和對方見面聊天，並非一板一眼的企業面試。」接著，他故意開玩笑：「除非妳打算彷效某人換上勁辣的國標舞裝，不然，我個人是覺得這樣已有不錯的加分效果。」

洪星琁失笑。在他的肯定與幽默下，不安已化解大半。

「沒想到妳姊這方面的才華還真有職業水準，可惜第一次在餐廳見面時，無緣欣賞。」他誇獎完後，問：「店外沒看見妳的機車，是搭車前來的嗎？」

「嗯，今天特地搭我姊夫的車子過來。」她笑著解釋：「我姊大概是怕天災人禍再次毀了她的作品，所以這次特別慎重小心，還以人格擔保，今晚的彩妝就算是下水游泳也不成問題。」

「是嗎？早知道我就約在水療館。」白子帆說笑完後，接著告知：「對方的行程不小心延誤了，怕妳久候，只好先過來接妳，晚點我送妳回去就好，可以請姊夫安心忙自己的事。」

「好，那就麻煩你了。」洪星琁於是拿出手機操作，邊打字邊問：「那我們現在該去哪呢？」

白子帆泛著神祕又動人的笑意：「等等妳就曉得了。」

被室友載回別墅，洪星琁已經夠訝然不解了，隨同他走上空中花園時，更是驚呼連連。

「好漂亮……」她愣怔不已。璀璨盈眸的畫面，一度讓她誤以為是走錯地方。

原先偌大又空曠的空中花園，在一番整頓後，已截然煥新。

不僅出現綠意盎然的景致與裝置藝術，還多了幾張休憩的桌椅與戶外傘。最令人驚豔的，莫過於那座ㄇ字形的木製走道，上頭不僅布滿熠熠生輝的藍、白冰條燈，甚至還不時噴出幻然沁心的水噴霧。

隨同他進入走道內，頓時竟有騰霧中觀星的浪漫幻覺。

他們一塊來到一張雕花式的鏤空桌前，白子帆幫忙拉了張椅子讓她入座，自己則坐於對面。

坐定後，洪星琁除了發現桌上擺有一台筆電之外，另外還放置了一大籃鮮採的黃槿花。

「……這是？」她完全理不清狀況。

白子帆沒明說，卻遞了一份小禮物給她：「美吟託我拿給妳的。」

洪星琁在他的注視下開啟紙盒，瞧見一串純手工打造的特色吊飾。上頭由四隻山豬串結成一個吉祥吊物，每隻山豬皆以木頭立體刻造，雖然體型只有小巧的幾公分左右，卻精工細膩、隻隻討喜活現，一看就充滿文化味濃厚的原住民風。

「好棒的禮物！謝謝你幫忙帶來，我很喜歡。」她愛不釋手。

「他們小倆口說這個吊飾有個很吉利的名稱，十分適合妳，今天出遊看見，立刻買了下來。」白子帆在她的殷盼下，公布答案：「它叫『豬四』大吉。」

理解後，洪星琁霎時綻笑。好一個「諸事」大吉，實在過於有創意。

「剛拿到的嗎？」她問。

「嗯，湯尼告訴我之後，就順道過去拿。」白子帆睇著她，忽然問：「新工作的契約書，妳看完了嗎？」

洪星琁流連於吊飾上的目光頓時定住。接著轉望他，小心翼翼問：「你怎麼突然……想讓我知道『這件事』？」

白子帆揚著笑：「妳不是一直很想知道，楠茜當時代付的總金額嗎？我只好犧牲了。」

望著他一臉委屈奉獻的模樣，洪星琁已忍不住笑場。接下來，她欲言又止，目光不停轉動，似乎正在尋找措辭和「總算現身」的「屋主」交談。

「新工作的契約書，妳看完了嗎？」他再次問。

洪星琁完全不解：「在哪？我只看見……」瞧他正指著服務生交予她的資料夾，她連忙翻找。

「趁新僱主還沒來之前，妳快看仔細，待會，他會根據內容和妳討論，順道詢問妳的意願。」

「找到了！」洪星琁總算在折頁的隱密夾層中，發現一份裝釘的文件，趕緊抽出詳讀。隨著文字理解的驟增，她彷彿窺見什麼驚人的密函，不禁激動地掩住半張臉。

她的心跳忒忒加速，表情有遭受空襲的無助與慌然。總覺得事發突然，在毫無防備之下，內心頓時像遭人硬闖一般——既啞然驚措，又莫名一片空白。

她的答案究竟是什麼？居然連自己也理不出個頭緒來。

「有不懂的地方嗎？或者，有需要我代為解說的部分？」白子帆總算開口。

洪星琁剎醒：「我……」一抬頭，冷不防對上他深邃又危險的雙瞳，她一時緊張慌了手腳，不慎將手中的文件弄飛。

洪星琁欲離座拾起，卻被他搶先一步。

白子帆以大掌摀住她的手，不讓她有所行動。

洪星琁先是呆愣定格，接著緩緩轉正身體面對，但目光僅敢止於桌面上彼此貼合的那雙手。只見他進一步將自己的單手執起，並收覆於溫厚的掌心之中。

洪星琁凝睇這一幕。只覺得逐漸漫曼的溫度似加速迷亂，又似要她靜心感受某些事物。

許久，她總算鼓起勇氣同他相覷。

「怕文字不足以表達完整的立場，只好拿出最大的誠意，以『新僱主』的身分當面向妳說明。」白子帆逐字表白：「首先，我很感謝妳的出現，讓原先索然無味的日子起了莫大的變化，更感謝妳幫忙推了一把，讓我產生回歸這裡的動力。那天送貨見面，我就對妳產生初步的好感，更別說後續一連串不可思議的巧合，那股奇特的感覺又益發猛烈。我並非有意要隱瞞自己的身分，只希望不要讓妳產生距離與壓力。我希望我們之間的交流，是建立在單純的平台之上，沒有所謂的條件差異，只有會心的互助與分享。畢竟資產是我爸媽留下的，公司也是我大伯一手打造的，我不過是幸運承接、代為管理罷了，沒妳想像中的那般了不起，或是充滿高人一等的自豪與成就。近幾個禮拜和妳朝夕相處後，我更加肯定妳是一個善良內斂、獨立踏實、互相又肯付出的好女孩，我很感謝上天為彼此搭起這段巧妙的緣分，除此之外，更加感謝某人將原先屬於自己的幸福讓渡出來，我才有進一步醞釀今晚的機會。」

洪星琁染著酡顏，已感受到他用心鋪陳的燙人情意。

「我不曉得該如何說明對妳一見如故的好感，一連下來，更深信彼此間的緣分絕非偶然。我爸媽離開的那一天，和我們產生交集時，都正巧在相同的月分與滂沱大雨之下，而我也意外在我爸過逝即將屆滿二十週年，並於父親節當天，回歸屬於自己的家。」他愈想愈覺得不可思議：「擱了好幾年，才決定將裝潢好的別墅出租，而妳又正好南下找房子，我覺得冥冥之中，似乎有股無形的力量正努力將我們牽引在一塊，而妳，就是我一直在等待的那個『對的人』。」他突然放開交握的手，並取來桌上物：「妳一定很好奇，為何桌上要擺放這麼一大籃的黃槿花，對嗎？」

「嗯。」洪星琁怯怯點頭。

白子帆挑選其中一朵，遞向前：「送給妳。」

「謝謝。」洪星琁接下端賞。黃色向來是她最喜愛的顏色，只因為能帶來自信與能量，一如她對自己的期許一般。

白子帆解釋：「多數人並不曉得，黃槿有抗鹽、抗旱的特性，還是熱帶海岸地區，防風、防沙和防潮不可或缺的好幫手，不僅如此，就連它的樹皮、樹葉和花朵，都有其用途與功效，可說是集優點於一身的優良樹種。」他放送一笑，俊朗如天月：「黃槿花雖然無香，卻是我最為喜愛的花種，我一直覺得妳們散發出來的感覺十分相似，即便在炎酷的條件下生長，依舊能晞曜自己最獨特與最堅毅的一面——而我，就被這股不撓的驚豔所吸引。」

洪星琁因這番比喻而震撼衝擊，心潮久久無法平息。

「星，我想很讓妳知道，妳無須重建愛人的自信和勇氣，也用不著和妊紫嫣紅相比，因為對我來說，維持原來奮發向上的妳，就足以綻放過人的質感和吸引力。」白子帆再次緊握她的手，表明心意：「妳曾經說過，當我們家的女人好幸福——如今，我有這個榮幸能邀請妳一塊加入嗎？我目前欠缺一位分享生活點滴的好伴侶，並且想以結婚為前提，和妳展開穩定的交往，我有能力供應妳『在家』安心工作，妳是否願意接受這份新職務的挑戰，讓我有騙取妳感情的機會？」

「我窮得很，唯一能被騙的就只有感情。」

洪星琁忽地紅了眼眶，完全無法抑制這陣悸動。

心受了傷之後，原以為得自我療癒好長一段時日，近幾年更加不可能觸及結婚的領域。沒想到，幸福竟猝不及防來敲門，並且來得快又猛烈，在驀然回首下，竟如海市蜃樓般，乍現眼前。

洪星琁激動掩面，早已淚灑現場。

白子帆幫忙遞上預藏好的面紙：「如果妳覺得太突然了，需要時間考慮的話，請告訴我一聲，我願意等。」接著，他起身來到她身旁，頗具誘惑地張開雙臂：「但如果妳願意接受我所提出的請求，請立即回覆我一個『答應』的擁抱。」

洪星琁頻頻拭淚，接著才細聲探問：「如果我不答應的話，是否會被人勒令搬出呢？」

「當然不會，正如妳所說的，我一看就不是小氣之人。」他傾向她，認真道：「頂多加收房租，或是請妳改搬到樓下的貯藏室。」

洪星琁被他惹得又哭又笑的。最後，終於點頭站起。

「謝謝。」白子帆一把將人擁入懷中，以暖溫透心的嗓音道：「星，未來也許不會有過多浪漫的火花，但絕對是值得品味的細水長流，我不敢說自己有多麼優秀，但起碼工作和生活圈都十分穩定、單純，家人亦給足獨立的私人空間，所以，妳所顧忌的區塊並不會再次發生，希望妳盡速清除那些不愉快的回憶，以歸零的心境，正式迎向屬於我們的開始。」

洪星琁在他的懷中不斷點頭，並努力擠出聲音：「謝謝你，給我如此美好的開始。」

「有件事希望妳能答應。」白子帆難得提出：「那天黃先生的表現讓我相當感冒，聽見妳提起他的名字我也有些介意，可以的話，希望之後，我們能以別的稱呼來代替他，若其中一方不慎誤踩這項規定的話，就必須任由對方做最嚴厲的處置。」他低頭看她：「關於這點要求，妳能接受嗎？」

「好，那我們該以什麼來代稱才好？」她輕拭眼淚。

白子帆隨口說：「既然他姓黃，又住台中，那就叫他『太陽餅』好了。」

待澎湃的情緒徹底緩和後，洪星琁這才回饋表示：「謝謝你今日的精心安排，以及這陣子來的特別照顧，我無法表達此刻十分之一的感受，只想說，長這麼大以來，才知道受寵若驚的感覺原來如此虛幻不實，而自己居然能幸運體驗與擁有，真的很感謝你獻上的一切驚喜！能遇見你，是我南下最大、也最為意外的收獲。」

「我們彼此彼此。」白子帆笑著收緊手臂。

下一秒，洪星琁突然拉開彼此間的距離：「鄭修幫你上藥了嗎？要過來之前，我又順道買了幾片人工皮和粗棉棒，等等可以幫你……」

「謝謝，已經上過了。」受傷後，他一直很享受她頻繁的關心與每一次的上藥時光。「那天看妳細心照顧小湯圓，我莫名湧現，若哪天能擁有屬於自己的孩子，肯定是一件很美好的事，也許這麼說，會不小心嚇跑妳，但一個人孤單久了，確實有點渴望能盡快走到成家生子的那一天。」他已等不及感受那種吵翻屋頂的哄然和熱鬧了。

洪星琁莞爾，不禁想起合約上的內容：「你要求將來生一鍋的湯圓，會不會太誇張了點？」

「會嗎？既然我們都喜歡小孩，而淑珊阿姨也已功成身退，不多生幾個來幫忙打掃，加上房子又出奇之大，我怕妳之後遇上大掃除可能會嚴重崩潰。」

洪星琁發笑完，接著問：「我的親筆簽名你是如何取得的？」交給她的合約上頭竟早已簽字畫押。

白子帆笑著解釋：「那天送完貨之後，在車上翻拍妳簽收的單據，原本是用來查詢『琁』字的字義，沒想到後續竟還能有派上用場的機會。」接著，他一本正經道來：「我覺得太陽餅家族的誇張行逕，妳都可以忍受這麼多年了，我這裡不僅提供三餐外加宵夜，還供應高級的『員工宿舍』，老闆更不介意二十四小時親自指導——妳說，這麼好的福利，在南部提著燈籠找得到嗎？所以，我極有信心妳會一口答應，便提前使用繪圖軟體，先幫妳簽字報名。」

洪星琁聽完後，真是哭笑不得。這份工作契約分明是一種另類的賣身契。

「妳好像都忘了誇獎，我今天的穿著了。」他主動暗示。

經他這麼一說，她總算發現彼此竟不約而同穿著同色系的服裝：「這襯衫是我買給你的其中一件嗎？」瞧他點頭綻笑後，她再也忍不住讚賞：「好看！杏色穿在你身上，格外有股說不上來的魅力與親切。」當時，她刻意捨棄他慣穿的白色系，全是明顯感受到，那股莫名詮釋其中的嚴謹與距離感，才希望他轉換別的色彩試試，沒想到效果卻出奇之好。

「怎麼了？」她察覺他頻頻關注腕上的時間，忍不住問。

「快入座，已經有人等不及要和我們現場連線了。」白子帆立即開啟待機已久的筆電。

洪星琁超級傻眼：「你、你們怎麼會……」她居然看見姊夫、楠茜與喬心現身螢幕前。

「surprise！」久等的三人已振臂高喊。

「星，恭喜！」吳學仁說完，接著換吳喬心：「阿姨萬歲，子帆叔叔萬歲！」

吳學仁笑著指正：「寶貝，以後要慢慢改口叫姨丈了。」

王楠茜已激動落淚：「星，我真的太替妳感到開心了！」這幾天她特地排假，一切果然值得：「其實子帆很早就主動和我聯絡了，也把當初支付的那筆金額全數退還給我，我們一直保持著神祕的互動，包括姊夫也一樣。」

「沒錯。」吳學仁連忙比耶：「子帆向我們坦承對妳極有好感，幾次的見面互動後，我們一致認為他是一個優秀又難得的好對象，而且家裡的情況，妳姊早就老實告知，還特地分享妳們過去的故事和所遇，好讓子帆能更進一步認識那個獨立又特別的妳。」他突然正色道：「星，妳姊目前上樓哄安安睡覺，所以我要代替她向妳說聲：對不起。」

「怎麼了？」洪星琁連忙問。

「黃先生之所以會找上門來，全是妳姊擅自做的決定，她原是一番好意，想幫忙兩位的戀情迅速加溫，沒想到卻弄巧成拙，反倒為妳帶來二次傷害……我已經狠狠唸過她了，希望妳能原諒她的無知與天真。」吳學仁不諱言道：「妳在台中的事，我們全略略曉得了，希望妳別怪子帆私下向我們透露這些，我們純粹想關心、了解罷了，若曉得實際發生的細節，妳姊是絕不可能會再引狼入室的，所以她真的萬分自責，還一連哭了好幾天。」

洪星琁先是睇向一旁的他，接著才問：「姊怎會有『他』的電話？」自從對方更換新的門碼，加上兩人的大小磨擦不斷之後，她便決定不主動告知家人該更新聯絡方式一事。

王楠茜舉手：「記得有一次我們小聚時，他正好來電找妳，但卻礙於收訊不良而中斷，我就主動提供自己的手機借妳一用，事後，我意外發現這隻新號碼，就無聊將它另存下來，那天佩嫻姐在線上詢問，我便請她參考這個號碼試試。」

吳學仁難掩高興：「幸好妳和對方已經完整結束了。」望著登對不已的兩人，他頻頻點頭：「認真說來，我覺得妳姊也不算完全幫了倒忙。」

吳喬心已等不及問：「阿姨，還喜歡子帆叔叔特地為妳挑選的禮物嗎？」

「什麼禮物？」洪星琁又是一陣不解。

吳學仁笑著解釋：「其實，妳目前穿戴在身上的所有物品，包含彩妝，全是子帆一手供應的，我們就負責說服妳亮麗登場。」

吳喬心進階爆料：「不止這樣，我們會吵著去鄭修叔叔家玩，全是為了讓爸比和媽咪過去別墅與楠茜阿姨會合，好做最後的布置與確認。」

白子帆傾向驚愣的她，細聲道：「之前幫妳更換房間，是明顯感受到妳喜歡上那裡專屬的氛圍，沒想到也意外幫了我一個大忙，因為那裡的角度完全看不見空中花園的景致，十分利於我們偷偷趕工和製造驚喜。而妳目前所見的成果，除了一部分請工人前來搭建之外，姊姊、姊夫、楠茜、淑珊阿姨和鄭修，幾乎都輪番幫忙。」也就是說，他們幾位私下早已混熟。

「……」洪星琁徹底無言。望著早已暗通款曲的一群人，不禁道：「你們太過分了！小心一點，有機會的話，一定換我好好還給你們一個大驚喜。」

白子帆率先表示：「妳對付前面的這群壞蛋就行了，要不是被我擋了下來，他們還打算加裝針孔，好看告白的現場直播呢。」

洪星琁立即嗔睨螢幕中人。

吳學仁連忙閃躲：「好了好了，既然好戲已經播送完畢，我也該要開車送楠茜回家了。」

「祝兩位有個難忘的夜晚，下次見。」王楠茜笑著揮別，吳喬心則是拋送飛吻。

關閉視訊後，他們倆皆相視而笑。

白子帆執起她的手，決定帶她在此好好欣賞一番：「我目前的心境，還真有辦完什麼大事般的輕鬆與踏實。」

洪星琁同樣有微妙的感受。畢竟他們認識至今，其實還不滿三個禮拜。

「當時怎麼捨得將這裡出租呢？」她問。若非這樣，他們哪能迅速發展成目前的狀態。

白子帆老實說：「不知道。」湯尼其實向他提過不少次，但他沒有一次聽得進去；而淑珊阿姨多年來，不管是明示或暗示的方式，皆盼著他能如期回歸的那一天。

「也許，一切的轉折和改變，全是為了配合妳出現的時間點。」他漾著笑表示。

聞言，洪星琁已綻笑如花。或許真如他所說的那樣，在冥冥之中，彼此真有難以解釋的緣分。

「那天，我的表現不是為了配合妳的需求而刻意演出的，那全是我的真心話。」他說。

「你是指哪天？」她不禁問。

白子帆出其不意高舉彼此交握的手，以星月為證，重申簡短有力的誓言。

「星以後不會再孤立無援，她有我。」

紅夷曾至此登陸，
毛髮特徵為紅褐，
港村因此而獲名；
風流水轉四百年，
華而樸實別塵囂。
再復昔往恐難載，
現已杳然成追憶。

紅毛港

Hongmaogang

繪圖：紅毛丫頭 ／ 攝影：顏明邦

第十三章　澐海之祕

初交往的兩人一塊吃完早餐，白子帆便帶著洪星琁上到三樓。他接連轉動鑰匙和門把，特地帶女友參觀別墅內的祕密基地。

一入內，洪星琁彷彿踏入凝結的時空隧道。

房間裡頭雖然沒半點裝潢，卻擺滿各式復古的大小收藏品。不僅有懷舊味十足的菜廚、縫紉機、米缸、拆解下來的木門閂，還有一系列的純木傢俱，壁上更是吊掛不少大型物。有書法題字、大型實木船舵、一幀不小的漁船照，以及動人心魄的漁村全景圖——光是這幅巨型的輸出圖，就足以讓洪星琁佇足驚歎！更別說尚有林林總總的展示物，正等待她逐一挖掘。

洪星琁來到全景圖前，美目幾乎一眨也不眨。

它幾近佔了一整面大牆的範圍，其細膩的解析度、飽合的色彩呈現，絕對讓初賞者有身臨其境的錯覺——好似按下某個按鈕，畫面中的草木、船隻、大海、汽車和岸邊定格不動的小小人影，皆會一一甦醒，一如往常，渡過愜意的每一天。

「好漂亮！這就是未遷村前的紅毛港，對嗎？」她興奮瞥頭問，難以想像這裡竟藏有如此珍貴的巨作。

「沒錯。」白子帆陸續將房內的門窗開啟，滿室的空氣瞬間暢通——這幾乎是別墅內，必定享有的基本配備。此刻，搭配檜木傢俱所散發的古意和清香，在星期日的早晨，著實令人心曠神怡。

「它真的好壯觀。」在鱗次櫛比的矮厝中，她正努力找尋年幼也曾參與的茫然記憶。

「它的寬有五公尺，長度則足足有十公尺，目前在紅毛港文化園區、紅毛港國小，以及紅毛港的廟宇——飛鳳寺與朝天宮，皆能看見它的展出。」

「這是多久前的紅毛港？又出自哪位攝影師之手？你是如何取得這幅含框的大型圖？」

「是『顏明邦』老師於 2002 年所拍攝的作品，距離紅毛港遷村僅相隔五年左右的時間。」白子帆邊解說邊來到她身旁：「遷村後，意外得知這幅作品的存在，我立刻透過關係和老師取得聯繫，表示願意購買這幅珍貴的攝影作品，原以為取得老師的影像授權後，得自行處理後續的流程，沒想到，整個細節都是老師代為包辦完成的。」目睹成品送回別墅、吊掛完成的一刻，內心的感受真是百感交集。

洪星琁從他的眼神中，明顯感受到無從掩飾與褪去的思鄉之情。

「這幅作品對我而言是無價的，就算金額再高，我都願意珍藏，然而老師僅向我收取基本的處理費用，並未加收額外的版權費，並表示——在熱衷的領域上，能幫忙斯土斯民留下最永恆的瞬間，就是身為一個專業攝影師最有價值的核心所在，因此，他樂於贊助這張全景圖的版權，給思念故鄉的紅毛港鄉親。」

聞言，洪星琁也深受感動：「要不是我媽人在國外，不然，還真想請她按圖指出，我們小時候常去玩耍的區塊究竟在哪？」她不解地側望他：「紅毛港為何而遷村呢？印象中，你們以前住的房子與道路就如同照片中的一樣，窄小而稠密、一直都沒有改變——這是為什麼？」

「如果彰化縣鹿港鎮的『摸乳巷』是著名的地方特色，那麼，紅毛港境內幾乎到處都是。」白子帆有感而發道：「我們當時居住的密集度可說是全台之冠，至於為何而遷村，全是當時的『港務局』相中我們三面環海的地理環境，所以，在民國64年正式提出紅毛港為商港預定地的訴求，在行政院核准之後，就此敲定遷村的響鐘，而我們的建築之所以會凍結在復古的五〇年代，全是因為遭受『禁建』的緣故。」

「禁建？」洪星琁似懂非懂：「你的意思是說，在行政院核准的那一年，紅毛港的家家戶戶就禁止做翻新和整建的動作？」

「不，早在民國57年，紅毛港被劃入『臨海工業區』內，我們就開始實施『限建』政策，幾年後則改為『禁建』。」

洪星琁訝然之餘，連忙著手心算，答案揭曉的一刻，她一度懷疑是自己計算錯誤：「你們遭限、禁建的年數加起來，居然有三、四十年之久呢！」

「嗯，光是這點，就有很多的心酸在裡頭，其餘的部分就更不用說了。」白子帆的眸光泛著些許地無奈：「妳也知道我們當地普遍的建築，大多都只維持在一、兩層樓的高度，坪數也只能算勉強夠住，但禁建政策無限期的延展，致使當地人無論娶進幾名媳婦、新增多少人口，都必須擠進原先的住處內。生活品質受限的情況下，有不少人乾脆選擇自行搬離，紅毛港的人口才會逐年流失。」他突然指向後方的大型物：「那個檜木床鋪起碼有五十年的歷史了，至今仍堅固耐用，早期我們多數人家裡，都會請師傅來量身打造像這樣一整面的床鋪，多虧有它，才足以容納最多的人睡躺一間房內。」

洪星琁靜靜聽著，眉心卻逐漸蹙攏。實在難以想像，當地的生活水平與建設，竟和進步的文明社會形成背向的「發展」。別說當地人主動搬離一事，光是前後耗費近四十年的光陰，就足以讓一位青少年渡過人生最輝煌的歲月，直至白髮弄孫；更遑論老建築在日曬雨淋的摧殘下，又會是如何地殘破與不堪？

白子帆繼續道：「不可否認，我們自己會偷偷加蓋鐵皮屋，但實在是礙於現實居住的問題，才不得不出此下策。就我所知，有不少人會借住已經搬離的鄰居家中，也曾聽過，有人因為屋頂嚴重塌損，只好搬去和左右鄰居擠一塊。」

「感覺的出來，當時下達政策時，並沒有做好完善的評估與規劃，更沒有實地去了解當地人長期遭受的困境與難處。」遷村案的延宕，肯定也讓當地人對於未來感到無助與茫然：「難怪媽媽的朋友會全數搬往他處，原來是這樣……」得知她們和紅毛港斷了聯繫的主因之後，她不禁喟嘆。

白子帆順勢提議：「不如傍晚，我們就去『紅毛港文化園區』內走走。」

「好哇！上次聽你說起時，我就一直很期待再次踏上紅毛港的那一天。」洪星琁興奮之餘，不忘給予建言：「我覺得這麼棒的作品只私藏在這裡，實在過於可惜，你應該把它移到一樓的大客廳才對！這樣一來，每位來到別墅參觀的客人，既可欣賞你們用心打造的房子，還能夠順道一覽你們美麗的鄉景，不僅可傳遞飲水思源的概念，還可以順道廣告紅毛港這個舊地名。」她再次凝睇眼前浩美不已的畫面：「我相信，只要是曾經參與這塊土地的每一分子，皆能夠睹物思情，即便是完全不了解紅毛港的朋友，你也可以趁機訴說自己故鄉內所發生的大小事，更能助於某種層面的交流，進而拉近彼此間的距離。」

白子帆頷笑：「妳說的很有道理，改天，我就請人幫忙把它移到樓下去。」

「另一面牆所垂掛的大型物，肯定就是你爸所留下的遺物。」她正指著另一隅。

「嗯。」白子帆於是領著她來到展示物前：「我爸、七仔叔和其他友人，共同合資買了照片中的中型漁船，因為我爸的經驗豐富，又擅於駕駛，像極了他們出海的精神領班，所以他發生意外後，幾位叔叔就決定將他用了十幾年的船舵拆解下來，並送給我們母子，當做是象徵性的光榮退休物。」

洪星琁望著沉甸甸的大型船舵，不禁升起一番敬意。

而面前這幀同樣不小的含框照，構圖與大景深的呈現，一看便曉得主角是馳騁於大海的漁隻。畫面雖然僅以黑白兩色呈現，但整體卻充滿豐沛的層次——場景與光線富有張力，並且完整將人、船、大海之間的三角情感緊密結合，在傳統相機細膩的詮釋下，更保留該年代專屬的質感與味道。

「這畫面補捉得真好！」她彷彿感受到現場的激浪與豔陽，於是笑道：「這肯定也是專業攝影師驕傲的代表作之一，是嗎？」鏡頭下那群開懷暢笑、一塊裸著上身的討海青年，其散發出來的活力與朝氣，幾乎不輸給當時的偶像團體。

「是專業攝影師的作品沒錯，當時是我媽強力推薦，才有機會留下這些珍貴的紀錄。」

「要不是鏡頭補捉得夠遠，不然，單看他們個個勁氣十足、不吝惜展現體魄的自信，還真可能誤會是時尚雜誌的拍攝，或是哪部電影的劇照呢！」

白子帆笑著認同：「鏡頭下的平均年齡差不多和妳相仿，所以個個瀟灑不羈。」

「果然年輕就是最大的本錢。」她感染了這陣熱力，同他們一塊綻笑。接著，她指向畫面中人：「經我鑑定後，屋主的父親確實是代表性的帥哥一枚沒錯。」

「厲害！一眼就看出那位是我爸。」

「要猜不出來，未免太有難度了吧！」洪星琁不斷來回打量如同複印般的父子，他們唯一的差異，就是膚色與氣息大不相同。

一位是常年在大海上打拚，故擁有健麗的深色肌膚，因此，呈現一股迷死人不償命的豪氣與奔放；而一旁的他，則是相差好幾個色階的自然色，給人一股辦公室的文青質感，同時又蘊藏著時尚的冷銳與不容親近的距離──兩者相較下，可謂各有千秋。

「如何，我的『偶像』是不是優質得沒話說？」他的手搭於她的肩上，神情滿是驕傲。

「確實是優質過人，簡直足以媲美電影明星。」她真心道。

「快擦一下妳脣邊的口水，都快滴下來了。」他笑著開玩笑。

洪星琁被此話逗得玩性大發，索性順勢玩下去：「如果昨晚的告白現場，照片中的幾位猛男也同時現身的話，我可能會選擇……」她的手不斷擺動猶豫，表情故作掙扎，許久後，總算要揭曉答案：「恭喜，白子帆──」她故意用力拉長音。

白子帆正噙著滿意之笑：「不錯，我們公司新進的祕書前途不可限量。」

洪星琁笑得別有意圖，目光賊賊道：「老闆，不好意思，我的話還沒說完，是白子帆──」她的手突然轉往照片：「他爸。」

「很好。」白子帆的笑意有增無減，就在她毫無防備之際，突然……

「啊──」洪星琁嚇得花容失色，因為，她竟被橫抱在半空中。

「星小姐，妳確定……不考慮更改一下答案嗎？」他朝她邪氣一笑：「為了證明我比我爸還要優秀，只好對妳……」說完，他作勢俯下臉來。

「啊——」洪星琁嚇得趕緊將臉埋進他胸膛，不忘說：「你、你們父子都很優秀，不管選擇誰都是我的損失，既然這樣，我決定把神聖的一票投給年輕的七仔叔，啊……」她再度驚呼出聲，只因某人居然趁機偷親她的額際。

「哈哈哈！」白子帆放聲大笑，鬧過癮後，才將人放下，但一手仍輕扶她的腰際。「照片中，除了我爸之外，另有兩位叔叔也已離開人世，就連合資的中型漁船也早就轉手賣掉，所以搬來這裡後，我便決定將它沖洗放大，以永久留作紀念。」

洪星琁迅速收起嘻色，關心問：「他們全是在海上發生意外而離開的嗎？」

「一位是病逝，另一位的情形則和我爸相似。」

洪星琁再次望向照片中合影的海上男兒，感觸更是良多。

昨晚，他們無話不談直至深夜一、二點才返回各自的房間休息。她總算明白，為何男友的家人不在身邊的主因——這無非是遷村後，所帶來的後遺症。

他的爺爺奶奶除了難過當地葬送的鄉情與文化之外，也受夠生活中，總是脫離不了污染的威脅，才決定看破一切，移民他鄉；而別墅內之所以裝潢新穎、無法窺探它的真實屋齡，全是因為男友近幾年才全心投入的好成績。當時，別墅的輪廓才初步完成，照片中的一家之主便驟然離開，致使他們母子再也提不起心力打理後續的工作。五年後的同一天，就連女主人也因意外而辭世，偌大的房子一家三口卻再也無緣團聚，僅男友一人在此居住過——許是怕觸景傷情，他才遲遲不肯搬回，畢竟這裡的每一處，都有他們一路探討與規劃的細膩回憶。

洪星琁不禁問：「別墅這麼大，為何你大伯他們不考慮一塊入住，反倒在市區另覓新房呢？」

「我外婆購置這麼一大塊土地時，確實考量到我們全家人的部分，但爺爺奶奶和大伯都一致認為，這是屬於我們一家三口的禮物，理應交由我們自己作主。」他慶幸的說：「幸好當年聽了大伯的建言及早完成，也找到信用可靠的好建商，若像七仔叔他們直至遷村執行時，才動手蓋房子，各方面還真有點吃不消。」

「聽你的口氣，光是遷村後期的事，就有一大段的苦水可以傾訴。」

「沒錯，有機會再請鄭修當面和妳分享。」

接著，白子帆邀她來到一個展示櫃前。它如同珠寶店的透明專櫃般，能輕鬆一覽內部的所有物。

首先吸引洪星琁的，是玻璃櫃上的桌上框。

照片中，帥氣不已的白爸爸已十分搶鏡，真沒想到，一旁白皙動人的白媽媽，吸睛指數更是不遑多讓——光是那雙溫透人心的水眸與超脫的氣質，就教人驚豔難忘！更別說鶼鰈情深的兩人相傾相偎，和面上掩不住的幸福燦笑，就更不知要羨煞多少旁人了。

難怪自古會流傳這麼一句話——只羨鴛鴦，不羨仙。

「好棒的畫面……」她的目光已徹底膠著。

「這是我爸媽他們新婚不久的藝術照，我尤其喜愛這張，所以一直將它擺放出來。」

白子帆突然走至櫃後，掛上以客為尊的笑臉，像極了精品店的專業店員：「美麗的星小姐，歡迎來到別墅的 VIP 櫃，待會想欣賞哪個絕版商品都毫無限制，由店長我，親自為您服務。」

洪星琁被他的舉止逗笑，認真俯探滿滿的展示品後，決定先挑選：「我想先看這個。」

「好的，沒問題。」白子帆拉開抽屜，將一只錦盒遞向前。

洪星琁打開後，發現是質感頗佳的對章，於是小心翼翼將它取出。

瞧見「白海文」三個字時，她不斷點頭，但仔細看完女方的大名後，再也掩不住驚訝：「這真是你母親的大名？」她反覆看了看，很確定自己沒眼花。

白子帆完全明白她的感受：「『白水如湮』給人的感覺很夢幻不實，對嗎？」他莞爾說：「其實我母親本姓『水』，『白』是冠上夫姓的緣故。」

「原來如此。」不過本名亦給人不食人間煙火的錯覺。「你的名字是父母親自行命取的嗎？」她突然問。

「嗯，因為我爸當時跑遠洋的關係，所以，我的名字早在他出港前就已經想好了。」他進而分享：「我們家族有個不成文的規定，父母親必須送給孩子第一份『禮物』，所以命名的工作就落在夫妻倆身上，長輩並不會干涉，那妳呢？」

「我和我姊的名字都是算命師的傑作，由於我出生那晚，整個夜空布滿星斗，所以，爸媽就決定挑選有『星』字的那個組合。」她將對印收妥，接著歸還：「你們家族『第一份禮物』的概念，我覺得還挺有意思的，有機會的話，也希望能夠……」一對上他的眼，她立即頓口。

白子帆正近距離揚著笑：「當然有機會，因為一鍋湯圓已經夠妳想破頭了。」他收妥錦盒後，主動取出下一個物品。

洪星琁接過保存已久的畫冊，翻閱的神情逐漸由欣賞轉為激賞，特別是瞧見繪者落筆的簽名時。

「這些細膩如真的素描，居然全出自於你爸之手？」真沒想到，給人運動形象的白爸爸，居然還是深藏不露的手繪高手，教人無法和他的職業畫上等號與連結。

「嗯，而且我爸的好畫功，還曾經是我外婆心裡不能訴說的痛。」

「怎麼說呢？」她聽故事的興致又來了。

「我外婆對我媽的管教一向嚴格，從小就努力把她朝『大家閨秀』的目標塑造。認真說來，外婆的養成計劃還稱得上成功，哪曉得半路會突然殺出一個『程咬金』來，毀了她二十幾年的心血。」他邊笑邊道：「我媽放暑假便獨自搭船去了一趟紅毛港，意外邂逅在港口畫圖的我爸，兩人此從天雷勾動地火，一發不可收拾。」他忽而斂起神情：「妳說，一心想把女兒嫁入豪門的外婆，心裡能不痛嗎？」

洪星琁差點捧腹大笑：「難怪她當時會處心積慮想拆散他們。」原來乍來別墅當天，他便已同自己分享父母親的精采故事。「我覺得你爸媽確實是天生的一對，能一路堅持、直至結婚，過程中肯定曲折又動人。」突然間，她意會什麼：「我明白了！原來公司的名稱，是從他們身上各截取一個字而來的。」

「完全正確。」白子帆點頭肯定：「我媽過逝後，大伯便開始籌備開設公司，除了要賦予某種意義之外，也有一部分和我息息相關。」

洪星琁直覺脫口：「大伯想替你鋪陳將來的好工作，好讓你順利轉職承接？」

「沒錯，我何其幸運能擁有這麼一對無怨無悔、默默扛起重擔的伯父和伯母，他們真的很棒！讓我打從心底佩服，這個家多虧有他們胼手承擔，才能不畏挫折繼續向前行。」他難得感性道來：「我伯母是我生命中很重要的貴人之一，她像是一位充滿大愛的母親，又像我專屬的心靈輔導員。許多事完全不用明說，她便能輕易察覺我的感受與細微變化。送家人出國那天，她偷偷留了一封信給我，內容主要說明，要我別給自己太大的壓力，只要一遇困難，第一個想起他們就對了！而他們為我所做的每一件事，全是發心所為，因此不求任何的回報，只希望在台灣的我，能好好照顧自己，就是回饋他們最好的禮物。」

白子帆沉吟一會，才又繼續道：「我接管公司那年，不幸抽中籤王，遇上全球性的金融危機，因此營運大受衝擊，半年後便資遣所有的員工，並以個人工作室的全新形態重新出發。初期幾年，案件量非常不穩定，扣除基本的開銷和發給湯尼的薪水，我常剩不到一、兩萬塊的收入。那段時間我很努力咬牙苦撐，每次升起放棄的念頭時，腦海便會閃現伯母信中所鼓舞的話。為了能讓他們真正卸下重擔、無須再為我多費心神，我告訴自己，無論如何都不能喊苦退縮，務必要堅持下去！並且善用父母親和他們給予的資源，拓展更亮麗的一片天。」他勾起一抹明燦的笑意：「幸好我做到了，也不用像從前那樣，為了收入而來者不拒，現在反倒能有自己的意見與想法，考慮接案與否？熬過考驗之後，無論工作再忙再累，我都會秉持著感恩的心，好好珍惜得來不易的成績與忙碌。」

洪星琁聽完既動容又欽佩。難怪公司的實際人數與坪數會不成比例；難怪一投入工作，他便像換了一個人似的；難怪他樂於渡過充實的每一天……原來是這麼一回事。

「這幾年辛苦你了。」她主動走近他：「雖然你覺得擁有目前的成就，多數的功勞來自於家人給予的優勢，但如果沒有自身的堅持與積極的開源投資，哪會有這般亮眼的好成績呢？」她的表情傳遞滿滿的掌聲：「相信國外的家人對於你單飛後的表現，肯定驕傲在心。」

白子帆平心一笑，接著伸手搭攬她的肩：「我倒覺得妳一路走得比我還要辛苦，起碼國中以前，我完全處在一個幸福無虞的生活之下，但妳們母女三人卻至始至終都不被家族所重視，好不容易脫離不堪的原生家庭，前幾年卻還得過著躲躲藏藏的日子，擔心妳爸會再次上門報復——真的很難以想像，妳們究竟該如何適應與克服？」他感到最不可思議的是女友還小時，父親在外的桃花仍然不斷，後來，更是公然在外另組家庭——此舉非但不受家人的阻止與批責，反倒是另類的樂觀其成——只因對方幫忙生下繼承的小男丁。

「我們真正難過的，反倒是舅舅們的反應。」洪星琁不禁苦笑：「幾位舅舅一直很介意外公外婆待我們特別好，甚至時常花錢救濟，為了不讓我媽挖走屬於他們的資源，兩位老人家生病時，他們照顧得特別勤奮，也盡可能不讓我媽有接近的機會。在外公外婆一一過世後，舅舅就放話要我媽別再回來了，我們才會連最後一絲的依靠也徹底喪失。」然後任由父親家族的人為所欲為。

「幸好這些全走過了。」他十分慶幸她們姊妹非但沒有學壞走偏，反倒更為自立向上。

洪星琁朝他一笑：「以前會覺得無依無靠真的好可憐，但一路訓練下來，早就已經看開，現在反而覺得沒有多餘的人情羈絆、只須好好地照顧自己，竟有一股說不上來的輕鬆與自在。」她接著表示：「雖然我目前能幫忙的十分有限，但只要你一句話，我很樂於陪你一塊進公司。」

「既然妳這麼有心想分憂解勞的話，那我就真的不客氣了。」白子帆立刻道：「中午想請妳陪我去草衙一趟，我要拜訪兩位極重要的『客戶』，由於要洽談的層面較為廣泛，所以得待到晚餐後才能離開，妳能全程陪伴嗎？」

「當然沒問題。」答應後，她不免好奇：「是怎樣交情的客戶，需要交際這麼久的時間？」

「不瞞妳說，是這塊土地的贈與人。」他附在她耳畔公布：「我外公外婆。」

洪星琁不由得笑出聲。想必今日的行程早連同昨夜的告白一併規劃。

「用不著給自己任何的壓力，就見個面、聊個天，要提前離開也無妨。」他看了一下時間：「不到一個小時我們就得準備出發，妳尋寶的速度可能得加快一些。」

「嗯。」洪星琁配合著把握，視線順勢落在字體早已斑損的鋁製門牌上，很肯定它就是男友老家的舊址，而一旁，除了放置頗有年代的巧克力盒展示之外，另有一個引人注目的白色碗公。

她於是好奇走近。細瞧後，發現碗內除了印有幾個花紋綴飾之外，上頭還印有三段紅字：

慶祝小港鄉併入直轄市紀念

高雄市小港區農會

民國六十八年七月一日

「哇……」她感到不可思議：「這個碗存在至今，居然還比你更為年長。」

「不僅如此，品質還相當好，十分耐用。」白子帆邊說邊取出瓷碗：「小港併入直轄市後，幾乎家家戶戶都會拿到一個相同的紀念碗，民國六十八年，除了是紅毛港遭行政院核定遷村的年分之外，碗中的日期，也正巧記錄著我爸媽相遇的那一天。」

洪星琁訝然欣賞。沒想到平凡無奇的餐具，竟也內藏如此重要的「密碼」。

她接著發現另一個展示品，雖然沒有華麗的裝飾，但直覺卻告訴她——這肯定是櫃內數一數二的珍物。

「這個木盒是……？」

「我爸的『海上情書』。」白子帆取出珍藏已久的日記本，並量身訂造一個檜木盒放置。

「好香的味道。」懷念不已的熟悉感，像極了小時候開啟外公外婆家的木抽屜。

白子帆交給她後，解釋：「我爸發生意外那天，我們才曉得它的存在，原來早在他們相遇的當天，它就已經誕生了，並且在海上陪伴我爸渡過漫長的十七個年頭，因此，便成為我們家最珍貴的無價之寶，也是我爸送給我媽最終的結婚紀念物。」

洪星琁凝視意義非凡的日記本，算算，它存在至今，已整整三十七個年頭。

「你會介意我打開來看嗎？」不知怎麼，她竟有一睹為快的衝動。

「當然不介意，反而很高興妳主動提出這個請求。」他笑著答應。

洪星琁雀躍之際，玻璃櫃上的手機正好響起。盯著不認識的來電號碼，她猶豫了一會兒，才按下通話鍵：「喂，你好。」

「洪小姐，這次妳真的太過分了！」對方劈頭便罵。

「不好意思，妳是……？」洪星琁一頭霧水。

「妳和耀祖都已經分手了，為何還要繼續糾纏他呢？」

「伯、伯母。」洪星琁明白後，趕緊道：「聽我說，我並沒有……」

蔡月華不理會她的解釋，自顧著說：「我就說妳心重這麼重的人，哪可能會走得這麼瀟灑？果不其然開始報復了吧！別以為我不曉得妳和耀祖一個禮拜前曾私下會面的事，這次妳故意耍神祕，就為了引誘耀祖南下，好看妳獻寶，順道請現任男友賞他一頓教訓——嘖嘖嘖，妳真是不簡單、不簡單！為了這一天，竟辛苦布局了兩、三個月。」她吼道：「如今妳高興了嗎？耀祖和欣怡現在為了妳的事，成天吵個沒完沒了——」

「……他們，怎麼了嗎？」

「怎麼了？妳還有臉問。」蔡月華憤慨不已：「耀祖怪欣怡擅自操作他的手機，還不定時抽檢監看，曉得是欣怡將妳的號碼刪除之後，耀祖甚至還想要回妳的電話，這樣也就算了，他居然還當著欣怡的面，頻頻提及妳的優點，說什麼和欣怡在一起越久，越像喪失自由和隱私的犯人，如果要像這樣持續交往下去的話，倒不如分手算了——妳知道欣怡聽完後，有多麼難受嗎？成天吃不下飯，就連工作時也會偷偷掉淚。」她越說越心痛：「人家可是父母捧在掌心的心肝寶貝，如今卻被妳這樣惡毒的女人設陷阱糟蹋，妳的良心都不會有一絲的罪過與不安嗎？」

「……」洪星琁徹底沉默。

「想不到才短短的幾個月，妳的手段之高，已經超乎我的預期了。」蔡月華於是放聲警告：「別以為目前釣到金龜靠山，就可以肆意妄為！我相信人在做、天在看，哪天就算要我拚了這條老命，我也一定會盡全力護住耀祖，讓他徹底抽離妳的惡纏，不信走著瞧好了，哼！」

傍晚，一塊向兩位老人家道別後，白子帆便開車帶著女友來到「紅毛港文化園區」散心。

這裡的總面積約有 3.42 公頃，於 2012 年七月正式營運。在主打欣賞大船入港的最佳景點後，已吸引不少遊客前來朝聖觀光。

「紅毛港文化園區」主要規劃的區塊，有：戶外展示區、天空步道、展示館、觀海平台、碼頭候船室，以及能一飽景觀、360 度繞轉的「高字塔旋轉餐廳」。

洪星琁在男友專業的解說兼導覽下，果真獲益匪淺。

原來數百年前的紅毛港位於極重要的出海口，在地理位置佔有優勢下，因此容易吸引漁民前來，可惜多數人並不清楚這裡可謂高雄最早的發源地。

紅毛港的祖先起初為追捕漁汛而至，往返一久，逐漸由休憩轉為定居。遷徙的風氣盛行後，遂形成特殊的「血緣」聚落，故紅毛港以「姓氏」劃分出其特有的地域性。

而紅毛港地名的產生，一聽便充滿濃厚的「異國味」。台灣曾遭荷蘭人佔領長達38年之久，故其相關的地名和建築，自然而然，也隨之冠上「紅毛」兩字。在「法國駐廣州總領事」Camille Imbault-Huart其1885年發表的著作中，明確記載：紅毛港這個發音，意即「荷蘭人之江」。

旗津的「旗後」早在1691年便率先發展成人煙稠密的漁村，而紅毛港則緊接在後。民國57年遭政府下達「限建」令時，紅毛港的人口數甚至已達一萬二千七百多人，平均每戶足足有6.29人之多——由此可見，紅毛港當年發展的實力與盛況，絕對不容小覷。

值得一提的，早期的紅毛港為屢遭海水侵蝕的小沙洲，為拓展聚落，紅毛港的祖先多以填海造陸的人工方式，逐年填築宜居的新生地。但依法律規定，需向政府單位報備，方能登記為私人財產，但礙於漁民的知識水平有限，多數人未懂得及時採行，於是在官方公告的「土地使用」與「土地權屬概要」中，總面積112公頃的土地中，便有81%列為「公有地」的奇特情形。直至民國78年將私有地一併徵收後，紅毛港才全數歸為省有地。

紅毛港人不負發源地的盛名，累積近四百年的討海文化，可說是戰績輝煌：

早年是捕捉飛魚的第一好手，漁獲量亦曾排名全台第十二。民國五十年，為台灣烏魚的主要產地，因此有「烏魚霸王」之稱。民國六十年，為顛峰的「卡越仔」時期，紅毛港內更創下無人能及的驚人船量，約莫有九百艘之多。民國七十年，台灣冠有「草蝦王國」之美譽，全台超過七成的草蝦苗全仰賴紅毛港養殖供應。

令人遺憾的是，紅毛港即便有過人的漁業天賦，卻不如旗津廣為人知，便因經濟發展的主流而遭受邊緣化與犧牲，並於 2007 年年底倒臥歷史的刑場，只能從碩果僅存的紅毛港文化園區，以及相關的出版品中，拼湊過往的豐美足跡。

剛才在「展示館」內，洪星琁果真瞧見那幅生動逼真的紅毛港全景圖。他們再逛至由「台灣吉而好」公司所入駐的文創商品館後，也瞧見一隅所展示的 1：500 之紅毛港原廓模型。

「你應該很想把它搬回家吧。」她盯著偌大的模型驚喜問。

白子帆挑眉：「怎麼，有興趣半夜陪我翻牆進來偷？」望著外頭低垂的夜幕，他便提議：「這裡逛得差不多了，我們這就去外面的『天空步道』走走。」

天空步道主要以白色系的鋼架呈現，在露天式的設計下，遊客能沿著長梯漫步向上，直達高點的賞景平台。這裡能眺望遼闊的海景夜色，傾聽大海奔放的呢喃，再搭配遠近粲然的燈火，以及無限暢飲的舒爽海風，真是歸真自我的最佳療癒地。

「好棒的感覺。」洪星琁附著欄杆，閉眼感受。

「老實說吧，心情好多了嗎？」

「我不懂你指的是什麼？」她故意道。

「那很好，明天就去辦理一個全新的門號使用。」他一點也不希望某家族的人再次來電騷擾。

「不用麻煩了。」洪星琁以灑脫的口吻道：「在師兄身邊，我已經學會挺身面對、轉身快快放下的功力，所以，伯母的來電完全不影響我一整天的好心情。」她逐漸睜開眼，瞧見柔光下，他格外立體的迷人輪廓：「倒是無端讓你受波及，我比較介意。」

「有什麼好介意的，老早就想陪妳成為他們黃家的黑名單。」

「相信我，『他』應該不會亂說話，或許是伯母習慣性的拼湊和解讀。」

白子帆不禁搖頭。總算見識到，對方喜歡將實情染黑的真本事：「伯母也不用大腦想想，我若有意要賞她兒子一頓教訓的話，他哪會只有局部擦傷這麼簡單？」接著，他故意道：「伯母若再打電話來的話，直接交給我處理，我可以邀請她見面、吃飯，順道開示一些做人處事的道理給她聽，趁機點破一些觀念上的盲點，相信回去之後，她一定會有重生般地收獲。」

洪星琁忍不住發笑：「不好吧，我怕師兄的等級太高，伯母會嚴重消化不良。」

對於師兄兩字，白子帆心中頗有微詞：「星小姐，妳是不是該把我『升等』成其他稱呼了？」

明白他的暗示後，洪星琁打趣的說：「我怕太快升等，你可能會有適應不良的問題。」

「是嗎？」白子帆此刻的俊容頗具誘惑：「既然如此，何不及早讓我適應。」

洪星琁的眸光透出明顯的哂笑：「好吧，那就恭敬不如從命了。」她清清嗓子，在他的期盼下開口：「親愛的——師父。」

「……很好。」還是真是名副其實的地位升等。「算妳有勇氣。」

望著他蠢蠢欲動的報復神情，洪星琁笑得花枝亂顫：「不能怪我喲，是你自己要求升等的。」她頻頻退後。

白子帆則步步逼近，只見他皮笑肉不笑：「親愛的徒兒，我想妳應該是不會游泳吧，正好這裡三面環海，不如我們就……」他的眼神已透出某種意圖。

「師兄快來呀，師父瘋了！」不想被丟海餵魚的洪星琁拔腿就跑，但已嚴重笑場的她，哪跑得了太遠，索性抓緊一旁的欄杆就地蹲下：「我我、我不玩了。」她笑喘不已：「雖然我不會游泳，但我知道親愛的師兄一定會及時前來救援，感恩師兄，讚歎師兄。」

白子帆冷瞪她，只覺得既好氣又好笑。他輕敲她的頭頂後，接著伸手將人拉起，繼續彼此未完的漫步與賞景。

「再次回到紅毛港的感覺如何？」他總算問。

「感覺還不錯，傍晚直到入夜，很適合來這裡走走，只不過……」她稍作猶豫，接著直言：「但並非是我所熟悉的那個紅毛港。」

「怎麼說呢？」

「可能它已經成為一個公開的觀光景點，和原先遠離塵囂的純樸大不相同。」她把感受細細道來：「雖然主打紅毛港的相關文物，但我卻已感受不到過去遭時光凍結的味道與場景。這裡多數呈現的建築效果，幾乎都是後來才加工完成的，雖然『戶外展示區』有展示過去的建築遺物，不過不是只有磚瓦、石塊、單一面牆，不然就是僅局部切割某塊面來保存，很容易給人一種破碎不堪的印象，就算有整棟開放參觀的建築體，但也礙於安全和美觀上的考量，加以全面翻修和整飾，和我想像中的原味古厝，有好明顯的一段落差。」

「妳說的很好，這就是多數當地人回鄉的心得和感受。」他扯開沒有笑意的笑容：「雖然以全新的風貌可以吸引大量的遊客前來打卡一遊，但若對紅毛港原貌有所期待的話，應該難免都會有所失落……不過，倒是有不遊客反應，現今的紅毛港『確實』變得比以前更加『漂亮』。」

洪星琁睇著他，明白他話中的感受：「我覺得文化園區的呈現見仁見智，重點是每一位出園的遊客，究竟能了解紅毛港多少？」能否曉得，觀賞大船入港的航道便是當年影響紅毛港甚大的劊子手，一刀截斷旗津與紅毛港的手足情深，與當地居民賴以為生的潟湖美景。在斷送往北的交通要道後，紅毛港三面環海的地理位置明顯因邊陲化而產生不便，日後更因此衍生建造貨櫃場的遷村議題。

除了常年遭受禁建之外，紅毛港人亦得與重工業比鄰同居。好比他們目前所在的天空步道，當時可是居民揮之不去的夢魘之一——煤炭輸送帶。其餘的如：火力發電廠、拆船廠、卸煤碼頭和南部儲煤中心⋯⋯等等，對於漁業的危害和健康上的影響，就更別說了。

「能了解紅毛港多少？這是個好問題，因為別說是外地人了，就連當地人都不見得能對自己的故鄉有所概念與了解，哪能指望他人呢？」白子帆笑嘆：「應該有不少人連自己是紅毛港人，都早已徹底遺忘。」

「有這麼嚴重嗎？」

白子帆語重心長道：「雖然紅毛港發源得早，開枝散葉的人數更是不計其數，但有不少紅毛港後代早早便搬離當地，對於故鄉的一切，其實是處於陌生或全然無知的狀態下，即便身上流著漁民的血脈，但沒有概念與歸屬感的話，有也形同於無，『紅毛港』這三個字，不過只剩下親友口中的舊地名罷了。」

「我懂你的意思，所以傳承的概念很重要，對嗎？」

「嗯，可惜多數人並不重視這個區塊，遷村越久，只怕情況會更加惡化。」白子帆難掩感慨：「『有形』的文化也許還可以透由文字的記載，以及文物上的保存而歷久彌傳，但『無形』的部分，若不靠人與人之間的傳頌與交流，肯定會加快流失的速度。」他忽而望向遠方：「所以，我這一代可說是揹負著極重要的關鍵。」

「你口中『無形』的文化，有一部分指的應該是語言吧？說真的，那天聽你和七仔叔他們說起道地的海口腔時，我竟異常的熟悉與懷念呢！」她笑著分享：「記得，每次和我媽回紅毛港時，那些阿姨叔叔都特別歡迎，就因為我在語言上的發展還算不錯，所以完全可以入境隨俗，和他們以紅毛港腔互動交流，所以只要一段時間沒回去，阿姨們就會主動播電話向我媽反應，直說：他們很想念屏東那隻會說台語的『紅毛猩猩』。」

「哈哈哈！」白子帆開懷暢笑：「這是妳小時候的綽號嗎？未免也太可愛了吧！」

「可能我也有微量的荷蘭人基因。」她說笑完，接著問：「你呢？小時候有綽號嗎？」

「有，我媽希望我是個活力四射的小太陽，所以都叫我『陽陽』，不過它和紅毛港一樣，早已隨著時間的流逝而存放在過去。」

「陽陽……」洪星琁咀嚼一番後，頓時通悟什麼：「好巧喔，我們兩個加上姚小姐，正好湊成星、月亮和太陽的組合。」真是有意思。

「妳還真有聯想力。」白子帆笑著說：「最近好不容易擺脫那個難纏的傢伙，妳若想組團合作的話，拜託請找別的『亮』點。」

洪星琁於是興奮脫口：「正好我有個提案想說出來讓你參考。」或許她之後也能幫上忙。「既然你那麼熱愛自己的故鄉，又對紅毛港有一定程度的了解，何不如來發展道地的『紅毛港文創』。」

「紅毛港文創？」他不禁挑眉。

「嗯，正好印刷和設計是你的強項，不搭配著使用實在過於可惜。」她將想法道來：「你可以趁機將你爸的手繪作品，以及收藏在三樓的古物照一一發表出來，搭配文字的敘述與排版上的美化，就能原味呈現在地的情懷與實記。」她的手指向前方：「剛才那間店不是專賣各式各樣的文創品嗎？開創完成後，就能供應遊客擁有多一層的新選擇，除了能幫公司免費做廣告之外，或許你的作品還能誘發同鄉人的回憶與共鳴呢！」

說到這，洪星琁已有些迫不及待，方才被模型吸引的她，壓根來不及細看琳琅滿目的文創商品：「快點！這裡再過二十分鐘就要閉園了，我們趕緊過去參考，順道詢問寄賣與合作的相關事宜。」

白子帆感染了她的熱力，立刻執起她的手：「好，這就全速前進。」語畢，他們倆已邁開步伐，直衝目的地。彼此間的笑聲與雀躍之情，頓如揚發的風帆。

第十四章　海上情書

白子帆出門上班後，洪星琁便開始著手內部的整潔工作，直至中午才停歇。她轉而來到廚房烹煮簡易的午餐，待食用、清洗完畢後，才返回房內小憩。精神還不錯的她，並不急著睡午覺，反倒興致盎然來到書桌前，並取出期待已久的某個物品。

洪星琁笑了笑，真沒想到，自己竟也能有「光明正大」窺探他人日記的一天。於是，她帶著欣賞老電影的心境，正式翻閱男友父親所留下的無價之寶。

日記的首頁貼了一張白媽媽年輕時，清純又動人的獨照，洪星琁欣賞許久後，才正式翻閱內容。

民國六十八年七月一日。

今天下午，七仔硬拉著我陪他去二港口釣魚，拗不過他的情況下，只好隨手帶著素描本在一旁打發時間，當渡輪駛進堤岸口時，我無意間掃了一眼，卻意外發現船艙內的一抹倩影。

海風梳著那頭無拘無束的黑直髮，加上她穿著一身的純白，因此格外凸顯。她正朝欄杆外不斷張望，似乎對這裡的一切充滿了好奇，在渡輪停靠後，也不急著在第一時間內上岸，反倒很愜意地轉往平台的邊緣眺望。即便在這樣的距離與角度下，無法細看她的五官，但，那股由內而外散發出來的靈氣與純潔，早已深深吸引著我。

我便停下筆，忘我的欣賞，不知不覺也引來七仔的注意，不得已之下，只好迅速調回目光，好甩開七仔的好奇。

雖然揮動著手中的素描筆，但，卻怎樣都揮不掉剛才的那一幕。

她一看就曉得是外地人，是來此遊玩？還是來找親戚朋友？又或者，她正等候男朋友前來接送——一想到這個可能，內心居然隱隱抽動，微酸的滋味與紊亂的心情，連自己也無法理解究竟是為了什麼？

正當思緒有待沉澱之際，身後竟無預警響起女子悅耳的聲音，我於是反射性地轉過身。當下，我徹底怔住了！因為還來不急準備，方才的那個「她」，已近距離出現眼前。那清麗的容貌搭配脫俗的氣息，像極了一朵靜白無染的蒲公英種子，正悄悄地闖入我的世界。

我以為她早就離開了，沒去找熟悉人卻獨自晃來這，是來問路的嗎？剛才，我根本沒聽仔細她究竟開口跟我說了什麼？正猶豫該不該主動詢問，卻在她訝然的目光中，彷彿看見自己未加以修飾的外型與穿著，瞬間，我只想閃躲，不顧她的反應，已迅速轉身背對，並明顯感受到，她此刻遭人拒絕的無助與尷尬。

七仔這傢伙在一旁已經盯了我們許久，好奇的視線直直定在她臉上，連眼睛都忘了眨，讓我莫名燃起了一把無名火，下一秒，早已惡狠狠地瞪著他。

我當下過度的舉動確實讓七仔滿頭霧水，一臉無辜的他，雖然正高度質疑我的反應，但卻也識相地乖乖配合，專心垂釣。面對我們都不搭理的情況下，她也不得不離開現場。但餘光有意無意偷覷她離去的背影時，總有一股說不上來的悵然與失落……這究竟是為了什麼？

七仔一直在暗中觀察我，想找機會開口，就在扯動雙脣之際，我卻已起身離開。完全可以想見，他當時嘴巴大開、一臉驚詑目送我離去的畫面，會是如何地好笑。

我快步朝輪渡站內的雜貨店過去，記得稍早來的時候，萬順伯一群人早就在裡邊喝得爛醉，她一個女孩子隻身前往，實在有些危險，特別是聽見小白狂吠的聲響後，更加肯定預料中的情節已經發生。幸好即時趕上，才能及時阻止，可想而知，她確實嚇壞了！當我半拉著她離開時，還能清楚感受到她指尖傳來的顫抖與冰涼。

其實，我真的很想和她多聊幾句，但，卻只是丟下「要她下次自己小心一點」的廢話，在跨出第一步，打算閃回提岸邊時，我後悔極了！但出乎預料的，她竟開口留住我，還要我幫忙她的暑假作業。我怎樣都沒料到，彼此還能有相處與進一步認識的可能，於是果速答應，並且暗示她，自己往後的四天都有空——這樣的回答連自己都感到極為好笑！說不定，她的作業只需要一天的時間便可完成。

我們約好了明天碰面的時間，我順道送她搭船離開。不禁慶幸，今天硬被七仔拉來二港口，才有意外邂逅的機會。回到堤岸上，我刻意帶著買來的紅茶回去交差，其實，七仔早就看穿我的心思，只是很給面子，不急著點破罷了。迎上他不斷賊笑的神情與話中的調侃，突然覺得自己此地無銀三百兩的行逕，實在是狼狽得過於好笑。

不打算給他過多挖苦的機會，決定拋下他，獨自去買日記本與理髮。

望著染滿天際的紅霞，彷彿彩繪出自己絢麗般的心境，明天，已悄悄在心中倒數。

民國六十八年七月二日。

今天，輪到我拉著七仔陪同赴約。一來，是擔心我和她單獨相處，讓熟人撞見，會誤傳我們之間的關係，二來，彼此不過是初識的朋友，關於她的一切我一無所知，多個七仔來緩和氣氛，正好能減輕雙方的心理壓力。

雖然昨天我們沒說上幾句話，但，總覺得她似乎很怕我，眼神不時傳遞出不安和膽怯，連抬頭和我正視的勇氣都沒有，也許我的外型給人一股兇冷的距離感，在除去過長的毛髮之後，已變得耳目一新，明顯感受到，她較能放心和我們相處、互動了。

水如澐，人如其名，單從字面來看，就能感受到那股與眾不同的獨特與清新。

我尤其喜愛她翦水的雙瞳，帶著一股極暖的柔意與美麗；她的談吐得體，目前即將升讀專科二年級——單從學歷和表現來看，我就深深明白彼此間的差距，總覺得了解越多，越覺得我們更加不可能……也許是我多慮了，目前主要是協助她完成紅毛港文化的記載，其餘的發展，就讓緣分隨風而行吧！起碼我很享受此刻的單純與快樂。

中午，我主動邀她在二港口附近用餐，拋開在高字塔上那些單調的訪談，改聊生活中的瑣事，三個人的話題似乎也逐漸打開。今天要七仔隨行，果然是明確的選擇，除了有良好的暖場效果之外，還幫忙挖了好多關於她的私事，包括——她目前尚未交過男朋友。

七仔連帶著推銷我們目前也都是單身的狀態，接著，開始有意無意丟一些適合我和她的話題，幫忙增進不少的互動。

後來，七仔乾脆假裝自己還有要事，必須提前離開，臨走前還不忘跟如澐說：明天我們再帶妳去實地做探訪，更能加深妳的印象——暗示著三人隔日再接續的行程。

說真的，七仔這傢伙平時只會緊黏著我不放，連投入的工作也和我挑選的一樣，怎麼甩都甩不掉，就連我主動搬到巷尾住，他也一塊跟進當我的「好鄰居」，要不是慶幸他還會向我透露自己暗戀的對象，不然，我幾乎會懷疑……會不會有一天，他會突然說要嫁給我？

今天，果然是他的報恩之日，確實幫了不少大忙，不枉費我們好兄弟一場，也許，我也該認真思考幫他牽紅線一事。

七仔的話算是發酵成功，準備搭乘渡輪離開時，如澐也主動詢問彼此明天方便的時間。當我再幫她外帶古早味紅茶時，她顯得格外靦腆，連聲道謝我們幫她的大忙，今天中午還讓我破費請客，明天一定要換她表現才行。

而我，一直待在岸邊目送她離開，雀躍的心情再次陷入明日的期待之中。迎面拂來的海風，好似歌頌著早已萌發的情詩，腦海不自覺又響起她親口說出的那句話：她目前尚未交過男朋友。

民國六十八年七月三日。

中午為了不讓如澐請客，昨天，我已經想好對策。

早上，我先帶她四處走走逛逛，認識這裡的主要道路與建築特色，同時麻煩七仔去市場採買新鮮的食材，再請他順道繞去「姓李」那邊的麵店，買我指定的滷料。七仔是很納悶，明明去市場買的量就足夠我們三人吃到撐破肚皮了，幹嘛還加菜呢？當然是為了幫忙他和店內的淑珊牽紅線。前一天，我已經先知會淑珊，要她到時候好好注意七仔這傢伙，如果覺得還算順眼的話，就請她在小菜內加幾顆滷蛋作為回應。

和如澐在巷內實地探訪時，我卻遭突來的情緒牽動而繃著臉，真的感到很抱歉！並非有意讓她憂心與害怕，只是一想到故鄉又是禁建、又是一連串的工業開發與污染，未來甚至還可能走向遷村的命途，自己就一陣心灰氣餒……很希望我們相識的地點，能像她筆記本中的文化那樣，一年又一年地延續與流長，只是面對現下的政策與不確定性，卻無力改變什麼。

中午由我掌廚，也順便讓如澐知道我住在巷尾的家，偷偷在餐桌上欣賞她吃驚的表情與變化，就是今日送給自己最難忘的禮物。

不過，比較失算的是七仔惡整她的小插曲，瞪著盤內淑珊特地回覆的滷蛋，突然很想裝傻，當作沒這件事。

每當等候渡輪，又是臨別前專屬我們的時刻，那時候的她，臉又更紅了，美麗的眼神流露欲言又止的羞澀。總覺得彼此間，有股似有若無的情愫正持續發酵著，空氣像參著酒精一般，微醺又不切實際。

分別後，總是最思念的時刻，我們也自然產生共通的默契，繼續約好第三天的行程。

而我，在暗喜之餘，卻也不免感嘆，美好的時光已悄悄過了一半。

民國六十八年七月四日。

今天，三個人的友誼已從最初的生澀，進階到熟絡的地步。

只因為一早家裡臨時有事，我得先去幫忙，只好請七仔前去渡船場接她，並暫時由他來照應。七仔這臭小子可說是仗勢著大人不在家，一次惡搞到底！真不曉得他究竟是哪根神經接錯，居然這麼愛鬧如澐，還白目到，欺負一個完全不懂魚產的無辜女孩。

不過如澐連魩仔魚長什麼樣都不曉得，我也沒辦法救她了！看來，七仔真是吃定她不食人間煙火的天真。

害我本該化身為正義的俠士，好好替她討回公道的，卻搞到自己也淪陷，一直到現在，我仍是笑個不停。

說到如澐，到現在我依然無法將她的名字自然說出口，明明是一件極簡單的事，偏偏對我而言，彷彿是一道關卡，總是莫名地梗在喉嚨。

她也早就發現了，只是心照不宣，那異常柔和的眸光總像在安撫我的彆扭，要我不用太刻意去改變什麼。事實上面對她，我就是卸不下那分拘謹，也許是因為真心喜歡的緣故，才更加無法輕鬆面對與看待。

夜晚的時候，七仔賊賊地跑來敲門，說要告訴我一件天大的秘密。他說，今天他與如澐獨處時，冷不防就問：她是不是很喜歡我？聽到這，我的心頓時漏跳了好大一拍！

該死的，總覺得七仔這傢伙是一頭不安好心的狼，披著熱心當藉口，實際上，卻是享受惡整雙方的快感。想必她今天丟臉的程度，已經不亞於死過無數次的魩仔魚了。

我發誓，總有一天，一定會連本帶利幫如澐討回來。

七仔一臉等不急要看我失措的反應，偏偏我目光定定，只回他一句：如果不想說的話，那我要進去睡了——他反而緊張了起來，趕緊拉住我。

看吧！對付這種小人，就是千萬別如他的意。

其實答案如何，對我而言，已不那麼重要了，反倒很希望她能回答：我們只是朋友。

面對後天即將要踏上的遠洋工作，我能期盼什麼？在情投意合的情況下，告訴她：我們即將面臨長時間別離的事實？

她能接受嗎？又或者這麼做，反而成了一種殘酷的告別與傷害？

倒不如明天的行程一結束，就讓我們各自回到原點，一如往常，當做什麼事都未曾發生過，也許對雙方而言，才是一種真正的解脫。

而如澐的反應究竟是如何？在七仔的轉述下，是當事人燒紅了一張俏臉，久久說不出話來；而我得知後，則是一個人靜靜地呆愣在床上，整夜無法自己。

民國六十八年七月五日。

今天，是相處的最後一天，如澐決定改約下午的時段。早上我想了很久，於是請七仔不要現身，讓我們兩個好好獨處這最後的時光。

七仔誤以為我要向她表白，死命地幫忙出主意，什麼鮮花、巧克力、西裝、燭光晚餐……我的心情已經夠紛亂了，還得疲於應付他的熱情。

一見面，一股沉寂的壓力無形罩在彼此身上，厚重得教人無法喘息，相較前一天的嘻嘻哈哈，有著天壤之別——她魂不守舍；而我故作鎮定。

走在海堤上，她根本沒在聽我解說，明知道，卻也只能裝作若無其事。

防風林所發生的插曲，完全不在我的預料之內，想不到第一次脫口叫她，會是在這種情況之下，嚴重遭受驚嚇的她，本能地衝進我懷裡——那一刻，我困惑了，對於這份感情的自持和偽裝，隨著溫熱的擁抱逐漸融化，我不得不主動拉開她親暱的接觸，即便千百個不願意。

我們一同來到外海，無語坐在沙灘上，單純觀看夕陽，這麼簡單的事，我已經覺得滿足而且奢侈了，起碼離別的前夕，我們還能擁有這一刻。

她的勇氣永遠都超乎我的預期，選擇主動打破沉默，當我告知，自己從事遠洋的工作，並且沒有一定歸來的時間表，以為能就此打退她的決心，但，她不僅開口向我要電話，甚至還表示——願意等我回來。

瞬剎，混沌的腦海只充塞著她這句話，感覺自己的心房正逐一崩解。

我不知道該如何處理這樣的場面，也曉得她已經難過地快哭了！於是主動拿出預先寫好的船隻資料，遞往她的方向。我沒有勇氣看她哭紅的雙眼，只好以餘光等待，只見她伸出手來，我以為要接過紙條，但，東西還在我手上，她人卻是飛撲到我懷裡。

我清楚感受到一陣踏實的溫暖，雙手瞬間只能僵持在半空中，思緒早因她的不顧一切而空白。

對不起，害妳這麼難過，謝謝妳這聲——願意等我，很抱歉，無法給妳承諾，也許現實生活中，我們的緣分只是曇花一現……這些話我自私地藏著，終究沒開口，比起她所做的一切，我唯一能給的，就是不吝惜環住自己的雙臂緊摟著她，以此代替一切的安慰，任由她伏在肩上縱情地哭著。

就這樣，直到天黑，我們離開外海，一路走至二港口，沿途中不再交談，直到目送她搭船離開，我才真正卸下重壓在心中一整天的大石頭，但內心頓時卻又像少了些什麼？

我的手緊緊握著離別前，她塞給我的紙條，上頭娟秀的字跡，工整寫著她的姓名、電話與聯絡的相關地址。目光不自覺停頓在她的名字上頭，無形中，已連同她的影像烙進心坎。我終究沒告訴她明天出港的時間和地點，這麼做，無非是希望能減輕彼此的難受，起碼對自己而言會是好的，就讓記憶中，她的眼淚，只停留在今天吧！

民國六十八年七月六日。

提筆的時候，我已身在暗夜的大海之中。望著窄小的個人空間與幽暗的燈火，已逐漸平緩一整天的心情。

今天值得恭喜的，是七仔意外收到淑珊的來信，他笑得合不攏嘴、滿是驚喜，全船最開心出港的非他莫屬。

因為我的關係，淑珊早對七仔有些許的印象，她的個性本來就大膽外向，喜歡的類型，自然是像七仔這種喜怒哀樂全表明在臉上的異性。當我表示要幫忙牽紅線時，她也毫不忸捏地爽口答應，這次自己勇敢出擊，真不虧是我所認識的那個她。

七仔常說，如澐雖然很有氣質、也長得十分漂亮，但過於有好學生的形象，感覺很有距離感，完全不會是他所心動的類型，不過，麵店內那位活潑招呼的亮麗女孩，卻讓他大讚眼睛為之一亮。看來，他們彼此都十分對眼，那就不用我太費心撮合了。

七仔這傢伙似乎高興得太早，卻忘了煩惱，我們踏上的旅程，少說也要一、兩年的時間才有回港的機會，搞不好回去之後，淑珊已有合適的男朋友也說不定。我決定之後有意無意，要拿這點好好刺激他不可。

記得，和如澐相遇的隔天，我找空檔對小白訓話，也唸了萬順伯好幾句。從小到大，萬順伯就對我非常關照，雖然沒有明說，但早已把我當成是乾兒子般地看待。當長輩的一眼就看穿我的心思，曉得我是真心喜歡她，甚至誤以為如澐就是我的女朋友。當時，我並沒有開口否認這層關係，刻意讓萬順伯誤會，就當滿足心靈層面的某個區塊。

萬順伯倒也不會故意挖苦人，反倒不斷地鼓勵我，送上門的幸福要好好把握與珍惜，最好能為她放棄遠洋的工作，人生中，有許多事物比金錢還更加可貴。

我沒忘記這些話，只是，要我開口跟如澐說：請妳等我，最多兩年的時間一定會回港——我實在覺得有點可笑！畢竟兩年內都無法見面，誰能擔保不會有任何的變數產生呢？就算對自己再有信心，也不該用承諾綁住她的青春。

也許兩年內，會出現比我更為合適的人選，也許兩年的時間，已經足夠他們穩定交往，直至論及婚嫁……唉，想到這，我又忍不住拿起如澐所給的字條細看，裡面清楚寫著她北部住宿，以及草衙家的詳細地址與電話，甚至還註明：寒暑假必定會回來高雄，平時則是三個月才會返家一趟。

不曉得，她現在好嗎？還怪我嗎？

非常清楚如澐今天一定會前來送行，就讓她誤以為我們是由二港口出發，一直佇在那裡等候吧！總比她真實出現在前鎮漁港的岸邊，目送我們出港離開，我覺得場面還會比較好控制些。也許，她發現之後會非常難過，甚至無法諒解我的作法，但，最起碼我不用看見她的眼淚。

當我一早來到二港口的遠處偷偷等待她出現，望著她一人滿懷期待又傻傻枯等的畫面時，情緒還是漾起了莫大的波動，內心緊緊糾結著，不斷湧著酸澀。

但，這些都過了，不是嗎？

我們正各自回歸自己原先的軌道，像從前一樣，習慣沒有對方參與的生活，總有一天會習慣麻痺的。

我想，短時間之內我不會再寫日記了，不希望一直夾雜著遺憾的愁緒工作，就讓這份酸甜苦澀的青春記憶，存封在昨日擁抱的那場餘溫之中吧！

民國六十九年一月十日。

距離上一次寫日記的時間，已經相隔半年。

我們目前停靠在異國的港口，一個全然陌生的環境，雖然能夠上岸，也可以暫時休息幾天，但，內心始終都無法踏實。

寒冷的冬夜，這裡一片蕭瑟，我沒像其他船員早在好幾天前，就已經開始計畫到時候要上哪去玩，反倒有股衝動，該不該給妳寄封信或是播通電話？

即將放寒假了，妳應該早就脫離那些不愉快的心情，回歸正常的校園生活，在北部住宿肯定充滿熱鬧與精采，穿上制服的書卷樣，相信也會吸引不少追求者的目光。

我國中畢業就開始接觸漁業，捕漁的年資也差不多要五年了，相形之下，我們之間的生活形態，真是徹底的截然不同。就算沒有加入遠洋的行列，漁民的身分，不管在妳父母的眼中或是同學的話題中，都顯得很突兀，所以，當時沒向妳表示，現在想想，還真是極佳的選擇。

感覺外面的溫度又驟降了，在北部的妳有沒有注意保暖呢？是否已妥善規劃好寒假的行程？這個農曆年，我很肯定得在茫茫的大海中渡過。

我們這趟捕撈的漁獲量還算不錯，靠港卸貨時，船長總是眉開眼笑的，若能維持這樣的好成績前進，也算是對整艘辛苦離家工作的船員們，一個不小的慰藉。只是，我有預感，也許航程會因此而拉長也說不定。雖然這並不是我第一次遠洋，但，這次與之前的型態完全不同，船隻的噸位也大上許多，所以，肯定會是我截至目前為止，離家最久的一次航程。

我從小就熱愛大海，也想趁年輕增加歷練與拓展人生視野，當我向家人提出想投入遠洋的工作時，他們全都嚇了好大一跳！畢竟當時家鄉多以「卡越仔」為主，遠洋的工作鮮少人會投入，雖然他們不能完全認同，但，還是尊重我的意願與決定。

如澐，換作是妳，也會贊同我的作法嗎？

偷偷告訴妳，七仔一直迫不急待想打國際電話給淑珊，只是他忘了，電話在我們那裡還不夠普及，通常一個號碼都由好幾戶人家共同使用，加上淑珊經常在麵店忙碌，兩地又有時差上的問題，我勸他還是乖乖寫信還比較可靠。

七仔雖然心有不甘，但，也只能認分照做。他說等這次賺飽了錢以後，回去首要的花費，就是立刻申辦一支專屬的熱線電話；而我，也很認同這個說法，決定一塊跟進。

看著七仔滿心歡喜，將信件寄出，我終究還是忍住沒有行動，畢竟不曉得這麼做，對妳現在而言，會不會成為另一種干擾與負擔？

再次原諒我，只把心裡話寫在本子上，先預祝妳：新年快樂。

民國六十九年六月二十七日。

今天是農曆十五，正值夏季。

剛才皎潔的月盤還大放異彩，此刻，已被流雲遮覆，我靜心聆聽陣風與激浪的家常對話，仰天觀賞無光害下的星鑽撲滿夜幕，在感受蒼穹的遼闊與壯麗之餘，不免也湧上千萬思緒。

如雲，我們分開差不多一年了，妳還好嗎？即將放兩個月的長假，希望今年的暑期作業又能讓妳遇上貴人相助。

我一直很喜歡夏季，沒有理由的愛上它。

白天特別愛看大如棉團的積雲堆在湛藍的天邊，夜晚就更加熱鬧了！會有最亮的三顆一等星組成「夏季大三角」，其中，位在直角頂上最亮的那顆星就是織女星，次亮，則是牛郎星。

我常呆想著，究竟我們之間會是如同牛郎、織女星般的相輔相映？還是現實相隔無數光年的遙遠距離？我們共擁著一泓海水與瞬息萬變的天，感覺一直都沒有分開，雖然不能見面，但如果願意用「心」去感受的話，似乎又能隨地相通。

七仔經常叨念我顧慮太多了，倒不如選擇活在當下，將最赤裸的愛訴諸行動，搞得雙方都痛苦，自己又沒有比較好過，何必呢？沉澱了許久，我覺得他的話也不是沒有道理，就像他和淑珊一樣，起碼，不枉費活在青春當下該有的熱力，回港後的變數，自然就等到發生了以後再來處理，反正，不管開心或是傷心，也是同樣的日子，不是嗎？

對妳的歉意日益增加，相對的，對妳的思念也成倍數的滋長。半年前靠岸沒帶給妳半點音訊，事隔一年了，好想寫信給妳，還來得及嗎？妳還單身嗎？會不會早就對我死了心，怪我遲遲沒有任何作為與音訊？

如果時間能夠倒轉，我還希望這個局面再次重演嗎？可惜時間不給我任何爭持的機會，只要我繼續向前以示負責。如果我們還有緣分，老天又願意再次眷顧的話，祈盼妳依然空著一顆心等我回來。

民國七十年六月二十五日。

此刻，船上異常歡騰，正慶祝我們的航程即將邁向二年。

而我們沿途打撈的步調，早在半個月前，就已經調整為返鄉的路線，感覺大家都激動地快要瘋了！總算熬到這歷史性的一刻。已有不少人計畫著回港後的行程，以及薪資上的運用，甚至還有人覺得自己誤上了賊船，未來打死都不會再踏上離鄉的不歸路。

而我，當然也有自己的打算，決定先暫止遠洋的工作，好好放自己一個長假。

上次漁船靠岸時，我心血來潮，特地到附近的鬧街逛逛，想為妳挑選一份來自國外的禮物。七仔沿途不斷碎碎念，說我們進港那麼多次，我都沒傳達半點消息給妳，現在買禮物彌補還來得及嗎？搞不好根本就沒機會送出了也說不定。

他真的很吵！一直在耳邊嗡嗡叫，擾亂我挑選的興致。當我挑中一盒相當罕見精緻的巧克力禮盒打算結帳時，七仔這小子居然也偷偷摸了一盒，想請我一塊結算，我忍不住狠瞪他，強力要求他不得和我挑選同款式的商品。

也許再過不久，我們就能回港了，說真的，此刻的心情五味雜陳。也許回去之後，妳早不知飄往幸福的何方，而手中未曾播打過的電話號碼，卻還深深鏤刻在心上。

最近不時回想著那幾日相處的片段，依稀記得妳伏在我身上宣洩的溫度，如果不是妳屢次的主動，我又如何能擁有這些珍貴的回憶呢？

總覺得自己虧欠妳什麼，只好在心中暗許，若妳再次出現，也該是輪到我主動表示的時候。即將歸港，越是臨近揭開答案的面紗，心情也就更加忐忑不安，激動的浪潮宛如是我此刻澎湃的吶吼與似箭的歸心；不息的海風，似乎又從彼端帶來妳溫柔而堅定的等待誓言，而我又為此深陷未知與迷惘。

洪星琁突然停下手邊的動作，撫了撫自己的面頰，這才發現不知不覺中，她早已潸然淚下。

第十五章 我們

星期五下班，一塊在外用餐完畢後，白子帆並不急著返家，反倒頗有興致載著女友前往上一次觀海談心的港口。

再次踏上這裡，洪星琁的心境顯得格外不同。

算算他們誤加好友至今，相識正好滿一個月。而初次乍來的那晚，她深受前男友突襲的影響，心情可說是低落到了極點；如相同的兩人再次行走於相同的堤岸上，竟已是交往中的男女朋友。

原來，這裡就是近幾年也能搭船至小琉球一遊的「藍色公路」——鳳鼻頭港。

而他們交往這半個月的期間，可說是完全處在充實、忙碌的生活中渡過。

公司正好接到一個利潤還不錯的設計急件，同仁們於是全力以赴。洪星琁得知後，便主動表示，願意一塊進公司盡上棉薄之力，舉凡她能做的所有雜事，皆樂於陪伴與協助，只求能真正成為他分憂解勞的賢內助。

下班後，也許時間已晚，但他仍懂得善用時間約會。不是邀她至閱靜的空中花園品茶談心，不然就是騎機車至附近的郊外兜風散步，偶爾也會一同在沙發上做各自的事，或是早早讓對方回房放空休息。假日一到，為了緩解上班的疲累，他們也不考慮出遠門，總愛租影集回家欣賞，再一塊買菜下廚，也常至彼此的親友家中串串門子——這些看似平淡、再居家不過的簡單模式，或許沒有過多熱戀的花火，但著重在心靈層面的交流與共同社交圈的培養下，卻是他們所渴求的穩定愛情。

洪星琁發現他領著她直直往提岸底前進，似乎沒有停下來的跡象，於是問：「我們不在上一次的地點看海嗎？」一路走著，她也觀察到，原來這個堤岸有明顯的坡度存在，所以越往後走，地勢也就越高；相對的，左手邊高聳的擋風牆也就有明顯低矮的情形。

「為了感謝妳這陣子的辛勞，我決定帶妳去更好的位置觀賞。」白子帆神祕一笑。

洪星琁面帶疑惑，這條寬敞的堤岸不就是「唯一」的觀賞之處？就算走到底，景色不也都大同小異——難不成，他打算帶她翻出堤岸的邊際？

白子帆抵達某個定點處後，指著入口說：「到了，保證妳一定會喜歡。」

洪星琁一瞬不瞬睇著眼前不起眼的手工木梯。

只見它立貼於擋風牆上，並以廢棄的漂流木打造，因此，左右的主幹在粗細與長度上就有明顯的差異，加上經年累月在此日曬雨淋，釘合處早有朽脫的情形——重點，木梯的高度僅至擋風牆的一半，要藉此攀爬上去，肯定得有過人的技巧才行。

「你確定這裡能上去嗎？」她不斷環顧四周，緊張不安的模樣，好似他們是即將翻牆出校門的學生一般。

「放心，不會有教官吹哨子的。」白子帆率先跨上木梯：「待會記得跟著我踩踏的順序上來。」沒三兩下的功夫，他已輕鬆抵達高牆上。

洪星琁隨後仿照他帶領的方式逐一完成，最後在他的協助下，也順利登上牆頂。

「哇……」定睛後，她的驚呼可不小。

「很漂亮吧。」

「嗯。」洪星琁點頭如搗蒜。這裡分明是「空中版」的觀海堤岸、港口隱藏版的世外桃源無誤。這面圍護港口不受強風侵襲的擋風牆，就這樣圍繞著港口的最外圍包覆。最令人驚豔的，莫過於上頭竟有一米八的舒適寬距，教他們完全能放心行走上頭。

洪星琁完全理解這裡的觀賞優勢——有別於下方僅能目睹湧入港內的海流，此刻，他們幾近有300度的範圍皆能瞧見大海的蹤跡，其浩淼的氣勢可說是壯闊呈現。

果然，欲窮千里目，非得更上一層樓。

她除了發現不遠處的小琉球之外，亦瞧見二、三十艘發著亮光的貨輪正沿著海平線迤邐好一段距離，從幽靜又低光害的高處望去，像極了一串稀有明珠正浮現於海面之上。

白子帆領著她小走一段路，在避開消玻塊遮擋視線的位置後，便席地坐下。

「雖然這裡還是有蟑螂出沒的可能，但我保證，數量絕對會比下面的堤岸還要少上許多。」

洪星琁興奮俯探牆下，不忘道:「太過分了，這麼棒的地方，你上次居然沒帶我上來。」高牆下同樣是滿滿的消玻塊，由於數量龐大，因此海水絕對無法侵襲岸邊，只要觀賞者不要失足跌落幽深的岸下，在此處觀賞夜景還稱得上既舒適又安全。

「妳上次喝了好幾瓶的啤酒，要爬下這面牆恐怕有難度吧!就不怕摔了下來，正好被我抱個滿懷嗎?」待女友坐妥一旁後，他立即邀功:「為了感謝我的用心，不如趁現在四下無人時，回饋一丁點的福利。」說完，他已將面頰傾向她。

望著意圖索吻的男友，洪星琁只是不斷綻笑。他們交往至今，頂多僅止於牽手和單純的擁抱階段，以同住一個屋簷下的情侶而言，別人肯定會驚覺他們的親密程度有些「發展遲緩」。

「非常感謝你的用心，我很滿意這個私房景點。」她於是破例拋送飛吻。

「雖不滿意，但勉強接受。」白子帆笑著脫下鞋襪，接著大喇喇的就地一躺。

洪星琁望著他突來的舉動，再盯著他身上的白色襯衫，有些吃驚。

「衣服髒了回去再洗就好。」他朝她勾手：「一塊來吧！保證可以一解這兩個禮拜來的疲累。」

「好。」洪星琁再也抵不住誘惑，同他率性躺下。

天啊，她實在難以用文字形容此刻的感覺是何等的美妙與飄然。

四面八方全是此起彼落的潮音原奏，他們彷彿身置在海床的表演場上；九月分的海風拂來，不冷也不熱，帶著無比舒暢的醉人動意；點點星光佔滿頂空與視線，雖不及高山的碩亮，但在平地而言，已是不可多得的世外享受。

在無人干擾的情況下，他們就這樣閉眼躺了一、二十分之久，藉由大自然的力量，徹底洗滌纏累一身的疲憊。

舒解一番後，洪星琁率先睜開眼：「你知道北斗七星是由哪七顆星所組成的嗎？聽說古代人都以斗柄的指向來判斷四季，而且，中西方對於北斗七星的定義也不盡相同。」

「若以杓口處開始點名的話，七顆星分別為：天樞、天璇、天璣、天權、玉衡、開陽和搖光。」白子帆閉眼說明：「道家習慣將斗柄稱為『天罡』，我們確實可以透過斗柄所指的方位，來判斷目前確切的季節，在秋天的話，斗柄會指向西邊，在冬天則朝往北邊。在外國人眼中，北斗七星或許只是『大熊星座』的一小部分，但在中國古代卻相當重視北斗七星的存在，西漢司馬遷在『史記‧天官書』中，也透露出當時的信仰：斗為帝車，運於中央，臨制四方——所以，北斗七星可說是『帝車』的象徵。」

沒想到男友竟能分享這麼一大串的學問，洪星琁不免佩服。

白子帆接著睜開眼，轉望她：「那妳知道北斗七星其實不止七顆星嗎？而且透過北斗七星，我們還可以找到北極星的所在位置。」

「真的假的？」北斗七星不止七顆星，她還是頭一次聽見：「北極星不是天際數一數二亮的代表星嗎？為何還需要透由其他星星來找尋它的位置？」

白子帆彎眼一笑：「其實北極星的亮度只能算是中等而已，在亮度排行榜中，它不過只位居第五十一名的成績，光是北斗七星內，亮度勝過它的就有好幾顆。」他逐一解惑：「北斗七星中的第六顆星星『開陽』，其實是用肉眼就能瞧見的『雙星』，在它附近有一顆很小的伴星叫做『輔』，據說，古代阿拉伯人在徵兵時，會將它用於士兵的視力測驗上。」他取來一旁的手機，點選內存的圖片，邊解說邊比劃：「只要將北斗七星中的『天璇』往『天樞』的方向延伸，大約五倍左右的距離，就能夠找到導航天際的指標——北極星，因此天璇和天樞又被稱為『指極星』，由於北斗七星會固定繞著北極星轉動，所以，這種現象我們亦稱它為『斗轉星移』。」

洪星琁不斷點頭，在細看他進一步放大的圖片後，更是驚詫：「居然有兩個北斗七星……」原來北極星所屬的星群中，正好是一個迷你版的北斗七星，而北極星就正好落在最尾端的位置。

「沒錯，所以我們又稱它為『小北斗』，指的就是北極星所在的『小熊星座』。」介紹完後，他便將手機放下：「下次，千萬別再誤會北極星了，最亮的前五名排行榜，其實是：天狼星、老人星、南門二、大角星，以及織女星。」

「你對星星頗有研究嗎？」她不免好奇。

「還好，就知道一些皮毛而已，有許多資訊大多都是從我爸那裡學來的。」一提及男友的父親，洪星琁立刻道：「上次看完你爸的日記，真是讓我又哭又笑的！」因遠洋而分隔的那幾段，她尤其感動和難忘。

「是呀！所以才說它是我們家的無價之寶，多虧有它，我媽才能勉強撐起我爸不在的日子。」「你媽看似嬌小柔弱，沒想到卻有過人的堅定和勇氣。」她滿是敬佩的說：「別說你爸失事後的日子，光是懷孕和生子期間，你爸徹底缺席的部分，她非但沒有半絲怨言，反倒還肯站在他的立場幫忙設想、不時打氣和給予鼓勵——光是這點，就是多數女性無法抵達與認同的境界。」更別說，相處的日子中，總有一半的時間在等待另一半回港。

「我爸確實很感謝我媽的無怨和體諒，對於自己行船的職業也極感愧疚，不過，我媽卻一點也不介意，反倒正向地說服彼此：小別勝新婚。」他放送一笑：「就因為這樣，他們幾乎沒吵過架，並且一直維持著令人稱羨的熱戀模式。」

洪星琁羨慕極了：「可惜他們只生下你一個，當初應該增產報國才對。」欣羨之餘，她不免聯想自己的家庭，不由得感慨，老天爺真是和他們兩家人開了一個不小的玩笑。

白爸爸錯過太太肚皮隆起、新生兒可愛待哺的模樣，盡是惋惜與自責；反觀自己的父親，總是嫌棄母親懷孕時礙眼、坐月子穢氣，所以常主動將母親丟回娘家，直至滿月後，才將她們母女接回屏東。因此，她們姐妹倆才會全是出生於高雄。就因為沒責任感的父親與直系的親人對她們全然不重視，並樂見她們母女時常不在視線範圍內，因禍得福下，她們才得以經常返回高雄取暖，並與外公外婆培養一定的深厚情感。

白子帆道：「我記得拍攝遠洋紀錄片『海上情書』的郭導，曾說了這麼一句話：船上的男人特別溫柔，岸上的女人特別堅強——我覺得再寫實與貼切不過了！這完全是漁民與其配偶的真實寫照。」他同時分享：「在我爸身上我也學到許多，男人應該趁年輕時多點計劃與拚勁，雖然會有所犧牲，但為了換取更長遠、更優渥的穩定生活，勢必得有所取捨。」

洪星琁順勢問：「所以當時會和前任女友分手，和你全心投入工作有密切的關係？」

「嗯，我不希望被貼上空手承接家人資源的標籤，所以除了工作之外，私下也努力拓展人脈，並多多觸及投資和理財的區塊。」白子帆望著星空，脣線輕淺一勾：「會產生這樣的動力，主要也是發現和『她』相處越久，彼此間的成熟度、觀念，以及對未來的目標逐漸拉出差距，加上她無法接受我決定把重心轉往事業上，我們便協議分手，這樣更加讓我無後顧之憂，能盡情地朝理想與目標邁進。」不知不覺中，他已伸手握住她：「好多年過去了，我覺得自己在事業上已有一番成績，忙完一個段落後，現在反倒很渴望能停下腳步來，朝另一種穩定的居家模式進行。」

明白他話語中的暗示後，她的面頰登時染紅。

「你確定依照公司目前穩定成長的業務量，有辦法停緩馬不停蹄的工作嗎？」接著，洪星琁半開玩笑：「如果你過度在事業上投入的話，我可能也無法接受喔。」他可是標準的工作狂，可以將大半的時間與精力全押注在上頭，不過一旦啟動放假模式，又會把全數的公事皆拋得老遠，僅單純回歸寧靜的私生活。

白子帆笑出聲：「我和湯尼討論過了，若不是控管接案的利潤和品質，不然，就是再考慮新增人手的事。」他不諱言地表示：「美吟和湯尼的能力都值得肯定，所以，我打算擬定業績式的抽成，除了分攤自己的工作量、擬聚彼此間的向心力之外，也可以幫助他們小倆口拓展事業，累積更好的收入。」

洪星琁點頭肯定：「這倒是不錯的方式，你正好能替健康多存點本錢。」突然一陣強風拂來，致使頂空的流雲急速飄送，她因而連想某件事，於是道：「我很想知道你母親安放的地點，不介意的話，改天，我們一塊去祭拜好嗎？」

「當然好，不過不用等到改天，現在就能立刻成行。」白子帆帶著她一塊站起身來，並將手指向遠方：「她在那裡。」

洪星琁不明所以，還不斷踮腳眺尋：「在哪？小琉球嗎？」

「在妳所見的大海之中。」他睇著她，深摯一笑：「我依照我媽的要求，將骨灰分別灑向故鄉的三面大海，所以，我們隨處都能見到她。」

「你說的是真的嗎！？」她感到難以置信，竟有人願意將骨灰灑向大海——而且，還是當事人自己所要求的。

「妳沒聽錯，在我爸發生意外之後，某天，我媽突然慎重告訴我，如果哪天她也離開的話，她想要回歸大海的懷抱，就連喪事也希望一切從簡。」

迎著涼風，洪星琁的雙臂不禁泛起陣陣疙瘩：「你知道她為何這樣做嗎？」

「她說，大海是孕育萬物的起源，是上天賜給我們最神聖的禮物，而大海佔據地球面積的七十%，而我們人體之中，也恰巧有七十%的水分——這是一個很奧妙的數據，如同傳遺的基因一般，所以面對大海，我們必須秉持著感恩的心，懂得守護與尊敬，加上我爸又是在海中發生意外而離開的，她更希望能追隨他的腳步，一塊於大海中團圓，一同遨遊四方。」

聞言，洪星琁覺得自己彷彿上了一門另類的課程，思緒和感受不斷激揚。

「雖然生長在極傳統的小漁村，但我的觀念與作法卻大不相同，儘管父母親皆沒有實質安祭的地點，但他們的精神卻永遠活在我的心中，我感念他們的心，至今未曾停歇與忘懷，只要想起他們，我就會來到海邊走走，透由這樣無聲交談的模式，傳遞滿滿的思念。」他說。

「我覺得能擁有一顆不間斷與感念的心，更為難得可貴。」洪星琁予以肯定：「想必你依照母親所要求的方式進行，肯定會引發不少人士的不孝抨擊，但我覺得你所表達的緬懷方式，其實更勝於傳統式的祭拜。」

白子帆笑著感謝：「幸好我的家人也願意聽從我的說法，讓我依照我媽生前想要的方式結束。」他充滿興致問：「妳相信水是充滿能量與功效的嗎？而我們的『意念』能輕易地改變它的磁場——既然我們體內有七十%的水分，只要肯秉持積極、感恩、不抱怨的態度，就能替自己轉換一種正能量，進而幫助我們達成理想中的期許。」

「你說的這個概念，我還是頭一次聽見。」她汲取完後，進而分享：「回到高雄之後，又正逢夏季，我逐漸愛上雨季的氛圍，尤其是夜晚時，特別愛一個人靜靜地待在陽台，單純的賞雨或是沉澱心情，過程中，好像也簡接產生某種程度的慰藉與安定。」她笑望著他：「聽完你的說法，我更加認同水有股神祕般的力量，而大海與萬物之間的關係更是密不可分。」難怪孩子們一看見水就會莫名產生興奮，而她每每看見大海便會湧上沒來由的感動與思念——原來，這是一種本能的回歸和索求。

白子帆笑道：「或許妳曾經透由水波的傳遞，發送某種訊息，而我的頻率正好接收，彼此才會一步步靠近。」

「那肯定是你曾經虧欠了我什麼，我才會逐步找上門來。」她俏皮回應。

白子帆虛心表示：「不管妳是來要債或是來報恩的，我都會欣然接受。」

洪星琁失笑。在他的搭摟下，帶著蜜意半偎著他。

望著這片海景，白子帆同時也湧上一絲愁緒：「大海對於我們的幫助實在無法言喻，可惜人類為了滿足自身的貪欲與方便，已不惜破懷、污染這片土地和海洋。」他感慨道來：「紅毛港內成為貨櫃場也就算了，沒想到我們原先的『外海』也遭受開發而一併消逝，就連從小到大可以開放進出的『南星計劃』，近幾年，也已劃除我們的活動範圍之外……這四百年來，原先靠海為生的原始居民，竟離自己熟悉的海岸線愈來愈遙遠，這種憤怒與愁悵，絕對不會是既得利益者能深刻體會的。」

洪星琁眉心一蹙。經濟發展在無限上綱的情況下，確實已嚴重迫害許多生物和偏鄉者的生存權。紅毛港是第一線，緊接是大林蒲與鳳鼻頭，再來呢？若干年後輪到林園受陷嗎？難道開發和污染到達一定的程度，大家都必須失守祖先胼手胝足、深耕已久的故土嗎？

「我突然想起台灣樹王『賴桑』常說的一句話。」他說。

「我知道。」洪星琁立刻舉手回答：「生活的環境是最重要的——對嗎？」

「不錯嘛，星同學。」白子帆予以肯定。

洪星琁於是主動討賞：「既然我答對了，還不快點和我分享你當初決定投入漁業的動機，以及在海上作業的詳情與感受。」她逕自坐下，表情已是迫不及待。

「好。」白子帆笑了笑，坐定後，難得訴說過往的經歷：「我快退伍時，就主動找七仔叔私聊，很希望能透由他的關係，介紹離家遠一點的近海捕漁團隊，因為我想把漁民的初體驗，當作是送給自已出社會的第一份禮物。當時家人和親友得知後，全怔得說不出話，還形容，這比起當年聽見我爸宣布要投入遠洋的工作還更為震撼、難以消化。一個月後，我便前往基隆八斗子外海的海域正式上工，由於淑珊阿姨放心不下，因此要求七仔叔務必要隨行照顧，我們一船六人，便在晚上的十點出發，直到隔天早上十一點左右才靠岸進港，當時我花了不少時間適應顛簸的大浪，以及……」

洪星琁極專注聆聽，男友行船近一年的心得感受和所見所聞。直至一個小時過去，時間確實已經不早，白子帆於是中止話題，決定帶她回去好好洗淨休息。

他邊示範如何安全下樓梯，邊道：「海上低光害與滿天星的盛況真的很漂亮！我尤其難忘當海軍時，軍艦下錨於南沙群島的情形，可惜只能口頭和妳分享，無法提供任何的影像與照片。」

「那真是有錢也買不到的回憶與美景。」她笑然以對。

正當女友同樣安然抵達地面，白子帆不禁提醒：「小心，妳腳邊有一隻大蟑螂。」

洪星琁發現後，慌張地左閃右跳，哪知蟑螂似乎是故意衝著她而來，直直追著她移動；白子帆見狀，索性一把將人抱起，並用力踩地，這才驚跑突襲的蟑螂兄。

洪星琁感謝極了：「謝謝，可以放我下來了。」也許是因為小時候的生長環境，總有可觀的蟑螂軍出沒，在媽媽和姊姊皆害怕的情況下，她也耳濡目染、產生相同的恐懼。即便已經長大，卻無法清除既定的陰影與障礙。不過即便害怕，她倒也不會像一般女生那樣，一失措就胡亂尖叫。

一下地，洪星琁正要邁開步伐，沒想到……扶在腰際上的手臂似乎沒有放人的打算。

白子帆透著不懷好意的笑：「星小姐，我『又』救了妳一次，這次總該給點福利吧。」語畢，他已將側臉傾向她。

洪星琁緊張嚥著口水，很肯定自己躲不過這一次，於是環顧四周，確定附近並沒有釣客出現，便以迅雷不及掩耳的速度，朝他的面頰一啄。

白子帆的俊容沒漾起應有的變化，反倒蹙眉不解地左顧右盼，並喃喃道：「奇怪，剛才是有一隻飛蟲滑過我的臉頰嗎？怎麼還來不及感應，『她』就像風一樣突然消失不見？」暗示完後，他再度將臉貼向她。

「……」望著益發逼近的臉龐與箝制不放的手臂，洪星琁也不得不就範。正當她的唇即將觸及他的面頰之際，突然間，算準時機的某人及時將臉轉正，然後……

洪星琁反應過來時，人早已身陷在他的環抱與氣息之中，彼此間的首吻，已熱情展開。

一切來得很突然，快得讓她無法準備與怯場，只能迎合他的索求，共同交織纏綿不休的熱度。直至遠方捎來一陣刺眼的燈火，這才中止彼此間的投入。

白子帆率先停下動作，但單臂仍圈摟著她：「這個釣客來得還真不是時候。」他轉頭覷見懷中人低垂的頭皮時，不禁笑出聲來：「別擔心，這麼遠的距離加上角度上的問題，對方根本看不見。」

經他提醒，洪星琁趕緊抽離他的懷抱，免得讓逐步逼近的釣客，明顯感受到他們之間的曖昧。

「時間不早了，我們快回家吧！你應該也累了……」她面有赧色，顧左右而言他。

白子帆噙著滿意之笑，不斷欣賞她不知所措，卻又故作鎮定的俏臉：「妳剛才不是說聊得正起勁，加上明天又休假，有點捨不得回家嗎？既然這樣，我決定改變主意，陪妳在港口好好漫步一大圈。」

洪星琁發窘不已。眼看該位釣客已經接近，她忙慌亂地勾起他的手臂：「太、太晚了，今晚港口人又特別少，有些危險，我們還是快點離開吧。」說完，便拉著他移動步伐。

「不急。」白子帆稍微施力便將人拽回：「如果妳是擔心對方剛才有看見什麼的話，不如我當面問他，妳就不用……嘶——」他低叫出聲，因為腰際正被某人深擰著不放。

「以妳的力道，我想應該是真的累了，我們這就回家。」白子帆努力憋笑。

洪星琁紅著臉警告：「回去之後，我要立刻洗澡休息，你別再傳 LINE 過來搔擾，或是前來敲門索抱了。」她此刻最大的收獲是：天下沒有白吃的午餐，更沒有白看的夜景。

白子帆早已失笑，並口是心非的配合：「好，我保證會讓妳好好休息。」

離開前，白子帆還主動朝迎面不解的釣客揮了揮手，脣邊悠揚的弧線，一如今晚展露的新月，久久彎著閃亮動人的笑意。

⟡

放假的早晨，白子帆和洪星琁一塊吃完早餐，便來到露天的中庭感受美好的晨光。

洪星琁澆完水後，突然想起這幾天他們總是早出晚歸的，幾乎都忽略了信箱內的郵件。

打開一看，裡頭果然積了不少廣告傳單。她逐一將信件分類，過程中，瞧見一個牛皮紙信封，上頭不僅沒有任何的郵戳，更不見相關的寄件資訊，僅署名「洪小姐」收。

她納悶地開啟封口，發現內容物竟是一小疊的冥紙，上頭還附著一張紙條，以打字的方式寫上：

希望妳會喜歡我精心為妳挑選的禮物，祝妳好運。

洪星琁怔在原地，面容逐漸黯淡，不由得產生不祥的預感。

「怎麼了？」隨後而來的白子帆接手一看，立即蹙眉：「用不著理會這種無聊的惡作劇，沒事的，不管發生任何事，我都會陪在妳身邊。」

「嗯。」洪星琔勉強擠出一絲笑容。

沒想到，下午時刻，正當他們打算開車出門走走時，正巧有不速之客上門按電鈴。

「啊……」開門覷見來人，洪星琔倒抽一口氣，十分驚恐地退了好幾步。

萬萬沒想到，這輩子最不願意面對、也最害怕面對的那個人，竟無預警乍現眼前。

「怎麼了，不過才七、八年不見，妳該不會連自己的親生老爸都不認得了吧？」洪寶財站在門口淫淫粲笑，十分享受每一次突襲成功的快感。不過才五十多歲的他，卻已有六、七十歲的老態，不僅面相猥瑣、氣息古怪，全身還散發著殘留的酒氣與怪味。

原先在車內打理的白子帆，發現異狀後，也已於第一時間內下車趕來。

「有事嗎？」他即時以精壯的體格堵在門口。

原先想硬闖的洪寶財，被突來的人物與氣勢嚇了好一跳！遂踉蹌了幾步，在站穩後，總算看清楚對方的長相與條件。

「漬漬漬……」洪寶財咂嘴不已：「沒想到妳們姊妹還真有本事，住的房子一個比一個更為氣派，就連找到的另一半，條件都還一個比一個更加優秀，真是不簡單、不簡單！」他於是脫口：「要不是有位仙女姑娘特地上門告訴我，妳們姊妹目前的近況與所在位置，不然，高雄這麼大，我還真沒有把握究竟是何年何月，才能與妳們再次團聚呢？」思及此，他不禁仰天大笑。

被白子帆安護身後的洪星琔，聽到這，面色早已刷白。

洪寶財得意盡顯，立即將目標移至眼前人：「年輕人，先自我介紹一下，我就是你將來的岳父大人——也就是洪星琔她爸，我聽說你自己開公司當老闆，難怪有能力住這棟價值不菲的豪宅。」他滿意地掃視所見的空間與建材：「以前，我都不知道生女兒有什麼用處，今天，總算是體會到了，呵呵……」他朝對方比了一個夠力的讚勢：「不錯不錯！我小女兒還真有眼光，不枉費我過去特別疼愛她，如果她哪方面做不好、不知低聲變通的話，你儘管跟我反應，我一定幫你好好教訓教訓，免得她跟她媽一樣，一輩子都不懂得如何討男人歡心。」

「你口中的那位『仙女』還真是佛心來著。」接著，白子帆直截問重點：「不曉得關於我部分，她還提供了哪些資訊？」

洪寶財已迫不及待告知：「我知道你是紅毛港人，這是我自己打聽到的。」

「喔。」白子帆挑眉：「所以呢？」

「所以，我知道你的經濟狀況肯定又高人一等。」洪寶財的語氣像即將道出什麼機密一般：「大家都知道，紅毛港人過去單靠抗議就發了不少橫財，更別說遷村案又是分地蓋房子、又是現領一百五十萬元的現金，就連不起眼的舢舨讓政府徵收，也能到領一、兩百萬之多，其餘的賠償細節和貸款優惠就更不用說了，我甚至還知道民國七十幾年的時候，你們隨便向台電抗議幾下，每戶就實領了六十萬元呢！」他既羨慕又惋惜：「早知道政府的錢那麼好賺的話，當初就該學習身邊的朋友，透過關係去你們那邊寄戶，這種穩賺不賠的投資，真是天上掉下來的發財機會！」可惜，他居然錯過了，不然現在或許就是住豪宅、開名車的大老闆也說不定。「真希望政府哪天也想通了，來徵收我們那邊的爛地。」愈越愈不甘心的他，不禁重捶手心。

「你想要多少錢？」白子帆開門見山問。

一提及關鍵字，洪寶財頓時像抽中大獎似的，立即扯開滿面的皺紋與爛牙：「說要錢，這話好像不太好聽吧！過去，我起碼辛苦將她們姊妹花拉拔養大，如今她們一個個翻身成為貴婦，對我卻不聞不問，我不過是想拿點生活費勉強過日子罷了，在法律上應該算合情合理吧？」

「不可能！我不會再拿任何的錢給你——」洪星琁已激動地想衝出。

白子帆仍擋在門口：「星，冷靜點，這事交由我來處理就好。」他轉頭以眼神安撫，要她放心將此事交由他來應付。

「對對對！男人談事情，女人最好不要亂插手。」洪寶財樂極了，此趟的來意無非就是要合理取財，既然對方如此識相，他便立刻比出一個數字：「每個月給我這樣就行了。」

白子帆面不改色，笑了笑：「三萬塊確實挺合理的，但我不習慣以現金交易，匯款行嗎？」

「當、當然沒問題！」事情出乎意料的順利，洪寶財只差沒跳起來和對方擊掌慶祝：「我知道有制度的公司都會請會計小姐直接轉帳處理，所以你放心，我絕對可以配合。」他隨口又補了一句：「不過……現在的物價真是高得嚇人！哪天要是錢不夠用的話，可能要麻煩你多多體諒些。」

白子帆面無表情自皮夾內，取出一張名片交給他：「星期一，你打電話和這位陳先生聯絡，他會通知你要準備哪些文件讓他作業，記得，核對資料用的身分證絕不能少。」

「好好好。」洪寶財欣喜接下，邊瞇眼看邊發問：「那什麼時候才可以拿到錢？」

「等你辦完程序，我會請陳先生加快處理你的部分，保證一個禮拜之內，一定能入帳。」

洪寶財心花怒放，連聲捧道：「年輕人，我就欣賞你們這種做事乾脆的海口人，難怪我們家寶貝會死心塌地的跟著你，等你們改天論及婚嫁時，聘金我絕對會給你特別優惠。」

屋內的洪星琁再也聽不下去，已嗚咽地轉身奔回房間。

白子帆的心房一擰，決定盡速打發對方：「希望你拿到錢之後，沒事最好不要來這裡打擾，就當作是我們雙方交易的條件之一，如果你違反在先，我隨時會中止合作，讓你一塊錢都拿不到。」

「沒問題、沒問題。」洪寶財隨口敷衍，並小心將名片收妥。一想到往後有這座穩定的銀礦供他挖取，已忍不住要去喝兩杯慶祝：「未來的女婿，那我就不打擾你們恩愛了，假日愉快，有空我們再一塊約出來吃個便飯。」

「星，我們聊聊好嗎？」白子帆站於門外暖心呼喚。

自從女友的父親離開到現在，她已將自己鎖在房內長達好幾個小時不肯露面。

「妳再不出來的話，我只好開門進去了。」即便手中早持有備份鑰匙，但仍耐心等候她的出現。

五分鐘後，房門總算敞開。白子帆一入內，立即將人擁入懷中。

一觸及他所提供的溫度與安全感，洪星琁不爭氣的眼淚又再度翳上。

「對不起……」她掩蓋不住憔悴低落與雙眼哭紅的模樣，只好將臉埋進他胸膛。

白子帆緊環著她，重重一嘆：「傻瓜，幹嘛跟我道歉？」向來沉靜面對事事的女友，此刻竟也難掩驚慌失措，可見父親過去帶給她的陰影極大，讓他不免心疼：「為了那種人浪費我們寶貴的時間和妳的眼淚，我覺得一點都不值得。」

「從認識到現在，我好像只會給你添麻煩。」她自責低喃。

「有嗎?我只記得妳帶給我很多的能量與快樂，因為妳的出現，我的生活才又重新注入新的方向與動力。」他溫聲說:「星，妳不用愧疚什麼，妳的原生家庭我完全能接受，也早已做好面對的準備。過去，我來不及參與妳所遭遇的冷落與對待，但我真的很想讓妳知道，往後的一切，我們都會共享、共同承擔。」他圈緊力道:「現在的妳，已經不是只有獨自面對的唯一方法，還有我的陪伴與資源。」

洪星琁急忙抬頭:「但我不希望你提供任何的金援給我爸，我很了解他的個性，一但嘗到了甜頭，後續就是沒完沒了的索取和壓榨!」她難過地表示:「他一拿到錢，只會用來喝酒享樂，再多的金額都不夠他一夜簽賭的花用，我十分明白這一點。」她不禁央求:「所以我求求你，不要讓湯尼匯錢給他，這件事就讓我自己私下解決，好嗎?」

「妳自己私下解決?」白子帆蹙眉，問:「那妳打算怎麼做?」

「我……」洪星琁頓時垂下臉來。

雖然尚未想好對策，但她是真的很害怕又重新經歷過去的煩難與不堪。尤其一想到父親往後極可能攀著男友的光環四處張揚、炫耀，又或者閒來無事跑去公司巡視和指揮，日後亦可能提出更多、更過分的權限與要求——思及此，她的內心就全是負面的雜緒，再也掩不住對未來的絕望與心灰。

她自己丟臉是小，但倘若從此讓男友遭人看笑話、進而影響日後的生意接洽，她怎樣都不會原諒自己——而能徹底免去這個棘手的蠻纏，可行的方法就只有一個。

「我們分手吧!」洪星琁鐵了心道:「我會盡速搬離這裡，我爸改天若是再找上門來，你就跟他說，我們已經毫無……」她的話瞬間遭柔軟的唇瓣堵住。

白子帆的吻無預警罩了下來。這個吻緩而綿密，有別於昨夜的濃烈，彷彿藉由這陣綿長的柔觸，正傳遞某種不容置疑的許諾。

一會兒後，他才緩緩移開，並以堅定無疑的眼神，重申契約書中的誓言：「我的答案還是那句話：我們會相互扶持、朝理想的家庭邁進，過程中，無論發生什麼事，任何一方都不會是孤立的一人，因為從這一刻開始，未來的酸甜苦辣，一切都將會是——我們。」

簡短有力的兩字結尾，好似朝她沁寒的心湖注入一道道的暖泉，她不禁淌下熱淚來。

「星，除非妳是真的不愛了，真心想離開，不然，我不會同意妳隨口提分手的事。」他認真捧著她的臉蛋：「這次的事件，我和姊夫會一塊加入商討的行列，相信我，絕對能找到解決的好辦法，千萬別因為妳爸的出現而擔心我得面臨的種種問題，更不要因為他，而否定妳自己，對我來說，我很感謝這樣的環境造就今天的妳，妳是一個值得把握的好對象，我不會輕易放棄與錯過。」

深受撼動的洪星琁，再也無法言語，只能回以激動的擁抱作為聲聲的答謝。

為了平緩她泫然的情緒，白子帆除了費了一番功夫細哄之外，在她洗淨臉龐勉強打起精神後，他便抱著她坐於床沿，除了軟語鼓勵之外，還開始輕啃她的耳根與肩頸。

洪星琁只覺得陣陣酥麻，逐漸忘卻不安與緊繃。

不久，他的吻再次傾下，由輕緩逐漸轉為炙熱。

倒臥床鋪的兩人，轉眼間，已是糾纏難分的兩道身軀。

白子帆半喘著，以眼神詢問進一步的動作，在她的許可下，攻勢不再發乎情、止乎禮。

他們再也止不住本能的渴求，決定拋開理智的界線，放心將自己交予對方。

民國七十年七月三日。

一早回航，重新踏上闊別已久的岸邊，感覺格外踏實，只是步伐卻難掩幾分沉重；強勁的海風迎面吹拂，撲簌簌的響聲像在催促著我，該要立即去完成什麼。

一到家，我立刻向媽表示，想先暫止遠洋的工作，看得出來，她相當欣慰，因為她一直想勸我擱下這份遠距離的工作，在家多陪陪他們，這次我主動提出，她已感動得直泛淚。

如雲，回港之前，我已在心中反覆練習過無數次，分隔兩年，妳若是突然接到我的電話，反應會是如何呢？我又該以什麼樣的話題起頭？不論妳目前的交友狀態如何，我們是否還能夠以單純的朋友立場，出來見個面、吃個飯呢？

真的真的好想再見妳一面，哪怕是最後一次也好。

兩年，是一個極現實的考驗，腦中總會浮現妳淚眼婆娑的模樣，這一幕伴隨著航程直直壓在心上，扎著每一個在海上飄流的昕夕，我多麼希望，能清除或是彌補妳曾為我流淚的難過記憶。

渴望再見到妳的念頭無從掩飾，妳卻又在我毫無防備之下，乍現眼前。

那端的妳，沒有太大的改變，模樣依舊清新動人，溫柔的眸光夾帶著一絲蛻變後的懂事與成熟，美麗，且深深吸引著我——這一幕帶給我的衝擊與震憾，已遠遠超越初次見面的景象。

即使彼此無語遙望，似乎已經徹底清除壓抑兩年的愁緒。

謝謝妳的等待與出現，成就我即將放手去愛的機會。

第十六章　意外

星期六固定休假的鄭修在好友的招喚下，晚上特地前來別墅一趟。

此刻，他們三人正聚於二樓的迷你客廳商討要事。

白子帆率先說明：「星的爸爸今天也確實去了她姊家一趟，同樣是想索取幾萬塊不等的生活費，我已經聯絡好湯尼，也交代詳細的處理方式，星期一，他會和對方約在公司附近的超商見面，取得對方的基本資料後，我考慮委託徵信社調查他的基本概況，確實了解後，再來採取下一步的行動。」

明白後，鄭修暗地搖頭。枉費這麼好的一個女孩子，卻分配到這樣令人唾棄的家庭之中，命運的安排還真是令人感嘆不公。要不是好友希望他暫時別把此事張揚出去，不然，依照母親大剌剌的個性，要是知曉的話，星期一，肯定會操著傢伙在超商附近等著伺候當事人。

「我覺得對方長期染上惡習，向她們姊妹索取的金額又異常之高，撇開可能積欠的債務不談，也是有可能如你所猜想的那樣……」鄭修認真看著好友：「如果能確定的話，事情就好辦多了。」

白子帆點頭：「時間一到，我和星的姊夫會先匯第一筆金額給他，相信短時間之內，能鬆懈他的防備，我們正好利用這個時機點，好好掌握他的去向。」

鄭修主動表示：「調查的部分，你先別急著找徵信社，回去之後，我私下問我爸看看，他或許能提供充裕的運用管道。」

白子帆頷首：「好，那就麻煩你了。」

一旁的洪星琁始終垂著眉目。真沒想到，自己的原生家庭竟在多年之後，不堪又醜陋的一面會再次攤於檯面上，並且連帶影響了其他人——思及此，她就難受不已。

過去，爺爺奶奶還在世時，父親還稍微節制一些，兩位老人家相繼過世之後，無人可管的父親已徹底走火入魔，就連多位姑姑、親戚鄰居同樣都勸說無效，為了不惹上多餘的麻煩，索性能閃則閃。而稍早，她也已聽說，父親在外另組的小家庭在近幾年也確實以離婚收場，再也榨取不到任何資源的他，這次，肯定會緊緊攀著她們姊妹不放……唯一令她慶幸的是母親早已遠嫁國外，不用再遭受不必要的池魚之殃。

「星，又在胡思亂想了嗎？」白子帆柔聲喚。

「我……」洪星琁頓時回神。

鄭修趕緊道：「星琁，妳千萬別把他人的過錯全攬在自己身上，我覺得妳們姊妹的表現已經相當優秀了！今天要是換作他人的話，早就跟著使壞、成為社會上的問題人物了。」他除了肯定之外，還示出滿滿的善意：「我和子帆的關係幾乎情同親兄弟，所以你們的事就是我的事，我很樂意幫忙的，妳千萬不要見外或是覺得不好意思，我們家人對於妳的好評，絕不會因為妳爸的出現而有所改變。」

「鄭修，真的很謝謝你……」深受動容的洪星琁再次紅了眼框。除了鄭修之外，就連初步了解情事的陳湯尼，亦傳了好一段文字前來加油打氣——她不禁幻想，若同樣的事件換成是前任男友與其家人，此刻，她究竟會面臨怎樣的宣告和異變？

白子帆的溫掌立即覆於她的手背上：「雖然妳爸這次會緊抓著妳們姊妹不放，不過別擔心，他目前已步入中晚年的危機，早已沒有本錢可以空耍過去的蠻力，加上這裡又不在他的勢力範圍內，一心想拿錢的他，絕不敢冒然造次，肯定會懂得拿捏分寸與收斂行逕。」

「嗯。」她此刻的心境，確實還停留在當年的恐懼之中，幾乎都忘了，那已經是好多年前的事情了。這次再見到父親，確實驚覺他的蒼老和改變，不禁難過……若他當年肯努力學好、盡心扛起一家之主之責的話，如今，又何須落此孤零的下場？

見她又再度入神思忖，在好友的暗示下，鄭修於是主動拋出話題：「星琁，妳不是很想知道，為何妳爸得知我們是紅毛港人之後，會有那麼大的反應與那層的既定印象？」

洪星琁不斷點頭，她確實充滿不解與好奇。

白子帆睇著她，說：「在妳還不曉得賠償的細節之前，先猜猜看，我和鄭修都在紅毛港住了二十多年，直到怪手前來拆除的當天才離開家園——妳覺得，以我們的年資『應該』能獲得哪些賠償？」

洪星琁認真回想父親口述的種種福利，於是擇一回答：「一百五十萬的現金？」

鄭修明顯竊笑：「妳確定一百五十萬夠買房子嗎？要不要考慮再加碼一些？」

「一人再分配一塊地？」她邊回答邊疑惑地望著男友。

白子帆不禁笑出聲：「其實我和鄭修都沒有領到半毛錢。」在女友訝然的目光中，他明白道來：「別墅至始至終都登記在我媽的名下，她過逝之後，暫時交由我伯母代理，直到我年滿二十歲那年，便正式移至我的名下，既然我的戶籍已經遷離紅毛港，自然不可能還領得到賠償金，就算一直保留在當地，頂多也只能符合三萬塊錢的『自動遷出獎勵金』；而鄭修之所以會掛零，全是因為他根本就沒有獨立分戶，所以不列為賠償的對象與資格。」

「怎、怎可能……」洪星琁難掩驚訝。

「是真的，我知道說了一定沒人肯相信。」鄭修無奈舉例：「我們認識的某位大哥，他是61年次的，當時因為分戶的時機點過晚，就算在故鄉住了三十五年之久，最後也只領到三萬塊錢的賠償，不只他，聽說還有住更久的，同樣也只領了相同的金額，就得摸著鼻子乖乖離開。」

「這真的太誇張了……」她大大的感到難以置信。

白子帆輕嘆：「其實我們這年紀沒領到賠償金，都還挺算挺正常的，一些長輩陸續出去買房子，大多都會登記在年輕、未婚的子女名下，以保留自己還在紅毛港的資格，不然越晚處理，總會擔心政府又持續擺爛，以及後續的未知與高房價等問題。」

「沒錯。」鄭修跟著道：「一些比我們年長的同鄉人，還在紅毛港時早已娶妻生子，雖然順利完成分戶的動作，但所取得的賠償資格也不過只有區區的十三萬塊，就得帶著小家庭出去自立更生，妳說，他們又是房貸又是養兒的壓力，還被同事們誤解搬了新家與發了大財，遷村後的苦，究竟能說給誰聽？」

洪星琁越聽越感到震驚，實在無法理解這究竟是怎樣的一個賠償制度：「你們一個個居住在紅毛港都是不爭的事實，為何不是以實際居住的年資，作為賠償的真實依據呢？」

白子帆苦笑：「只能抱怨行政院核定遷村之後，相關單位沒在最快的時間內完成一定的配套措施，直到紅毛港的戶數逐年失控爆增、衍生日益龐大的經費缺口，才會導致無期延宕的混亂局面，加上遷村案牽涉多個單位，程序冗長複雜、難以統合的情況可見一斑，因而發生——賠償的門檻訂得太早，和實際取得執行經費的時間拉開好長的一段距離——這中間衍生的爭議和損失，又無法再進行大幅度的合理調整，才會嚴重壓垮當地人，讓後期成長的大批青年皆領不到像樣的賠償，只能仰賴父母親所取得的權限與老本。」

洪星琔不禁想問：「遷村賠償日究竟是訂於何年何月？又是如何擬定出來的？」

白子帆道：「日期訂於民國85年5月18日，已婚和未婚的身分在賠償的條件上又完全不同，就算之後完成結婚，條件亦不得再進行更改。」他進一步解釋：「這個日期應該和當年紅毛港發起『封港炸船』的抗議事件有密切的關聯性，不過我翻閱遷村的相關書籍後，也正好發現，那一年紅毛港的戶數明顯爆增最多，不曉得究竟是巧合，還是有特定的內幕在裡頭？」

「要擬定這日期又必須獨立分戶……」她睇著兩人問：「這些條件，你們難道完全不知情？」

「鬼才會知道。」丟話完，鄭修忽而大笑：「要是能提前得知確切的賠償條件與截止日，我就讀國中的時候，我媽早就硬逼著我和子帆的堂妹先登記結婚了！哪會傻到以為只要在當地有居住事實，就能取得應有的賠償。」他搖頭道來：「我爸媽常懊悔的表示，當年要是有遠見的話，價值不菲的漁船就統統不買了！乾脆把賺來的錢全數拿去外面置產投資，若是這樣，我現在就是開著跑車四處閒晃的公子命，哪還需要辛苦工作、支付不必要的房貸呢？」真是千金難買早知道。

洪星琔迫不及待問：「那以七仔叔在紅毛港的資歷，究竟能獲得怎樣的賠償？」

鄭修回答：「那日期之前，我爸是已婚的身分，所以條件可以三選一，看是要：配售26坪的土地、領取等值現金，或是遷購國宅皆可。」他直接道：「我們選擇的是第一項，所以得自行處理蓋房子的細節與相關支出。」然後，全家人從此陷入雞飛狗跳的苦難之中，差點氣絕身亡。

洪星琔開始認真估算：「雖然能取得免費的土地，但當時的房價已逐漸高漲，光是蓋房子的費用、添購整屋子的傢俱與電器用品，最起碼也得負擔好幾百萬元的支出。」

「哈哈哈！」鄭修無預警笑場：「土地哪是免費取得的，我爸還支付了六、七十萬元的金額，才能登記擁有呢。」

聽完後，洪星琁簡直驚呆了：「如果連最有優勢的第一類賠償都得負債收場的話，那麼，究竟是誰能從遷村中獲利呢？」這一刻，她是真的弄糊塗了。

「當然有。」白子帆總算開口：「若有內線消息能提前得知相關的賠償訊息，只要抓準時機點完成寄戶與分戶的動作，自然能撿到現成的便宜。」他就曾在路上聽見有人大言不慚的分享，自己靠關係輕鬆寄戶、順利賺取百萬元的心得。

「還有仲介與建商。」鄭修補充：「遷村啟動後，有人便四處鼓吹登記土地的同鄉們，可以將手中的權限私下交易，他們約以 150 至 180 萬不等的金額收購，讓建商建蓋完成後，再轉手賣給一般買房的消費者。」

洪星琁不解：「那些長輩為何要私售自己的土地？」

白子帆解釋：「因為『領取等值現金』有一定的名額限制，大家幾乎都漏夜排隊搶資格，因此，搶不到的人為了舒解已經額外貸款買房的壓力，只好以這種方式迅速解套。」

「領取等值現金的金額會很高嗎？」她一臉好奇。

鄭修撇嘴：「還好啦，整個領取的細項加總起來，金額不過就在一百五十萬上下。」為此搶破頭還登上新聞版面，真令人不勝唏噓。「有些想領現金的，扣除還房貸與寄戶的之外，也有可能是因為膝下的子女都領不到像樣的賠償，父母就算為難也自身難保，只好以現金平分的方式，讓他們去另尋未來的出路。」他越說越生氣：「因為遷村而造成手足失合的不在少數，更別說後續負擔不起房貸而賣屋求生的更是時有所聞，甚至還有少數人淪為街友的消息傳出，把大家搞得苦不聊生，真沒想到，遷村的經費居然還剩餘四十億元繳回國庫，簡直是欺人太甚！」他怒拍自己的大腿洩憤。

洪星琁驚呼：「普遍的青年都領不到賠償，居然還有餘額可以上繳？」這真的太誇張了。

白子帆睇著她：「不僅如此，就連預計給當地人作為搬遷使用的土地，也剩餘二十多公頃。」他一臉嚴肅：「除了在賠償上大有爭議之外，聽說當初在紅毛港有許多登記營業的店家，也沒獲得額外的轉業補助，至今乃努力陳情中，也有人不服這樣的歷史迫害而堅持打訴訟，不過情況應該都不太樂觀。」

鄭修哀嘆：「過去的生態污染與政策侵略，外界普遍都不知情，卻只會放大我們特定的賠償、接收他人訛傳的福利，我們真是受了莫大的冤屈又嚴重遭受染黑，難怪遷村都這麼多年了，大家心中的傷口都依然鮮明。」

「會搞到家毀鄉亡、同鄉人四散各地，也有部分該怪自己。」白子帆繃著臉道：「當初，若大家的胳臂皆一致向內、願意以多數人的權益為重的話，哪會鬧出這樣的世紀大笑話？」

鄭修不禁咬牙：「就是說呀，應該有不少只有在領錢的時候，才會記得自己是紅毛港人吧！我媽他們當年跟著人家四處去陳情抗議時，不僅經常碰壁，還被嘲諷紅毛港的乞丐又來了……」他氣得脫口：「我就不信嚴重虧欠我們紅毛港的所有人，下半輩子能躲得過因果的譴責。」

洪星琁了解大致的賠償細節後，難過不已：「鄭修，聽說你們當時自己蓋房子也面臨不少的困境和挑戰，遷村末期更體驗不為人知的心酸，詳情究竟是如何呢？」

鄭修一一道來：「我爸媽直到大家開始搶著登記土地和領錢時，才驚覺遷村之事已確實無法挽回，再如何難過，也只好跟著投入蓋房子的大事。原本，我們打算和抽中同一排土地的鄉親們，一塊委任同一個建商來施工，當時說好一坪要蓋四萬五，但看完我們家所提供的設計圖之後，建商竟然轉口說要收取一坪七萬元的高價！我們最後鬧得很不愉快，便決定獨自再找新的建商處理。剛開始進行動土整頓的工作，隔天還遭人傾倒廢土，好不容易排除萬難、開始按部施工，某一天，我媽午覺睡到一半，竟夢見家中的神明告知建商正在偷工減料，嚇得她趕緊飛奔過去！後來才發現，彼此在認知上極有爭議，一旦有所出入，蓋房子的預算就會不斷攀升，不得不謹慎處理。」他喝口茶後，又繼續道：「遷村後期，我們當地的小偷嚴重橫行，經常公然進入家中竊取能變賣的舊物，我媽當時可說是一個頭兩個大！每天不知該守在家裡，還是前去新家監工？常被兩地搞得焦頭爛額，神經嚴重失調和緊繃。」

「小偷嚴重橫行？警察都置之不理嗎？」她感到不可思議。

鄭修苦笑：「警察是挺多的，經常來好大一車，但卻是忙著助鎮現場，好讓怪手能順利拆除每一天的進度。」他的臉色逐漸難看：「遷村的尾聲，我們那裡就像是無政府狀態的孤島，經常哭聲四起、爆發警民衝突，有不少婦人每天以淚洗面，除了難過再也回不來的鄉景之外，也擔心自己的新家尚未建造完成，卻已面臨強制斷水斷電、遭人拆除的厄運——我們也一不例外！幸好子帆他們家全力相助，免費提供我們暫住與寄放傢俱的場所，不然光是臨時找要住的房子，一個月最起碼就得再額外支出六千元的開銷，還不見得能找到願意短期租借的屋主……那段期間，新家附近遭竊的情況也頻頻傳出，我們偶爾還會輪流看守，全家人為此累得不成人形。我媽說，早知道自己蓋房子會弄掉半條命的話，倒不如直接去買現成的新屋或是登記國宅還比較省事，不然，白白斷送寶貴的性命、成為遷村下的冤魂，多不值得呀……」

「什麼意思？」洪星琁總覺得話中有話。

白子帆代答：「確實有人為了處理蓋房子的事而氣到中風，認為建商看準了商機，要狠狠敲詐他們一筆，這位長輩病倒後不久，便含恨離開了。」他沉重道來：「遷村後，許多老一輩面臨新環境的改變而無所適從，生活頓失重心，無法像從前那樣和熟悉的老鄰居隨處走動與聊天，因此加快老化的速度，聽說不過幾年的光景，已離開一批可觀的數字。」

「沒錯，就像……」鄭修發現手機的鬧鈴作響，立即將它關閉，下一秒已準備收拾離開：「不好意思，待會有要事得處理，今晚就先聊到這，改天再續。」

白子帆走向好兄弟，並拍著他的肩打氣：「加油。」

「嗯。」鄭修揚起一抹特殊的笑意，接著轉向她：「星琁，妳也要加油喔。」

「嗯。」洪星琁跟著起身送客：「今天真的很謝謝你。」

「哪裡，只是純聊天而已，又沒真正幫到什麼忙。」鄭修揮手致意，並大步一跨：「你們別送了，這裡我很熟，自己下樓就行了。」

「慢走，路上小心。」他們倆齊聲在樓梯口高喊。

對方一離開，洪星琁立即問：「鄭修要去哪？」總覺得他們哥倆方才的眼神互動有些蹊蹺。

白子帆輕搭著她，邊走邊說：「他想通了，決定今晚和女友談分手。」

「真的假的？」對方真有那麼糟嗎？

「嗯，鄭修很感謝妳的出現，總算讓他認清女友的種種缺點。」他領著她坐回沙發上，一把將人摟進懷中：「心情好多了嗎？」

洪星琁悶著臉，老實說：「不好。」尤其是聽完賠償的細節與遷村後期不為人知的事件之後。「我真的很難過，紅毛港居然會以這樣的方式結尾消逝。」她著實痛心，畢竟那塊美麗的土地也曾供應她幼時的美好記憶。

「說個好消息和妳分享，在多方人士共同的戮力下，紅毛港紀念碑的設立已指日可待。」

「那真是太好了！」洪星琁總算展開笑顏。

白子帆卻冷不防丟出一個問題：「『羞辱門楣』的相反詞是什麼？」

「光宗耀祖。」她不假思索便答。

白子帆突然間像洩了氣的皮球一般，將整個重心壓覆在她身上：「妳太傷我的心了，居然提起我最不願聽見的那個人，待會，只好乖乖接受我最嚴厲的處置。」

「為什麼？我哪裡……」洪星琁一頭霧水，不禁回想方才問答的過程，幾秒鐘後，總算反應過來：「吼，你們紅毛港人的心機真的好重喔！」他居然趁機套她說出前男友的名字。

「哈哈哈！」白子帆放開笑聲並收緊手臂，以防她逃脫。

「我不管，這次不算數。」她扳著紅臉蛋抗議：「除非，你也讓我知道前女友的名字才公平。」

白子帆自顧著說：「其實處罰的方式很簡單，妳只要閉上眼睛忍一忍，就過去了……」說完，他已迅速將她壓覆身下。

近距離對上他格外誘人的神情，洪星琁不禁想起兩人稍早火熱跨越尺度的每個情節，瞬間連耳根子都燒紅了：「那我們能否不要在這裡，最起碼回房間……」

他表情正經，眼神卻滿是促狹：「為什麼要回房間？我不過是希望妳拋開今天的所有不愉快，開心的笑一笑讓我放心罷了，難道妳……」接著，他使壞一笑：「我懂了，既然妳都主動開口了，我哪有不配合的道理？走吧，今晚早點休息。」

「……」被挖陷阱跳的洪星琁，臉色登時由紅轉綠。要不是他壯碩的身軀正緊密貼合著，讓她徹底動彈不得，不然她還真不敢保證，現下，會不會「情不自禁」踹他一腳呢。

「哈哈哈！」白子帆又縱情一笑，很享受停留在她臉上的每個細微變化。他伸手捏了捏她燒窘不已的臉蛋，隨後立即挪開身體，並拉著她起身。

洪星琁欲逃回房間，腰間卻被人及時圈住。

「看妳恢復生氣的模樣，感覺真好，起碼不用再愁著一張臉。」白子帆已收起嘻色：「好希望能像之前那樣，每天都看見妳充滿活力的笑臉。」他近貼她，逐字逐句道：「答應我，不管發生任何事，都不要讓太多負面的情緒佔據我們的相處時間，我會是妳最好的傾訴對象與靠山。」

原先還在他懷中掙扎的洪星琁，聽到這，想哭的衝動再次湧上，再也忍不住轉身，緊擁著他。

「別再哭了，不然我真的變不出把戲逗弄妳了。」

為了讓男友寬心，洪星琁只好努力抑制淚水。

一會兒後，她主動脫離他的懷抱，以他想要的活力呈現：「你──現在立刻將手交握身後，接著閉上雙眼，沒有我的允許，絕對不准偷看，更不能使用雙手。」她故意扳起臉色施令：「不然，就得接受我最嚴厲的處罰。」

白子帆盛滿笑意，乖乖配合：「親愛的，我好了。」

洪星琁瞧他確實遵守後，接著踮起腳尖，勾住他的頸項獻上一吻。

彼此纏綿許久後，她選擇煞車保持距離：「還不能睜開眼睛，從現在開始，請默數四十秒，完成後，才能正常活動，並迎接我送給你的第二份禮物。」說完，她立刻躡手躡腳地躲回自己的房間，並悄悄上鎖。

時間一到，白子帆睜開眼，卻發現眼前空無一人，不禁逸出笑聲來。

他撫了撫自己脣邊殘留的香氣與溫度，很滿意她的主動。

今晚，他可不打算一個人孤單入睡，於是取出稍早放於口袋內的備份鑰匙，決定立即還給某人更大、更加熱情的回應與驚喜。

星期日的晚上，浴室一處使用已久的水龍頭竟無預警斷裂，致使水注頓如泉湧。

白子帆和洪星琁合力忙了好久，總算將新的水龍頭安裝完畢。全身濕淋淋的兩人，相視一眼後，瞬間笑成一團。

白子帆不斷拂去髮梢上流淌下來的水：「沒想到我們和水真的特別有緣，不用下大雨也能狼狽成這樣，幸好不是在半夜發生這樣的突發狀況，不然，就真的有得忙了。」他綻著笑：「總算能體會妳那幾次淋成落湯雞的感受為何了，說真的，感覺還滿過癮的。」

洪星琁笑臉賊賊的說：「要是喜歡的話，改天我們角色互換一下，換我開車去救你。」她認真欣賞他一番：「白先生，你狼狽的樣子還是很帥呀……」語畢，她又冷不防淋了他一把。

「謝謝妳喲。」白子帆索性學起狗兒近身甩水回擊，逼得她尖笑連連。

此時，放於浴室外的手機正好傳來鈴響，他聽見後，於是踏出接聽。

「喂，淑珊阿姨嗎？怎麼了？」接著，他的表情瞬間凝肅：「好的，我知道了，現在就陪妳過去一趟，等我一下，換個衣服後馬上出發。」

「怎麼了？」洪星琁上前關心。

「我們一位很要好的紅毛港前輩突然過逝，七仔叔和鄭修正好都外出不在、也聯絡不上，淑珊阿姨的機車又臨時出了狀況，所以我打算先陪她過去一趟。」白子帆迅速處理換裝的動作，邊擦拭頭髮，邊道：「星，妳先自己在家，我會盡快回來，別忘了快點更換衣服，免得著涼了。」

「嗯，你放心去吧，剩下的雜物全交給我來處理，路上小心。」

就在白子帆離開約莫半個鐘頭左右，洪星琁正好忙完一切，突然聽見家中的電鈴響起，她頓時遭受不小的驚嚇。深怕是自己的父親會在此刻找上門來，她不敢冒然接起對講機，只好悄悄下樓，決定利用大門的廣角眼孔偷覷來人。

這才發現，原來是……

「星，不好意思，這麼晚了還前來打擾。」黃耀祖站於門口，正掛著溫和有禮的表情：「沒有妳的電話，只好冒昧前來，希望妳別介意。」

「沒關係，今天休假嗎？怎麼這個時候才來？」望著他如初識般時的好印象，她感到很意外。

「老實說，我已經把工作辭掉了，之後會去大陸轉換跑道，這一陣子都忙著和南北的朋友小聚，這兩天正好來到高雄，由於明天一早會離開，所以，一直很猶豫該不該過來和妳道別，剛才在朋友的鼓勵下，突然想通了，所以就……」明知她現任的男友肯定很介意他又再次出現，但他還是情不自禁前來。

「去大陸工作？」洪星琁訝然以對：「伯母怎麼可能同意呢？而且欣怡她……」

「我和欣怡已經和平分手了。」黃耀祖不諱言道來：「這陣子我想了很多，總覺得自己有必要向妳好好看齊，試著學習一個人在外的獨立課程，所以，這次特地拜託我媽給我一、兩年的時間出去闖一闖，她雖然百般不捨，但最後還是勉強答應了。」

黃耀祖凝視她，帶著無庸置疑的真誠：「星，上次對妳造成的傷害，我真的真的感到很抱歉！打壞彼此最後的那層關係並非我的本意，這次來，除了想當面取得妳的諒解之外，更希望之後，我們依然能維持朋友間的友好關係。」他赤裸坦言：「和妳在一起的那幾年，一直是我的快樂時光，第一次見面，我就被妳散發出來的特殊氣質深深吸引，有幸交往後，也盼望自己能一圓妳對家庭的期許與憧憬。我不曉得我們之間的感情究竟是從何時開始走了樣？也許是對自己太過有自信，才無法接受妳已經離開的事實。」他一臉懊悔：「上次見面，我一心想挽回妳，卻用錯方法，回家清醒後，一直想播通電話向妳致歉，卻沒有妳的電話可以表示，明知道妳最痛恨只會無禮動粗的男性，而我卻連番踩中妳的地雷，如今犯規出局，實在怨不得別人。」

洪星琁聆聽之間，有驚有喜。

不禁幻想，倘若上個月見面，他能展現此刻般的誠意與氣度，那麼現在，他們是否又會有全新的局面與不同的發展？

黃耀祖再道：「在一起三年多的回憶我確實難以忘懷，偶爾還是會閃現過去一塊相處的點點片段，我不否認藉由和欣怡的交往來轉換失戀後的痛楚，我知道這麼對欣怡有些不公平，但當下我們各取所需，其實也難以歸咎誰對誰錯。」他扯開歉然的笑意：「不好意思，因為我媽刻意的促成下，以致於私下曾瞞著妳和欣怡一塊小聚，有許多事，現在回想起來都覺得很荒唐、可笑，如果當初能替妳多設想一些、向我媽表明自己真心愛妳的立場，或許，就能免除那些不必要的後果與爭執了。」他深吸一口氣後，勇敢脫口：「星，請妳相信我，如果有機會能再次把妳追回來的話，我一定會好好把握！如果身邊的『他』不是真心待妳，彼此在相處上又磨合不斷的話，請務必記得，我即便身在遠方也願意傾聽，更願意張開雙臂迎接妳回來。」

面對他大膽的傾訴，洪星琁有些不知所措：「我……」她的心早已給了別人，一個深深打動她的男人。

「不好意思，這陣子我領悟了許多事，總覺得自己應該要學會把握當下、勇敢將愛說出口，不論結果如何，起碼我已經鼓足勇氣盡力去做，所以剛才的那些話，妳千萬別有任何的壓力，我只是單純想表達自己的情感與真意。」他突然瞥見她頸側隱約可見的鮮色吻痕，連忙尷尬地轉移話題：「妳男朋友呢？怎麼不見他和妳一塊下來？」

洪星琁並不打算隱瞞：「他有事外出，晚點才會回來。」

理解後，黃耀祖猶豫了半晌，決定大膽提出請求：「星，妳介意陪我這個老朋友小聊一會兒嗎？就像我們剛認識時那樣，隨處走走談談，單純以朋友的立場來互動，就當作是離別前，送我出國的一份小禮物，希望妳別斷然拒絕，我知道這麼做有些無禮與過分，但我保證，只要妳男朋友回來，我就立刻送妳回家。」他想了想，覺得不太妥當，又改口：「或者……妳先打電話詢問他的意思，如果他堅持反對的話，那我們就在門口小聊就好。」

洪星琁思索後，決定：「好，你先在這裡等我一下，我先進屋子一趟，待會馬上出來。」

✧

「星，還好嗎？他怎麼突然……」電話接通後，白子帆總算鬆一口氣。剛才抽空看完女友發送的一串文字後，雖然感到訝然與不認同，但此刻，只要確定她是平安無事的，他就放心多了。

洪星琁綻著笑：「應該是我問你，你們那邊還好嗎？」以通訊系統交代細節後，她也順道開啟自己的衛星定位，好讓男友能輕鬆掌握他們此刻所在的位置與去向。

「雖然大家都很難過，但後來想想，這位長輩已經高齡八十六歲了，並無身纏病痛，而是很安詳地在睡夢中離開，大家都說，這是不可多得的福報，應該替他感到高興才對。」白子帆說完主動關心：「你們在大坪頂的植物園散步，已經入秋了，有記得帶件外套出門嗎？」

「有，目前的溫度很舒適，一點都不覺得冷。」

「那就好，雖然有些突然，但還是尊重妳的意願，記得多加注意自身的安全，千萬別逗留太晚，等七仔叔他們趕來之後，我應該就能提前離開了。」在系統上，女友還上傳對方的車款照片以及聯絡電話，並表示，是對方主動建議她這麼做的——既然黃先生肯示出善意，那麼，他也願意再給對方一次機會。

「嗯，我會小心的，不用擔心，也別因為我而趕著回來，我自己在家沒問題的。」

「好，妳回家之後播個電話給我，如果覺得累就先睡吧！不用非等到我回來才就寢。」

「不管多晚，我『一定』會等你回來。」她篤定的說。

白子帆的心中充塞著暖意：「好，那我們就保持聯絡嘍。」

「嗯，晚點見。」

黃耀祖一路觀察她通話的每個神情。雖然才短短幾分鐘的交談，但他確實明顯感受到他們彼此間的契合與那份成熟的信任。雖然內心難免吃味難受，卻起碼能慶幸目前的她，是真的沉浸在幸福之中。

黃耀祖試著以平常心道：「星，想必他肯定表現得極為優秀，才能在這麼短的時間之內打動妳，恭喜！你們真的很登對，我很替妳高興。」

洪星琁滿臉含笑，決定隱瞞他們交往不過才半個多月的事實：「他很特別、很獨立，也很實在，和他在一起讓我充滿前所未有的安定感，我很感謝能遇見充滿歷練的他。」

黃耀祖扯開敬佩的笑容：「看來，我真的得和他多多學習才行，倘若今天的角色交換，我可能無法像他一樣，能以理性的角度來看待我們這種友誼式的獨處。」他再次懺悔：「不好意思，以前善用了妳的優點，要妳不斷地讓步與包容，我真是一個不及格的情人。」

洪星琁予以正面的肯定：「快別這麼說，這次再見到你，真心覺得你進步和改變不少，令人刮目相看。」她主動伸出手來：「耀祖，過去的事就讓它過去吧！不要再帶著虧欠過日子了，我們之間當不成情人，但很肯定未來還會是不錯的好朋友。」

重拾友誼的黃耀祖倍受驚喜，立即回握：「對，我們會是談得來的好朋友。」

洪星琁抓準時機說話：「這次你突然離家工作，真的要再三考慮伯母的感受，畢竟她有一定的年紀，加上身體的狀況又時好時壞，以你為重心的她，突然長時間見不到你，肯定會焦慮到嚴重影響作息與健康。」她閃著眸光代為懇求：「你——要不要再給自己幾天的時間好好深慮呢？」

黃耀祖綻著光芒般的燦笑：「星，我媽要是能親耳聽見這番話，真的會很高興和感動！」

「有空多帶伯母一塊南下走走吧，我和子帆很樂意招待的。」

「一定一定。」黃耀祖的笑意久久不息。

他們持續在植物園附近暢聊了大一圈，許久後，再次回到停車的地點。

「星，謝謝妳，我已經很久沒這麼開心了！」黃耀祖主動幫忙開啟後座門：「雖然意猶未盡，但時間真的不早了，該送妳回家了，不然，妳男朋友下次肯定不會再輕易放妳單獨出門。」

「謝謝。」洪星琁笑著進入後座。

黃耀祖上車，繫好安全帶後，問：「這一帶的風景與空氣挺不錯的，介意我們慢慢繞回去嗎？」

「當然好，不過小心我會不斷跟你洗腦喔。」她暗指要他放棄出國工作的事。

「哈哈哈！」黃耀祖開懷大笑：「被妳這麼一說，我還真的開始猶豫了。」

他們沿途聊著，就在停紅綠燈之際，突然聽見「碰」的一大聲，緊接著，車子搖晃了好幾下。

「是撞上了什麼東西嗎？」洪星琁被突來的異聲驚嚇。

「別緊張，我下車看看。」黃耀祖立即行動。

她搖下車窗問：「有嗎？」

「並沒有。」黃耀祖徹底巡視車底的每個角落，不解為何會莫名發出偌大的碰撞怪響。綠燈亮起後，他重新返回車上，決定先路邊停車再次詳加檢查，但仍然無法發現任何異狀。

「先送妳回去吧，待會回我朋友家之後，再請他一塊幫忙。」他重新發動車子。

「嗯，小心為妙，最好排解問題之後再返回台中。」

大坪頂這一帶以高聳的地勢聞名，無論他們想往哪個方向離開，皆得面臨一定下滑的大長坡。正當車速隨著險降的路面不斷遞增時，同時，也聽見車輪發出極大的磨合噪音，聲音之尖銳和響亮，不免令人產生一定的慌恐——尤其，他們正處於下坡的行進路段，四周又充滿來車，實在無法任意減速或停靠。

黃耀祖只好順著過彎前進，努力由內側切換至外側車道，並決定找合適的地點停靠，以了解這波異狀為何頻頻產生——就在這一刻，他竟發現剎車的功能已出現異常。

黃耀祖疾呼：「星，快！快繫上安全帶——」下坡臨停除了容易引起追撞之外，一旁不斷呼嘯而過的機車也沒給他靠右停駛的機會，他只好硬著頭皮繼續順行。緊急的時刻，發現前方正好有匝道可以駛出，他想也不想，便立即打方向燈滑下機車道。

洪星琁邊握緊上方的手把，邊努力替自己繫上安全帶，就在即將扣上的關鍵時刻，一旁的手機頓時響起，聽見是男友專屬的來電鈴聲後，她因而分心。

在滑下坡道的過程中，黃耀祖也試著拉起手剎車幫忙減速，覷見右前方正好有一大片圍起的空地可供緊急緩衝使用，心喜的他欲直接衝入，沒想到，就在下達平面之際，橫向登時竄出一台欲通行的機車，眼看雙方即將迎面撞上，反應即快的他，緊急轉動方向盤，雖然免去對撞的可能，但，也因此讓車子的重心頓時失衡。

下一秒，車身已傾倒翻覆，並沿著路面不斷滾動。

千鈞一髮躲過差點遭撞飛的厄運，機車騎士一家三口已嚇出一身的冷汗！目睹沿途散落的碎塊和翻仰冒煙的汽車，他們也趕緊於第一時間內播打求救電話。

第十七章　歸來

白子帆播打他們雙方的電話卻完全聯絡不上，就連女友的衛星定位也突然間中斷，他已產生某種程度的不安。在七仔叔和鄭修皆抵達現場後，他便告辭，並盡速返家一趟。

在臨近家門之際，他瞧見遠處有警車停於馬路上，並有幾位員警正忙著指揮交通，顯示前方發生了車禍事故。原本，他在行經該路段前就可以提前右轉，但，不知怎麼了，直覺卻希望他能一探究竟。

他逐漸來到事故現場，雖瞧見怵目驚心的翻車景象與散落的殘物，卻始終不見擦撞的另一方與救護車，倒是一旁有位機車騎士正協助警方了解目堵的現況。

白子帆無意間瞥了肇事的車輛一眼，卻驚見不久前才熟背的車牌號碼，大吃一驚的他，火速將車子停靠路旁，並奔向前疾探事發的起因。

「不好意思，這台車好像是我朋友的，請問他們發生了什麼事？車上的人都還平安嗎？」

「這是你朋友的車？」目睹的男騎士立即嚷道：「剛才我們一家人差點就被你朋友撞飛了！他高速從大坪頂滑了下來，一路翻覆到這裡才停止，我們發現後，就立即幫忙播打求救電話，男駕駛被救出時，身上雖然有皮肉傷，但意識還算滿清醒的，警方已排除酒駕的可能，他好像有向警護人員表示，是因為下坡時剎車突然失靈，才會……」

「那車上的女性呢！？」激動的白子帆已揪住對方的雙臂。

一旁抱著孩子的太太急忙代答：「她好像傷得不輕呢！坐在後座的她並沒有繫上安全帶，在劇烈的碰撞下，除了有多處擦傷之外，聽說還可能有骨折與內出血的情形，我看她當下好像已經陷入昏迷，所以早就送往大醫院輸血急救了。」

聞言，白子帆的心口瞬間一窒。

男騎士在一旁碎喃：「幸好當時並沒有波及其他車輛，後座的女子也沒被拋出車外，不然，後果更加不堪設想……」

「你知道他們被送往哪間醫院嗎？」白子帆失控地詢問現場人員。

「喔喔，他、他們好像被送往……」

確定後，他已疾速上車直奔醫院。

白子帆順利在急診室內找到躺於病床的黃耀祖，他目前已完成包紮的基本工作，待之後再安排做進一步的詳細檢查，應該就能順利脫險了。

「對、對不起，都是我不好，如果我不去找星的話，就就就、就不會發生這起意外了……」黃耀祖一路顫著聲音賠罪，一直以為後座的她，已順利繫上安全帶，沒想到竟還是晚了一步。

「好了。」白子帆強忍著痛，制止他欲起身致歉的行為：「星能平安歸來，才是最重要的，我先打電話通知星的姊姊。」

白子帆步出急診室播打電話，完成後，痛心地佇在原地。

「不管多晚，我一定會等你回來。」

幾個小時前，他和女友還在一起說說笑笑，如今，電話卻再也播不通、接不上。再次「見面」，竟是隔著生死交關的手術室。

天曉得，這樣的消息對他而言，是如何地晴天霹靂！此刻，他只覺得全身上下彷彿遭成千上萬的食蟻無情啃食著，令他痛不欲生……他多麼希望能代替她承受現下的苦難，都好過此刻只能被等待空燒的銥心煎熬。

半個小時後，洪佩嫻母女總算搭乘計程車趕來，雖然還不完全了解車禍真實發生的經過，但一見到妹妹的前男友，她的不滿已瞬間引燃。

「為什麼又是你！？」洪佩嫻近身斥責，忍不住揪緊對方的衣領：「上次傷害星的帳我還沒來得及跟你算，現在你居然又害她……」一想到至親的妹妹可能面臨的危險，她的理智早已徹底斷線：「我妹妹究竟欠了你什麼？為何非得這樣纏著她不可？難道就因為我們沒有足夠的親友團可以依靠，你就可以這樣囂張地我行我素嗎？」她怒吼：「別忘了你目前是來到誰的地盤——」

「大姐，對、對不起，我承認過去都是我的錯。」黃耀祖忍著疼痛，坦然接受這陣指責：「但請務必相信我，我絕對絕對沒有半點傷害星的念頭，這次，真的是一場突發性的意外。」

「不好意思，這裡是急診室，麻煩你們注意自身的言行舉止。」保全已來到一旁警告。

洪佩嫻這才鬆手，下一秒，不禁悲從中來：「你們都無法明瞭，星這次回來，對我這個姊姊的意義有多麼的重大，嗚嗚嗚……」她聲聲道盡心碎與自責，若非她自作主張透露妹妹的聯絡方式給對方，今日哪會促成這場劫難呢？

因為家庭因素的關係，妹妹從小就獨立過人，在她們面前始終勇敢又堅強，總是不肯透露多餘的情緒與心事。長大出社會後，即便一人在外地讀書與工作，也未曾抱怨過什麼，彷彿她只是出遊渡假一般，便輕鬆帶過自己的近況。面對長年不在身邊、亦無須她照顧與擔憂的妹妹，洪佩嫻的內心總抱持著某種程度的虧欠，卻又不知該如何表達自己的關心，幸好在女兒出生後，給足了她完整發揮的空間——她總會拿出妹妹的照片教導女兒，務必牢記在外縣市工作的小阿姨，所以，喬心開口叫的首位對象是「姨」，而非爸爸媽媽，聰明懂事的她更是在兩歲左右，就已經熟背小阿姨的電話號碼，甚至能靠自己順利撥號成功，多年下來，已成功代替大人維繫彼此間的情感。

一有機會和妹妹碰面，洪佩嫻也一定會想設法裝忙、佯裝能力不足，好讓看不下去的洪星琁，時刻掛念她當全職媽媽後的情況。這幾年在經濟許可下，洪佩嫻也主動和先生商量買房之事，在另一半的支持下，如今，他們小家庭總算擁有一棟屬於自己的家，此後姊妹們的聚會，也就變得更加盡興與不受限制。

這次，好不容易在天時、地利、人合的情況下，妹妹南下住進他們家，她可是抱持著必勝的決心，務必要讓姊妹倆成功定居在同一個城市裡；如今終於盼見她覓得不錯的良緣，往後亦不用再為生活四處漂泊闖蕩，她內心的激昂可不是三言兩語就足以形容。

哪曉得一切看似圓滿順利，即將倒吃甘蔗之際，老天竟又安排接二連三的考驗，教她情何以堪呢？

白子帆蹲於呆滯的吳喬心面前，柔聲問：「喬心，這麼晚了，妳應該和爸爸乖乖待在家裡陪安安睡覺才對，怎麼還跟來醫院呢？明天得上課，叔叔先送妳回家好嗎？」

「子帆叔叔……」吳喬心的眼淚瞬間滴落，再也忍不住撲向有力的懷抱。

方才，瞧見大人凝重的表情與對話，母親又哭得這般傷心，也等於是間接告訴她——小阿姨身處的情況，並沒有媽媽方才唐塞的那麼單純與樂觀。

吳喬心搖頭，不斷重覆：「我不要回去、不要回去、不要……」剛才在家裡，她就發現媽媽接完電話的神情有些古怪，於是一直暗中觀察她的行徑，不好容易趕在她搭車離開前及時攔劫，才有機會得知小阿姨車禍的事，若要她此刻被遣送回家的話，她不哭瘋了才怪。「這幾天都沒有見到小阿姨，我真的好想好想她……」她已難過泣吼。

「好好，妳不要那麼激動，我們一塊待在這裡等候就是了。」白子帆努力擱下自己的傷痛，以過來人的經驗安撫懷中無助的孩子，畢竟那是怎樣的慌恐與不安，他最為明瞭。

一會兒後，蓄滿淚水的吳喬心突然抬起頭來，認真問：「小阿姨會有危險嗎？她真的傷得很嚴重嗎？叔叔有在現場看到車禍是怎麼發生的嗎？」

如夢初醒的洪佩嫻頓時衝了過來：「對、對啊！會不會是搞錯對象了？星整天都和你在一起，怎麼會突然跑到他的車子上？」她不斷望著眼前靜默的兩位男士，急著想知道答案：「你們快跟我說呀！說這只是你們合演的一場惡作劇，事實上，星是一個人待在家裡睡……」

白子帆眉頭深鎖，凝重道：「大姐，我也很希望這只是一場單純的惡作劇……」接著，他和黃耀祖兩人便把前後的詳情一五一十告知。

「是佩嫻和喬心嗎？」突然有一道聲音打斷他們的話。

洪佩嫻轉頭，竟瞧見經常委託她修改衣服的孫阿姨，教她好些驚訝：「阿姨，妳、妳怎麼會在這？」她邊說邊抹去滿面的淚水。

「我這幾天正好到大兒子家作客，不久前，他緊急被召回醫院說要動手術，因為住處離醫院很近，加上我又莫名睡不著覺，才想說過來看一看，哪知道會正好遇上妳們……」孫阿姨望著他們一個比一個更加難看的臉色，不禁問：「發生了什麼事？不然妳們怎會哭成這樣？」

「阿姨——」無助的洪佩嫺，此刻也只能摟著長輩傾訴：「我妹妹發生嚴重的車禍，目前正在進行手術，我真的好擔心她，嗚嗚嗚……」

孫阿姨雖然驚訖，但得知後，立即展現有力的撫慰：「佩嫺，你們先不要慌張，在醫護人員還沒出來報告以前，我們一定要充滿信心才是，千萬不要有不好的念頭產生，搞不好，情況並沒有你們想像中的嚴重，等等回去，我立刻幫妳妹妹唸經迴向，祈求眾神明保祐她平安、盡快渡過難關。」

「阿姨，謝謝妳……」淚流不止的洪佩嫺努力擠出話來。

「有什麼好謝的，過去讓妳免費幫了那麼多的忙，這次總算能回饋一丁點的力量，我高興就來不及了！後續只要是我能做的所有事，一定會傾全力相助。」孫阿姨瞧見大伙一個個致謝，不捨的說：「乖孩子，吉人自有天相，沒事的、一定會沒事的……」

不久後，警方也抵達現場製作筆錄，孫阿姨始終留在原地陪同，並代為照顧吳喬心。在孫阿姨的加持下，洪佩嫺母女的情緒確實穩定許多，並學習孫阿姨教導的方式，努力為家人祈福。

他們一行人苦苦守在現場等候，無論結果如何，這一夜對他們而言，身心肯定是飽受折磨的漫漫長夜。

◆

洪星琁的手術雖然長達好幾個小時，但整體而言，還稱得上順利。仍持續昏迷的她，始終待在加護病房密切觀察中。

四、五天過去，他們一群人始終等不到她甦醒的好消息，只能掛腸懸膽，處於前所未有的焦慮與低潮。

事發後，多虧陳湯尼等人併肩扛起公司的所有運作，白子帆才得以全心關注女友的安危；黃耀祖復原的情況十分良好，偶爾仍得回診上藥，不願返回中部的他，堅持要留下來負責到底，直到洪星琁脫離險境為止。

白子帆見他誠意十足，於是讓他暫時入住別墅的空房。他們時而一塊守在醫院，時而輪番休息，就希望能在第一時間內，得知心上人的最新消息。

「病人的情緒會直接影響她復原的程度，所以，你們不妨藉由聲音的刺激和鼓勵，看能不能喚醒她原來的意識。」孫阿姨細心分析：「我兒子說，過去他們也曾遇過一些昏迷不醒的案例，有些患者最後清醒的關鍵，竟是聽見家人的某一句話，所以，你們在背後支持她的力量非常重要！千萬不要因為眼前的挫折而產生一絲的消極，我相信，她若有機會接收到你們殷盼的呼喚，肯定能很快地清醒和脫離險境，繼續加油啊！孩子們。」

這陣子，孫阿姨可說是扮演極重要的角色，宛如家屬們的心靈良醫。她始終抱持樂觀不減的態度，並不厭其煩、持續鼓勵著所有人。

為了近距離替洪星琁加油打氣，他們很珍惜加護病房每日開放的探視時間。雖然一天僅有兩次，每次也只有三十分鐘和提供兩位家屬入內，但他們全都很理性地排班輪替，只希望不錯過任何一位可能喚醒她的關鍵人物。

這一夜，毫無睡意的鄭成七，悄悄走出房間，並木然坐於客廳的沙發上呆想。由於情緒投入，全然沒發現身旁早已站著一個人，待他驚覺時，差點就提前尿失禁了。

「淑淑淑、淑珊，妳妳妳妳……」驚魂未定的他還來不及反應，來人卻已撲進他懷中。

「七仔……」李淑珊抽抽噎噎地哭著，很努力克制音量，以防吵醒睡夢中的兒子。

鄭成七重重一嘆，立即環住有力的手臂，供太太盡情宣洩。

雖然他們打從交往開始，就一直維持愛鬥嘴和沒啥形象的爭吵與追逐，但彼此攜手走過那麼多的風風雨雨，感情其實盡在其中，只是不善於做任何的改變與肉麻的互動，只好維持「特有」的相處風格；而太太平時雖然強勢潑辣，氣質更是有待加強，但其實心地卻好得沒話說，並有過人的正義感——也唯有私下獨處時，她才會真正顯露自己柔弱與無助的那一面。

「剛看妳好不容易睡著了，怎麼又醒了？妳一天睡不到幾個小時，這樣身體會受不了的。」他深知另一半一會兒要探視喪家、一會兒又要抽空採買食材熬煮燉品，關心守在醫院的乾兒子，平時還得兼顧家務，這陣子紮實忙碌了一整天，人已消瘦了好一圈。

「辛苦妳了，我的好牽手。」他忍不住給予最溫暖有力的支持。

「我剛才夢見海文他們了。」李淑珊詳實道來：「我們四個人就像年輕時那樣，經常形影不離，總是很開心地相約出門，一塊去海邊約會，你們兩個總愛去岸邊垂釣，我們則自己去沙灘上尋寶，就在如澐和我聊得正開心時，她、她突然……」她的話瞬間哽住，頓了許久才有辦法重新開口：「她突然抱住我，叫我不要擔心，還不斷感謝我這麼多年來，對子帆的真情付出，她和海文何其幸運，能認識像我們這樣無悔深交的好朋友，將來若有機會，她一定會好好地報答我們的大恩大德，正當我想責怪她過於見外時，她她……就、就——就突然不見了！」

「嗶——」此刻，李淑珊再也憋不住氾濫的情緒，放聲暢哭。

天曉得，她深深盼了多久，總算能在夢中見到情比姊妹深的好朋友。有好多好多的話還來不及一一說出，怎奈對方竟又如同流雲一般，轉瞬消失……她不過是奢求一個簡單的夢境罷了，老天連如此微不足道的心願也不肯施捨、成全嗎？

鄭成七幫忙抽來一旁的衛生紙，完全明瞭太太此刻的激動與難受。待她縱情發洩一會兒後，他順勢將話題延展：「我也覺得過去那段時光，是我這輩子最美好、最寶貴，也最為難忘的回憶。」憶起年少的種種，他的眼中不禁浮現隱隱可見的波光：「第一次見到如澐，就覺得她好像是從電視劇裡面走出來的女主角，不僅夢幻、有氣質，就連各方面的條件也都好得沒話說，所以每次和她在一起，就會產生莫名的不自在與壓力，為了確定她和我們一樣都是平凡人，我就忍不住開始逗弄她，一見她生氣或是當眾出糗，我覺得那種暢快簡直無法形容，完全有一種催毀好學生形象的超快感……沒想到，從此再也戒不掉愛惡整她的壞習慣。」然後，差點把自己的好兄弟給活活氣死。

李淑珊又哭又笑地聽著。當時另一半確實會不時上演「惡搞七仙女」的戲碼，連她也快看不下去了。

「海文的漁船是你買走的吧？」她無預警脫口。

鄭成七明顯一震，吶吶道：「妳、妳……怎會知道？」

李淑珊離開先生的懷抱，再次使出罵人的活力：「你把我當成傻子嗎？子帆才打算要把海文的小型漁船賣出，馬上就有神祕的買主出現，就連船也不看、價格也不砍、性能也不多問，很阿殺力地直接買下——你說，這種凱子若不是你，還有誰會希罕那艘不起眼的舊漁船呢？」

鄭成七燦笑不已：「早知道妳都猜出來了，我就不用藏得那麼辛苦了。」

「敢瞞著我在外面養小三，給我小心一點！」李淑珊雖兇悍的表示，眼淚卻是不睜氣地滑落：「我又不會罵你，想買直接跟我商量就好了，幹嘛不敢讓我知道……」她又是一陣傷心。

「當然是怕偷藏私房錢的事被妳發現啊！」鄭成七半說著笑，接著感性道來：「淑珊，真的很謝謝妳，妳果然懂我。」

「謝什麼？別以為將來還有偷藏私房錢的機會。」

「哈哈哈！謝謝妳這麼多年來為這個家的付出，並且無悔照顧我們一家人和我好兄弟的獨子，妳真是我最最驕傲的選擇，當初，我果然沒有看錯人。」這十五年來，太太對於子帆全心全意的付出與照顧，他完全看在眼裡，忍不住為她無私奉獻的大愛熱烈喝采。

「不要只會出一張嘴就想騙走我的眼淚。」嘴上雖這麼說，她內心的澎湃卻是久久不息。這麼多年來，她確實早已習慣自己是「三個」孩子的媽，這次「大兒子」又發生這樣嚴苛的考驗，教她這個當母親的怎能不跟著心痛呢？

「別難過了，我們要堅信一定能等到好消息。」鄭成七再次朝太太信心喊話。

✧

洪星琁滿是疑惑地走著，無法明瞭自己此刻究竟身在哪裡？又該去哪呢？

昏暗中，她瞥見不遠處的某戶人家突然亮起燈火，不禁好奇走近。

她站在磚砌的窗口前不斷探看，只見屋內有一對老夫妻正合力烹煮著料理。雖然角度上只能瞧見他們忙碌的身影，但這種溫馨互動的畫面，卻緊緊抓住她的目光。

老夫妻熟練地將一道道熱騰騰的美食擺上桌，古味十足的廚房頓時氤氳著香氣，正當他們朝窗戶邊走近，欲拿取碗筷擺放之際，洪星琁總算看清楚他們的樣貌。突然間，她渾身一震，熱淚瞬間飆出。

因為眼前的熟悉人，竟是自己倍為思念的親人——外公和外婆。

每次曉得要隨同母親回娘家時，可是她們姊妹最為期待與興奮的時刻；當然，亦是兩位老人家最為忙碌的時候。他們總會提前準備好多的零食與料理迎接母女三人歸來——如此盛情的呵護，是第一，亦是這輩子的唯一。

只可惜……屬於她們的幸福很早就被老天爺給收回了。她們姊妹都還來不及長大盡孝，外公外婆便一一過逝，讓她們從此只能望著老照片感念無以回報的恩情。

洪星琁不斷擦拭無法抑制的淚水。原來，她們過去所享用的美味佳餚，過程是這麼來的。正當她重新拾起精神、打算好好欣賞之際，竟發現屋內的外公外婆正朝她熱情招手——一如過往發現還小的她剛起床那般，要她快快入內用餐。

洪星琁大喜，立刻邁開步伐，正找尋通往屋內的大門。

「不行呀！小姑娘，妳千萬不能進去——」

「啊……」及時出現一隻手阻止她入內，洪星琁受足驚嚇。

轉身，她竟瞧見一位白髮蒼蒼的胖爺爺，雖然有一定的年紀，卻仍保持著難得一見的活力。

「……你是？」洪星琁忍不住打量對方，目光最後落在他手臂歪歪斜斜的刺青上。

老爺爺呵呵笑著：「我已經找妳好幾天了，原來，妳是跑到這裡來，幸好還來得及阻止。」他自顧著說：「幾天前，我夢見我最疼愛的乾兒子和水媳婦一塊來找我，沒想到，自己走到這把年紀了，『最後』竟還可以發揮這樣的功效，我真是太開心了！待會任務完成，我已迫不及待能和『他們』好好團聚了。」他的表情盡是滿足：「天曉得，這麼多年來，我是多麼地想念他們。」

洪星琁聽得滿頭霧水：「爺爺，你會不會是找錯人了？」她的目光不禁又調回方才的屋內，沒想到，一切竟消失的無影無蹤。

「阿公、阿嬤，你們……」她不斷喊著，正急著找人：「等等我啊——」

「小姑娘，別忙了，快點回去吧，大家都很擔心妳呢！若持續困在這裡的話，只會讓回家的路變得更為艱難。」

「大家都很擔心我？」她不明所以：「那我該回去哪裡呢？」

「妳認真聽我說。」老爺爺突然拾起笑意，嚴肅道來：「待會我能幫忙妳的相當有限，剩下的只能靠妳自己去設法突破，但請妳千萬要記住，無論發生任何事，絕不能放棄任何一絲求生的意志，一定要設法堅持到最後——這點相當重要，明白嗎？」

「這樣就行了嗎？」洪星琁發現對方不似在開玩笑，只好點頭允諾。

「還有，妳得試著想起回家的路。」

「回家的路？」洪星琁不解，再次提問：「我究竟該回去哪裡呢？」

老爺爺卻笑而不語。

「爺爺，你不跟我一塊走嗎？」她問。

「不不。」老爺爺中氣十足，邁開依然不變的嗓聲：「我該去找老朋友報到了。」接著，他挈起她的手，以長輩的姿態，給予滿滿的祝福：「加油呀！美麗的小姑娘，爺爺很高興能在這樣的情況下和妳相見互動，待會妳將會忘記這一切，但請千萬記得，我剛才所交代的那些話，這樣爺爺的努力就沒有白費了。」

「好。」洪星琁用力點頭，正當她還想再繼續發問時，竟發現親切的胖爺爺已逐漸透明：「等、等等，爺爺，你叫什麼名字？」她頓時慌了手腳：「還可以再陪我一下下嗎？」

「小姑娘，祝妳好運，一定要幸福呀……」老爺爺慈祥的笑臉最終還是消失。

「爺爺——」洪星琁向前已撲了個空。她怔愣地杵在原地，回想陌生的老人家所釋出的溫情與善意，竟讓她升起一陣沒來由的感動和感傷。

她再次抬起頭，眼前，竟是漫灌而來的黑暗與挑戰。

✧

這一定是夢、是夢、絕對是夢！

不然，她怎會受困在泱漭又詭譎的空間裡頭，遲遲找不到出路？

她就像誤闖此地的來外者，迷失在這片廣漠的杳然之中，無論她用力眨了千萬次的眼皮，眼前仍舊是伸手不見五指的黮黑；無論她鼓起勇氣嘗試走多遠的路，仍舊無法脫離這陣無止盡的空寂；隨著時光荏苒流逝，已成功打亂她滿滿的信念與堅持。

洪星琁赤足走在冰冷的異地，雙腳早已凍得發麻。

究竟過了幾天了？她的惶恐和不安早已破表無數次——在這裡，她完全感受不到一絲絲的生氣，但卻又明顯感覺到……似乎，正有人在遠端窺探她的一舉和一動。一旦她體力耗盡、輸了這場比賽，對方便能輕易地獲得勝利——而她，必須遵照遊戲規則，賠上自己的性命。

好、好冷……

一陣空襲而來的冰寒，彷彿是死神稍來的笑意，教洪星琁頻頻發顫。

在累又冷、孤立又無援的情況下，她的精神和體力早已嚴重耗弱，只好暫時就地歇息一會兒。她蜷縮著身軀，賣力地搓弄早已冰凍無所覺的雙腳，並覺得自己此刻的心境，已經瀕臨發瘋的邊緣。

究竟為何，她非得參加這場生存遊戲不可呢？既然沒有所謂的關卡與對手，她的努力與付出有任何的意義嗎？結局不就是等著累死或者凍死——既然如此，那倒不如一開始就選擇放棄，還比較省事和省力。

沒想到，萌生念頭的同時，她竟察覺空氣立即變得稀薄，致使她每吸一口氣都倍感艱難——現下，她即將面臨缺氧窒息的危機。

「不會的、不會的……」驚覺後，她不得不趕緊振作，拚命安慰自己一向有過人的堅毅，不輕言向命運低頭和妥協，始終都是在困境之下，勉勵自己向上的最佳箴言。

吸吐、吸吐……她認真重覆這看似簡單的每個動作，努力將更多的氧氣送達體內，同時也摁住自己的左胸，以檢測心臟所跳動的力道與頻率。

好一會兒後，終於穩住了呼吸，她總算能安心之際，卻驚覺全身的皮膚已逐漸發紫，寒氣竟在不知不覺中，已成功欺上了身。

「不可以、不可以……」洪星琁可急壞了，趕緊起身跳動，但遺憾的是……不論她如何努力，終究趕不上體溫流失的速度。

沁骨的寒意徹底罷佔她的身軀，失去掌控權的她，只能眼睜睜看著自己就這麼狠狠倒下。

洪星琁無法接受最終吞敗的結果，但已無力掙扎的她，只能選擇閉上雙眼。此刻，總覺得脖子上，似乎正遭人架著一把行刑的冰刀，一旦落下，她便會香消玉殞。

一切的一切都即將結束了嗎？她究竟做錯了什麼，非得認命服輸不可？然後命喪異地，成為一縷孤魂，她不甘心吶……

「**別忘了妳要回去的地方。**」

及時救命的話音如同電流一般，立即貫穿她的腦波。洪星琁猛然睜開眼睛。

這聲音雖然沒有實際發出的聲頻，也無法辨識是男是女，可是——她真的接收到了！

更不可思議的是，它彷彿帶著驚人的力量，竟讓原先痲痺的身軀緩緩融釋——特別是她逐漸發熱的雙手，像正有人及時替她續燃寶貴的生命之火，在千鈞一髮之際，她竟又從死神的手中奪回關鍵性的纛旗。

恢復知覺與行動的洪星琁，深怕錯失離開這裡的唯一機會，於是連忙爬起身來求救。

「真的很感謝你的幫忙，但我連自己是誰都記不得了，又怎會記得回家的路呢？拜託，求求你，能不能明確地指示我，究竟該怎麼做才好呢？」方才感應聲音的同時，她的兩行清淚竟簌然落下，連自己也無法明瞭是為了什麼。

「**孩子，用『心』想想，妳要回去的地方。**」

「我要回去的地方、回去的地方……」洪星琁反覆咀嚼這句話，為了不被周遭蠢蠢欲動的邪沌之氣再次干擾，她選擇閉上雙眼，全神貫注。許久，總覺得一股溫厚的力量如醍醐灌頂般，正協助她找回遭封鎖的層層記憶。

腦海中陰鬱的濃霧逐漸散去，她覺得有個答案即將呼之欲出。

而她，要回歸的地方是⋯⋯

是幻覺嗎？憶起的瞬間，畫面竟同步產生連線，片霎，耳畔已捎來虛渺的細響。

輕輕的、淺淺的、緩緩的，越來越多、越來越靠近、越來越真實⋯⋯

——是海，她聽見大海熟悉的呼喚。

颯遝而至的旋律，一波接著一波，間接將受染的心靈洗滌一空。此刻，她就像重新回歸母體的胎兒般，正徜徉單純、不受污染的保護之中。

她不曉得自己為何會聯想到大海，同時，又莫名閃現一道頎長的身影。

大量的活水不斷注入，由原先的一小塊，轉瞬間，已匯聚成浩然的汪洋；不僅如此，黯黮的海域上也同步產生變化，逐漸亮起細微的小光點，由一開始寥寥不顯的零散，進而展現厤密不已的瑩瑩之光——此刻璀璨異常的星空，好比不慎打翻碎鑽的絕美畫作。

「好漂亮⋯⋯」為此，她不禁落下憾動的淚水來，並連帶想起一位對自己萬般重要的人。

「海上低光害與滿天星的盛況真的很漂亮！我尤其難忘當海軍時，軍艦下錨於南沙群島的情形，可惜只能口頭和妳分享，無法提供任何的影像與照片。」

那一夜，他們施施徜於美妙難言的氛圍之下，有涼風、星空和大海⋯⋯以及，環繞他的氣息之夜。

回想對方一路呵護著她，給予她迎接未來的力量，洪星琁深受蠱惑與觸動，身心在徹底滿足與放鬆之下，遂眼皮逐漸沉重。

「親愛的，妳爽約了，妳說無論多晚都一定會等我回來，但，我已經在家枯等好幾天了，妳怎麼還自顧著在這裡安心睡大覺呢？我真的好想好想妳、好想抱抱妳，別再讓我擔心了，好嗎？」

「小妹呀，上次妳說，有機會的話，要換妳好好給我們一個『驚喜』，但這個驚喜未免也超出我們所能承受的範圍，我們全都舉旗投降、不玩了……求求妳，快點醒來好嗎？妳的房間，我們一直都幫妳保留著，累了的話，隨時歡迎回娘家。」

「媽要是知道我把妳照顧成這樣，肯定會很難過……」

「對不起，都是我的錯，好希望能當面聽見妳的原諒。」

「小媽，嗚……」

他們全在同她說話嗎？但她覺得異常疲憊，能不能先讓她小憩片刻再說。

「星，不可以！」

「無論如何，妳一定要堅持下去！」

「小媽，我不要妳這樣，不要——」

這一刻，洪星琁不斷接收如排山倒海而來的訊息，原先僅是飄渺的呼喚，竟迅速轉為衝破耳膜般的緊急吼叫。惶恐不安的頻率令她頭痛欲裂、幾近崩潰。

她再也忍不住抱頭打滾。

「求求你們不要再叫了，我真的好難受……」極痛苦的掙扎下，頂空竟又射下一道強烈的光源，刺眼、不斷累加的熱度直勾她全身的痛覺，她覺得自己已瀕臨極限的邊緣。

「啊——」下一秒，她的身子由高空墜下，一切快得無法反應。

第十八章　夢中的婚禮

民國七十年七月十一日。

現在是凌晨一點，如澐，妳知道我是用怎樣的心情來寫這篇日記嗎？

當我把滿身是傷的妳從二港口帶回來，一路上，整顆心彷彿遭什麼狠狠絞著，不斷地淌血抽痛。目睹妳身上清晰落下的每一道傷痕，就好像加倍地抽在我身上，以懲示我對這段感情的退怯與輕言妥協，和妳的不顧一切相比，當下，真的有當頭棒喝的醒悟。

真的很抱歉，讓妳獨自悍衛這一切。

我真的好恨自己，為何沒在第一時間內就發現妳的異樣，反倒還配合妳母親的要求，說了口是心非的話……妳肯定很難過，對嗎？其實那些話全都不是出自我的本意，我很明白妳在我心中是如何地無可取代，分開七百多個日子以來，我紮實受盡思念的纏磨，整整想了妳兩年。

很後悔兩年前錯失了向妳告白的機會，分開後的磨心與難受，更讓我下定決心，不再重蹈覆轍——從現在開始，我已決定和妳一塊跨步向前，積極讓妳的父母親知道，我們即將攜手迎向未來的堅決。

我覺得七仔教訓的那些話一點也沒錯，我應該先釋出足夠的善意，以行動化解妳媽對我的偏見與排斥，因為我有正當的職業，行船多年下來，也確實存了一筆積蓄，我有信心養活一個家和帶給妳幸福……想到這，就極為感謝妳向家人撒下的那個謊言，我已經順勢想好對策，有把握明天能讓妳爸媽當場答應我們的婚事。

剛才替妳處理傷口時，瞧見昏醉的妳，仍斷斷續續淌著淚，真的很抱歉！我知道自己錯了，雖然有些慢遲，但，希望一切都還來得及補救。

待妳清醒後，我已等不及想讓妳知道：我愛妳，我要我們在一起。

洪星琁平安脫離險境後，又在加護病房內觀察了幾天，確定大致的情況已穩定良好，總算能轉至普通病房了。

清晨五點，有些口渴的她幽幽醒來，在適應房內昏暗的光線後，緩緩坐起。

她瞥見不遠處的男友，此刻熟睡中的他，不僅一臉緊繃，就連眉心都還明顯深蹙著。

發生事故的兩個禮拜以來，憂心忡忡的他已顯現一身的疲態，好不容易終於等到她恢復清醒、順利轉至單人病房休養，在全天悉心的陪伴與照顧下，他仍無法得到適度的放鬆與休息——除了得協助大大小小的事項之外，半夜還得根據她的需求而中斷睡眠，特別是他高大的身軀必須屈就於不算寬敞舒適的沙發上，真是為難極了。

為了不驚擾睡夢中的他，洪星琁決定靠自己倒水飲用。

她努力伸長手臂欲拿取架上的保溫瓶，但礙於鎖骨處骨折開刀的緣故，仍有一定的疼痛和活動限制。明明只差一丁點就能搆著目標物，卻一個不小心，將旁側的物品給一一推落。

「啊……」她在心中吶喊，很渴望能及時接下掉落物。

鏗然一聲，白子帆立即驚醒。瞧見她起床的大動作後，連忙起身。

「怎麼沒叫我呢？」發現她正忍痛皺眉的模樣，他的一顆心也跟著難受。「又扯到傷口了嗎？怎麼那麼不小心呢，不是叫妳……」

「沒、沒事，我只是口渴想喝水而已，並沒有哪裡不舒服。」洪星琔趕緊掛上令他安心的笑臉，並在他的協助下，再次躺回原位：「不好意思，又吵醒你了。」為此，她總是很過意不去。

「傻瓜。」白子帆按下按鈕將床鋪的上半段升起，好讓她立躺，接著開啟床頭燈倒杯溫水給她，完成後，才一一拾起地上物。

「謝謝。」洪星琔喝完後，還要了第二杯。

「下次，又不肯在第一時間內請我幫忙的話，我只好拉張椅子趴睡在妳的床沿，順道在我們的手臂上各綁著一條感應線。」他故意擺臉色恐嚇。

洪星琔被他的模樣惹笑：「你說的方法我全都不想嘗試，現在只希望能盡快出院，好讓你回家補眠休息。」

「既然知道我這個看護的身價一分鐘要幾十萬上下，妳最好別再冒然行動，萬一又延後出院的時間，我怕妳之後就算做牛做馬，只怕也償還不完。」

這麼一說，可苦了洪星琔，她既不能笑得過於用力，但頻頻壓抑也很傷身。

「我目前睡不著了，想先維持這樣半躺的姿勢休息，你這個『黃金看護』不用陪我了，再去補個小眠吧！免得我出院之後，卻換你抱病進場，到時候我可是無力看顧，而且你的身價也會因此而大跌喲。」她開他玩笑。

白子帆綻笑，因她逐日好轉的氣色感到欣慰。

「我們快點回家吧！我已經受夠這陣子待在醫院的冰冷感受了。」他忍不住傳達近日的心聲。

「好，我們今天就自己偷跑回去。」她立刻贊聲。

白子帆又是一笑，接著道：「我先上個廁所，等等馬上回來。」他盥洗返回後，還泡了杯溫茶讓她嗽口，同時遞上溫毛巾供她洗淨臉手，待一切完成後，便拉開窗簾一探。

今天是颱風日，目前窗外的風雨還不見動靜，但仍然不可輕忽這個中颱即將帶來的威力。

「我也睡不著了，我們一塊小聊吧。」他說。

「好。」她忍不住央求：「但我不想坐在病床，很希望能和你坐一塊。」

在他的攙扶與打理下，洪星琁已舒適地半坐臥於沙發上，趁清早還沒有訪客之際，他們正好能先享受獨處的時光。

「這段時間你完全沒進公司，湯尼他們肯定都忙翻了吧？等我的情況好點後，一定採買大家平時都愛吃的美食，好好慰勞他們一番。」她主動伸手握住他，連帶傳達這陣子來的不捨與虧欠。

「想買什麼由我來代勞即可，妳還是『負責』休息和調養還比較實在。」白子帆小心翼翼回握，盡可能避開附近的小傷口：「這幾天放連假，湯尼他們幾個一直想過來探視，但看新聞報導說，莫蘭蒂的威力不容小覷，所以決定視情況而定。」

「他們難得連休四天假，應該好好補充這陣子所流失的體力，所以請他們別過來了，全都放心去歡渡中秋吧！」聽說她發生車禍的隔天，全數人員皆聽從孫阿姨的建言，一塊加入茹素一個月的行列，也決定取消往年烤肉歡慶的活動，打算單純抱持著感恩的心，渡過這個別具意義的團圓日，就連公司的同仁知曉後，也決定同步跟進，著實令她感動。

「好，待會抽空幫妳傳達，等我們出院回家後，再請他們前來別墅探視。」白子帆仔細察看女友外傷的情況，雖然已使用特定的產品來輔助和改善，但局部留下疤痕的情況還是在所難免，思及此，他不禁又嘆息脫口：「都是我不好，那天應該帶妳一塊出發才對。」

洪星琁連忙道：「千萬別這麼說，全是因為我自己的關係才會導致這樣的結果。」望著身上的傷痕，她已坦然接受：「我完全不介意在身上留疤，它們會是我生命中很重要的一部分。」除了紀錄親友們曾為她掛心、付出之外，亦見證她經歷重生的可貴。

「你們那位過逝的長輩出殯了嗎？」為了不讓他自責難受，她於是問。

「嗯，妳在加護病房的最後一天，喪事就已經辦妥了。」

「真不巧，來不及幫忙送一程……」她的臉色有明顯的遺憾：「還是等我復原之後，你再帶我過去他的搭位上補拜。」

白子帆一笑：「怎麼會把這件事放在心上呢？」畢竟他們彼此未曾照過面。

洪星琁傻笑，其實自己也說不上來為什麼：「可能你爸的日記上曾經提及過，想必對方一定是一位值得敬重的長輩。」

白子帆正評估女友的整體狀況，最後決定道：「星，我這裡有幾個消息要和妳分享，但內容有好有壞，不曉得妳想先聽哪一種？」

「先聽壞消息好了。」她直覺道。

白子帆凝視她一會兒後，才緩緩說：「妳爸走了，姊夫已經代為處理好簡單的後事。」

片霎，洪星琁只覺得喪失任何的想法，腦筋僅充塞著空白。沉吟了許久，她總算開口：「怎麼會這麼突然呢？他、他是如何離開的？」

白子帆將她一時鬆落的手，重新置於掌心中：「你爸果真如我猜測的那樣，已經染上吸毒的惡習，甚至還開始兜售毒品給身邊好賭的朋友，聽說他常惡意佔人家便宜，已有不少人心生宿怨，所以，一直在醞釀機會要密報他販毒的消息，沒想到警方破門逮人時，竟發現他因吸食過量而當場陷入昏迷，送醫急救後，已不治身亡。」

「這是多久前的消息呢？」洪星璇撫著心口，努力消化。

「就在妳發生車禍的隔天晚上。」白子帆詳盡道來：「那天，湯尼和你爸約見面、辦妥匯款程序後，卻一直等不到我進公司，於是主動來電關心，我便把妳車禍昏迷的情況告訴他，湯尼一直在猶豫該不該讓妳爸曉得這件事，沒想到，竟先收到警方詢問的來電，我們才能在第一時間內，得知他死亡的消息。」

「是喔……」沒想到上一次見面，竟是父女之緣的最後一面。洪星璇除了感慨人生無常之外，更加難過……始終不肯學好的父親，最終竟還讓自己命喪於毒癮的不歸路上。

白子帆並不打算讓她沉浸在負面的情緒之中，於是起身自抽屜內拿了一封信過來。

「耀祖要我將這個東西交給妳，妳昏迷不醒的時候，他和我同步守在第一線關心，確定妳平安脫險後，才趕在颱風來臨前，先行返家一趟，免得自己的母親過於操心。」

洪星璇接下後，立即將內容物抽出。

星，真的很高興妳能親自閱讀這封信。

不好意思，在南部待上太多天了，等不及和妳見面話家常，就得先回中部一趟。我保證，待妳出院之後，一定會儘快登門拜訪，好好探視妳復原的情況。

很抱歉，讓妳代我承受這一切，更加感謝妳的拯救，讓我得以脫胎換骨。

修車廠的師傅告訴我，車子後輪的煞車皮已斷裂成好幾截，難怪我們當時會聽見那樣巨大的聲響，最後還喪失剎車的功能。

如果我止住當晚想見妳的衝動，選擇隔天一早返回台中的話，極有可能會在高速公路上，發生不可預期的事故與意外。

我把完整的詳情告訴我媽，她也嚇得不輕，聽說一連好幾天都無法安穩用餐與入睡。

我媽除了感謝老天爺對我的厚愛之外，還發心要吃一整年的全素懺悔。為了祈求妳平安歸來，她和我妹把許多知名的宮廟全跑遍了，就是希望能盡上一份心力，保祐妳即早平安脫險。這段期間，她也不時來電關心妳的最新消息，後來還吞吐道出，妳被我喝酒誤傷、不慎送入急診室縫針的插曲。

得知後，我難受、愧疚得不能自己，只好先向妳姊和子帆表達初步的歉意，好讓自己的心情能好過一些。這聲道歉雖然遲了，對妳也不具實質的意義，但，卻是我真心誠意請求原諒的表現。

我媽也知道自己錯了，所以在電話那頭頻頻拭淚難過。她說過去自己不曉得究竟是怎麼了，總是看妳不順眼，如今才頓悟一切，卻為時已晚。因為原先屬於我的姻緣早已活生生被她拆奪送人。

我不怪我媽，真的！並深深明白，有些事一旦錯過了，就沒有機會再回頭了，畢竟掌控權也曾操控在自己手上，我也必須為自己的行為徹底負責。

這次歷經了車禍與妳重傷昏迷的忐忑煎熬後，我覺得自己彷彿出了某個魔鬼訓練營般，從此對眼前的人事物，產生偌大的改觀與悟解。謝謝妳讓我學會這一切，我決定聽從妳的建言，放棄去遠方工作的機會，畢竟我媽畢生的心血都奉獻在我身上，我應該及時盡孝與把握陪伴她的機會。

目前最開心的，莫過於之後能和「你們」成為「真正」的好朋友。

這段期間和子帆密集接觸後，真心覺得他是一個內外兼具、值得激賞的好男人！和他交流的期間，瞬間讓我成長了不少，很甘心輸給像他這樣強勁、有擔當的好對手。

忘了說，一共積欠了妳兩次的醫療費，但無論我如何展現誠意，子帆始終不肯代為收下，我只好在離開前，採買一些營養品放在妳房間，希望對妳之後的康復能有所幫助。既然欠了兩位這麼多，那麼你們將來的婚紗照就全程交由我來「負責」吧！雖然一小段時間沒回歸攝影師的身分，但我有十足的信心和把握，可以拍出最美、最帥氣、最與眾不同的你們。

無論上山下海、日出日落，或是春夏秋冬的各種風情，儘管把你們的想法全提出來討論，我一定會滿足全數的需求，直到拍出大伙皆滿意的作品為止——這一切完全免費！就當作是我誠心獻上的祝福禮，希望你們不要拒絕。

我們很快就能見面了，很期待再次看見那個充滿陽光與正向的妳，順道預告，屆時，我會和媽一塊南下探視，希望你們千萬別介意才好。

再次謝謝你們，敬祝：早日康復。

耀祖　筆

「怎麼笑得那麼開心，他究竟寫了些什麼？」白子帆幫忙將她看完的信件收妥。

「我現在深刻的體會到，什麼叫做：賽塞翁失馬，焉知非福。」她盛著容光道來。

「喔，怎麼說呢？」他好奇挑眉。

「我覺得受這種傷真是超值得的，除了化解不少的恩恩怨怨之外，還……」

「值得妳個大頭！」白子帆意外開罵，情緒還頗為激動：「要不是妳現在渾身是傷的話，不然，我一定狠狠的處罰妳，直到我滿意為止！」他一股怒氣道：「妳知道這十天下來，我們是處在什麼樣的酷刑之下嗎？一直等不到妳清醒的好消息也就算了，居然還接到醫院傳來的緊急通知，說什麼妳的情況突然急轉直下，不得不進行第二次的緊急搶救，要我們快點趕來醫院，免得……」重溫可怕的當下，他的一顆心彷彿又遭受無情的絞刑。

洪星琁怔怔望著他，從他無掩的表情和語氣中，彷彿能感受當下的刻骨之痛。

「不好意思，我都不曉得還有後續這一段……」她自責地垂下臉來。下一秒，只覺得視線遭什麼所翳，但，並非是自己的淚水，而是一堵結實的堡壘。

「星，我沒有別的意思，妳不要胡思亂想，現在只想讓妳知道，能再抱著妳的感覺是多麼的美好與珍貴。」白子帆徹底將她圈入懷中，以傾訴繾綣的情意：「這段日子以來，我再次體會到什麼叫做生不如死，好怕老天又再次從我的手中奪走摯愛的人，失去妳的日子，我壓根無法想像，只能不斷祈求各方的力量協助妳渡過這一次的難關……幸好妳回來了！讓我來得及說我愛妳，我希望這是我們最後一次的考驗，未來迎向我們的只有熱鬧與平凡。」

「對不起，讓你操心了……」想到自己一而再、再而三的給對方添麻煩，她早已哽咽哭紅。此刻完全不顧自己的疼痛，只想用力回抱他。

他們藉由擁抱互訴這陣子來的綿綿思念，儘管外頭的風雨欲來，病房內卻氤氳著溫馨的幻光。

為了顧及她的狀況，白子帆主動鬆手，並讓她舒適回座，接著取來手機讓她瀏覽。

「……這是？」照片中，外甥女失常爆哭的模樣，她都快認不得了。

白子帆笑著解釋：「妳在醫院的這段期間，喬心雖然正常去上課，但情緒一整個不穩定，不是經常趴在桌子上哭泣，不然就是不斷拜託班導師讓她順利請長假，這些照片全是老師偷偷紀錄下來的成果，和妳姊分享後，她再私下傳給我們。」他予以高度的肯定：「不錯，妳果然沒有白疼喬心這傢伙，她的表現連我們都為之動容。」

洪星琁不斷抹去溢出的笑淚：「那最後那幾張呢？」

「安安最近明顯感受到家裡的氣氛不太一樣，聽說懂事許多，不僅會幫忙做家事，還經常捧著衛生紙供應給需要安慰的媽媽和姊姊。」

「聽說我姊最近也多了一位乾媽。」她接過他遞來的紙巾擦拭。

「嗯，孫阿姨生了三個兒子，平均都栽培得很不錯！可惜就是忙了點，所以她一直很渴望有個女兒能與她近距離交流，過去對於妳姊的評價就頗為讚賞，這陣子緊密互動下，加上曉得妳們家的情況後，便抓緊機會提出這樣的想法和請求。」他滿心一笑：「姊夫說多虧妳的事件幫忙推了一把，才能促成這麼一段大家皆歡喜的好結局。」

洪星琁再度喜極而泣，並脈脈望著他：「其實老天對我們姊妹還算照顧。」

「禍去福來，相信妳們能從此一帆風順。」他會心而笑，將她擁在身側。

他們又持續小聊了一會兒，直到察覺她的身子有明顯的倦意，他便結束對話。

「累了的話再小睡一下，晚點再叫妳起來吃早餐。」扶她躺回病床後，他幫忙蓋被子。

「嗯，你也趁機休息一下。」洪星琁一閉眼，便湧上濃濃的睡意，即將沉睡之際，隱約聽見某個聲音於耳際呢喃。

「星，等妳把身子養好之後，我們就結婚，好嗎？」

✧

莫蘭蒂橫掃後，不僅飆出十七級的毀滅性風速，還造成大規模的停水停電，讓整個市容滿目瘡痍，呈現前所未見的慘況。

不僅如此，就連壯觀層疊的大型貨櫃，竟也如同豆腐塊般遭輕易吹落與翻覆，高雄港內更有十多艘船隻之纜繩不敵強風豪雨而斷裂，並失控漂流碰撞，造成多起災損。其中最嚴重的，就屬台船史上所承造的最大貨輪——擁有14萬TEU的「風明輪」貨櫃船，其船身共綁有38條直徑100mm的固定纜繩，沒想到仍不敵強風的拉扯，一一斷裂。儘管緊急出動大型拖船搶救，它仍自台船二號碼頭漂移至對岸第六貨櫃中心的110號碼頭，並撞毀港邊四台的大型機具。橋式的起重機遭猛烈的撞擊後，已嚴重毀損，倒塌港邊猶如廢鐵一般，為莫蘭蒂再添一筆前所未見的可怕紀錄。

幾天後，洪星琁總算能順利出院，近日才接獲通知的母親也火速搭機返台。

洪星琁的媽媽——林碧芬在心疼之餘，也決定留下來照顧女兒半個月，除了彌補自己不在身邊的虧欠之外，也得以讓白子帆無後顧之憂，能專心返回工作崗位。

隨後回國的人馬，就是移民在外的白家人。

白子帆的爺爺、奶奶、大伯、伯母和兩位堂妹，本次，除了探望洪星琁之外，二來，也是為了祭拜已故的好鄰居——當時，他們正好卡到別的行程，實在無法趕回來弔唁，只好抱持著最高度的敬意前往塔位追悼。

白子帆的爺爺奶奶一見老友塔位上健朗的大頭照，哀痛的情懷一觸即發，即便已完成祭拜的動作，他們仍堅持獨留在原地，說要陪陪天國的老朋友多說幾句話，以彌補多年來友情暫缺的遺憾。

孝順的白文濱夫婦入微地察覺，父母親此趟回國後，明顯傳達某種深層的「渴望」。他們私下討論了許久，決定給自己半年的緩衝期，認真規劃帶二老返鄉定居一事。雖然國外的環境佔有一定的優勢，但父母親逐漸對周遭熟悉的人事物產生強烈的觸動，加上姪兒的戀情若順利開花結果，未來四代同堂的天倫願景就更加指日可待。

一個禮拜後，白家人再次搭機離台，下次再踏上這塊土地時，除了能向親友宣告正式回國的好消息之外，更能準備迎接家族期盼已久的首場婚禮。

星期六的早上，鄭修的妹妹獨自帶著愛犬來到別墅。

「哥，我到了，幫我開個門。」鄭姿凡朝對講機喊完，大門便開啟，她將機車騎進車庫內，沒想到，愛犬竟對著不遠處的某台機車產生奇特的反應。

「汪汪汪！」肉粽不斷嗅著車身，接著主動跳上該台機車的踏板。

「哇，居然已經十一點了，慘了慘了……」已經來晚的鄭姿凡，為了不被自己的哥哥叨念到死，因此沒空理會愛犬的異樣，只急急忙忙拿出繩索套往牠的脖子上。

「肉粽，姐姐趕時間，就先上樓嘍，今天上面有病人在休養，所以你不方便進去，記得，務必待在這裡乖乖坐好。」她索性直接將繩子綁於愛犬所處的機車上，就慌張地跑進屋內。沒想到，即將闔上門的剎那，愛犬竟無預警從微縫中鑽了進來。

「啊！等、等等……」鄭姿凡驚呆了：「哥，快點抓住肉粽，牠跑上去了——」她趕緊呼救。

聽見騷動的鄭修，已步出好兄弟的房間，正好目睹迎面奔馳而來的家犬，反應夠快的他，即時將牠逮住。

「肉粽！？」鄭修還以為自己看錯了：「你怎麼跑上來了？」

「汪汪汪！」聞到某人的氣味，肉粽更加激動，已迫不及待想硬闖房間。

「安靜，你那麼興奮幹嘛？」鄭修嚴正提醒：「小聲一點，不然回去讓媽知道的話，你肯定得罰站和沒收點心了。」

鄭姿凡氣喘吁吁地上樓，瞧見愛犬被哥哥抱於懷中時，這才鬆了一口氣。

「怎麼了？」白子帆也出來關切。

鄭姿凡一走近，便粗魯地抓過狗兒，接著狠狠數落：「笨蛋、笨蛋、笨蛋！我不是已經嚴重警告過你了嗎？絕對不能擅自脫繩亂跑，免得像上次那樣，差點……」她頓住後，索性道重點：「回去之後，你就死定了，看我怎麼修理你！」

此時，洪星琁也緩緩探頭走出，瞧見眼前開罵的景象，她熟悉極了。

「妳是那晚弄丟愛犬的狗主人嗎？」她不禁脫口。

「？！」鄭姿凡和愛犬不約而同瞥向聲音的來源。

「汪汪汪——」趁主人閃神之際，肉粽已一躍而下，並狂搖尾巴奔至洪星琁的腳邊。

「真的是你們，太好了！」洪星琁高興極了，沒想到彼此還能有再見面的一天。

「星，妳別蹲下，我抱肉粽讓妳摸好了。」白子帆立即上前。

「鄭、如、玉。」鄭修已扯住妹妹的衣領，並質問：「妳最好給我解釋清楚，『弄丟愛犬』是怎麼一回事？」

鄭姿凡笑得很是心虛：「就、就……失而復得的那種弄丟嘛！」

「這麼重要的事，妳居然沒說！」鄭修有些不滿，索性伸出健臂勒住妹妹的脖子。

「啊啊，幹嘛用暴力呀……」鄭姿凡死命掙扎：「那天要不是某人嚴重遲到、讓我們等太久的話，哪會發生那樣的意外呢？」接著，她正色重申：「還有，我已經改名叫『姿凡』了，如果你的腦袋不習慣更新的話，不如叫我一聲仙女也行。」

✧

他們四人一塊坐於沙發上，在兩位當事人的還原下，總算解開一切謎底。

「難怪妳當時會一直關注我手機內的新好友，原來那個人就是星琁。」鄭修一臉驚奇：「而子帆又誤打誤撞把星琁當作是我，才會發生相約吃飯的鬧劇。」理出頭緒的他，不禁大笑：「這一切的巧合實在過於不可思議。」原來星琁和他還在同一天生日，難怪ID上會出現相同的數字。

鄭姿凡立即接話：「就是說呀！這樣表示我們之間的緣分，可不是普通的等級喲。」

「沒錯。」鄭修笑道：「說真的，第一次聽見星琁的名字時，我竟有說不上來的熟悉感。」

「應該只要是正妹，你都會這樣說吧！」鄭姿凡調侃完後，樂呵呵的表示：「幸好今天有帶肉粽一塊過來，不然要是單靠我們兩個女生的話，肯定認不得對方。」

「真的！」洪星琁完全認同，尤其是對方又換了一頭全新的造型。

爽躺一旁的肉粽不斷搖著尾巴，張嘴散熱的模樣像在竊笑居功。

「星琁，我們立刻加為好友吧！」鄭姿凡趕緊拿出手機來到她身邊：「去台中之後，我已經蛻變成有智慧的低頭族了。」

「好。」洪星琁笑著接過男友遞來的新手機。

「等妳好點之後，看妳愛吃哪一國的美食料理，我一定好好彌補這場遲來的飯局。」鄭姿凡已成功掃好條碼，並立即發送一個散花的貼圖表示慶賀。

白子帆笑著說：「如玉，那頓飯我已經代為補請了，所以妳用不著破費了。」

「是呀，那天初見面，某人就大方請吃紅毛港海鮮餐廳，讓我一度害怕飽餐之後，會不會得留下來洗碗盤抵消費。」說著說著，她和男友已相視而笑。

鄭姿凡於是賊賊的提議：「既然這樣，那就換兩位請我吃飯。」

「沒禮貌。」鄭修立刻舉手敲妹妹的頭。

鄭姿凡不客氣地瞪眼反擊：「幹嘛，我想吃子帆大哥他們的喜酒不行喔？」

「哈哈哈！」此話一出，在座的人全笑了。

鄭姿凡對於未來的嫂子可喜歡了，於是又來到她身旁：「聽說子帆大哥下禮拜要帶妳去塔位祭拜我們紅毛港的那位長輩，正好我昨晚回來的時候，在相簿內發現幾張暗藏的照片，裡面正好有那位阿公的獨照，於是就先翻拍過來讓妳搶先看。」

洪星琁湊近一看，原先充滿期待的笑意，在看完照片後，頓時變了樣。

「怎麼了？」白子帆率先察覺她的異狀。

「我也不知道，就、就……」她發現自己竟然哭了。

白子帆連忙遞上衛生紙關心：「星，究竟怎麼了？」

「我不曉得，就覺得這位爺爺好溫暖、好慈祥，好像曾經在哪見過。」她不由自主的低喃：「他怎麼就這麼走了，我好像忘了跟他說聲謝謝……」

白子帆雖不明，但仍細心安慰：「有沒有可能只是和妳認識的某位長輩，長得極為相像罷了？」

「絕對不是這樣。」洪星琁的情緒逐漸失控：「怎麼辦，我竟然有一股說不上來的難過，怎麼會這樣？」一時無措的她，瞬間淚如雨下。

白子帆於是展開懷抱安撫：「如果哭一哭會好過一些的話，妳就盡情宣洩吧。」他邊說邊以眼神向鄭修示意，要他和妹妹先在此休息，他則先帶她回房整頓情緒。

好兄弟闔上門的一刻，鄭修忍不住暗罵：「人家剛從鬼門關繞一圈回來，妳沒事拿往生者的照片刺激她幹嘛？」真是的。

鄭姿凡一臉無辜，望著手機說：「我要是知道她看完萬順阿公的照片會哭成這樣的話，哪還敢這麼做……」

事後，無論洪星琁如何細想，皆無法解釋，究竟為何會對一位素未謀面的長輩，產生如此複雜的波動和反應。

半年後，白子帆和洪星琁回到最初相約的那間餐廳，在眾親友的祝福下，完成訂婚的儀式。

原先很渴望趕「進度」的白子帆，在一番深慮後，決定先暫緩一切，順道讓未婚妻有更充裕的時間將身子調養至最佳狀態。

他除了想給彼此更多的兩人空間之外，也是期待今年八月的婚禮上，她能展現最美麗的姿態，為人生的大事留下最臻美的畫面與紀錄——重點，他們極珍貴的蜜月之旅，可不希望在「第三者」的擾亂下，而無法玩得盡興。

訂婚完的這一夜，他們早早就熄燈就寢，白子帆卻突然開口。

「星，我們去澳洲度蜜月好嗎？」

「嗯，為何想去澳洲呢？」洪星琁含糊回應。三月的季節氣候仍偏涼，每每躲進被窩環抱他充滿安全感的健臂，她總能迅速入睡。

「那裡是觀星的首選，我一直很渴望能目睹『南十字星』的風采，不曉得妳願不願意陪我一塊完成這個簡單的夢想？」他將她攬入懷中，很樂意當她的貼身暖爐。

「別鬧了……」洪星琁不斷扭動掙扎，只因為某人刻意用剛長出來的鬍渣子磨蹭她細膩的頸部，這樣還不打緊，他的手甚至已不守規矩地探進她的衣物內。

「沒想到妳居然不願意，太令我失望了。」

洪星琁這下可清醒了：「我只是不願意羊入『虎口』罷了，觀星的行程自然很樂意。」她邊說邊拍打他那不安分的大手。

「妳果然是我的好太太。」白子帆笑如彎月：「那我們去中部的沙漠，聽說『艾爾斯岩』那一帶的渡假機能十分良好，不僅有許多店家，甚至還有游泳池，我們去感受一下低光害的熱情與悠閒，順道租一台哈雷機車，享受在沙漠中疾速狂奔的轟然快感。」

洪星琁心馳神往，只覺得身體瞬間熱了起來，但還來不及回應，卻聽見他又補了一句。

「想必那裡製造出來的 MIT 湯圓，肯定會優質得沒話說。」

洪星琁嚴重失笑。只覺得方才的一片美好，全因枕邊人的幽默而全數幻滅。

近幾個月來，她深深覺得公司最資深的兩位「員工」，彷彿是交換了靈魂一般。

感情日益穩定的陳湯尼，為了積極向另一半展現自己是值得託付的良偶，努力改變過去愛搞笑、給人不夠穩重的既定印象，並全心投入在工作與未來的規劃上；而她的未婚夫反倒越來越像公司掛名的負責人，除了時間一到就想準時打卡下班之外，現在更不介意釋放自己的熱情供外人欣賞，並樂於舉辦員工的大小聚會和旅遊。

「不說話就表示完全認同嘍，那我們先來預演一下。」他欲啃吻她的香肩雪頸。

洪星琁不禁翻白眼。明知兩人一大早就得起床出發，並趕往中部拍外景婚紗，某人竟不快點補眠休息，反倒還精力充沛鬧著她玩。

為了適度給對方一些「警告」，她索性趁他親近之際，順勢攀著他的頸項，並以迅雷不及掩耳的速度在上頭狠狠種下一吻。

許久後，她總算滿意地鬆口：「恭喜白先生！明天可以帶著這個愛的『紀念品』四處獻寶，這個位置連衣領都遮不住，肯定所到之處，都會成為眾人聚光的焦點。」她還故意道：「記得跟耀祖說，我們崇尚自然，絕不接受虛假的電腦修片，務必以原味呈現。」

白子帆撫著她的傑作，早已笑到不行：「正好我也有這個意思。」他暗暗欺近：「不過，讓我一人搶盡風采，實在不符合我愛妻的原則，未來的白太太，不如妳也來一個吧。」

「我不要——」她可不想明天一塊丟臉呀。

反應極快的洪星琁，已嚇得失色脫逃，除了死命護頸之外，還打算奪門而出：「我今晚不陪你了，明天見。」她決定快閃離開，好躲回自己的房間。

「哈哈哈！」白子帆笑倒在床，頻頻朝她招手：「親愛的，快回來吧！保證不鬧妳了。」待愛人重新回到枕邊，他立即將人圈入臂彎中：「湯尼知道我們要展開為期三、四天的外拍之旅，羨慕到都想撞牆了。」

洪星琁輕捏他的手臂：「美吟的事業心會被嚴重激發，還不都是你害的。」

「冤枉啊，誰叫他們的年齡差距比我們還大，加上美吟又特別理性、有想法，打算再多陪單親的媽媽幾年，湯尼也只好配合行事。」他故意道：「反正他的小生臉又看不出真實的年紀，等到四十歲再結婚也沒差，我決定之後要努力跟美吟洗腦，請她三十五歲之後再考慮步入婚姻，看能不能讓等不及的湯尼早生華髮。」最近刺激某人的樂趣，他幾乎是玩上癮了。

「你好狠喲，明知道湯尼很渴望和我們同步舉行婚禮，不幫忙就算了，還這樣戲弄他。」她笑得直搖頭，接著期待：「沒想到策劃幾個月的攝影之旅，明天總算要開拍了。」

「耀祖要我們好好享受邊拍邊旅行的樂趣，保證絕對精采可期。」

「好神祕呀。」她盛滿好奇：「你們完全沒透露半個外拍景點讓我知道，能不能現在……」

白子帆立刻佯裝打呵欠：「好累喔，如果妳還不想睡的話，那我就先補眠了，免得影響最佳男主角的攝影成效。」語畢，他立刻轉身背對。

「……」洪星琁不禁冷瞪他的後腦杓，睡前的話匣子可是某人先開啟的呀。

「叩叩。」她忍不住輕敲他的腦袋：「白先生，你要睡可以，但請先把我的『抱枕』還給我，好嗎？」

白子帆閉眼直笑，接著將背對的身子轉正，並大方交出自己的手臂：「夫人請慢用。」

「這還差不多。」洪星琁立刻側身環住他的上臂，並迅速調整好入睡的狀態。在即將夢遊周公之際，隱約察覺有人在她的額前覆上一吻。

「晚安，明天見。」他柔著嗓音道。

✧

去年八月六日這天，他們開啟了初見之緣，逐步醞釀和打造彼此理想中的家庭藍圖；而今年的同一天，正逢星期日，他們要向眾人分享終成眷屬的喜悅與爛漫。

白子帆穿著一身白的英挺西裝，無可匹敵的好骨架與立體迷人的俊俏五官，猶如童話故事中親臨現場的白馬王子一般，已成功俘獲男男女女的目光；而洪星琁則以香肩小露的魚尾白紗呈現，雖然捨棄澎裙的華麗效果，但貼合的版形與適度的蕾絲拖擺，可說是盡顯婀娜多姿的好身段。五官原先就端正秀麗的她，綰起正式的新娘造型與點綴得宜的飾品，整體的效果毫不遜於走秀場的專業模特兒——其必殺全場的幸福笑靨，更是令在座仍未婚的單身女性羨煞不已。

在宴廳的聚光燈與賓客的簇擁下，新娘已勾起新郎的手臂，踩著紅毯一塊步入會場，為這場真實版「夢中的婚禮」開啟最沸騰的序幕，現場幾乎響起如雷貫耳的叫好之聲。

這場喜宴由男女雙方共同合辦，但他們並沒有大肆宴客，反倒挑選有一定交情的親友參加。

本場菜色除了以營養均衡、不鋪張浪費的食材呈現之外，新郎和新娘也不如舊往般的忙碌，反倒如同電影院的觀眾一般，和大伙一塊話家常與用餐，並跟著欣賞接連播映的精采影集——除了有不少好友私下獻錄的祝福VCR之外，白子帆還自製了一段屬於他們之間的愛情故事。

該影片穿插動畫、照片、影像和動人配樂，完全以新郎的角度來詮釋，並將兩人當初是如何相識、女主角的出現又對他產生什麼樣的微妙變化，直至他們攜手交往、一路走到今日的圓滿相守，過程可說是完整大公開；其豐沛的情感與細膩到位的質感，儼然如一場當紅的微電影般，令人深入其中。

洪星琁喜淚交加地欣賞。沒想到，在她踏進別墅、看完房子的當天，另一半已展開如火如荼的搬家行動；其次感動的點，就是為了那場告白計畫，一票人費心討論當日合作的流程，與分批布置會場的幕後花絮——最深刻動人的，莫過於她發生車禍後，大伙陷入黑暗期的哀絕。

正當現場氣氛為之糾結時，畫面中一朵朵盛開的黃槿花，已訴說迎向重生後的璀燦人生。

壓軸，當然莫過於他們倆用心拍攝、亮麗呈現的絕美婚紗照。

喜宴現場不僅不見新人的大型相框，就連相簿與謝卡也完全不見蹤影，新郎和新娘的婚紗照幾乎是保密到家，直到最後一刻才公開呈現——除了講求環保之外，更要讓現場的賓客跟著兩人一塊上山下海，迎接星辰與曙光的臨場感，並從畫面中的一景一幕、一個眼神動作，感受他們綿綿傳遞的契合與濃情。

影片正式播送完畢後，親友立即給予最熱烈的掌聲。不知不覺中，已換裝完畢的新郎和新娘也同步現身，並與親人逐步舉杯敬酒。這時，隱藏布幕後的鋼琴師亦同步出現舞台中，並以一首又一首的流暢情歌，給予最浪漫的祝福。

如此有別於以往的婚宴，自然不會有人惡意灌酒或是惡整新郎官，但卻有人勇敢提議，何不來點「安可」回饋，讓他們更加徹底不虛此行。

白子帆自然是恭敬不如從命，於是要求大家挪出一小塊的表演空間。接著，他頗具誘惑地朝新娘伸出手；洪星琁雖然不解，卻放心將自己交給他——下一秒，立刻被一道有力的力量拉了過去，她幾乎是半跌、半旋進他的懷中。

白子帆冷不防將她整個旋空橫抱，然後，在眾人的注目與尖叫下，表演人生唯一一場——不售票、亦不再加碼演出的經典熱吻。

目堵一波波高潮的洪美吟，幾乎看傻了眼！今日的婚宴實在過於瘋狂和難忘。

陳湯尼抓緊機會，趕緊道：「美吟，參加這麼感人肺腑的喜宴，妳難道都不會幻想自己哪天也當上新娘子，成為全場焦點的那一天嗎？」他繼續鼓吹：「我覺得星琁那套婚紗穿在妳身上，肯定會有更不一樣的味道出現。」

洪美吟漫不經心睨了男友一眼，目光始終離不開今日的兩位主角：「我的身材又沒有星琁那麼高挑、纖細，哪敢穿窄攏合身的禮服自曝其短呢？」更何況與男友在一起後，她也確實被養胖了好一圈。

唉，身材一去永不回，往事只能回味。

陳湯尼大膽一博：「我覺得我們可以考慮先完成訂婚的儀式，之後再慢慢籌備理想中的婚禮。」

現場轟雷的掌聲再次響起，加上鋼琴師隨著現場的氣氛加快音樂的節奏，洪美吟一時聽不清楚另一半的話，只自顧著說：「漬漬漬，你要是敢那麼對我的話，我絕對不會輕易放過你。」她意指在大庭廣眾下，大方表演窒息式的熱吻。

「……」陳湯尼瞬間像香蕉皮蔫於桌上。他今年都三十五了，再拖下去的話，究竟何時才能滿足成家生子的喜悅呢？

同桌的黃少奇目睹他們牛頭不對馬嘴的對話，笑到差點岔氣：「湯尼哥，今天是咱們公司的超級盛事，你沒事愁著一張幹啥？來來來，在帆哥他們還沒過來敬酒之前，我先敬你一杯。」嘿嘿嘿，知道短時間之內，眼前的紅色炸彈絕對威脅不了自己的荷包，他可樂歪了。

陳湯尼接下黃少奇遞來的喜酒解愁。本以為可以藉由這個場子，順利讓女友動了想婚的念頭，哪曉得革命都不下數十次，成功依舊沒有入袋。

不行不行，為了天上正排隊等著投胎的陳寶貝們，他一定得再加把勁才行。

素有「打不死的蟑螂」之稱的陳湯尼，很快地恢復振作。他決定再給自己幾年的時間，屆時，務必要終結身分證上，空白已久的配偶欄不可。

尾聲　繁星點點

洪星琁一臉素淨，長髮披肩，穿著略為寬鬆的白色七分袖上衣與深色長褲，整體的模樣大致維持不變，就髮尾多了一點捲度，以及目光流轉間，增添了幾分成熟的韻味。

難得獨享清閒的時刻，她發現自己竟只想單純放空。

時間過得好快，明天，她即將屆滿三十五歲。

結婚五年多來，他們已育有四歲大的兒子和二歲大的女兒。

想起可愛的小兄妹，她不禁綻放為人母的光采。

老大裡裡外外是另一半的縮小版，有著聰穎外向的個性，以及活力滿滿的精力，以男孩子的發展而言，平均都算表現得相當不錯！也頗有當哥哥的風範，是他們生活中，不可或缺的小幫手；而老二的外型則像她居多，唯獨特殊的髮色遺傳了另一半。善於說話的女兒，有著天真勾人的超萌氣息，目前在爸爸心中的地位，已經到達威脅她這位媽媽的等級。

而他們替小孩命名的方式，不曉得該說很有特色，還是該說，呃……好像有些——隨便？和另一半頗有共識下，他們索性以北斗七星的星名來命取——老大就叫白天權，老二則是排列在後的白玉衡。

思及此，洪星琁不自覺撫著已明顯隆起的肚皮。

是的，近幾個月，她又「不小心」懷了第三胎。

與其說是不小心，倒不如說……她是在喪失判斷能力和防備之下，被另一半「設計」成功的。

四、五個月前，白子帆突然認真提出要再生第三胎的事，洪星琁卻有些猶豫掙扎。老二好不容易大了些，不用再親餵母乳、每天烹煮額外的副食品，並且能和哥哥玩在一塊，她總算能輕鬆一些，若這些流程又重新來過的話，光是新生兒的區塊就得費心呵護，更別提還要兼顧兩個不同年齡層的大孩子，以及生活中鎖碎的需求與家務……光想到這，她就累了！屆時若三個孩子你濃我濃的，相互傳染病毒又無法徹底隔離的話，她肯定會忙得焦頭爛額。

所以洪星琁並不打算妥協，也完全不給予另一半「得逞」的機會，總是格外做好避孕的工作。哪曉得不久後，公司的業務量突然驟增，加上同仁們輪流掛病號請假，白子帆不得不進入早出晚歸的作息之中，而生老三的議題，也就自然消失於他們的話題之中。

他們夫妻倆開始於不同的職務上各別忙碌——一個下班後，妻小們全睡了；另一個睜眼醒來，已不見枕邊人的蹤影，整天下來，世界總是圍繞著兩個小鬼頭打轉。

老大雖然才沒幾歲，但已經明顯出現不愛睡午覺的情形，可想而知，只要一個孩子還活蹦亂跳，洪星琁自然無法中場休息。所以一到了晚上，每每說完睡前故事，老大便很快地入睡，這時，她還得專心應付愛說話聊天的老二。過程中，總在不知不覺下，跟著陪睡入夢。

「星，洗澡刷牙了嗎？」這時，才剛下班的白子帆總會在洗完澡後，輕聲將她喚醒。

「還沒。」洪星琁揉揉睡眼，啞著嗓音說：「打算等你回來。」

「最近就別等我了，陪孩子整理完畢後，就一塊上床睡覺吧！未完成的家事可以留言告訴我，我再幫忙處理就好。」

剛開始，洪星琁確實乖乖聽另一半的話，努力把所有的鎖事全數搞定後，然後帶著兩個孩子一塊就寢。迷迷糊糊間，她感受到一雙有力的臂膀，將自己抱回屬於他們的床鋪上，在反射性地道聲晚安後，她便再度沉沉入睡。

一連幾天，他們夫妻倆的交集實在少得可憐，教洪星琁有些虧欠失落，甚至還有適應上的明顯不良。明知自己的戰鬥力確實有限，但仍是希望能在另一半下班後，陪他互動和小聊一會兒。

「晚上回來叫醒我好嗎？我們這幾天好像都沒有好好相處、聊聊。」她忍不住傳 LINE 給他。

「好。」白子帆在百忙之中，簡潔回覆。

但洪星琁萬萬沒想到，自己傳達的語意，竟讓另一半產生解讀上的錯誤，他叫醒她的「相處」方式，居然是——以狂熱的肌膚之親取代任何的言語交流，並讓意識不清的她，更加迷亂混沌，徹徹底底跌入他所釋放的沉淪之中。

那個禮拜竟一連發生了兩次相同的情節，洪星琁只記得結束後，自己壓根沒陪另一半聊上半句話，反倒是在他溫暖有力的誘哄下，迅速補了一場好眠——這和自己原先設定的用意，好像有極大的出入。

幸好他忙碌的情況，前後只維持了兩個禮拜，他們又順利回歸原先的家庭作息。

傻傻的洪星琁，直到月底該來報到的「親人」逾期不見時，還天真的以為是這陣子過於疲累的緣故，而造成經期上的失調。直到日子一天天過去，她都不得不認真考慮，究竟該前去看西醫較為乾脆明瞭？還是中醫緩和溫調比較妥當？

「若結論都得吃藥調理的話，還是先驗孕確保一下。」白子帆於是幫忙出意見。

這確實是MC遲來最基本的處理流程，洪星琁便拿著他供應的商品進入廁所內。當驗孕棒上頭出現清晰的兩條橫槓時，她差點就昏厥在馬桶上。

「結果我該陪妳去看西醫，對嗎？」白子帆噙著笑，站於門口迎接。

洪星琁窘著臉，再次道：「你們紅毛港人的心機真的好重。」另一半居然順勢趁她防禦率最低的時候下手，甚至還精密掌握她的排卵期，真是太陰險、太太太狡猾了。

「夫人過獎了，在食安問題層出不窮下，我只是趁機測試彼此的生育功能是否受損罷了。」這陣子他其實早早就下了班，並買通一大票人跟著配合演出，並故意在外待到妻小們全都入睡了，才遲遲返家進門。為了儲備最佳「精力」，他可也沒閒著，總是不斷地運動強身——當然，上述的用心與付出，他自然沒說。

「……」洪星琁大大無言，才兩次就鬧出一條人命，可見彼此健康的程度確實不在話下呀。

「妳連兩胎都沒孕吐、也沒胡亂發胖，還生得出奇之快，連妳姊都搖頭感嘆，這麼好的體質若不善加利用，未免過於糟蹋。」白子帆極滿意搭摟太太的腰：「既然如此，我們哪有不發揮到最大功效的道理呢？」

「……」接下來，望著父子三人相互擊掌、恭賀的模樣，洪星琁真感到哭笑不得。

即將三度當爸爸的白子帆滿面春風，但一切看似全在掌握之中，沒想到，陪同老婆至醫院產檢時，竟也有超乎他預期之外的大驚喜。

醫生笑道：「恭喜兩位，太太肚子裡面的是雙胞胎，你們看，畫面中出現兩個明顯的胚胎。」

「醫生，你說的是真的嗎！？」他們夫妻倆幾乎異口同聲地道出，並不約而同緊握醫生的手，請他務必再三確認才好。

醫生盯著自己同時遭到拑制的雙手，想笑又不敢笑太大聲：「我很確定，不過你們得先放手，我才能進一步舉證說明與拍照存證。」他決定加贈超音波照，好讓兩人帶回去當禮物。

回想那場難忘的受驚日，洪星琁再次笑彎了眼。

如果大家還有印象的話，緊接著在「玉衡」之後的星名是「開陽」，而它又是以「雙星」的特殊型態來呈現——教她不得不相信，似乎在冥冥之中，一切早有安排。

目前懷孕來到十五週的她，除了較容易疲累、肚皮明顯藏不住之外，確實也沒有額外的不適。

洪星琁踏著愉悅的步伐上到三樓，這裡已逐步規劃成孩子們的專屬天堂。她開門進入公公婆婆的古物室，瞥見玻璃櫃內的日記本，忍不住又再次將它拿出來回味一番。她略略翻了翻，竟意外發現其中某一頁的厚度有明顯的差異，仔細一看，原來有某兩頁似乎不慎黏合在一塊了。

她於是取來吹風機，試著將內部的膠質軟化，有所成效後，便小心翼翼將它們逐一分開，這總算瞧見隱藏其中的片段。

民國八十五年五月五日。

如澐，母親節快樂，當初如果不是我自私的剝奪，也許，妳現在應該就是好幾個孩子的好母親，並且樂此不疲為他們而充實。

不好意思，年年看妳滿懷期待，等著迎接老二來報到，卻只能換來一次又一次的失落，連我都不禁懷疑，自己當初是否做錯了什麼？竟在未徵詢妳的同意之下，做了影響三方的重大決策。

這幾天趁著和陽陽獨處時，我很認真地問他，是否曾經抱怨我們未曾替他增添弟妹，以致於在成長的過程中，有所遺憾與孤單？沒想到，咱們兒子非但無所謂，還滔滔不絕說了一堆「感言」。

他說，每次看見鄭修被妹妹纏住、汶娟汶琪在吵架，同學經常不滿爸媽要他們替弟弟妹妹多擔待一些時，他便開始幸災樂禍，慶幸自己無手足之累，才能完全獨享父母親的關愛與資源。

親愛的，我真的徹底被咱們兒子打敗了！究竟該說他生對成長的環境？還是該說他頗有「孝心」，所以不希望造成我們的為難與壓力。

時間過得好快，眼看陽陽即將國中畢業，不過也許是因為獨子的關係，他某部分的成熟度與責任感確實有待加強，和小一歲的鄭修相比，有明顯的一段差距。有時候我總會胡思亂想，若陽陽繼續維持一貫樂天和我行我素的調皮作風，有沒有可能將來的某一天，我們會遭媳婦抱怨與唾棄呢？

我知道妳一定會笑我想太多了，畢竟未來的路還很漫長，或許哪天兒子一開竅，會表現得比我更加出色也說不定，我們應該對他有所信心才是。

我曉得陽陽最聽我的話，也只有我在的時候，他的行為才會收斂一些，所以我很努力在閒聊之中，灌輸他一些觀念，希望哪天真的能對他有所幫助。

我向陽陽解釋手足互動的學問與可貴，也坦白告訴他，妳其實很愛孩子，原本也可以是好幾個孩子的媽，但就因為我經常出港不在、無法適時在身邊分擔，加上妳生產的過程一波三折，我捨不得妳重新經歷這一切，三思後，才會忍痛只生他一個。

陽陽多少也明白我要闡述的用意，他答應我，上了高職之後，一定會多加注意自己的言行舉止，也會適度幫忙妳分擔家務，保證不會再讓我們頭疼、頻頻遭人投訴與告狀了。

聽見兒子的口頭承諾，當下，我真的感到無比欣慰，他之後的表現，且讓我們拭目以待。

寫到這，我突然閃過淑珊的話。她說，我一出港，兒子就像被人野放的瘋馬，一隻就能帶壞一整群，她要是妳的話，哪還敢再生第二個？到時候又不小心孵出像陽陽同類型的過動兒，那該怎麼辦才好？倒不如放寬心照三餐吃飽，專心對付他就好。

哈，聽完淑珊半玩笑的安慰話，我真的釋懷許多，但還是忍不住幫妳爭取多一點的福利，順道給陽陽一些壓力。我索性要求咱們兒子，將來得生六個孩子來回報妳的恩情。

陽陽聽完後，難得也有無助與受驚的神情，他估量了許久，問我能不能打個折，最多只生四個就好，免得將來要帶我們一塊出遊，只怕一台車也不夠應付。

我不斷忍笑，總覺得他的考量還算挺有道理的，所以表面上，我故意裝做很勉強的答應，並要求他說到，也務必要做到才行。

如澐，先恭喜妳！將來會有一群孫子陪伴著妳玩，到時候，我就陪妳一塊照顧這些小鬼頭，好好彌補多年來錯失的寶貴時光，相信妳也會和我一樣充滿期待——期待我真正退休的那一天，期待走到含飴弄孫的步調，期待孫子們一個個順利成長，期待，我們一塊慢慢變老。

「叩叩。」為了不驚擾孕妻，白子帆直到此刻才敲門。

洪星琁回神，沒發現孩子的蹤影，連忙問：「大小寶貝呢？」不是說要一塊出門採買東西嗎？怎麼只剩大人回來。

「爸媽和大伯他們包了一台小巴，一群人帶出去三日遊了。」他笑著宣布：「所以未來的幾天，要恭喜我們的耳根子總算可以享受難得的清靜。」

啥？這消息未免也太突然了吧！

「說吧，這是多久前就瞞著我偷偷規劃的行程？」她笑睨著他。

「是媽和伯母的意思，我就負責偷渡兩個小鬼出場。」白子帆直接將功勞歸給長輩：「她們說趁兩個大的不在，妳才能專心養胎和休息，加上妳的生日即將到來，應該趁機放個假，他們全要我把握難得的機會帶妳四處走走，不然等雙寶出生後，肯定得困在家裡好一段日子，屆時，就算妳想出門渡假，也只能收看旅遊頻道乾過癮了。」

洪星琁會心一笑。從話語中，已曉得這是另一半特地要獻給她的生日禮。

而丈夫方才口中的「爸媽」，其實就是大家所熟知的七仔叔與淑珊阿姨。

她一直能從淑珊阿姨身上感受到一股不求回報的溫暖，也敬佩她的重情與重義，並經常噓寒問暖、邀他們夫妻倆常回家吃飯小聚。所以婚後不久，她發現自己順利懷上第一胎時，便認真同另一伴商量這件事。

「我覺得淑珊阿姨對待我們的方式，一點也沒輸給鄭修他們，沾了你的福氣，我覺得自己好像也多了一位媽媽，既然淑珊阿姨很想抱孫子，而鄭修的姻緣在短時間之內，應該不會有下文，不如下次我們回去時，一塊改口叫七仔叔他們『爸和媽』，順道分享明年七月，他們的小孫子即將到來的好消息。」

「很棒的建議！」白子帆立即同意：「我已等不及要欣賞他們的反應了。」

猶記他們夫妻初次喊出時，李淑珊可哭慘了！一度讓鄰居誤以為家中是發生了什麼重大慘案。

近幾年，李淑珊的重點徹底移轉至小孫子身上，因此已沒空閒理會「二兒子」的死活，對他屢次找到不理想的好對象，她索性採取「放生」不理的態度，教鄭修一時難以適應，不禁開始懷念過去常被阿娘叨念的日子。

洪星琁綻放一笑。他們家的兩個「星寶貝」會如此得寵，可不是沒有原因的——一來完全不怕生，二來，在他們夫妻刻意的傳承下，故鄉的母語「馬Ａ通」——白金福夫婦常被兩位曾孫逗得好開心；而白文濱和鄭成七這兩對夫妻，則更愛輪流搶著照顧與不定時帶出門獻寶。

洪星琁連忙問：「他們一群人出去玩三天兩夜，保暖的衣物全都帶齊了嗎？」她不免擔心。

「放心，幾天前就已經整理妥當了。」白子帆近距離暗示：「妳怎麼不關心，『我們』兩位要去哪呢？」

洪星琁笑著配合：「那麼請問白先生，我們『二大兩小』要上哪呢？」她不忘指正。

白子帆扯開燦爛的笑容：「耀祖他老婆再過幾個月就要卸貨了，他說他們珍貴的兩人世界已經進入倒數的時光，所以得加緊腳步，好好把握還能出遊的日子，一陣子沒和我們見面了，想邀我們一塊出門渡假，順道請教母嬰用品的採買、坐月子的注意事項，以及日後照顧新生兒的種種細節。」他突然壓低聲量，附在她的耳畔神祕道：「重點，他是要訪問我們，該具備怎樣的條件與人力，才能夠喜迎雙胞胎。」

洪星琁失笑。想也知道最後一段是丈夫自己胡亂加的，畢竟懷老三的事，他們一直保持著低調，目前也僅止於身邊較熟的一些親友知道；可以想見，稍晚和另一對準父母相見歡時，肯定會把他們嚇上好大一跳。

「直到現在，我還是覺得很不可思議，老天居然會為我們送上雙胞胎的驚喜。」她撫著尚未有胎動的肚皮，母愛已油然而生。

「祂一定是知道我們會熱烈歡迎，並且給予他們滿滿的關愛與照顧，才會破例一次送上兩份難得的大禮。」白子帆由後頭環住孕妻，雙手陪她一塊貼合於肚皮上：「懷雙寶的孕程會格外辛苦，到時候也得提前剖腹，所以，產後復原的情況可能無法像前兩胎自然產那樣順利，加上兩個小寶貝回家後，妳肯定會被操勞得手忙腳亂。」他不禁輕靠她的肩側，傾洩自己的心意：「星，辛苦妳了！感謝妳這幾年為這個家的付出，後續有勞了。」

簡短有力的一句話，已讓洪星琁注滿能量。

「我們彼此彼此。」另一半在工作之餘，回家仍不忘陪伴他們與分擔家務。「你也辛苦了！我知道後面會有一段不小的考驗在等著我們，但我也知道，我們一定會一塊熬過這甜蜜的階段與負擔。」她輕蹭他：「謝謝你的生日禮物，我一定會好好享受專屬我們兩人的假期。」

白子帆暖心一笑，接著表示：「等妳懷孕進入後期，我就會向公司請幾個月的育嬰假，好好在家照顧你們。」

「這樣好嗎？」她頗為意外，連忙轉頭：「媽、伯母和我姊，她們到時候都會前來支援，喬心也說好放寒假後，會過來幫忙帶兩個大的，所以，你不用特地……」

「當然好，醫生說到了後期，妳肯定連臥床和呼吸都會感到極度不適，有我在身邊的話，隨時可以掌握妳的狀況，總比在公司提心吊膽渡過每一天。」他的心意已定：「我私下和美吟商量好了，她很贊同我的作法，要我放心把公司交給他們，安心在家當個好好先生。」

「你不擔心美吟會突然宣布懷孕嗎？」她感動得無法言喻，已伸手和他緊握。

「我問過了，美吟說他們新婚不過才半年左右，暫時還不打算那麼快受孕，一切等雙胞胎平安落地之後，再換他們接力做人。」

「對了……」洪星琁恍然想起一件要事，於是興奮取來桌上的日記本：「剛才，我突然發現這一頁，原來，它們不小心黏合在一塊了。」原以為另一半會有喜出望外的超大反應，沒想到，他的表情卻異常淡定。

白子帆隨意瀏覽：「我都不記得有這件事了，沒想到我爸還真是料事如神，已經提前預知我們會生四個孩子。」他迅速將日記本歸位，打算草草帶過：「時間不早了，我們得趕緊上高速，好和耀祖他們……嘶——」他輕叫出聲。

洪星琁已捏住他的腰際，因為另一半的表現分明有鬼：「說吧，那是你的傑作，對嗎？」先把人騙進門，再逐步完成他們父子「深情」的約定，如此孝心，連她這位太太都為之動容。「如果這一胎不是雙胞胎的話，你該不會打算幾年之後，試著再為老四殺出一條生路吧？」她覺得極有可能。

「人家都說生一個小孩會笨三年，我倒覺得我老婆越生越聰明。」他冷不防在她的面頰親上一記：「知我者，星也，妳果然是我的好愛妻，難怪我越來越離不開妳。」

洪星琁只覺得又好氣、又好笑的。既然她都誤上賊船多年了，不如就帶著肚子內的兩個「人質」，勇敢向前衝吧！

「下一次產檢或許就能知道性別了。」她笑問：「你覺得雙寶他們是男還是女呢？」

「肯定是兩個健康又漂亮的小女娃。」白子帆一臉篤定。

洪星琁不禁投以同情的目光：「沒想到你上輩子欠的情人債居然這麼多。」接著，她朝肚皮洗腦：「寶貝們，別忘了債務人是我隔壁的這位先生，我只負責偷渡妳們出世，出生後，不管是要胡鬧還是要調皮搗蛋，妳們千萬別搞錯對象。」

「哈哈哈！」白子帆嚴重失笑，望著孕妻的眸光滿是甜蜜：「這是最後一胎了，有興趣拍攝大肚照留做紀念嗎？耀祖在高雄投資的攝影分店即將進入最後階段，開幕後，更方便我們就近拍攝。」

「好。」她一口答應，決定將唯一的孕肚照留給雙寶們：「我們順便合拍家族照留念。」

「那……」白子帆突然使出誘惑的神情：「我可以買上一次看中意的那台七人座休旅車了嗎？」

洪星琁明白他是為了即將到來的兩個小寶貝做準備：「但是我很捨不得小白。」畢竟原來的車子陪伴他們走過不少美好的回憶與階段。

「小白的車齡不過才八年，我並不打算將它賣掉，以後有兩台車，也方便妳載孩子們使用。」

「嗯。」洪星琁很快地點頭答應。

「該出發了，這趟旅程保證不會舟車勞頓，兩位辛苦的孕婦一定會喜歡我們用心安排的行程。」

他們一塊攜手下樓，由於大置上的行李白子帆已整理妥當，洪星琁只須簡易地帶些貼身用品。完成後，他們合力將家裡巡視一遍，便踏上繼蜜月之後，專屬兩人的浪漫之旅。

《正文完》

番外篇一　湮海兄弟

「好帥……」這是二十五歲的陳湯尼，對白子帆的第一印象。

在老闆白文濱向眾人宣布今天有位新同事加入，要他們日後多多關照、不吝賜教後，陳湯尼的目光便離不開眼前的新人。

陳湯尼來公司的年資約莫一年半左右，和其他同事相較，屬於較資淺的層級，如今來了一位更初階的菜鳥墊後，而且還是難得一見的大帥哥，他竟升起一陣沒來由的歡喜。

「帥哥美女本來就享有『孤傲』的專利，我們就當作是欣賞風景一般，這也算是一種另類的福利與工作情趣。」這是本性樂觀的陳湯尼，私下向同事們分享的見解與言論。

因為下班後，多數人都忍不住抱怨公司的新人過於冰冷、難相處，甚至還有人半開玩笑的說，自從白子帆進公司的那天起，他發現內部的空調瞬間驟涼，害他不得不多加件衣服防寒；還有人說，為了新同事，他差點就想去報名學手語了呢！更誇張的，就連他專注嚴謹的工作態度都有人嫌棄，常譏笑說，經過他的位子都忍不住踏步敬禮、高唱起軍歌來。

正當大伙將新人的一舉一動全拿來做為飯後的消遣，陳湯尼卻感到一陣難受，甚至覺得自己和同事之間有些格格不入。因為他很能以過來人的心態，體諒對方必須適應新環境的種種壓力。

「成哥，不如子帆讓我來帶好了。」半個月後，陳湯尼便自告奮勇，擔任起新人的指導教練來，從此和白子帆結下不解之緣。

近距離相處後，陳湯尼發現自己對新同事的好感直線攀升。

他們兩人的血型與星座皆相同，就連生日也相差沒幾天，又正好都是公司內年紀最相仿的「鮮肉」組——種種的巧合下，讓陳湯尼深信彼此一定有特殊的緣分在。

讓陳湯尼感到意外的，莫過於對方竟還小他一歲，但身上彷彿帶有某種歷練的魔力，教他一陣激賞！就連工作上的表現也超乎眾人的預期，短短的幾個月內，已交出令人刮目相看的好成績，讓陳湯尼這位師兄可說是面上有光。

為了不被自己的愛徒追上，私下，陳湯尼更為力爭上游，教暗中觀察的白文濱相當滿意。

「咳。」白子帆不得不出聲提醒，他不怕對方教導網頁與設計上的專業領域，卻很害怕對方突然定格，然後猛盯著他瞧，並一路從臉蛋延伸至胸肌。

陳湯尼驀然回神。對於自己經常神遊垂涎的舉動，已從原先的不好意思，演變為後來的理直氣壯和理所當然：「你有混血的成分嗎？不然髮色怎麼會這麼特別？就連五官都格外立體好看！還有，我真的很好奇，你上一個工作究竟在做啥？」不然體格怎麼會練得這麼好，健美先生？還是模特兒？

「……」如果我說是漁民，你相信嗎？

陳湯尼補捉到對方一閃而逝的為難，和眼前欲言又止的模樣，於是訝聲解讀：「你該不會是成人片的……」男優！？

「……」白子帆面部一抽，努力克制想拔刀砍人的衝動。

「介意我這麼問嗎，你怎麼會突然想轉型？又是如何認識我們白老闆的？如果日文還不錯的話，怎麼不考慮當導遊，或是翻譯之類的……」

「……誰跟你說我會講日文的？」他幾乎是從齒縫中硬擠出這幾個字。

陳湯尼趕緊解釋：「你不用擔心我會把你的事透露給其他人知道，全公司就屬我的口風最緊，你儘管放心。」他以十足十的誠意做為擔保。

由於對方突然貼近，又開始探索他的隱私來，白子帆有些不悅，於是立即拉開彼此間的距離。

陳湯尼瞧見他大動作防備的模樣，急忙澄清：「你千萬別誤會！我是真的很欣賞你、也想多了解你一些，但我保證絕對沒有其他企圖，更沒有同性戀的傾向。」他趁機吐露：「坦白說，不久前我才剛失戀，因為女朋友喜歡上他們公司帥氣又多金的新同事，就急忙切斷我們兩年多的感情，為此，我足足消沉了好久，後來，終於想通了——如果對方真的是膚淺之人的話，我又何必為她傷心難過呢？我甚至發重誓嚴格要求自己，之後絕對不可以看上已經有男朋友的異性、更不得發展辦公室戀情，不然就慘遭……」

「……」白子帆陷入沉默，因為他最害怕的部分果然開始了。

陳湯尼發現他的眉頭深鎖，臉色益發難看，於是大膽斷言：「我也說到你的痛處了，對嗎？你目前同樣深陷在情關中難過，所以，才會一時將自己的心冰封起來。」他忍不住以過來人的經驗，替他加油開釋：「兄弟，你一定要盡快振作！天涯何處無芳草，何必單戀一枝花？我們都是最棒、最優秀的！錯過我們可是對方的損失，你一定要快點重拾信心，甚至要努力讓自己過得比之前更好，才能間接讓前女友後悔難堪。」打氣完後，他再次將椅子滑向前，暗聲問：「不過我真的無法理解，你已經算是男人中的A貨了，女朋友若被人橫刀奪愛的話，對方究竟是怎樣三頭六臂的狠角色？」除了帥氣多金之外，肯定在某方面又有過人的長處。想到這，陳湯尼的目光不自覺瞟往他的下半身。

「……」白子帆深深明白一件事，與其讓耳朵不得安寧，他倒還寧可一開始就忍辱負重，選擇讓陳湯尼盯著他的美色神遊。

陳湯尼就這樣，一天一天貼近白子帆冰封的心，他們一冷一熱、個性徹底迥然，卻意外合得來，也經常擦出令人迸笑的火花，讓其他同仁常笑翻在桌上，並逐漸對眼前認真的冰山美男，產生好感與接納。

某日，陳湯尼意外接獲老闆的私約，想邀請他下班後，一塊吃個便飯，教陳湯尼整日上班都懷抱著忐忑，一度害怕是因為自己在工作上的表現不佳，才會讓老闆選擇進行約談的工作。

「老老、老……」入座後，除了老闆白文濱之外，陳湯尼還發現難得一見的老闆娘，教他連最基本的問候都只能抖著聲音帶過。

「湯尼，你不用緊張，約你見面純粹是私人的區塊要和你商量討論，不好意思，打擾你下班的時間，還造成你的壓力與困擾。」白文濱接著將發言權交給太太。

蘇玉媚點頭一笑，有禮開口：「湯尼你好，很感謝你特地前來，為了不影響你寶貴的時間，我就直接說明此趟的來意。」她開門見山道：「是這樣的，子帆其實是我們的親姪兒，為了不影響他的學習與同仁之間的觀感，所以我們一直沒有公開這層關係，而安排子帆到公司來，除了要讓他學以致用之外，也希望他將來能夠接手管理。只可惜計劃永遠趕不上變化，最近，我們突然有移民的打算，討論之後，有考慮結束公司的營運，但子帆卻堅持反對的立場，除了顧慮同事們得重新找工作之外，主要也是不願和我們一塊前往國外。我們勸了他很久，他的立場始終都沒有動搖，為了尊重他的意願與決定，我們也只好想額外的配套措施。」講到這，她難掩擔憂：「我知道子帆的表現已經漸入佳境，但要他撐起一間公司仍然還太早了點，特別是他略為孤僻的個性是一大缺點，所以我們不得不找個能面面俱到的人來幫忙他，我聽文濱說，你不僅個性圓融、樂於學習，就連工作實力也逐漸趕上較資深的幾位同事，加上公司就你和子帆最為處得來，所以，很希望你能答應……」接下來，她詳細說明自己的請求，還破例分享姪兒背後的故事。

陳湯尼細心聆聽，過程中，已逐漸卸下拘謹和不安：「所以，我就負責輔助的工作，再定期回報公司和子帆的近況即可？」這聽起來好像不會太難，和原先的工作內容大同小異。

「對！之後文濱會安排你們兩個進階學習，私下也會將更多的細節特別教給你。」蘇玉媚說完，真誠一問：「湯尼，你願意接受我們的委任嗎？責任加重的部分，我會額外給付你應得的酬勞，當然，你也不用給自己太大的壓力，文濱還會麻煩其他友人一塊協助，直到整個環節都打理完畢後，我們才會安心離開。」

「好，我願意幫忙，很感謝老闆娘的看中。」陳湯尼慨然應允，除了被溫柔客氣的老闆娘所感動之外，更意外能因此得知白子帆背後的大件事。

「太好了……」蘇玉媚欣慰地望著老公。

「湯尼，那就先謝謝你了。」白文濱不忘指示：「我們私下合作的區塊，我只有一個請求，就是希望別讓多餘的人知道這件事，特別是子帆的部分，他非常介意別人探聽自己的隱私，更排斥他人的同情，所以拿捏的部分請你務必做到最好。」

「老闆，請你放心，我知道該怎麼做才好。」陳湯尼就這樣接下使命，努力於工作上衝刺。

一切看似圓滿順利，卻沒想到……在老闆舉家移民的那年，竟讓他們遇上一場全球性的浩劫。

2008 年受金融海嘯的影響，公司的生意開始一落千丈，到後來，再也無法應付人事成本上的開銷，不得不走到暫時歇業的地步。

白子帆雖然百般不願，也不得不支遣全數的員工。這天，大家一塊上完最後的班，便在公司內盡情聚餐。結束後，他們互道加油和感謝的話，便正式劃下合作的句點。

偌大的工作場所頓時變得冷清，只剩白子帆一人呆坐在內。

陳湯尼忘了將公司的鑰匙交回，又特地返回一趟。他站在玻璃門前望著白子帆孤立的背影好一會兒，很感慨頗有才華的他，才正要在自己的舞台上揮灑，卻慘遭現實狠狠擊落，只好先舔拭傷口，擇日再另覓全新的出路。

陳湯尼看了於心不忍，加上門口上高掛的「澐海」兩字，更激勵他不該輕易揮別這幾年的心血。

「你之後有什麼打算？」陳湯尼入內詢問。

白子帆抬頭覷見他，有些意外：「我打算以個人工作室的型態，專攻平面設計。」

「我陪你。」陳湯尼朝他伸出手：「讓我們繼續點亮公司的招牌。」

白子帆先是一愣，接著用力回握：「好。」

他們澐海兄弟就這樣一塊咬牙合作，過程中，像朋友像夥伴，亦像家人。

可惜接案的成績時好時壞，收入並不穩定，處境著實令人堪憂。

「你確定還要繼續堅持下去嗎？」陳湯尼實在看不下去了，這一年多來，哪有人白天投入工作，晚上還忙著進修學業，甚至還樂見女朋友主動提分手，未免也太過自虐了吧！

「你不懂。」白子帆只淡淡說：「如果你找到更好的工作了，隨時歡迎你離開。」

陳湯尼無聲一嘆：「你給我的薪水其實可以稍微再調降一些。」這段時間，他其實沒有吃到任何的虧，因為仍然領得到一份完整的薪水。但他深深明白，對方將大半的利潤全給了他，自己的收入卻少得可憐。

「那是你辛苦應得的。」

「我……」陳湯尼欲言又止。

「除非你想加薪，不然，不用再說了。」白子帆轉身工作，不打算繼續在同樣的話題上爭持。

「托你的福，我其實老早就加薪了。」陳湯尼在心中暗道。

自從他決定留下來併肩作戰後，讓遠方的老闆娘深受感動，所以彼此先前私談的合作案也就順利展延。因此，他除了現任老闆發放的薪水之外，還有前任老闆私匯的獎勵金。

哪有人工作量較以前輕鬆，卻還領得比之前更多的？

他的欲言又止，純粹是因為良心不安啊啊啊啊……

某日，陳湯尼瞧見熟悉人歸來，立即上前接下他帶回的所有物。

「你總算回來了，我真的快餓扁了。」陳湯尼一一放妥物品後，立即取出便當享用，狼吞的過程中，同時瞥見幾份簽約完成的文件：「哇，這幾個設計案的利潤都相當不錯耶！」

「嗯。」白子帆入座，同樣餓肚子的他亦準備用餐。

近幾個月的接案有明顯的突破，陳湯尼比當事人還更加開心，除了手舞足蹈一番之外，又將整顆滷蛋塞入口中慶祝：「你究竟是如何辦到的？」他心喜問，表情因滿口的食物而顯得滑稽。

進食中的白子帆瞥見這一幕，決定來點餘興節目：「就拉下臉陪睡，全靠技巧和美色。」為了惡整某人，他還破例放送眨眼一枚。

「！！」咀嚼之間，陳湯尼頓時失利：「水水、我需要水……」差點噎死的他，死命捶胸求救。美麗的人生，險些提前葬送在一顆滷蛋和某人的玩笑話上。

皇天不負苦心人，幾年後，澐海公司的生意已蒸蒸日上，除了原先萬用的行政小姐之外，已能再增添一名正式的設計人員。

「這幾位是我覺得還不錯的。」陳湯尼經過一番篩選後，將幾張履歷遞給他。

白子帆認真看完，已決定人選：「就這位洪小姐吧！她雖然大學剛畢業，但已經累積不少打工的經驗，可以給她機會試試。」他將履歷推向前：「請小婷通知她，下禮拜一前來上班。」

「好。」陳湯尼邊走邊看，很確定這位小姐是由他所面試的。

於是，洪美吟便順利進入公司與他們幾位結緣。

這天，陳湯尼叫了外送，沒想到欲付款之際，卻一時找不到自己的錢包。他慌亂急了，偏偏白子帆外出不在，而較熟的行政同事也正好去上洗手間。

「小姐，請問一共多少錢？」洪美吟沒多想，直接上前幫忙。代為結清後，提著滿滿的東西走往當事人的辦公室。

「叩叩叩。」洪美吟敲門，並漾著笑：「湯尼哥，別忙了，我已經先代為付清了。」

「不、不好意思，等我找到錢包之後，就立刻還給妳。」陳湯尼感謝極了。

「沒關係，我不急喲。」洪美吟接著將一大袋的重物交給他。

「太感謝妳了！」陳湯尼致謝後，一一將封口打開：「美吟，看妳喜歡吃什麼，先讓妳挑。」

「哇！」洪美吟驚呆了，裡面不僅有精緻誘人的日式午餐，就連下午茶的咖啡、小蛋糕和手工餅乾都應有盡有。

瞧對方呆愣、不敢動手的模樣，陳湯尼靦腆解釋：「其實，今天是我滿三十一歲的生日。」

洪美吟圓滾滾的目珠不斷來回盯著眼前人與美食。雖然她才來公司不久，但這位親切的大哥完全沒半點架子，除了熱心教導之外，還不厭其煩解說她早已問過無數遍的細節，加上對方經常請喝高檔茶飲，媽媽又叮囑她要懂得適時回饋和感恩。既然如此，她便決定……

「湯尼哥，不用給我錢了。」她阿殺力的表示：「既然你是今天的壽星，這餐就由我來請吧！」

「那怎麼行呢……」陳湯尼才剛開口，立即遭一道聲音搶先。

「這餐算我的，多少錢？」白子帆突然現身。

洪美吟著實被嚇了好一跳：「老老老老、老闆……」

「生日快樂，不用找我錢了。」白子帆付完兩張大鈔後，接著一一挑選理想的口味，便返回自己的辦公室午休，留下呆然相覷的兩位。

以上，就是陳湯尼對洪美吟產生好感的開始。

「湯尼、美吟，我等等還有事就不等你們了，先走一步嘍。」藍又婷向兩位同事道別後，便急忙下班趕場。

「小婷，慢走。」洪美吟和陳湯尼齊聲揮別後，接續剛才的討論。完成後，在陳湯尼的鼓勵下，洪美吟緊張地捧著文件進入白子帆的辦公室。

一會兒後，她總算帶著如釋重負的笑臉出來。

「怎樣？」陳湯尼趕緊迎上前。

「老闆說我做得很好，要我繼續維持下去。」順利過稿與渡過試用期的她，難掩高興。

「就說嘛，幹嘛給自己那麼大的壓力。」陳湯尼予以肯定：「而且妳也不用一直叫他老闆，跟著我們一塊叫『帆哥』就好。」自從對方成為他現任的老闆，加上陸續有同事加入，他也決定改口，以「哥」字來尊稱某人。

單單聽見「帆哥」兩字，洪美吟已嚇得挺直腰桿。她小聲透露：「說真的，我真的很怕他，和他近距離說話，還會嚇到直發抖呢！」她不禁慶幸：「幸好你和小婷都很好相處，不然，我在這裡肯定是待不住的……」

「哈哈，有這麼嚴重嗎？帆哥不過是天生有一張被人倒會的撲克臉罷了，時間一久，妳就會發現，他的為人其實還算不錯。」陳湯尼望著她此刻有別於以往的打扮，忍不住探問：「美吟，我看妳這兩天都喜氣洋洋的，今天又穿得特別漂亮，待會要去約會？」

「嗯，湯尼哥果然厲害！」洪美吟率真的臉蛋漾著一股幸福的虹彩，並大方承認：「我和男朋友這幾天才剛交往而已，他說之前就注意到我了，彼此緊密互動後，覺得很有話題聊，所以就……」

「啊啊啊啊啊啊──」陳湯尼不禁在心中狂奔吶喊，自己竟遲了一步。

「我發現來公司之後，整個運勢瞬間大開耶！你們果然全是我的貴人。」她無意間瞥見時間：「糟糕，我快要遲到了，就先走嘍。」她突然又止住腳步，並從皮包內拿了一個東西出來：「湯尼哥，這個送給你。」

「……這是？」陳湯尼好奇盯著手中物。

「這是一位學姐特地從日本帶回來給我的『幸福御守』，將它帶在身邊的話，就能招來幸運與桃花，親身實驗後，我覺得效果比預期中的更為驚人！既然我已經用不到了，不如就把這個好運轉送給你，希望你就是下一位幸運兒。」

「謝謝。」陳湯尼傻笑接下，目送心儀的人離開，心中不曉得淌了多少血。

「那個像符咒的鬼玩意是什麼？」白子帆又忽地出現。

「啊──」陳湯尼嚴重受到驚嚇：「沒、沒什麼。」他趕緊收入口袋內。

「如果真的很靈的話，可以考慮把它送給美吟的新男友。」白子帆幫忙出主意。

「……」陳湯尼啞愣，沒想到他們的對話全被順風耳聽見了。

白子帆邊走邊故意碎念：「切忌，不可以看上已經有男朋友的異性，更不得發展辦公室戀情，不然就會情路坎坷，不得好死。」他以某人的話回敬：「祝湯尼哥好運。」

望著對方離去的背景，陳湯尼冏到整張小生臉都扭曲了。

他的情路再如何坎坷，都有信心能比那怪裡怪氣、猶如冒失鬼般的某人，早一步結婚生子。

一、兩年後，他們又有幸能再增添一名設計人員。

這段期間，陳湯尼曾談了一場「宮外」戀情，但卻因為對方的家庭因素，彼此僅維持短短的半年，澐海公司的一哥就這樣被人拋棄了。

陳湯尼只能含著英雄淚，正式宣告回歸黃金單身漢的身分。

本次應徵的細節，白子帆全權交由陳湯尼來處理。為了破除坎坷的魔咒，他決定拋開君子之道，好好「善用」職務之便，挑選對自己有利的人選。

可偏偏天不從人願，本次上門的求職者，居然清一色都是──男的、男的、男的、男的、男的、男的、還是男的──靠，有沒有搞錯啊！？就連唯一的女性在乍看之下都比他還 man。

陳湯尼哀怨極了，只能勉強振作，努力從中挑選不會對熟男構成威脅的小鮮肉。

於是，黃少奇也加入了。

番外篇二　緣起

正午時刻，馬路旁互動的人潮已寥寥散去。

正逢假日，大家飽餐完畢後，皆有共識地返回古意十足的暖厝內，享受家鄉獨有的恬靜與漫活。因三面環海之故，這裡從不欠缺天然的「涼風扇」，若非剛過完農曆年不久，加上寒流來襲，不然，在夏季肯定能隨處瞧見不少人搬張躺椅，直接伴著海風舒然睡於巷口內。

正當多數人皆小憩之際，有兩個就讀國小三年級的小身影，算準了時機，各別從自家門口溜出。他們悄悄會合後，一塊朝目的地前進。

「陽陽，我們待會撿完東西就得馬上回家，你千萬不能再跑去偷玩沙子，知道嗎？」鄭修一見面就不斷叮囑，只因為好友難以控制的脫序行徑，屢次讓他無辜受累。

白子帆的表情已明顯不耐煩：「知道啦，你是打算講幾遍啊？囉嗦……」這傢伙叨念起來，和他阿娘還真有幾分神似。

「你以為我願意呀，誰叫你每次都會突然搞一些有的沒有的。」鄭修扳臉抗議。

雖然他們平日像放山雞一樣，行動完全不受拘束，但今天要前往外海的沙灘上，還真不得不小心行事，一但被家人發現的話，下場可大可小。

大海雖然是他們成長不可獲缺的玩伴，但由於過去有太多起案例，全因為孩童成群結伴至海邊戲水，而慘遭群體溺斃的悲劇發生。因此，他們總被告戒在沒有大人陪同的情況下，絕不可以擅自前往。

為了即將到來的元宵節，他們兩人打算趁父親回港前，抽空完成手製的燈籠，才決定提前至外海撿拾遭丟棄的奶粉罐。雖然他們大可光明正大請母親陪同，但自己暗中進行，總是多了幾分刺激與樂趣。

鄭修瞧見好友的手中物後，訝聲說：「這種鬼天氣，你居然還跑去二港口偷買紅茶？」他繼續審視對方凸起的口袋，又是一陣驚異：「你還偷買牛奶糖！？前陣子不是狂蛀牙，早被你媽下達『禁止吃糖』令了嗎？」

白子帆揶揄：「你沒聽過上有政策、下有對策嗎？我哪像你傻到不會偷買偷藏啊！」白痴。

鄭修忍不住握拳：「好過份喔！要撿奶粉罐順道『遠足』的事，你也不事先知會一聲。」好友這種不入流的行逕，擺明是故意等著欣賞他氣呼呼的表情。

白子帆確實很享受這樣的快感，但表面上仍裝著無辜：「我也『超想』幫你多買一份啊，但你又不是不知道，我媽管我『非常』嚴格，為了不被發現，我可是藏得提心吊膽呢！」戲演完後，他便從口袋內勉強掏了東西給他：「那，省著點吃。」

鄭修接過兩顆牛奶糖，雖然覺得有點少，但還是很快地將它塞入口中：「你的紅茶也要分一半給我，不然回去之後，我立刻跟你媽打小報告。」他邊吃邊說。

白子帆先是哈哈大笑，接著以促狹的眼神睨著他：「去啊，最好讓我媽知道，『我們』一塊約好要去海邊的事。」要喝紅茶，想得美喲。

「你——」鄭修還想爭論什麼，但當事人卻已自顧著走遠：「喂，等我啦！」

白子帆鬼鬼祟祟地離開外海的沙灘，打算趁鄭修不注意時偷跑回家。經過養蝦場時，無意間瞥見不遠處的小小身影，原先並不打算理會，但走沒多久，又不放心地返回。

白子帆站在原地觀察，發現那不過是一名沒幾歲的小女孩，她獨自一人無助徘徊，不安的神情似乎有待幫忙，他於是跑了過去。

「妹妹，妳怎麼一個人在這？爸爸和媽媽呢？」白子帆走近後，不斷掃視四周，靜悄悄的巷弄連隻阿貓阿狗都沒有，更何況是人影。

「妳走丟了，對嗎？」他大膽猜測，並彎身細看小女孩的樣貌。

她戴了一頂毛茸茸又貼合的草莓帽，穿著紅色系的洋裝與紅底白點的保暖褲，整體的打扮，完全合乎過節的喜氣。他再移至她的面上，發現她瀏海平剪貼於眉毛，和此刻雙瞳翦水的模樣，倒有幾分惹人疼愛的成分。

小女孩僅僅望著他，蓄滿淚水的黑瞳既無辜又充滿壓抑。

白子帆蹲下身與她平視，企圖和眼前的小女孩溝通：「妹妹，妳聽得懂我說的話嗎？」他國台語各說一遍，努力觀察她對哪種語言產生反應。

「妳叫什麼名字？知道自己住哪嗎？我可以帶妳……」他發現自己似乎問了一個很愚蠢的問題，忍不住敲頭：「不知道住哪沒有關係，要是有家裡的電話，還是爸爸媽媽的名字，都歡迎妳告訴哥哥。」他發現對方始終張著水汪汪的大眼睛打量他，連忙舉手發誓：「妳放心，哥哥不是壞人，我可以幫助妳，請妳相信我。」

小女孩骨碌碌的眼神繼續瀏覽，似乎正在盤算他話中的可信度。

白子帆發現自己對於眼前的小女孩竟有初步的好感，只因還小的她，非但沒有哭得一把眼淚、一把鼻涕，就連面對陌生人的反應，也有令人意外的成熟與鎮靜。

「我……」白子帆打算繼續開口，突然間，有一顆牛奶糖自他的口袋內滾出。

幾乎同時，他們一瞬也不瞬盯著跳動的糖果表演，直到它完全靜止。

白子帆伸手撿起，正要收回口袋之際，明顯察覺到小女孩眼中的晶亮與渴望。

「妳想吃嗎？」說完，他直接將牛奶糖遞向前。

小女孩的目光直直鎖著可口的糖果不放，許久後再次睇著他，並緩緩點頭。

白子帆幫忙打開外圍的包裝紙，交給她的過程中，無意間觸碰到她格外冰冷的小指頭。

「妹妹，妳穿這樣冷不……」他話還沒說完，對方已打了個噴嚏，並失手將手中的牛奶糖拋飛。

盯著沾染塵土的牛奶糖，小女孩盈眶的淚水竟隨之落下。

白子帆發現後，趕緊安慰：「沒、沒關係，妳千萬不要哭，哥哥這裡還有。」他迅速取出新的牛奶糖，並重新解開包裝遞給她。

小女孩小心翼翼地接過手，待香濃的好滋味布滿整個味蕾，表情盡是滿足。

白子帆決定一塊享用，於是撿起方才掉落的牛奶糖直接丟入口中。

沒想到這個舉動竟讓小女孩笑了，教白子帆在不知不覺中，也跟著一塊綻笑。

他總算察覺某件事，於是趕緊脫掉自己身上的厚背心與圍巾：「妳的衣服在戶外肯定會透風，哥哥不怕冷，先暫時借妳穿。」說著說著，他已將東西一一套往她身上。

小女孩感受身體逐漸曼暖，於是主動說：「哥哥，謝謝你。」

白子帆望著眼前可愛有禮、足以融化人心的天使笑臉，第一次發現，原來，並不是每個小孩都那麼惹人厭。

「原來妳會說話。」他有些意外，趕緊問：「妹妹，妳住這附近嗎？」

小女孩搖頭，接著以流利的台語回答：「我住屏東。」

白子帆驚呆了！原來對方不說話則已，一開口便是驚人。

「那妳幾歲，叫什麼名字？」

小女孩以國語回答：「我三歲。」想起這裡的大人格外喜愛稱呼她的方式，她國台語參半的說：「挖喜『小紅帽』。」

白子帆失笑，這綽號還真是貼切又可愛。

「小紅帽，哥哥帶妳到附近走走，看能不能遇見妳認識的大人，好不好？」

「好。」

「走，我們立刻出發。」他充滿活力喊道，並主動牽起她的手。

白子帆十分享受彼此邊走邊聊的過程。

對方不僅對答如流、國台語皆通，就連當地的口音也能自然上口。

「妳說起話來真是超級好聽！難怪大人會那麼喜歡聽小孩子說台語。」他忍不住誇讚：「不過，學校的老師例外，我們說了可是會被處罰的。」

小紅帽甜甜一笑，以謙卑的台語說：「喜哥哥嗯甘嫌。」（是哥哥不嫌棄）

「哇……」白子帆聽得目瞪口呆。這小傢伙光是語言的功力就足以迷倒一票大人，更別說還有討喜的小臉蛋。若有機會把她偷帶回家的話，爸媽肯定也會愛慘了吧。

「小紅帽，妳常來我們這裡玩嗎？」

「嗯。」她用力點頭。

「有機會的話，歡迎妳來我家，我一定好好招待妳。」

「好。」

白子帆帶著她持續走動，卻始終沒有任何收獲。因為小紅帽壓根搞不清楚自己究竟是從哪條巷子通往這的。後來，白子帆想了想，也許是因為養蝦場這一帶的建築過於相像，對外人而言，實在有辨識上的困難，也許，他應該帶她進入巷子內試試。

「哥哥，我好渴。」忍了許久，小紅帽終於反應。

「糟糕，我也沒有帶……」白子帆頓時瞥見自己提袋內的紅茶，於是趕緊拿出：「我這裡有紅茶，不過妳得小口小口的喝，因為它目前還有點冰。」他幫忙解開上頭的橡皮筋，放入吸管後，拿在手中供她飲用。

小紅帽低頭吸吮的表情十分豐富，因為冬天喝冰飲她還是頭一次體驗。

「好喝嗎？」

「嗯。」她不斷搗著自己冰涼的小嘴色點頭。

這逗趣又滿足的表情讓白子帆止不住笑意。接著，他將剩餘的紅茶一次飲盡。

他們在巷子內走沒多久，不遠處果然傳來陣陣騷動。

白子帆隨即蹲下身，並指著前方：「小紅帽，妳看，前面那幾位阿姨叔叔好像正在找人，裡面有妳認識的嗎？」

小紅帽定睛看了看，接著笑開心的說：「是寶珠阿姨，還有玉梅阿姨。」

幾乎是同時，有位大人也發現了他們，已興奮指著他們目前的所在位置。

「快點過來，孩子在那裡！」

「阿咪陀佛，總算找到了……」

「就跟你們說嘛，在我們紅毛港絕對不怕找不到小孩。」

白子帆不假思索，火速伸手取出藏於小紅帽背心內的物品來：「小紅帽，恭喜妳找到家人了，記住，以後千萬別再亂跑了。」他將東西塞入她手中，接著撫摸她可愛的頭頂，近身說：「我會主動來找妳，我們下次見。」語畢，他已快步閃入一旁的巷子內。

「哥哥……」小紅帽轉身想跟著跑，卻已遭大人追上。

「心肝寶貝，阿姨總算找到妳了，玉梅快點！保暖的外套先拿過來給我。」他們一群人陸續湧上，只見眼前的小孩非但沒有害怕受凍，反倒還拿著一盒全新的牛奶糖望著遠處發呆。

「這誰給她的？」有人開始研究孩子身上多出來的裝備。

「剛才好像有一位小男孩跟她在一起。」

「妳們別研究了，快點跟碧芬說，已經找到他們家的『小紅毛』了……」

鄭修真的離發瘋不遠了！

他就知道好友這種人完全不靠譜。剛才，他已經將外海徹底翻找了一遍，就是不見他的蹤影，他再也忍不住心急，趕緊奔回家好向大人求救。

他小跑步穿越外海路不久，立刻發現迎面而來的熟悉人。

「吼，陽陽，你總算出現了——」鄭修差點停止的心臟總算能持續跳動。剛才他還幻想，好友該不會突然想強身，就不顧一切嘗試冬泳了吧。

白子帆跑近後，隨口說：「我不過是臨時肚子痛，所以跑去阿公的養蝦場蹲個廁所。」他的好心情全寫在臉上，原先想惡整對方的念頭已徹底消失。

「你也未免蹲太久了吧……」眼尖的鄭修突然發現：「你居然把紅茶喝完了！」

白子帆望著手中的空袋，難得笑著說抱歉：「剛才在外海實在太渴了，改天再補買幾包請你。」

鄭修直直盯著他，總覺得好友在排完陳年宿便後，好像變得不太一樣。

「啊，對了！你不用撿了，你看。」鄭修揚起手中滿滿的戰利品：「你、我、如玉，還有汶娟和汶琪，我一次撿齊了。」

白子帆瞥完數量後，便說：「你先拿回去我們的祕密基地放，我想多撿一個給小紅帽。」

「啥？」小紅帽？那大野狼的要不要也順便……

「有個妹妹好像還不錯厚？」白子帆跑開前，突然問。

「咚咚咚咚咚……」鄭修手中的奶粉罐全數噹啷落地。

「你先回去，記得別被發現，我撿完後，保證會馬上回家。」說完，白子帆已快跑離開。

鄭修望著好友逐漸消失的身影，愣愣地杵在原地。

好友向來就嫌棄膽小愛哭的小女生，還數度同情他常遭妹妹纏身，但今天究竟是吃錯了什麼藥？不然，怎麼會突然冒出那句鬼話？

難不成——紅茶出了問題！？

所以，他喝完之後才會狂瀉不止，緊接著連腦袋都拉壞了。

鄭修不禁一抖，幸好一開始他並沒有堅持搶著要喝。

鄭修逐一拾起地上的鐵罐，由外海的位置慢慢走回家，行經海汕路時，正好聽見里長的廣播。

「各位海原里、各位里民，大家好，大家午安，拜託大家注意聽著，有一位三歲多的小女孩名叫洪星琁，她剛才不小心走丟了，由於孩子偷跑出門的時候，並沒有穿外套，所以她的媽媽非常擔心！希望大家快點幫忙尋找，如果有發現一位戴著紅帽、身穿紅衣的小女孩，請立刻帶她來里長的服務處，她的媽媽正在這裡守候，拜託各位了，謝謝。」

元宵節那夜，當地的小孩會提著自己手製的鐵燈籠出來獻寶，除了比較看誰在罐底釘製的圖案最為精緻好看之外，還會呼朋引伴，一塊至狹長幽暗的海堤進行例行性的「探險」活動。

白子帆總愛走在最後，要不是故意製造詭譎的氣氛，不然，就是突然高喊「有鬼」，然後拔腿就跑，讓走在前方的人嚇得屁滾尿流、全慌亂成一團；偶爾，他還會串通幾位男生先中途離場，再繞道躲於某處嚇人，勢必要把現場的尖叫聲激到最高點不可。

「嗶——」他們成功了，因為有人已禁不住失控大哭。

已經成功跑遠的鄭修糾結極了。他很想跟著友人一塊玩得盡興，但妹妹這個拖油瓶卻總是第一個嚎啕大哭，教他不得不乖乖返回認領「失物」——順道，代替全數的男生遭受女生的劈罵與群體圍攻。

唉，人明明就不是他殺的，為何每次都得壯烈犧牲呢？

遠處的白子帆望著此幕重重搖頭。還是不要妹妹好了，女生真的太麻煩、太囉嗦了。

元宵節就這麼過了，但白子帆還是常有意無意，繞至他和小紅帽分開的地點，只為了將自己親手釘製的小燈籠送給她。

只可惜……小鐵罐都鏽蝕了，他們卻無緣再碰上一面。

白子帆索性將燈籠直接丟棄。個性貪玩的他，未曾向任何人道出這件事，隨著一年一年過去，也逐漸淡忘小紅帽的事。

彼此間，僅留下這個單純的承諾：

「有機會的話，歡迎妳來我家，我一定好好招待妳。」

「好。」

以及……

「我會主動來找妳，我們下次見。」

《後記》

真是抱歉，續集預定出版的時間，竟比自己原先設定的還要晚了一、兩年之久。

約莫一年前完成初稿時，總覺得修稿的程序「應該」不會過於耗時才對，沒想到，不回頭則已，一回頭便是驚人——當初覺得爆笑的情節寫法與對話，如今看來，只覺得幼稚與尷尬（我對不起看過初版的朋友＞＜）。還有一點，就在完成番外篇的「澐海兄弟」後，我深深發現，自己先前將陳湯尼與白子帆的互動詮釋得極為怪異與不合理，就連一些角色在個性上的發揮也有待調整，不得不進行大幅度的修改工程。加上過去是每個章節間隔著完成，如今連貫來看，竟發現自己在整體的描述上，表現得過於繁複，應該加以簡化才是。

有了上述的認知後，為了利於閱讀上的順暢，我便著手砍了兩萬字之多，在歷經大修特修、中修小修、外加編排調整後，總算是看見出版的霞光了。

而能完成第二本作品，對自己而言，依然是意義非凡。

一來，它是上一本的續集，我總算把積欠白子帆的幸福一次還清。二來，正逢紅毛港遷村屆滿十週年，後續欲補足的故鄉鎖事，亦在本書中傳達完畢。三來，其實「帆星」的故事才是當初奇幻構思的處女之作。

猶記多年前，嘗試踏入寫作的新鮮領域，便萌生「帆星」兩位主角的大名，就連原先設定的劇情走向與基本人物，也大多都如同各位所觀賞的那樣，維持一定的基本大綱——男方父母雙亡、家人移民、承接長輩的設計公司、有間獨棟的別墅卻遲遲不肯入住；女方在不理想的家庭中成長，因感情的因素而辭掉工作，暫時寄住姊姊家當臨時褓姆。就連男女雙方誤打誤撞相約吃飯、女主角在好友的協助下入住別墅……等等設定，情節幾乎是大同小異。

猶記當時正好編想到兩人在別墅遇上停電，而男主角也選擇在氣氛頗佳的時刻，分享父母親的故事與自身的經歷——這一刻，我的思緒彷彿也隨著劇情同步「斷電」般，再也瞎扯不下。

該如何說明那種感覺呢？好比自己加工學經歷而取得某大公司的主管職務，但上任不久後，公司卻立即安排一場講座，要你細述過去耕耘的甘苦談和全數的職員分享——那般地另人心虛與無措。

可見我原先設定的故事僅有一個虛表的大綱，但詳細的內文卻未縝密張羅，致使每個角色皆無應有的說服力，只能單純地獻醜和搞笑一場——有這樣的自知之明後，除了立即止住鍵盤下的青澀創作外，也忽而深思起白子帆的遭遇與其父母親的故事來。

一開始，我早就設定白子帆的父親為漁民的身分，且與另一半在條件上頗有出入，當初也確實在女方家人不願祝福的情況下，而結成這場婚姻。當漁民的角色與故鄉的場景不斷重疊、呼喊下，也莫名趨引我上網查詢故鄉相關的出版品。

很驚訝書籍遠比想像中還要多上許多。在一一閱讀完後，瞬間有發現什麼驚人身世般的錯愕與沉痛——因為突發奇想的創作念頭，竟意外幫助我了解故鄉的文化和演變，這是自己所始料未及的。加上主要角色創作完畢後，「澐海」兩人不時攜手前來敲門，試著將彼此理想的邂逅模式一一注入我的腦海。像遭人下達指導戰略的我，頓時有了編排新故事的靈感與方向——『再見紅毛港：行船人的愛』便在這樣的激盪下，逐漸譜出輪廓。

揮別過去連標點符號的運用、章節的切換都傻傻不懂的窘境，加上續集又用不著像先前那樣，得吞啃一定的書量，亦不用上知識網等候有緣人代為解惑早期年代的種種細節（如：遠洋的相關作業、國際金價的推算、當年的學制與取得教師資格的條件……等等）。照理說，只要手捧第一本書的資源再加以延續一番，應該就能順利地譜出理想的續集。

只是沒想到敲打第二本書的我，仍是繞了不少迷宮、走了不少未知路。

只能說，我是一個很愛推翻「上一次編寫版」的自虐者（囧，沒完沒了的推翻與循環，每次收看必產生新的想法），就連一些預設的情節走向，也經常來個大轉彎，說改就改——在牽一髮而動全身的情況下，後續的劇情究竟會如何演變與發展？連我自己都只能傻笑問蒼天。

可能，我一直覺得故事的表現還沒到位，而能幫助我充實它的，除了不厭其煩編寫不同的版本、努力埋入字海中「溫故知新」外，最為關鍵的一環，莫過於耐心等候「時間精餾」下的心得與收獲——哪怕是粗糙無比的鐵杵，只要不厭其煩、願意費心加以琢磨的話，總有精煉成毒針的可能（咳，但我無心傷人，只求自己能一天比一天更為進步）。

時間上的領悟對我而言，真的無比重要與實用。好比設定女主角會發生一場嚴重的車禍，又有一道生死關卡極需「他人」的援助，但究竟該如何表現？在尚未編寫到該章節以前，我空洞的腦袋通常不會有過於精密的想法和打算。

沒想到，老天為了幫助我刻劃這場車禍，竟安排我體驗剎車皮斷裂的可怕經歷。

當時舉家至外縣市出遊、快達目的地時，等待紅燈的車子莫名出現碰撞聲與一陣明顯地晃動，就連車窗也同步出現異狀。但無論如何細查就是看不出異樣與端倪，我們便不予理會。直到定點遊賞玩完畢、欲回程之際，駭人的金屬噪音便伴隨著我們的不安沿途肆散。

我們走走停停、提心吊膽出了一段不算過於漫長的山路（但下坡的滋味卻如坐針氈），一下達平地，我們立即向路旁的當地人打聽附近可供維修的店家，慶幸不用太遠的路程便順利抵達。老闆在了解一番後，也迅速播電叫貨。

真不知該如何形容這般「幸運」。因為一連三天的國定假期，我們竟能在最快的時間內，於不熟悉的外地找到開門營業的修車廠。在瞧見斷裂成好幾截的鐵片、了解我們最終將喪失剎車的功能後（其實已逐步流失，只是駕駛不敢向我們明說罷了），更是慶幸不是在高速公路上，抑或一定高度內的山區，否則後果將不堪設想。

本以為，此趟非得花錢消災不可，沒想到，費力維修好一會兒的老闆，不過著收幾百塊錢的新臺幣，我們便可安心賦歸、上高速——以上，大家總該相信，作者絕對不是為了灑狗血而胡亂編寫的吧？如遇上述的情形，請務必提高警覺、加以小心才是。

而正愁「誰」該去解救女主角時，沒想到，現實生活中突然病逝的萬順伯，亦給足了我發揮的靈感。事實上，萬順阿公是我於紅毛港的鄰居兼長輩，第一本書偷用他的大名來詮釋其一的角色，但實際上，他確實有個兒子在二十多年前，曾發生落海未歸的憾事。這樣的行船意外其實頗為普及，起碼我的朋友與同學之中，皆屬這樣高風險下的受害家屬。為了適時傳遞這樣的切身之痛，與符合紅毛港最終的消逝，第一本書只好以悲劇來收場（別打我，不然，我怎麼有發揮續集的空間呢XD）。

本次的續集除了出奇圓滿之外，還刻意公開海文的「海上情書」。一來，是為了延續書名『行船人的愛』，二來，亦可藉機清除上一集所殘留的愁憾與悲緒。

過去在初構「帆星」的故事時，我就曾決定讓男主角的父親留下一本「愛的日記」，而女主角亦有興趣詳讀，只不過原故事連一半都未發展完成，便因架構與文筆上的不健全而被迫打入電腦的冷宮。幸好中途莫名閃現一道靈光，進而創造出「正式」的第一本作品來，我便將「日記」的元素順道帶入。直到確實完成『再見紅毛港：行船人的愛』之後，在等候它出版見光的過程，為了讓自己保持在文字的練習場中熱身，便決定將「海文的日記」視為一項自發性的「功課」。

坦白說，海文的日記最難之處，莫過於情緒上的醞釀與投入。畢竟我是以回溯的方式來「揣摩」他各個階段可能夾藏的心緒，在這之前，並未認真設想細節與伏筆。慶幸在沒有壓力之下，以龜速完成，最後將它物盡其用、置入『繁星點點』中。

我一直期許海文的日記，除了能留下「行船人」愛的精髓之外，亦能同步呼應「帆星」現階段的情感進展，因此很努力將它分段修飾，並視情況再加碼填補。最後，連自己也很滿意這樣的表現方式。

我異常喜愛『繁星點點』這樣一語雙關的書名（最初命取的名稱真是俗氣又有力，難怪會被打入冷宮伺候），尤其兩位角色雖然各擁身世上的缺陷，但反倒意外登對與契合，讓一加一的力量真正大於二。就當作我藉由這樣虛構的故事，鼓勵受限於原生家庭下的每一分子——努力向陽的你（妳），務必秉持著正向與不懈，終能在諸多的磨練下，擘出最光彩的那片星空。

礙於節奏的拿捏，「帆星」兩人不得不被我趕鴨子上床（歹勢，因為已挪不出額外的空間可供溫火慢烤），而在最後的「緣起」才明確交代兩人於幼時的詳實邂逅，應該會讓人有恍然悟笑的效果出現。

為何子帆遲遲無法將小燈籠送出？而多年後再次相遇的兩人，又和最初的見面模式有何雷同與呼應之處？有請各位擇日再將故事翻閱一遍，相信溫故知新下，或許會有不同的領悟與收獲。

而「楔子」的表現，其實是小說慣用的手法之一——偶爾會取其內文的某個片段提前播映，在營造某種未知的氛圍之後，再讓讀者隨著劇情逐步解密——所以，大家千萬別誤會楔子與第一章有所因果關連，實際上，那只是純粹是用來故布疑陣的罷了。

雖然續集已經脫離紅毛港的實境，但寫到「緣起」與「夢中的婚禮」這首歌時，仍是勾起我不少的童年回憶。「夢中的婚禮」那動人的旋律如同白子帆口述的那樣，封存在「姓李」一處的小小房間裡。當時就讀國小的我，會和姊姊陪同鄰居的大姐姐，一塊步行至她親戚的家中練彈鋼琴，我們姊妹便成為最佳的座上賓，可以獨享夾藏淒美故事的 Live 演奏。長大後，只要無意間巧遇這首歌便會高豎起耳朵聆聽，後來才逐漸理解為何曲境與歌名上會有所差距。有興趣的朋友不妨上網搜尋一番，相信耳熟能詳的旋律，定能讓你回味起人生的某個片段。

而寫起男主角在大雨中指示女主角快快上車的一幕，不禁也讓我憶起曾受惠於陌生人幫助的經過——就讀高職時，市區的學校總是離家鄉有些許的遙遠，每天往返兩地共得搭乘四班公車，若班上有任何的活動耽延，在兩車的轉銜下，若正好錯失發車回紅毛港的公車，可是得在公車站枯等四、五十分之久。某夜，我刻意搭乘自己平時不會乘坐的車號返回小港的一隅，就為了放手一博、試著截乘即將開跑的63號公車。但由於下車的地點與該站尚離了一段距離遠，路線在沒有交集之下，我得靠自己的雙腿死命抵達。眼看所剩的時間已不敷剩餘的路程使用，正難過之際，沒想到一旁路過的機車騎士秒懂我飛奔的用意，於是主動停車載送，助我一臂之力；又有一次中午悠閒地在市區等候公車，突然一位伯伯主動停車詢問我的去處，在確定對方能「順路」送我回小港轉車後，我便「又」坐上陌生人的機車，安全抵達目的地（萬分感謝兩位好心的大叔，幫助遠鄉的學子，拉近返家的距離）。

而在初期寫作的過程中，某日和另一半開車外出，我獨自下車購餐時，也曾遇上一位高中生主動開口求援。他表示被突來的陣雨受困於此，而無法搭車返家，問我能否載送他前往捷運站？我立即答應。上車後，了解對方搭乘捷運完後，尚得再轉搭一班公車方可抵達家門，我便將手邊的折疊傘轉贈給他——在繁星點點中，我很努力藉由一些角色的互動，傳遞受惠後的「改變」與無形中的影響與連結，希望能讓大家更為明日「友善循環」中的真諦與奧妙。

第十三章內值得一提的，是「小港鄉併入直轄市」之紀念碗，它除了耐用如新、是我生活中的好伙伴之外，碗中所含的「密碼」，完全是一場美麗的誤會。

怎麼說呢？我本來就屬於寫到哪，再來抓破佛腳的那種人，某日無意間發現，自己頻繁使用的餐碗「好像」也可以進來該章節內湊一角。當發現它不偏不倚與第一本書的「開始」下達相同的日期時，我簡直有對中樂透般的驚喜與不可置信。

真的一點也不誇張，當初決定『行船人的愛』之下筆日時，想法再單純不過了——年分就挑我未出生之前，日期就暑假的第一天吧！哪能曉得這樣也能意外壓對寶、利於續集某片段的揮灑；而白子帆接手公司的那年正好碰上金融海嘯，亦是著手敲打續集時，才恍然發現的巧合（這樣正好符合我想讓公司小規模發展的需求，不用創造過多的角色，僅讓「新三色」搞笑串場便可）。

而『繁星點點』發芽的年分，很明確地被我設於 2016 年，在順著劇情瀏覽該年月的行事曆時，也赫然發現，原來女主角順利轉至普通病房的時間點，除了正逢中秋佳節外，亦能「順道」寫入一項可怕的紀錄——莫蘭蒂的威力，簡直讓南部人上了永生難忘的一課。

長這麼大以來，頭一遭得以人力緊抵窗戶，還險些遭風雨攻破的險境。在颱風橫掃完後，整個情況簡直令人咋舌！所到之處皆是倒塌的路樹與災損，就連附近學校的鐵門、大坪頂某餐廳高矗的偌大招牌，也全無倖免，一一被狠狠摧毀——高雄港的情形尤其慘重！幾乎寫下歷史性的一刻。當然，在此也不忘感謝相關單位與人員的用心，以極快的人力和速度，陸續清除路障和搶通道路，回復令人懷念的市容與整潔。

雖然筆下的故事稱不上什麼真人真事所改編的大作，但喜愛「實記」的我，就愛順道將回憶、生活中的所見所聞一一融合與記錄。不難想像，主角們遇上廁所水籠頭無預警斷裂的插曲，亦是我的真實體驗之一——當時家中的樓梯頓時出現百年難得一見的水瀑，只可惜忙碌的我們卻無暇欣賞。

本故事內，關於紅毛港的部分（亦是本續集的重點所在），無非是藉由第十六章來傳達「遷村賠償」的概廓。雖然注入在言情小說中有些不討喜，也無法無誤或清晰地將全盤道出，但我已盡可能地「重點」陳述，好讓外界能一窺神話般的「優渥」理賠。

有人大言不慚分享自己寄戶爽領一百五十萬的闊論，也有鄰村的人毫不客氣地放聲批判，說她最討厭紅毛港人了，只因我們死愛抗議、死要錢的——這些，全是我自己親耳所聞；而外界誤會我們靠著遷村案而「翻身」的種種謬思與謬論（輕視亦或稱羨），更是當地人得長期承受的基本消費。

故鄉磨耗近四十年的遷村事件，在我眼中，確實如同世紀笑話般地令人發噱。難以想像政策上的攫奪與失誤，卻無須有任何單位承擔起官方上的錯誤與懲處，反倒能全身而退、將黑土均抹於受害人身上。在遷村的沙場上，紅毛港人固然有值得檢討與改進之處，但外界不該導果為因，縱容不公不義的情事合理上演，否則將如同空污的議題般，由少數人的「獨享」進階為「共享」的局面——若非得走到那一步才知前人之痛，要付出的代價未免也過於慘烈。

遷村十年後，我發現不少人的口音已明顯轉變，漁村的血脈亦逐年遭受稀釋與環境上的同化——從我們的事件來看，原土地的人文保留何其重要，一旦失守，哪怕貴為高雄最早的發源地、擁有豐碩輝煌的漁業戰績，終將成為歷史與過去，並演化成符合經濟期許的工業亂葬崗。

目前最值得開心的，莫過於紅毛港紀念碑即將設立之大事。感謝發起該議題、一路裨益此案推行的每一位——因為有你們的戮力齊心，才得以讓發源近四百年的漁村立下最神聖與經典的碑印。

當初決定投入續集創作、燃起訪談同鄉人的念頭時，很感謝英欽大哥幫忙擬定身邊的幾位親朋好友供我一一拜訪，讓我透由親切的交談模式，深入了解大伙在遷村的加持下，各別面臨的處境與遭遇。

極感謝曾經接受我訪談的每一位長輩與平輩，協助紅毛ㄚ頭將最真實的記錄融入小說之中。

除了賠償這個嚴肅的議題之外，我亦透由故事中的角色傳遞一個前衛的理念——本人十分認同樹葬與海葬的新概念，兩者在不立碑、讓自己最終的養分回歸於這片土地的環保作風，令我覺得格外有意義。我深信生命終將輪迴與延續，離開是必然，然而留下好山好水給後代子孫，則是一種責任與當然——只要精神不死，價值便可百世流芳——而我，期許自己也能力行這樣的灑脫與結束。

有人發現什麼了嗎？（媽呀，作者的後記怎麼又臭又長啊……）好啦好啦，這全是為了符合印刷理想的頁數時，卻發現編排的「表現」會遭受限制，因此我便決定多跳一個倍數，讓內文有充裕的舒展空間，剩下的再留給後記發揮使用（呃，結果居然有十頁之多）。相信大家應該不會過於苛責某人的長舌才是，畢竟長時間於二十一萬字中來回熬滾，總是有千言萬語等不及要一次道盡。

（趕緊跳頻）大家還喜歡本次由「慕容子雅」所繪製的彩色封面嗎？當初將合成好的男主角圖照

委託她幫忙時，很感動她竟然答應了，且還不計酬，將該作品送予我作為那一年的生日禮物，著實替自費出版的我，省下好幾千元的開銷（來賓請掌聲鼓勵）；而我自己亦在本書中，手繪了幾張素描與一張漫畫式的紅毛港全景圖，替本次的出版留下階段性的紀念。

不過我筆下的白子帆好像不如封面那般年輕有為與氣度翩翩，就連髮型也不盡相同，但它確實讓我撓首重繪至「第三版」才勉強走「後門」過稿的（不知怎麼了，素描筆下的男豬腳味道竟莫名走偏，難道……我負責詮釋的版本是若干年後，被四個孩子操勞到不成人形的子帆大叔＝＝）。最後，我還動用修圖大神幫忙上妝一番，這才讓重拾血色的白子帆，榮登書名頁的主角寶座。

通常我手繪下的素描皆為各別單畫，完成後，再掃進電腦內做美編與合成；而那張紅毛港全景雖然主要是在電腦內進行灰階的上色動作，但底稿完全採「針筆」手繪的方式耗時完成（感謝顏老師的授權）——自費出版就是如此有趣，不僅書寫的內容不受市場限制，還可一黨獨大、全按自己理想的方式一一呈現。

心動的朋友，快快備妥你口袋內的銀兩吧！跟著我一塊朝夢想的大道前進。

如果您是首次收看紅毛丫頭作品的讀者，別忘了抽空去補一下「上集」，如果您對紅毛港產生興趣者，除了可至「紅毛港文化園區」一遊之外，還可上網搜尋《記憶的容顏》這兩本厚實的攝影集；若想一窺遷村末期的當地情景，更歡迎上 YouTube 收看《紅毛港・家變》這部獲獎的感人紀錄片。

後記總算進入尾聲了，無論某人是否還有餘力再擠出第三本作品來，一切都留給未來去煩腦吧！想找我的朋友可依書內提供的相關管道，不論購書、心得分享，或是好奇自費出版的相關問題，都歡迎至臉書私訊互動（懇求廣告商勿擾）。最後，感謝您的收看，咱們後會有期。

我等你
I will wait for you.

再見紅毛港

那年夏天，高雄二港口的長堤岸，
一場傾心的相遇。
關於行船人的愛，
與紅毛港最真實的文化故事......

憑藉著一股莫名的嚮往，
那天，
我獨自搭乘渡輪前往陌生的漁村——紅毛港。
一場意外的邂逅，
爾後關於你的一切，
將無法自拔．．．．

行船人的愛

紅毛丫頭——著
Hongmao Oscar

2015年六月出版

／贊助出版
華維國際股份有限公司 Winnway

／出版經銷
白象文化

購書請洽作者臉書，
或書局與網路訂購。

The cultural story of Hongmaogang:
A fisherman's love.

國家圖書館出版品預行編目資料

行船人的愛：繁星點點 / 紅毛丫頭著. --
初版. -- 高雄市：紅毛港文創，2018.03
面；　公分
ISBN 978-986-96181-0-6（平裝）

857.7　　107001789

行船人的愛：繁星點點

作者　紅毛丫頭
發行人　紅毛丫頭
出版　紅毛港文創
81268 高雄宏平第 78-5 號信箱
電郵：heyooscar@yahoo.com.tw
繪圖　慕容子雅（封面）
紅毛丫頭（書名頁與內頁）
美編設計　紅毛丫頭
經銷代理　白象文化事業有限公司
402 台中市南區美村路二段 392 號
出版、購書專線：（04）2265-2939
傳真：（04）2265-1171
印刷　永恩印刷設計有限公司
（07）380-7137
初版一刷　2018 年三月
定價　新台幣 330 元

慶祝小港鄉併入直轄市紀念
高雄市小港區農會
中華民國六十八年七月一日